天火

少鸿 著

内容简介

本书编入的九部中篇小说，从九个不同的侧面，生动地反映了当代社会人性的嬗变，深刻地揭示了人与时代的关系。各具特色的情境与各具性格的人物，令人惊异，令人共鸣，亦令人深思。

它们都曾在文学杂志上发表，散见于《当代》、《江南》、《十月》、《中国作家》、《青年文学》、《山花》、《芙蓉》、《湖南文学》等刊。

作者简介

少鸿，本名陶少鸿，中国作家协会会员，湖南省作家协会名誉主席。著有长篇小说《大地芬芳》、《抱月行》、《溺水的鱼》、《花枝乱颤》，小说集《花冢》、《生命的颜色》，电影剧本《九三年的早稻》（长春电影制片厂摄制）等，曾获湖南省文学艺术奖、毛泽东文学奖、湖南青年文学奖。现居湖南常德。

目　录

石头剪刀布

1

莲水居小区有个后门通往临江公园，他只要得闲，便会穿过后门去莲水边散步，想一些事情，或者不想一些事情。走累了，就坐到岸边的岩石上，望着波光粼粼的江面，发发呆。

那天傍晚，他看到他常坐的岩石上坐了个女人，就有些犹豫：他要不要过去坐呢？那块岩石够大，别说两个人，坐上四五个人都绰绰有余，就如那句外交语所说，太平洋足够大，完全容得下中美两国共存发展。于是，虽然犹豫，他还是走过去了——后来他才晓得，故事或者说事故，就此开篇了。

他刚坐下，那女人就警惕地转过脸来：“你干啥？”

“不干啥，坐坐。”

“东不坐西不坐，干嘛来这坐？”

“你能坐，我干嘛不能坐？”他反驳道。

“你是谁？”女人问。

“我谁也不是。你又是谁呢？”

“我也谁也不是。”女人说。

“这样挺好，谁也不知道谁是谁，好说话。”他说。

女人眉毛一挑：“你打算勾引我？”

“我像勾引女人的男人吗？”他盯着女人，“换句话说，你值得我勾引吗?”

女人侧过身子，自信地挺了挺胸，让落日的余晖洒在脸上。与此同时，路灯刷地亮了，给女人的身体打上了侧逆光。女人脸色红润，面部线条柔和，两只黑瞳仁闪闪发亮。

“你挺美的，也还算年轻，可是……”

“怕我是鸡?”女人莞尔一笑，“我还怕你是鸭子呢!”

“你啥眼神啊？我这把年纪，只能做烤鸭了。”他自嘲地压了压嘴角，望着对岸，缓缓地从丹田深处吐出一口气。

“人老心不老，俗话说，活到五十五，还是出山虎呢。”女人说。

“不行啦，心比身体还苍老。”他摇头。

“不会吧？要不，我们做个划拳游戏，测试测试?”女人斜乜着他，饶有兴趣的样子，“反正，闲着也是闲着。”

“愿意奉陪，怎么做?”他很爽快。

“很简单，石头剪刀布，谁输谁就说一个最隐秘的心思。”女人说。

他点点头，面对女人坐正身子，开始石头剪子布。第一回合，他和女人同时亮出拳头；第二回合，都同时展开了手掌；第三次，又都用两根手指比划出剪刀。真是太巧了。直到第四回合，女人的布才包住了他的石头。看着女人白皙的手掌，细长的手指，他真的有一种被包裹着的感觉，全身都很柔软，意识也有点模糊了。他输了，一时语迟，不知说啥好。

“说嘛，说你最见不得人的心思，反正我又不认识你。”女人催促着。

“那我说了，别吓着你啊。”

“呵呵，我啥没见过，还怕你吓？说吧说吧，男人要言而有信。”

“其实也没啥。我是个老实人，从来没有外遇过，所以也想外遇一回，不为别的，就为检验一下，看我还行不行。不是说，实践是检验真理的唯一标准么？”他态度真诚，瞟了瞟身后小区的楼房，密密麻麻的窗口灯光闪烁，但自家的窗口黑着，像一只眼睛，黑洞洞的瞪着他。

“哈哈，我说你人老心不老嘛！”女人指了指他，很开心的样子。

“我只是想晓得自己的生理状态，几年没做了……”他羞愧地搓了搓手。

“没老婆？”

“当然有，但早没在一起了。”

“为啥？”

“原因多方面吧……反正，都没那想法了。习惯成自然，倒也相安无事。”

“噢，典型的‘一不做二不休’。你是个当官的吧？”

“也不算官，机关工作人员。”

女人有点同情地看看他，说：“若是只为检验行不行，真没必要外遇，外遇成本很高的。我是说情感成本，还有时间成本。不然，谁愿意和你遇？真不如找只‘鸡’简单。”

他连连摇头：“不能做违法的事。再说我嫌脏，肯定有心理障碍，做不了的。”

“嗯，也是。那你就只能找个人一夜情了。”女人盯了一眼他的眼睛，嘴角稍稍一扬，“嘿，其实，你是在为外遇找借口吧？不过，像你这种情况，想找个情人也可以理解。”

他脸上一热：“也许内心深处，也有这种渴望吧……能把你的手机号码告诉我吗？”

“你想干啥？”

“你别误会，我没别的想法，只是觉得和你聊得来。方圆十里，我没一个聊得来的人。想时不时地，和你聊聊，疏通一下情绪，仅此而已。如果能做个朋友，当然就再好没有了。”他谦恭而紧张，手心都出了汗。

“那也不能告诉你手机号码，那样就互相晓得谁是谁，就不好玩了。给你 QQ 号吧。不过现在不能跟你聊了，我在等一个人。”

女人拿出手机点了几下屏幕，给了他一个 QQ 号。他马上在手机 QQ 上加了好友，然后礼貌地道了别。女人的影子从他背上慢慢地滑了下去。走了十几米，回头一看，女人还在岩石上端坐着。月光泛白的水面衬托着女人的身影，显得很动人，也很诱人。

回到家，他就迫不及待地打开 QQ。女人已通过他的加友请求。女人的 QQ 名很特别，叫“你所不知”。QQ 空间里除了转发和链接的一些心灵鸡汤之类的文字和图片，就没别的东西了。QQ 好友也没几个，看样子，女人跟他一样，朋友圈很小。他发了个微笑的表情，写了句“很高兴认识你”，发给了女人。他盯着 QQ 页面，久没回音。此时，女人无暇他顾了吧。他心头一硬，又发了一支玫瑰过去，然后就关了 QQ。

第二天一整天，他都不停地打开 QQ 又关上。“你所不知”一直没有回音。直到晚餐后，她才回了一个微笑的表情。虽然她一句话都没说，他还是很激动，好像身体内某根线通上电了似的。他匆匆地洗了碗，擦干手就要往外走。妻子叫住了他：“哪去？”

“散散步。”他说。

“不光是散步吧?”妻子说,“还想跟坐在河边岩石上的女人聊天?”

他怔住了,过会儿才说:“你跟踪我了?”

“我没那个闲心。上午到监控室检查,顺便查看了一下监控视频,凑巧看到了你。”妻子瞥瞥他,说,“这一带接连发生两起抢劫单身女性的案子了,那女子是我下面的人,在执行任务。”

他倒吸了一口气,背脊发凉,哑然无语。他不晓得,跟那女人说的那些话,是否已传入妻子的耳朵。

“虽然老夫老妻了,但我还得提醒你:这把年纪了,千万莫到外面乱来,搞得大家脸上都不好看。莫天都快亮了还撒泡尿到床上。”妻子说。

他蓦地冲动起来,大声道:“谢谢提醒,我可以跟你发誓!”

“发什么誓?”

“我若是在外面乱来,我割掉我那玩意!”他言之凿凿。

妻子不屑地撇了撇嘴。

他挑衅似地:“那你呢,你若乱来,割哪里呢?”

“我才没你那么无聊。我不会跟你发誓赌咒的。如果发誓有用,那还要警察做什么?”妻子踅进自己房间,掩上了门。

他犹豫了半天,还是出了家门。

他还得去散步。得避开那块岩石。那女人当然不能交往了,得删掉那个QQ。他拿出了手机,迟疑了一下,还是没删。随它吧,删或不删都不能说明什么。他沿着江岸往上游走,一路想着,自己怎么就发了这么个毒誓。他的那个部位有一线隐约的刺痒。江风吹来,浑身冰凉,他打了个颤,脖子直往衣领里缩。

2

他已经想不起，上一次做爱，是何年何月的事了。也不想明白，与妻子的关系何以演变至此。但凡听说妻子出差，他就会一阵轻松，而一旦妻子回家，心里就多了一样东西，有些沉，不自在。两人很少说话，说也大多与工作相关，且极其的精练。家务倒是配合得天衣无缝，谁做啥谁不做啥，一切都在不言中。但即使是说话，他也很少直视那张曾经是警花的漂亮的脸了。除了工作，他与外界联系很少，而妻子则恰恰相反，工作很忙，工作之外也很忙。

偶尔，他也免不了被牵扯到妻子的忙碌之中。

一天快下班的时候，他接到妻子的电话，说是老大请他吃饭。

他很疑惑："老大怎会请我？是请你吧。"

妻子说："你这人怎给脸还不要呢，请你就是请你，老大有事交待。"

他还是不解："老大有事，跟我领导下指示，或者让你转告，我执行不就得了，何必大费周章？"

妻子说："你不懂，这叫领导艺术。"

他只好去了荷花池大酒店，进了那个带卫生间和休息室的高档包房。

他酒量很小，向来不喜欢应酬，敬酒和被人敬酒，于他来说都是件很为难的事。特别是敬和被敬时，都要说一些言不由衷的话，心里很别扭。而只要一上桌，不端酒杯几乎不太可能。还有件小事，就是他永远也搞不清，自己该坐在哪个位置。主宾席他是认得出来，也晓得不可坐的，别的他就不甚了了。如果不是妻子在场引导他，他总是待别人坐下之后再瞅空入座。但这次进房间之后，他往桌上扫了一眼，心理负担就减轻了：酒桌上摆有座签，他的名字赫然在目，只要对号入座就行了。

客人们陆续来了，都是职务带长的人物，级别都比他高。他的顶头上司也来了。他便晓得，老大有事可能是真的，而所谓请他，不过是句客套话，顺便捎带了他而已。而捎带他的原因，无非是某件事需要他具体经办，再有就是因为妻子的连带关系了。在某些场合，被人介绍身份时，往往会加上一句，他是谁谁的老公。在这个庞大的系统里，妻子的知名度比他高得多。

他轻松些了，跟那些或熟悉或陌生的面孔打着招呼，倒也还自如。

老大是在妻子的陪同下最后进来的，气宇轩昂地招了招手，稳稳当当地在主宾席坐下，微笑着环视众人，目光还在他脸上停留了一下，微微点了点头。他有点木然，没来得及做出反应，老大就举起了酒杯，说："这一年大家工作辛苦了，今天特备薄酒以示慰问。我请客，牟局买单，所以嘛，大家可以开怀畅饮噢！"

牟局是对妻子在场面上的称呼，但在他耳朵里总是很陌生。妻子端坐在老大右侧，一身笔挺的制服，显得精明能干而又英姿飒爽。这样的场合妻子总是应对自如，或者说游刃有余。妻子满面春风，说话既得体又热情，每句话都像火上浇油，把酒桌上的气氛搞得极其的热烈。

但妻子越这样，寡言的他越显得多余。他决计，不端酒杯，也不向任何人敬酒。无论谁向他敬酒，他一概举茶杯回应。邻座的什么长抢过他的茶杯，非要换成酒杯，他硬是没让步，那位什么长只好悻悻地抿口酒，不再强求了。这一来向他敬酒的人也少了，倒落了个清静。

妻子依次给每个客人敬酒，对每个人的敬酒词都不一样，表情与语气都很到位，分寸拿捏得刚刚好，被敬的人看上去都十分的受用。这是他不得不佩服的。妻子路过他身后时附在他耳边快速地说："求你给我个面子，别人不敬可以，老大你不敬不行。"

说是求，听上去像是下达命令。

他只好端了只小酒杯，硬着头皮站起，朝老大走过去。脸皮发僵，手脚也不太灵便。他没听清自己跟老大说了什么，碰了碰杯，仰头喝干了。他的目光是虚的，所以也没看清老大的表情。直到坐回自己座位上，他才长长地吁了一口气。酒液烧得胃灼疼不已，他忽然就对自己十分厌恶，垂头看着自己的手，对满桌的热闹充耳不闻。

后来他就拿出手机来玩。先上网看新闻，再浏览QQ，然后，又故意让手机滑溜到地上，再蹲下身子去捡。捡到手机的同时，他迅速地瞟了一眼桌下面的腿，确切地说，是瞟了妻子与老大的腿。在已经远去的某个夏天的筵席上，他就曾因捡拾手机而无意地瞟过他们的腿脚。那一次，从他的角度看，老大那只翘起的脱掉了皮凉鞋的脚正抵在妻子的腿肚子上，似乎还在轻轻地挠着。后来很长一段时间，这画面都粘在他脑子里，难以抹去。他一直试图让自己相信，那仅仅是个角度问题，如果想得过多，只能说明自己心里不干净。眼下，那两对腿摆放正常，而他，也对很多事都不那么在乎了。他也就是下意识地瞟一眼而已，没有什么特别的意思。所以，直起身子回到台面上，即使不再玩手机，他也能气定神闲了。

这时他才发现，酒酣耳热的人们正鼓动妻子与老大喝交杯酒，还七嘴八舌，旁征博引，说中国的酒文化是如何的博大精深。妻子端着酒杯站了起来，微笑不语。老大则谦逊地道："呃，这个交杯酒嘛，虽然也是酒文化的内容之一，但有它的特定含义，不是谁都喝得的；再说它也是有专属权的，不经申报审批，即使是老大，也没这个权力啊！”

老大边说边瞅准了他，那张经常在电视屏幕和主席台上出现的脸，显得十分的和蔼。桌上所有的眼睛也都盯着他了，无数蚂蚁在脸上爬，痒痒的。他当然得有所表示。于是，他以筷子当笔，有模有样地在空中那张虚拟的纸上写了同意两个字，极其豪爽地道：“我批了！”

在众人的叫好声中，老大举起了酒杯，与妻子手臂相扣，仰头喝下了交杯酒。妻子喝酒时用另一只手掩着口，而老大干完杯后立即用餐巾纸轻轻地擦了擦口唇。显得很文明，也很斯文。他的脸不由自主地笑着，他感到自己躲在笑容后面，冷静而平和地看着面前的一切。

喝光了四瓶茅台酒，酒宴才告结束。他跟着妻子把老大送上车，挥手告别。待老大的车屁股消失之后，才和妻子一道回家。在车上，妻子表扬他说：“今天有进步嘛。”他鼻子里哼了一声，也不知自己想表达什么。老大一直没提相关指示——这种事，当然不能在台面上说的。他晓得，事情已经到了妻子那里，只待她转告于他了。

果然，一到家，妻子就说，老大指示，要他把手头那件因拆迁致人死亡的故意伤害案以证据不足、事实不清的名义退回她那边。

“为何？”他问。

“这不是你我要晓得的。”妻子说。

“要你们补充侦查？”

“你真是朽木不可雕也，刚才还表扬你有进步呢。”

“难道要撤案?”

妻子并不正面回答，却说：“说来也算意外吧，人死又不能复生，反正钱也赔够了，不一定硬要牵涉到领导吧？你如果以故意伤害罪起诉当事人，而作出判决了，势必要进一步追查在现场指挥的副区长渎职犯罪。而城市的开发建设还得靠他们……”

“只为保护一个副区长，就想让原案不成立，合适么？影响那么恶劣。”

“合适不合适，有时是个角度问题。把别人办了，只怕影响更加恶劣。以后谁还敢牵头搞建设?”

“那，之前就不要做成故意伤害案移送过来啊，要我来替你们揩屁股?”

“情况总是不断变化的嘛。”

“老大都亲自出面，这副区长能量够大啊!”

妻子警告道：“不许乱说！捅了娄子我可帮不了你!”

他只好不说了。

第二天他拿出卷宗把所有材料仔细查阅了一遍。案情清晰，证据翔实，他实在找不到退回去的理由，就把它搁置在柜子里不管，做别的事去了。对不想做的事，能拖则拖，这是他多年的工作习惯；在一拖再拖之中，事情往往会起变化，这也是他的工作经验。

可是只拖到了第三天，妻子的电话就追来了：“你怎还没把案子退过来?”

他说他实在没有退的理由。

“就是要你找理由啊，而且要找个过得去的理由！你在这个位子上坐了十多年了，这点业务能力都没有？脑子退化了？放心，这么多人，不用你担责。你若不办，你们领导也会催你办的。你还是争取主动吧，否则，你我都在老大那里交待不了！”妻子口气严厉。

他没有别的选择，只好遵命。签署经办意见时他的手直抖，写下的字歪歪扭扭。领导显然比他沉稳，审查和签字时表情严肃如常，眼皮都没抬一下。事情办过之后，他就重感冒了一场，吃药打针搞了一个多星期才痊愈。他预感到这事会有后遗症。

3

妻子不会做饭，又经常很晚才回家，他一个人也懒得做，便都在外面吃，家里也就基本断了烟火。机关有食堂，但吃多了就腻了。于是，他就隔三差五地在下班路上买个十块钱的盒饭，倒也吃得很香。

这几天他几乎不去食堂了。他不想让同事更多的看到他的脸。他觉得自己差不多得了幽闭症，只有关在办公室或卧室里不见人才自在。这日下班时间已过去半小时了，估摸同事都走得差不多了，他才关门下班。

他步出单位大门，往右一拐，准备去常去的快餐店。越过一条斑马线，路过区政府的时候，看到一个妇人跪在马路边，头上缠着一条白头巾，背上背着一块白布，上面用红墨水写着一个大大的冤字，冤字两侧竖写两行黑字：惩办真凶，还我老公！

他心里一阵乱跳。

这妇人的照片他在卷宗里看到过，妇人的证言他也查阅过多次。妇人叫梅晓琴，他还记得梅晓琴按下的指印有个螺纹，并且还曾联想到梅晓琴按指印时是如何颤抖的。梅晓琴跪得像座石雕，凝然不动。他瞟一眼她屈蜷的腿，自己的膝盖隐约一阵疼，忍不住走近，轻轻拍拍梅晓琴的肩：“大姐，回吧，跪在这是没有用的。”

梅晓琴回头道：“有用的，至少要让他们晓得我不服吧！”

他想想问：“不是听说赔了几十万，犯罪嫌疑人也拘捕了么？”

梅晓琴说：“只抓了动手的，还没抓动嘴的呢！几十万能买回我老公的命么？我自己合法建的房子，不按市场价给我补偿不说，还没有签协议，而且没有经过法院审判，说拆就拆，天下哪有这样的道理？那天我看得明白听得清楚，开挖掘机的后生并不想动手，是拆迁队的队长，还有那个管拆迁的副区长逼着干的。那后生说，屋里有人呢，出了人命咋办？那猪一样的副区长居然说，机器一开人就会吓出来的，就是出了人命也没啥了不起，拿钱赔就是，旧城开发耽误不起！结果，我老公没来得及跑出来，脑壳都砸瘪了，好造孽呢……我也恨那开机器的后生，但我更恨那些背后指使的人！我都用手机拍了视频录了音的，他别想耍赖！”

梅晓琴说的他都清楚，他也看过那个视频，都是实情。

他不好多说什么，泛泛地安慰道：“犯法的人都会被法律惩罚的。”

梅晓琴却摇头，大声说：“我才不信呢。等了这么久还没结果，就是想一拖再拖，不了了之！我晓得他们这一套，不然我也不会来跪了。不惩办那个副区长，我跟他们没完！”

他有些吃惊，梅晓琴似乎听到了什么风声。他不知所措地搓了搓手，舔了舔干涩的嘴唇。同样一件事，从不同的人嘴里说出来，差别是如此之大，对他的影响也是如此迥异。如果梅晓琴晓得了他的身份，会是什么样的态度？梅晓琴抬头看了他一眼，他仿佛被看穿，无数羞愧的蚂蚁爬上了他的脸，叮得他难受极了。

他感到有人窥探，回头望望，并无人影。

梅晓琴头发凌乱，眉头紧蹙，显得十分疲惫。

他劝道："大姐，时候不早了，要跪也明天再来，或者换个地方跪吧。下跪是没有用的，莫白白苦了自己。人死不能复生，你自己要节哀保重，得饶人时且饶人吧。我请你吃个盒饭？"

"哪能要你请？你是好人，别人都不理我呢。"

梅晓琴站起身来，拍拍裤腿上沾染的灰尘，揉了几下膝盖，一拐一拐地走了。他盯着她的背，看着那个血红的冤字慢慢地小下去，直到消失不见，才踅进快餐店去吃盒饭。

吃了几口他就放下了筷子，太没有胃口了。

他出了快餐店，沿着人行道一直走，一直走，一直走到了江边。他不想回家。季节已是深秋了吧，江风掠过脖颈，凉凉的像滑过一条蛇。一些金黄的野菊花开在路边草丛中，像几朵零星的火焰燃在迷蒙的暮色里。夕阳已经隐没，天空很空，江面一片渺茫。路灯光把他的身影投在水波之上。水面上的他那么瘦长，那么扭曲，那么怪异，随着波浪起伏不已。他拖着自己的影子沿着堤岸往下游走，不知不觉地，江边那块岩石移到了面前。

岩石上没人。

他在常坐的那个部位坐下，伸手摸了一下那个偶遇的女人坐过的地方。岩石表面竟有些微的温热，似乎那女人刚刚离开。他想再摸一下，刚伸出手，就感到背上有窥视的目光。回头一看，不远处那根水泥杆悬吊着的监控探头像一只大眼，圆溜溜的盯着他。心里便有些堵。他忽然就冲动起来，看看四下无人，站到岩石上，解开裤带，朝着江里哧了一泡大尿。他边哧鼻子边哼哼，斗狠似的，拼命收缩小腹以增加腹压，让尿水呈抛物线洒向水面。并且，示威似的仰着身子，让自己所有的不雅都暴露在监视探头下。

真是尿香四溢，痛快淋漓啊！

他重新坐下来时，心里已经平静了。

夜色愈发的浓重，薄凉的星光照着微微起伏的水波。他感到很无聊，便拿出手机来翻。点开QQ，才发现，两天前“你所不知”给他发了一个链接。他心里一动，点开了链接的地址。

是个关于阳痿的网页。精神心理因素导致勃起无能的阳痿叫心理性阳痿，全身代谢或局部病变引起的阳痿叫器质性阳痿，硬度与时间不够，无法进入，伟哥，晨勃，激素治疗，海绵体注射，等等等等。

他脸上一烧，感到许多的蚂蚁爬上了面颊。这女人在嘲笑他。他活到这把年纪，又是受过高等教育的人，连这点常识都没有？于他来说，根本不是阳痿不阳痿的问题。他隐约地记起，还是有过晨勃的状况的，这至少说明，他的身体并没有器质性的毛病。他的问题在于他心若死水，没有欲望了。他看都不想多看妻子一眼。性幻想也还是有的，但真遇到一个喜欢的女人了，与那个女人赤裸相见了，他还能重振雄风吗？还真难说。他想验证的不光是他的身体，还有他的精神。至少能正常地情爱，才算是一个健全的男人，无论他多老。

先不管“你所不知”发此链接是何动机，有一点很显然，她还不晓得他的身份，否则决不会有这种放肆之举。这让他放松了心情。或许，人家就是一番好意，提醒他而已吧。

他想了想，回了一条信息：“我了解自己，并没有阳痿的问题，但我还是谢谢你的关心。”过了片刻，他又手颤颤地加发了一条：“哪天有空我请你喝茶，我们再来一次石头剪刀布？要你也输一次才公平噢。”仿佛料定那女人不会回复，又仿佛怕那女人会马上回复，他即刻关掉了 QQ。

他起身往家里去。他家的窗户还黑着的，说明妻子还没有回来。这很好，用不着看那张居高临下严肃得像真理一样的脸，更用不着说话。

进了小区，来到电梯口，他忍不住又打开了 QQ。

“你所不知”回了话：“好啊，我静候佳音！”惊叹号后还附带一个笑脸的表情符号。霎时，一道快乐的闪电划过脑际，他整个身心都轻快起来。他放弃了搭乘电梯，像个年轻人一样沿着楼梯小步跳跃而上，兴奋极了。原来，犯忌是一种特别刺激和开心的事呢。

4

第二天是周六，他迫不及待地用 QQ 约了“你所不知”，去月形山玩月楼喝茶。月形山距市区十五公里，树木葱茏，地远人稀，他觉得在那里比较有安全感。玩月楼建在一座悬崖之上，背靠千年古樟，下临悠悠莲水，粉墙黑瓦半隐竹丛，飞檐翘角直插青空，清静而雅致，风景也蛮不错的。

他是打的去的，还特地戴上了墨镜。

他在临江的窗口订了个卡座。本想订个包房的，那样更隐蔽，遇上熟人的概率更小。但包房太暧昧了，有暗示之嫌。他不想给人用心不良的猜想。卡座也是分隔开的，还挂有门帘子，多少能遮挡一下，也算是个私密空间了。

他点了一壶红枣桂圆养颜茶，一份瓜子，一份开心果，然后就望着窗外等着。于他来说，这是史无前例的事：不仅仅是头一次单独约会女人，而且，这个女人还是妻子的部下——这当然是一种犯忌的行为，兴奋和紧张都是免不了的。天气清朗，视界开阔，他数着江面上那些似动非动的挖沙船，借以舒缓自己的心情。

高跟鞋笃笃笃地沿走廊响过来了，门口光线一暗，帘子被掀起，露出一个穿米色风衣的女人。他瞟瞟那张陌生的脸，刚想说您找错地方了，女人冲他一笑说：“久等了吧？”

“对不起，我……”他感到自己脸红了。

“没认出我来是吧？呵呵，那天晚上，夜色掩饰了我。”

她从容地脱下风衣挂在墙角衣帽钩上，在他对面坐了下来。她身上的红毛衣就像一团火，他的面颊感受到了热力的辐射。香水味也从对面弥漫过来，从头到脚笼罩了他。她的表情却是沉静的，端庄的，眼眸炯炯有神，眼角细微的鱼尾纹显出她的成熟。与那个晚上的她相比，至少大了十岁，像是挨边四十的人了。

这样很好，他更愿意与成熟的女人打交道。

他殷勤地给她上了茶。

“那么，又有什么负面情绪需要我帮你疏通呢？”她微笑道。

“你还记得我的话啊。没那么功利吧，也就聊聊天，休休闲，而已。”

“还不功利，还想着再来一次石头剪刀布，让我也吐露一次隐私。”她微嗔道，面容却和蔼可亲。

“那不是追求公平嘛，如果连这样的小事都不能公平，这世界就没公平可言了。”他说。

“你对我很好奇，想晓得我是什么样的人，是吧？”她盯着他。

“你对我就不好奇吗？”

“嗯，确实好奇，”她点头道，“但愿不会好奇害死猫。不过也许，你晓得我真实身份了，就不想跟我交往了呢。”

“难道你是警察？”他盯着她漂亮的脸。

“你看呢？难道你是犯罪嫌疑人？”

“我当然不是。”他仔细观察着她，“嗯，太像警察了，眼神里透着敏锐，眉宇间现出机警，还隐隐的有股杀气。如果你演电视剧，妆都不用画，一看就是正义的化身！”

“哇，你这马屁拍得我太舒服了！你真是火眼金睛啊，着便装你都看得出来！我坦白吧，我就是一名警察，一名刑警。见到你的那天晚上我是在执行任务！”她双眉一扬。

“哈哈，我没别的长处，就眼神还不错。谁让你额上有个印子，警帽戴出来的吧？”他夸张地大笑，端起杯子喝了口茶，又凑近问，“哎，你们那，像你这样漂亮的警花还不少吧？”

“当然不少，有些场合必须有女警察，还有些都当了领导呢。”她说。

“嗯，我也耳闻过一些情况，好像有个叫牟局的吧？”他做出回忆的样子，“似乎有人说她的闲话。”

她敛了笑，瞟了瞟他说：“嗯，牟丽，我们的副局长兼大队长。职场也好，官场也罢，女人一优秀，一漂亮，总会传绯闻的。没有什么奇怪的。”

“是呀，是呀，人性就是这样，也不奇怪。有时，也是无风不起浪吧。”他话头一转，“我还想问你个事。”

“呵呵，看你这架势，好像是审讯我。”

“岂敢，也就是好奇而已。”

“请说。”

“比如，你正承办某件案子，查实了嫌疑人的犯罪事实，上级忽然叫你撒手不管了，你怎办？会放弃吗？如果放弃了，面对被害人，会良心不安吗?”他不觉间有些咄咄逼人了。

“这就要看具体情况了。也许会，也许不会。”

“如果你感到良心不安了，又怎办呢?”

“怎办？凉拌。你只能让时间去麻痹你的良心。”

“噢……”

他似乎有些失望，十指交叉绞捏着，一时也没有话了。望望窗外，天空蒙上了一层云翳，光线暗了一些。有鸟儿在飞，如同飘浮的落叶。

“你好像不太开心?”她关切地问。

“性情所致吧，平时又难遇到开心的事。遇上你，算是开心的了。”

“嗯，我平时也难遇上开心事，不过案子破了的时候，还是挺开心的。”她尖起手指拈了颗开心果，剥开壳，准确地将果仁扔进嘴里。

门外脚步声杂乱，来来往往的茶客多了起来。忽然门帘一撩，一个男人闪进门内，一把握住她的手直摇：“哎呀老同学，我说声音怎如此耳熟！果然是你啊！你可是神龙见尾不见首啊！别来无恙乎？老久不见你了，想死同学们了！有时间我们一定得聚一聚，不然都记不得鼻子眼睛是啥样了!”

“好啊！到时我约你们吧!”她爽快地道。

男人一脸笑得稀烂，双手合十作了个揖，退出门帘外，转身时深深地瞥了他一眼。他顿时不安起来，待门帘放下，脚步声响远，降低声音说：“没想到这里也不清静，不会带给你负面影响吧?”

“不会，我这身份，怕什么负面影响。”她说。

“我的意思，怕我们喝茶的事传到你家人耳朵里，引起误会。”他说。

“你多虑了，这点自由都没有，那还了得！”她手在面前挥了一下，仿佛赶走一只苍蝇，“再说了，我家里只有我，没有男人。”

“怎会呢，你这么优秀？”他心头一阵莫名的轻松。

“怎不会，太会了。女刑警工作不分日夜，照顾不了家，老公忍受不了冷落而出轨，诸如此类，电视剧里都演滥了。不过有个场景没有出现过，那就是我清晨回家，看到老公与一年轻女子赤裸相拥，非但没有激怒，反而替他们盖严被子，洒脱地说，不打扰你们，继续享受吧。说完我就离开他，过自己的生活了。房子和女儿我都留给了他。客观地说，他人并不坏，虽然是个不忠诚的老公，但是个好父亲。”她说得很轻松。

“你真不容易啊。”他慨叹。

“谁又容易呢，条条蛇咬人。不说这些了，我们还是来点开心的吧，石头剪刀布？”

“你不该暴露你的身份，晓得你是谁了，就不好玩了。”他说。

“好不好玩还不是自己的事？我保证，只要我输了，就讲我最隐私的事。上次你那么隐私的事都讲了，我还有什么讲不得的。我也该对你坦诚点，我们是朋友了，是不是？”她说得很真诚。

他心里有点感动，嘴里却说：“好啊，看来你还有更隐私的没说。”

他先把右手藏在台面下，然后喊了声石头剪刀布啊，把拳头举了出去。她出的也是拳头，只好重来。第二次出手，两人又都同是剪刀。她的两根手指红红的，像两支细长的胡萝卜。第三次总算分出了输赢，他的剪刀剪了她的布。

“好吧，也该我说了，不过你要有心理准备，说过之后，我的形象会大打折扣的。”她眉头微微一皱，瞟了瞟左右的卡座，压低了嗓门，“这么说吧，也是个俗得不能再俗的故事。或许是生理需求，或许是情感饥渴，离婚一年之后，我有了个相好。他有家，但我是想跟他结婚的，我想既然是同行，就不会互相嫌弃吧。他先是答应了，后来又不同意了。我说那好，那就不再私下来往了。但他不同意，我可以跟任何人结婚，但必须做他情人。他还趁我熟睡的时候拍了我的裸体照，其用意是可想而知的……所以，现在的我，其实处在困境之中。身败名裂是分分钟的事。”

他张大了嘴巴，半天没有出声。

她的遭遇完全在他的意料之外。

“看不起我了吧?”她凝视着他。

“没有没有，”他连连摇头，安慰道，“你也不用太担心，这个人不会自己抠出屎来臭吧?他就不在乎自己的名声前程?”

“我若不如他的意，他会采取行动的，我太了解他了。他鬼点子极多。只是我不知他会采取哪种行动。现在他引而不发，就是想控制我。”她低下头，神色忧郁，“干我这行，丑恶的东西看得太多了，只是没想到会发生在自己身上。”

“唉，真是家家有本难念的经啊!”他叹一声，仰靠在椅背上，“其实除了上次跟你说的那些，我最近又遇到件担忧的事呢。”

“那你也说说。”

“不说了吧，别把我们的约会弄成诉苦会了。”

“有苦就诉呗，一份苦两个人分享，那苦味就会淡很多。你就直说吧。”

“那不行，要说也还要讲究个程序，还是石头剪刀布吧，我输了就说。”他说。

于是继续石头剪刀布。一次定输赢，她的石头碰弯了他的剪刀。她出手迟，有充裕的时间中途改变手势，不过他懒得计较了。他已经控制不住自己的诉说欲了。他起身往门帘外望望，见外面并无人踪，左右卡座的客人也都走了，才回到座位上，轻咳两声，咽了口痰，开始说他的事。

“刚才我不是问你，如果上级要你撤销某件案子，良心会不会不安吗？那其实是我自己遇到的一个坎。不是有个轰动全城的拆迁死人事件吗，涉嫌故意伤害的案子移送来后，是由我来负责审查的，证据很充分，但某些领导要我借故将案子退回公安，打算撤案。类似事情以前也有过，但这一次，我特别不安。一是面对被害人，良心过不去，那可是一条人命啊；二是我预感到这事会有后患，会穿包，穿包之后我罪责难逃。我这不也是渎职吗？抗是抗不过去的，官大一级压死人。但我可以给卷宗做个副本保存证据以备后用啊，万一用得着，也好给自己一条退路啊。没个副本，就是我的把柄抓在别人手里；有个副本，就是别人的把柄抓在我的手里了。明哲保身也好，伸张正义也罢，我都进退有据了。我怎就没想到呢？我后悔死了，天天想这事，老放不下……”

她直直地瞪着他，眼睛慢慢地亮起来，忽然起身，伸过手来说：“我晓得你的职业了，来，握手，另一条战壕里的战友！”

他不由自主地立起，握住她的手。这才晓得，她的手劲好大，一股温热顺着她的手传导到他身体里来了。他眼睛有些发烫，待他重新坐下时，竟四肢疲软，身轻若飞，有种久违了的类似于做爱之后的愉悦感。

他还沉浸在这突如其来的感觉里，她却绕过桌子坐到他身边，轻言细语："你不用太忧心。这样吧，我来帮你去打听打听，看撤案没，卷宗存在哪里，看能否偷偷拷贝一份给你。这案子原来就是那个人做的，就是跟我相好的那个人。所以，我有有利条件。你想我这样做么？"

他几乎不相信自己的耳朵，侧过脸看着她："这、这怎么好意思？"

"没啥不好意思的，既然你如此信任我，既然你都告诉我了，那就不是你一个人的事了。我想，它也许能附带帮我解除困境呢。事不宜迟，我先告辞了！"她挥挥手，风风火火地走了。

他愣在座位上，半天才醒过神来。

5

他独自在茶楼里坐了很久。中午吃了个煲仔饭，然后在座位上迷糊了一会，才一路走走看看地下了山。好久没有享受过如此休闲的日子了，若是能独身生活，该有多自在啊！

回到市区，路过菜市场，他忽然兴起，买了几样蔬菜一条鳜鱼，想给自己做个晚餐。那鳜鱼真是鲜活，装在塑料袋里还一弯一弓地挣扎不止，都搁到砧板上了，又跳落到了地上。一刀将它拍晕，它才安静下来。他小心翼翼地剖它，还是被它的鳍刺扎着了左手掌，冒出了一颗血珠。他赶紧给自己贴了张创可贴。挣扎和反抗可能是所有生物的本能吧，它即使死了，都还让他付出血的代价。他带着一丝怜悯心，抠出了它的内脏。鲜红的鱼血染红了他的双手。

该煮饭了，得问问妻子回不回来吃。妻子一般是不会回来的，但他难得做一回饭，还是问问吧。他拿出手机，翻了一会才从通讯录里找到妻子的名字。他很少给妻子电话，通常都是妻子找他，指令他做这样，做那样。他拨过去，音乐彩铃响了半天才有人接。

“哪位？”是个粗糙的男声。

拨错人了？他看看手机，没错，是妻子的号码。

“你是哪位？”他问。

但对方挂了，嘟嘟嘟的忙音急促地打击着他的耳膜。他有点懵，随即心跳也急促起来，受了感染似的。他将手机扔在桌上。一些模糊的想法交织在脑子里。脸上又出现了刺痒，这里一点那里一点，像蚂蚁爬，又像细针扎。心烦意乱的，饭是没法做了。他将那具鳜鱼尸体还有那些蔬菜的残骸全都塞进冰箱，再把自己关进卧室，倒在床上，望着天花板，让自己粗重的呼吸慢慢地平缓下来。

黄昏的时候，他叫了盒饭填充了自己。吃饭还是最重要的。听到门锁喀喀作响，他晓得妻子回来了。他坐在沙发上用背对着玄关。门开了又被关上，接着是脱高筒靴的声音。难道没穿制服？眼角余光一瞟，果然，红外套，蓝牛仔，出人意料的时尚。

“怎么灯也不开？”妻子咕哝着开了客厅的灯。

“还不怎么黑嘛。”他坐直身子，“下午你忙些什么？”

“开会，分析，研究，各种忙。”

“那个案子撤了吧？”

“你没必要晓得。”

“不说我也猜个八九不离十。不撤也会改成过失致人死亡案，然后幕后施压，与被害人家属达成赔偿协议，我们则作不起诉处理，于是乎，副区长就可置身事外了。”

“你不说话也没人说你哑巴。”

“我给你打过电话。”

“有事吗？”

“也没啥事，想问你回来吃晚饭不。”

“哦，太阳从西边出来了。”

“一个男人接了电话。”他盯住妻子的脸。

“不可能。我没接到过你的来电。”妻子说。

“你可以翻一下来电纪录。”

妻子从外套口袋里摸出手机来翻，嘴里说，“是没有你来电嘛”。她话音未落，脸色就变了，很愕然的样子。他机敏地窜过去，拿过手机端详。但妻子眼疾手快，不待他细看，就把手机夺过去了。那也是一只苹果手机，与妻子的同款，但不是妻子的。

“拿错谁的手机了？”

“领导的。刚才研究案情，坐在一起，手机都放在桌上，拿错了。”妻子神情坦然，直奔门口，手脚麻利地换鞋，“领导手机比我的更重要，得赶紧换回来。”

妻子闪出门外，尽管她显得从容，他还是想到了夺门而逃这个词。他相信妻子和领导——十有八九是那个老大——无意中拿错手机了，但很有可能不是在桌上，而是在床上。

他很平静，没有羞辱感，没有愤懑，也没有气恼，连郁闷都没有。反而有点轻松，有点柳暗花明的感觉。太奇怪了。他捏捏自己的胳膊，很真实，他是存在的。他蜷缩到沙发上，打开网络电视看《国土安全》，他最喜欢的一部美剧。人生即使遭遇种种的不如意，只要有这样的电视剧看，也还是很美好的嘛。

电视剧很快就让他忽略了自身。

妻子再次开门时他仍目不转睛地盯着电视。他听着妻子换鞋，走过客厅，进了卫生间，窸窸窣窣地洗漱，然后进了她的卧室，关了门。妻子看来是没啥话说了，但他有话想说。以前想说没敢说，现在他突然有了勇气。难道是受了电视剧情的感染？不晓得，反正他是不说不快了。他沉着地走到妻子卧室跟前，弓起指头轻轻叩了叩门。

“干啥？”妻子在里头问。

“想跟你探讨一件事。”他说。

门开了一条缝，露出妻子的半张脸：“啥事？”

“我们这种情况，是不是分开过更好一些？是不是有离婚的可能？”

“想离婚？要不是我，你连这个正科级小官都当不上，还想跟我离婚？死了这条心吧。要离婚，只有一种可能，那就是我想离了。”妻子说，砰地一声关上了门。

他撇撇嘴，觉得这个答案还不算坏。

6

他忍了两天没有打开QQ，没有跟“你所不知”联系。他觉得，这女人做不做那件事，他都应该给她时间。茶楼约会想来更像是一场梦，恍恍惚惚不太真实。而梦里的话是可以不算数的。梦醒之后人的想法是会变的。毕竟，那事有相当的风险。她也就是一时冲动许下诺言而已吧。将心比心，他若是她，也有可能打退堂鼓，犯不着的。她凭什么要帮一个萍水相逢的人呢？

其实，要那个案子的副本做啥，有多大意义，他自己都还不是很明确。

这天快下班时，他不想再忍了，就点开了QQ。“你所不知”的头像是暗的，没有在线，也没有新留言。他有些失望，正欲下线，那头像突然亮了，一行字蹦出在对话框里：“我晓得你是谁了！今天到你单位公干，从宣传栏的光荣榜上看到了你的光辉形象，还有你的真实姓名！”

他有点心虚，额头上冒出了冷汗。

“原来，你就是传说中的牟局的一丈之夫啊！”

传说了些什么？大概不是所谓的正能量吧。他喉头有些发紧，咽了口痰，回了一句话：“后悔结识我了吧？”

“否！恰恰相反，我深感荣幸！你呢？”

“我深感意外。”他想想又补了一句，“因为感到荣幸的应当是我。我很珍惜这份相识之缘，所以，你说的那件事就算了吧，我不想你为难，不想你冒风险，更不想你惹上麻烦。”

“看来你是不相信我的业务能力了。这样吧，你到毛家巷 198 号 108 房来，我们碰个面，有重要的东西给你。不见不散！”

字刚闪现，头像一暗，她下线了。

他换了件平时骑行穿的冲锋衣，反锁了办公室的门，提着公文包匆匆下了班。一出大门，他就将冲锋衣帽子戴严实了。他弓着腰上了公交车。车上人很挤，不时有人碰撞他。他一只手抓着吊环，另一只手抓着帽子捂着半边脸。转了两趟公交车，徒步了约一公里，来到了暮色掩盖的毛家巷。巷子是条单行道，隔一段墙上就有个带圈的拆字，看样子也快拆迁了。198 号是个老旧的院子，一道残缺不全的院墙围着一幢 20 世纪 70 年代修建的红砖楼。墙头蓑草萧瑟。他四下观察一番，轻手轻脚地进了院子。108 房在一层最西侧，虚掩着的门斑驳陆离，门的中心部位用黄油漆写着一个忠字，很陈旧了，上面还覆盖着一幅火炭线描的钟馗打鬼图。

他轻轻敲了敲门，没人应，便推开门走了进去。房里没人。房间很小，墙面贴着报纸，除了一张床，一张小桌，没有别的家具。床上的被褥倒是新的。里间是卫生间，同样很小很简陋。

为何邀他到这样一个地方来？

他正疑惑，她提着两份盒饭回来了。她笑笑，关上门，将小桌子拉到床前，把塑料袋解开，将盒饭往桌上一摆：“不好意思，吃盒饭不说，连板凳都没有，只好请你坐床上了。”

他很配合地坐到床上，问：“这是你执行任务的地方？”

“不是，是我前不久租下的。自己想清静的时候，过来住一下，没人知道这里。我另有住房，家具电器一应俱全，但那里已不属于我一个人了。”她说。

“噢，狡兔三窟啊！”他玩笑道。

她也不分辨，微微一笑，嘴角现出一丝无奈。她穿一件宽松的外套，显得有些臃肿，身体没了曲线，也就没了韵致。他瞥瞥她，埋头吃饭。两人的咀嚼声交织在一起。

两人吃饭的速率几乎完全相等。放下筷子，她递给他一张餐巾纸，又勒了勒袖子去收拾饭盒。他一眼瞟见她右手腕上有一道紫色淤斑，再一眼瞟见她左手腕上也有。他抓住她的手端详，像是绳子勒出来的。

“怎回事？”他问。

她把手抽回去：“没啥，游戏而已。”

“把手勒成这个样子，哪有这样的游戏？”

“他喜欢这样，喜欢把我双手绑起来靠墙吊着，说这样他才有激情，他才舒服，才能完成既定程序……每个人都有自己的癖好吧。不说这些了，我把你想要的东西给你吧。”

她脱下外套——原来外套里面斜背着一个黑色的笔记本电脑包。她打开包，掏出两个沉甸甸的文件袋，递到他手中。

“你就是花这样的代价才弄到它的？”他声音干涩。

“也不算什么代价吧。刚好周末没加班，我本想歇歇，他不请自来……后来还陪他宿醉了一回。当然是他醉，我没醉。我拿到了他的办公室钥匙，打开了档案柜，拷贝了你想要的这些。”她说得很轻松。

“早知如此，我宁愿不要这个。”

“没关系，多做了一次而已。我跟你保证，不会再有下一次。我不会傻到赔上我的下半生。你快看看缺不缺啥吧，我拷贝的时候还是有点慌。”她说。

他将那两个文件袋打开，逐一查看。证人证言、讯问纪录、尸检报告、现场图片，都复制得很清晰。照片是先扫描了再打印出来的。被害人的样子很惨，上半身埋在瓦砾里，挖出来后发现脖子都断了。尸检台上剖开的遗体更是不忍目睹。但是，现场视频资料没有见到。

“你没有见到卷宗里有张碟片吗？”他问。

“没啊，重要吗？”

“重要，是现场视频，比这所有的材料都重要！”

“是我遗漏了，还是销毁了？”她怔怔的。

“都有可能。”

“那我再想办法找找看。”

“不，绝对不要。答应我，尽量离那个人远点，好吗？”他直视着她。

“好。”她点头。

“原始视频是被害人妻子拍的，肯定还存着，我去找她拷贝就是。非常感谢你！”他拉过她的手双手握着。她的手又热又软。

“谢就见外了。这是我自己想做的事。”

她帮着他把所有材料清拢归齐，重新装进塑料袋，塞进电脑包，拉上拉锁。

“你想如何使用它们呢？”她指着电脑包。

“还没想过，但有了它们，心里就有底了。”他说，脱下冲锋衣，像她那样将电脑包斜挎在肩上，再将冲锋衣套在外面。

“这就走？”

“嗯，孤男寡女的，待久了邻居会议论的，对你不好。”他说。

“呵呵，我一个女刑警，还怕这种议论？”她咧嘴一笑，两排白牙闪现出来，“我还想跟你石头剪刀布呢！”

他也笑了：“呵呵，好啊，那这次是什么主题？”

“这次不讲隐私了，你输了，你就让我拥抱一次。”她说。

“那要是你输了呢？”他问。

“那就我让你拥抱一次啊！公平吧？”她偏着头，有些调皮地盯着他。

“嗯，公平！我看，既然达成了共识，形式和程序就免了吧，我们直接来一个好朋友式的拥抱好了。噢不，不仅仅是朋友，你说过的，我还是另一个战壕里的战友，那就来一个战友式的拥抱吧！”

他宽宽地张开双臂，站立不动，她慢慢走过来，与他拥抱在一起。她的双手很有劲，箍得紧紧的。她的身体是热热的一团。她把下巴埋在他的右肩，他则将右颊贴着她蓬松的头发，嗅着她的发香。他眉间发烫，脑壳微晕，身体内有过电的感觉。

“谢谢，谢谢……”他喃喃地。

“要谢你……如果你还想检验一下自己行不行，我非常乐意帮你……”她在他耳边低语，将他搂得更紧了。

“不不，那一点都不重要了。你我的情谊比那要珍贵得多！

感谢上天赐予我们相识的机会……”他急切地诉说着，不由自主地抚了一下她的头发。

她嗯了一声，不言语了，松开他的怀抱，黑幽幽的眼睛凝视着他，点点头，又嗯了一声。他有些不舍，但还是转身出了门。离开院子前，他回头看了她一眼。她倚在门口目送着他。夜色迷离中，她的面庞像薄云笼罩的月亮，若隐若现，若现若隐。

7

翌日，他从晚报上看到一则消息，那位逼人强拆致人死亡的副区长受到了党内严重警告处分。这意味着，副区长已经脱罪了。否则，消息将是另一种说法：开除党籍，移送司法机关追究刑事责任。

至此，由老大下令，从他这里开启的脱罪程序已然完成。

但且慢，另一个程序也已然由他开启，会进行到哪一步，那就要看他的意志了。

午餐后，他换上冲锋衣，戴上红色头盔，从车棚里推出自己的山地车，双腿一夹，飞奔而出。街道两旁的楼房和叶子落尽的悬铃木纷纷往后倒退，他灵活地避开行人，箭似的直射向前。他似乎回到了青年时代，腿肚子里灌满了无穷的力量，双脚不歇气地蹬踏，身轻如燕，翼然若飞，感觉真是好极了。

山地车把他带到了血案现场。他似乎并没有决定要到这儿来，但他的车有灵性，像是摸到了他自己都不明确的心思，就把他带来了。他跨在车上，支着一条腿，隔着围栏往里眺望。那幢私家楼房早拆没影了，血迹当然也消失了，现场挖出了一个深深的基坑。施工的民工们坐在一旁吃午饭，说说笑笑的，好像什么都不曾发生。稍远处是公园的人工湖，当初动员拆迁时说是为了扩大公共绿地，但获批动工之后开发商却要建一个叫“碧莲苑”的高档商住小区，这也是住户们要求提高拆迁补偿，最终引发血案的原因之一。

在路边的荒草里，他看到了几枚纸钱，大概是被害人亲属撒下的吧。他想到了梅晓琴那张典型的受伤害的脸，悲忿与凄惶本不应当出现在这张脸上。他叹口气，调转方向，两条腿一使劲，拐进了一条小街。

他从卷宗里得知，被强拆后，梅晓琴临时住在这里。骑行了一段，他放慢了车速，边走边查看门牌号码。他很顺利地找到了那间临街的小屋，但小屋门敞开着，里面空荡荡的什么也没有。旁边墙壁上贴着一张出租广告。他只好向隔壁的小卖部老板打听梅晓琴的行踪。

“你是谁？警察还是记者?”老板是个中年男子，很警惕。

“我不是警察也不是记者，只是个关心她的人。”他说。

“关心她？关心她的钱吧。拆迁补偿加死人赔偿，大捆大捆的票子，就遭人眼红了。可惜老公没命花了，补得再多又怎样？害人命的官还在台上做报告呢。唉，劝她告状的，不准她上访的，这个去了那个来，她实在是受不了，只好搬走了。搬到哪了也不告诉人。”老板说着直摇头。

“我只是想了解一下情况，看她需要什么帮助。”他解释道。

“看你也不像个帮她的人。”

老板不再理睬他，埋头整理货架去了。

一个骑在三轮车上的光头男在旁边说：“大哥，搞包烟抽罗，我告诉你她去哪了，我帮她搬的家，真的。”他立即买了包白沙烟扔给了光头男。光头男也不说话，跳下三轮车，伏在小卖部柜台上，用圆珠笔写了张纸条给他。

按照纸条上文字的指引，他骑车穿过小半个城区，来到西郊一幢两层红砖楼前。刚停好车，一条大黄狗就窜过来，冲他汪汪大叫。他站住不动，朝屋内喊："有人在家吗？"

"你找哪个？"

回答他的声音却是从身后山坡上传来的。回头一看，正是他要找的梅晓琴，还有一个小伙子陪着。他们站在一座新坟前，定定地看着他。他迎着他们的目光走了过去。到了坟前，他闻到了泥土的芳香，还有焚烧纸钱的焦煳味。瞟一眼墓碑，上面正是拆迁案被害人的名字。

他朝墓碑深深地鞠了一躬。

"你是哪个？"梅晓琴问。

"大姐，你还记得我么？前几天傍晚在区政府门口……"

梅晓琴看看他的脸："噢，是你啊，想请我吃盒饭的那个好人。"

"是啊是啊，就是我。"他握住梅晓琴的手摇了摇，"我特地来找你呢。"

"你可别是个记者，上次那个记者来，我眼泪一泡鼻涕一把地说了半天，结果他只在文章里说我如何通情达理，情绪稳定，想让他写的一个字都没有。老公都搞死了，我能情绪稳定吗？"梅晓琴不满地绷起了脸。

"妈，你就少说几句吧。"小伙子拉了妇人一把，又冲他说，"对不起，我妈不接受采访。"

"大姐，我不是记者，我只是想，有可能的话帮帮你。"他恳切地说。

"你能帮我啥？"

"你要愿意……也许能帮你要个说法，讨回公正。"

"我跪了那么多天，谁理你？我算是明白了，公正是讨不回来的。"梅晓琴直摇头。

"如果走合法的渠道，有效的途径，我相信还是讨得回的。相信我，这世界还是正直的人多！"他说，心里却有点发虚。

"那你打算怎么帮呢？"小伙子问，眼神锐利。

"大姐，现场视频是最重要的证据，你手机里还存有吧？把它复制给我，我就有可能帮到你。"他说，嗓子发干，声音也有点沙哑了。

"我早复制了一份上交了，也没见帮到我什么。再说我手机都没了。"

他一愣，忙问："丢了？"

"昨天来了两个人……"

"妈，要你少说几句！"小伙子打断梅晓琴的话。

"好好，闲话少说。总之我手机没了，别人出高价买走了。放在手里也没法过日子，老想打开看，看了就哭，只有在那里面，我老公还是活的……唉，你说得好，人死不能复生，我们还要过日子，留着也不得安生。要我做啥都行，只要不再烦我们。我再也不想给哪个下跪了……"梅晓琴说着揩了揩眼睛。

他有些发懵，鼻腔被泥土与纸钱的味道熏得直痒。

"不管你是谁，请你走吧，莫打扰我妈了。还有，不许跟任何人说见过我妈，更不许把我妈手机的事说出去。要是惹了任何麻烦，我会找你算账！"小伙子用一根指头点点他的脸，恶狠狠地说。然后，扶着梅晓琴趔趔趄趄地下了山坡，进到屋里去了。

他在坟墓前呆了一会，才空落落地走下坡来。他真的觉得自己很空，没有重量，如果有一阵狂风，便会被吹向不可知的远方。他推起他的山地车，大黄狗汪汪地扑过来吠个不止。他突然生了气，飞起一脚踢了过去。大黄狗灵巧地躲开，吠得更兴奋了。但是，跟一条狗斗狠有啥意思呢？他回转头去，扶住车把，蹁腿上了车。刚骑出几米远，大黄狗嗖地窜了上来，咬住了他的裤腿。他心里一惊，扑通一声，天旋地转地倒在了路边水渠里。还好，水渠不深，他随即爬了起来。冲锋衣沾了好多泥巴，但上身没有进水，只是鞋子已经湿透，冰凉冰凉。

这大概是他最狼狈的一次办案经历了。

他重新骑车离开时，大黄狗安静地蹲在路边，又很同情地看着他。

8

过零点了，他还睡不着，于是打开 QQ 与你所不知聊天。

“在吗？梦乡太遥远，想跟你聊几句。”

“呵呵，在，我刚好上来，心有灵犀啊！”

“嗯，缘分来了门板都挡不住！这两天可好？”

“说好也不太好，说不太好也还好，喜忧参半吧。”

“噢？愿闻其详。”

“先说忧吧。他好像察觉到什么，把卷宗都转移到保险柜里去了。我办公室的桌子柜子，还有家里所有的家具，都被人翻过了。肯定是他，他看我的眼神都不一样了……还有，听说被害人妻子又出具了证言，承认拆迁时老公躲在楼房里，别人并不知情，被砸身亡纯属意外。”

“那是被迫做的伪证。”

“是的，平头百姓往往是很无奈的。”

“那，你的喜又何来呢？”

“嗯，他可能会疏远我，放过我了。”

“不会的，换了我都不会啊。”

“他又不是你。昨天他在我床头柜里翻见了我的体检报告，我有大三阳。”

“你得乙肝了？”

“呵呵，假报告。我有个同学在市医院，开后门弄来的。”

“吓我一大跳！你怎想到这么个主意的？”

“拜网络所赐啊！前几天在网上看到个用假体检报告吓退追求者的故事，就现学现用了。还真有效，今天在办公室，我给他倒了杯开水，他都没有喝，悄悄倒掉了。还给自己换了新保温杯。”

“但愿他不再纠缠你……可是，不会影响你吧，要是怕你传染调离岗位呢？”

“顾不了许多了，调离也无所谓，我正好歇歇，这份工作太累太揪心了。你呢，你这两天还好吧？”

“我也不太好。找被害人妻子复制视频，去晚了，她的手机都被人弄走了，我还被一只大黄狗赶到了水沟里。”

“啊，没受伤吧？”

“身体无恙，心情却伤了。我太无能了。”

“你不用自责，你尽到力了。就是能复制到视频，又能怎样？难道向上级举报？那可牵扯到一大批人，包括老大，还有你妻子，你领导。那太严重了！既然当事人都放弃了追诉，我们也只能自求心安了。”

“唉，恰恰这世界上心安最难求。”

“这只能说明你是个好人，好人才最难心安。”

“也许我是个好人，可是个无能的好人。”

“有能无能，要看怎么说了。至少，做好人是底线，让我们从好人做起吧。”

“好，你做个好女人，我做个好男人。”

“其实，你也有一喜呢，只是不自知。”

“我哪有喜可言？”

“有的，有人越来越喜欢你了，这不是难得的一喜吗？”

“我怎不晓得？”

“你装糊涂呗！”

“呵呵。”

“嘻嘻。”

“太晚了，明天还要上班，休息吧。”

“好，来个石头剪刀布就睡，谁输了谁就让谁亲一口。”

“都免了吧，谁也看不到谁。”

“打开视频聊天啊，划拳可免，但亲不能免。”

“好吧。”

他打开QQ视频聊天。她在手机屏幕上微笑，嘴唇撮起，越来越近。他也撮起嘴，慢慢地印到屏幕上去。

9

他的办公室在13层，窗口朝南，望得见东去的莲水和隐约起伏的远山。东西两端的视野却很逼仄，越来越多的高楼侵占了地面与天空。但人工湖距离不远，再加上簇拥的水杉落了叶，可以瞟见一线白晃晃的湖面，以及近旁那个只剩下基坑的命案现场。他不愿再想这件事了，可他喜欢到窗前远眺发呆，而且，眼睛就像不听使唤似的，老往那地方去。

看到那地方，不免会联想到梅晓琴的脸。

他刚想将视线从那个墨黑的基坑挪开，门被敲响了。分管他的顶头上司笑咪咪的走进来：“忙啥呢？”

“没忙，看卷宗看累了，眼睛在休息呢。”

他有些意外，连忙给领导沏茶。一般来说，交待任务也好，问询案情也罢，都是电话通知他去领导办公室，除非是查岗检查工作，否则，领导一般不会亲自来。若来了，不是好事，就是坏事。

领导打开他的书柜，抽出一本书翻了翻：“嗯，好书，你的阅读面很广嘛，国外的检察官制度也是可以借鉴的，他山之石，可以攻玉啊！”

“是啊是啊，”他应付着，拉过一把转椅，请领导坐下。

领导捧着热茶喝了一口，轻言细语地说：“我来是想向你说个事。我们共事也有十来年了吧？我对你是很了解的，人品好，素质高，能力强，资历也比很多人老。这次院里的副处级职数有空缺了，我首先想到，应当提拔你了。碰巧昨晚参加了一个饭局，老大和老幺都在，便把这想法通报了一下，想听听意见……”

“老大是谁？”他装糊涂。

“就是管我们的，我们这个系统的老大黄书记啊！当然啦，这是圈子内的称呼，不为外人所道的啦。”

“有点庸俗。”他说。

“是有点，不过也显得亲切接地气吧。”

“老幺又是谁？”他问。

“就是你家属牟局啊，你不知道？”领导有点小吃惊。

他摇摇头。他确实不知道，他不是那个圈子里的人。也许是新近来叫起来的吧。他问：“那，他们是啥意见？”

“老大说先听老幺的意见。你家牟局就说，举贤得避亲，说你各方面都不错，错就错在不该是她老公，两口子有一个往上走也就罢了，两人并肩同行，道上就有点挤，别人也免不了会有想法，有说法，于工作于家庭都不利。她的意思，先缓一缓，免得你滋长骄傲情绪，再说你很适合现在的岗位，它更能发挥你的业务能力。老大就鼓掌了，说老幺真是高风亮节，不支持不行！这一来，我就不好说啥了。老大是市委常委，提副处是要常委讨论通过的，如果报上去，别到时说我们不听招呼。我很后悔在酒桌上多那句嘴……”

他太阳穴发胀，脑壳嗡嗡响，慢慢地听不见领导的声音了。他灌了一口茶，强迫自己冷静下来。他不太在乎那个级别，但在乎这两个人在饭桌上这样说他，就像两个厨师边议论边在砧板上划拉一块肉或一条鱼，而且若非别人转告，这块肉或这条鱼还一点都不知情。

“我理解你的心情，抱歉，我画蛇添足，处理不周。”领导说。

“不，您不用抱歉。我觉得自己在这个岗位上都不够格，别说提拔了。”他朝窗外远处那个模糊的基坑望了一眼，说，“上次我把那个案子退回去以致撤案，其实是严重的渎职行为。我根本不配坐在这个位置上。”

“这事不全是你的责任，老大也跟我打过招呼，而且我也签字同意了。”领导瞟瞟门，“有时候也是没办法，现实如此。我们能做到外圆内方就不错了。”

“可我们是执法者，内方外不方，就是失职！”他说。

“是的，你说得很对。可我们也不能太理想化，慢慢来吧。那事过去也就过去了，最好忘掉它。我不多说，点到为止。你的处境和情绪我都能理解，好些时候，我们最难的，是要迈过心里那道坎。好自为之吧！”领导起身，抓着他的右臂捏了捏，转身出了门。

他坐在椅子里一时动弹不得，感到被什么东西固定住了。空调嗡嗡响，空气滞闷呛人，有股火烧的焦煳味。呆坐良久，缓缓站起，肉身沉重。他打开窗户让新鲜空气流进来，回头一眼瞟见竖在桌上的小相框。那是一帧全家福，送儿子出国读书时照的。以儿子为中心，夫妻端坐两边。即使是照全家福，妻子也一丝不苟地穿着制服；即使是在相片里，妻子似乎也冷漠地鄙视着他。夫妻之间这般状态了，你还把这照片供在桌上，简直是莫大的讽刺。

他抓过相框塞进抽屉，啪地关上。

他一定得问问她，你这个老幺有什么权力来支配他的命运？

他晚饭都忘了吃，气鼓鼓地坐在家里等妻子回来。

但是，当夜深人静，门锁喀喀一响，妻子闪进门来时，别说质问，他连看一眼她的欲望都没有了。他心灰意懒，不声不响地踅进自己房间，轻轻关上门，就像一只河蚌，慢慢合上坚硬的壳，深深地躲藏到只有自我的世界里。

10

刚参加完院里的会议回到办公室，他上衣口袋里的手机就响起了悦耳的提示音。摸出手机一看，“你所不知”发来了语音聊天请求。他连忙关上门，点了接受。

“有事吗？”

“你还不晓得吧？那个梅晓琴带着儿子到碧莲苑工地去了，据说躺在挖掘机前，拼死不让施工！公园街派出所都出警了！”

“啊？怎回事？”

“我也是才听说的，具体情况不明。”

“那你能马上去打听关照一下吗？”

“我现在正要去东郊查勘犯罪现场，离不开啊。”

“那我去看看。”

他骑了自己的山地车，十来分钟就到达了现场。基坑里挖掘机已经在作业了，围栏边散布着一些围观者，指指点点地议论着。他急忙趋前询问。这些人七嘴八舌地告诉他，那个老公被砸死的女人带着儿子来讨要赔偿，阻止施工，与工地的民工起了冲突，双方都动了手，但他们哪打得过呢，民工的劲大，人又多，听说老板还临时派了红包。要不是派出所把母子俩带走，不晓得会伤成啥样子。

他转身便去公园街派出所。急匆匆地进了派出所的小院，随手将山地车往一棵刺槐树上一靠，忽听身后一阵呜咽之声。回头一看，那只追咬过他的大黄狗哀哀的看着他，欲走近他，却被脖子上的麻绳拉住了。它被拴在另一棵刺槐上。它的眼里还含着泪。他心里莫名地颤了一下，赶往屋里去。刚到接待室门口，一个微胖的警察迎过来问：“找谁？”

“你们刚带回来的那两个人呢？”他问。

“在留置室，你找他们干嘛？”胖警察眼神锐利。

“噢，我想问问情况。”他说，掏出工作证亮了亮。

“走错地方了吧？治安案件又不归你们管。”

“我只是问问情况。”

“不行。”

“怎不行？我……”他有点急了，“我是你们牟局的爱人！”

“真的？”

“谁还敢到派出所来冒充啊？不信你打电话问。”

“那你早不说？不会是代表牟局来检查工作吧？多多批评指正噢。”胖警察嘴一咧就笑了，“跟我来，在这边。”

他就跟随去了留置室。打开门一看，母子俩被铐在一根水管子上。梅晓琴的额头还有一抹血污，不知是她自己的还是别人的。他低声对胖警察说：“人家老公也死了，够惨的了，有必要铐着么？”

胖警察说：“不铐着，她又跑到工地阻工怎办，上面还不拿我们是问？唉，我们基层民警就是风箱里的老鼠，两头受气的角色。”

他不好坚持了，走到梅晓琴面前，关切地问：“大姐，你没受伤吧？”

梅晓琴梗着脖子，冷眼看他：“又是你，你不是来帮我的吧？”

小伙子在旁边插嘴：“妈，别跟他啰嗦，没用的。”

他坦然道：“我是来帮你的，可帮你之前，你得先帮帮你自己，答应我不再去工地阻止施工。”

梅晓琴说：“那你让他们把赔偿款给我，不要耍赖。”

他愕然：“不是都协商好了签了协议的么？赔偿款应当早给了吧？”

“协议是签了，但协议规定分三次付。付了第一笔款我老公就下葬，余下的分两次月底前付完。我们老老实实执行了协议，埋了我老公，但现在月底过去半月了，还有二十万尾款拖着不给。去公司找财务，财务总是有这样那样的理由；找老总，老总避而不见。他们就是想赖掉！”梅晓琴说。

“那你也不能阻工，你可以到法院起诉，请求法院强制执行啊。”他说。

“有用吗？拆迁补偿他们出那么低的价，达不成协议，我们只好申请法院裁决，法院都还没审理，他们就动手拆房子了。还把我老公也弄死了。”梅晓琴说着泪珠滚了下来，抬手去揩，手铐拽住了她的手。

“不幸已经发生，你得节哀顺变，别的事我会尽量帮你，相信我好吗？”他说。

胖警察帮腔道：“你们真得相信他，他不光是检察官，还是我们牟局的老公，他若帮你是一定帮得到的，你们好好配合才是。”

梅晓琴将信将疑，对着他的眼睛看了一会才点头：“好，那我就等着你帮了。”

胖警察犹豫了片刻，掏出钥匙将两人的手铐打开，让母子俩坐在一把破旧的木沙发上，然后带他出了门，上了锁。

他问：“你们打算怎办？”

胖警察说：“至少会拘留几天吧？到底如何处理，等所长决定。”

他站在走廊上，风吹过，寒意流布全身。大黄狗在树下伸长脖子看了看他。他掏出手机，给妻子拨了电话。

“有事吗？”妻子问。

“我在公园街派出所呢。”他说。

“你怎么跑到我地盘上来了？”妻子讶异不已。

他把事情简单陈述了一下，说：“我建议先把梅晓琴母子放了，不要再激化矛盾。毕竟，开发商有错在先。”

“那不行，这股动辄阻工的歪风邪气不煞一下，会愈演愈烈，市里旧城开发的进程就会受干扰了。”妻子说。

“这干扰本来就是自己造成的嘛！若一切都依规矩办，哪会死人，哪会有后面的事发生？你们应当先要开发商履责，出事了，协议了，就痛快地赔款嘛！”他越说越快，声音也越来越大。

“痛快地赔款？你以为开发商就容易？”妻子的口气也不耐烦了。

“是不容易，这社会谁都不容易，但谁不容易都没老百姓不容易！你把人都搞死了，现在又抓死者家属，你说得过去吗？”他不知不觉火大了。

“你今天吃错药了吧？竟跑到我这里来撒野，你有啥权力越界干涉我们执法办案？”妻子厉声质问。

“我是没有权力干涉你们执法，但我若是发现其中有权钱交易、渎职枉法的行为，我是有权力介入的！”他毫不退让，在记忆里，他还从没因为工作对妻子说过这样的重话。这种不退让让他感到很痛快。

“你什么意思？”妻子警觉地问。

“我的意思很明白。有些事情要有度，不要做得太过了，否则我是会奋起反击的。比如我退回去的那件案子，说不定我会举报。”

“那是你的权利，男子汉自己做事自己当。”妻子说。

“我会交待下指令的人。”他说。

“好啊，只要你有证据，你我都是执法者，不会不懂法律是讲证据的吧？”

他张口结舌，懵呆住了。他是没有证据，谁会想到要给妻子的话录音呢？他更没想到的是，妻子很轻易的就矢口否认了。否认的本身，对他更有打击力，更能显现他们关系的本质。

他关了手机，狠狠地往台阶下吐了口痰。一转眼，发现胖警察以一种诧异的眼神看着他。他注意力太集中，以致忘掉胖警察的存在了。胖警察走近他，握了握他的手——胖警察的手跟女人的一样又热又软——对留置室呶呶嘴，慎重其事地说："你放心，我会尽量关照他们。"

他默默地点了点头，下了台阶，走到院子里。大黄狗在树下乱转。他走过去替它解开了脖子里的绳子。他推着车出门时大黄狗跟着他走了几步，又回头跑到留置室门口去了。大黄狗的两个爪子搭在门上乱抓，嘴里不停地呜咽。大黄狗不是抓门，是在挠他的脸。

11

他戴上头盔、手套和围脖，将围脖拉上去蒙住口鼻，然后骑着山地车出了小区。没人能认出他，这让他感到自在。上了环城大道后，他将左右调速器数值调整为2:7，弓腰埋头，一阵猛踩，往暮色的深处直钻而去。凛冽的风擦耳而过，呼呼作响，仿佛将空气撕成了条状。路灯，行人，树木，还有时间，纷纷掠向身后。暮色变成了更深更浓的夜色，无论他骑多快，都无法钻透它。汗水不知不觉濡湿了面颊，腿也开始发酸，他喘着气，降低速度，让自己松弛下来。

沿着城市外围骑了大约一个小时，车头一转，穿过两个路口，拐进了毛家巷。他没跟她联系，也没想到见她，她也多半没在那里，但既然路过，那就去那个地方瞄一眼吧。

但他一进那个残破的院门，就看见108的窗户亮着。

他让车头对着那灯光直驶过去，然后蹁腿下车，将车靠在墙上。他轻轻敲了敲门，马上就听见她在里面说："是你吧？我就晓得你要来！"

他推门而入，笑道："你是刘半仙？"

“我有第六感啊，哎，你怎晓得我姓刘的?”她边叠被子边问。

“呵呵，我也就随口一说，要想晓得还不容易，难得住我?”话一出口，想到白天的事，他心里就阴了下来，岔开话题说，“你要搬走东西?”

“是啊，退租了。跟那个人说好了，他不会再纠缠我。我总算解脱了。”

“那就太好了!”他由衷地说，欲言又止。

“你情绪好像不高啊。”她很敏感。

他便说了去公园街派出所的事，说了他对梅晓琴的承诺，也说了他跟妻子的交涉。然后问她：“你是不是觉得我很无能?”

“不能说你无能，只能说，每个人都有无能为力的时候。”她说。

“要是再遇到梅晓琴，真是无颜面对了……我还老在想，那起故意伤害案，别人要我退案，我怎就没顶住退回去了呢?要是在革命战争时期，我这样什么也顶不住的人，只怕会成为叛徒吧?”他说。

“那不一样，那时候是非对错简单明了，为了信仰啥都愿做。现在呢，大家都这样崇拜权力，善听招呼，都习以为常了，甚至还引以为幸。至少你还是顶过的。像你这样能反省自问的人，还少见呢。”她说。

他从她手中拿过绳子，帮她把被子捆紧，说：“我想请你帮个忙。”

“你说。”

“我还是想把梅晓琴拍的那个视频文件找回来。我办公室的电脑曾下载过，当时也没想到后来这许多的事，用后就删除了。

你能否找个既懂行又能保密的人来帮我恢复？我不想找本单位的人。”

“懂行的人有，但保密就难说了……要不，我来试试？”

“你能行？”

“行不行，试试再说。我电脑里正好有两个恢复删除文件的程序。你若是没运行过磁盘整理程序，就更容易找回了。这样吧，事不宜迟，你先回办公室等我，我回家把那两个程序拷过来。”她说。

“那就太谢谢你了。”他忍不住抓住她的手握了握。

“跟我客气个啥，我俩谁跟谁？等文件找回来了再谢我吧。”她右手握拳在他左肩轻轻擂了一下。

他便先骑车回了单位，进了办公室。他开了空调，启动电脑，烧好开水，将杯子细心洗刷一遍，又找出一听好茶叶，准备泡给她喝。然后，他就站在窗前，望着满城的夜色等她。屋里窗外都很安静，远处隐约传来火车汽笛声。霓虹灯这里那里闪，有点诡秘的味道。他有点急躁，盯了一会单位的大门，不见她身影出现，就忍不住点了 QQ 语音通话：“还没来吧？”

“快了。”她说。

“一会进大门，门卫不问你就直接进，若问就说跟我预约了的。”

“我晓得的。”

“13 楼 1309，注意安全。”

“晓得。”

刚关了 QQ，“几度风雨几度春秋”的手机彩铃突然炸响，妻子来电了。他头皮发麻，任它响了一会才接：“啥事？”

“你在哪？”

“在外面。”

“哪个外面？”

“需要向你汇报吗？你到哪个外面我从来不问。”

“嚯，脾气见长啊！看来硬要跟我对着干了？”

“莫屎少屁多，有事就说。”

“人在做，天在看。”

“这话应当是我说给你听。”

“我只是想提醒你，不要做蠢事。”

“啥意思？”

“啥意思都有，自己掂量吧。”

妻子挂了电话。

他用不着掂量，就感到了妻子的威胁。妻子鹰隼般的眼睛似乎正盯着他。他下意识地瞟了瞟天花板上的吸顶灯，又揭开台灯罩子检查了一遍。他的办公室，大概不会有人敢偷装针孔摄像头吧？

他有些忐忑，重新站到窗前。她的身影出现在大门口，并没人盘问，径直就走了进来。有个黑影跟随在她身后，他心里一惊，定睛一瞧，那只是她自己的影子，才吁出一口气。

眼看她进了大楼前厅，他连忙开了门，往走廊两端看了看，空荡无人，便让门虚掩。稍倾，走廊里有极轻极快的脚步声。接着，她一闪而入，反手将门关上，直扑办公桌，将她带来的U盘插到电脑上。

她盯着屏幕，鼠标点击的声音清脆悦耳。

他沏了杯热茶放在她手边。

“糟糕，你已经清理过磁盘了，要恢复有难度呢。但愿这两个程序有一个能起作用。”她说。

“别急，我相信你能行。”他站到她身后，嗅着她头发的芬芳之气。

“你别说话，越说我越急……要不你到沙发上歇着吧，看你也累了。估计一时半会也弄不好。你不看我效率还高一些。”她说。

他听话地退到长沙发上坐下。

他凝视着她的侧影。她的面部曲线清晰，柔和，很好看。屏幕的荧光反射到她脸上，眸子里便有星光闪烁。眉头微皱，眉梢扬起，飞向鬓际。下巴颏小巧圆润，红毛衣里的脖子光滑白皙，胸部丰满地起伏着……时间滑向午夜，他的眼光疲惫地垂落。他着实累了，倦了，困了，或许，也是因为老了吧。毕竟，知天命的人了。他打了个呵欠，懒懒地躺下，舒服地摊开身体。未几，黑夜顺着他的眼皮滑了下来，像一条无比阔大的被子盖住了他……

他是被她摇醒的。

她俯身看着他，手里举着一只银白色的U盘：“成了！你该如何谢我？”

他欣喜地接过那只U盘，还没等他回答，她就抱住了他，用她的嘴堵住了他的嘴。他也拥住她，将她往怀里勒。那种炽热、湿润、柔软的融合与搅拌真是无与伦比。他头晕脑胀，天旋地转，电流在全身窜动。也不知是谁先动起了手，互相扯脱对方的衣服。然后，更紧密地拥抱，挤压，舐揉，妄图嵌入对方身体里。他感到了自己的勃动。此时此刻，没有比给对方更好的感谢了；此时此刻，他给她的渴望，比得到的渴望要多得多。但是鬼使神差的，他想起了曾想检验自己的荒唐念头。他是行的，肯定行，但越想行越不行。他手忙脚乱，热汗淋漓……

“对不起，我太紧张了……”他羞愧地把脸别开。

“没关系，这样很好，已经够好的了……”她一只手轻轻地摩挲着他的背。

就在这时，门笃笃地响了两声。像一只大鸟在门上啄了两下。只响了两声，然后门就被打开了。他脑子里喀嚓一声，滚雷闪电，人霎时萎顿木呆。妻子走到跟前，举起手机，咔嚓的拍照声像是钉子楔入脑中……接着她被妻子一把拉起，皮肉拍击声清脆裂耳。“给我滚！”妻子怒不可遏。她从容地穿好衣服，拿起他的衣盖在他身上，像是想抚慰受惊的他似的，温婉地看了他一眼，然后走了。

他果然不再惊慌，平静地穿好衣服，去找那只银色U盘，但他没有找到它，它诡异地失踪了。

12

回到家他就进了自己卧室，反锁了门。恍如一只乌龟缩进了自己的壳里。妻子比他更晚回家，他听着她进了自己房间。她会如何处置他？只能随她了。这个家已是个破罐子，摔了也就罢了。不过他有把握，妻子不会到处说，可能都不会通报他单位领导，更不会闹得满城风雨，妻子的面子比他重要得多。他心里明镜似的，妻子更在意的并不是他身体的出轨。

一夜无眠，他不知看了手机多少次。“你所不知”在QQ上留了三个字：对不起。留言的时间大概就在出事之后，他可以想象到她边发留言边走出大楼的情景。说对不起的应当是他，是他把她拉扯到了麻烦里。比起自己，他更担心她，妻子肯定不会放过她。他给她发了好多条留言，但一直没有得到回应，直到第二天起床，她的头像都没有亮起来。

听到妻子的高跟鞋笃笃笃响出门外了，他才出了卧室。他判断妻子没有穿制服，以此联想到，又一个周六来了。妻子忙啥去了？跟谁在一起？他隐约猜得出，但并不关心。懒懒地洗漱过后，他用一听牛奶和几块蛋糕填充了肚子，然后，去了自己办公室。

进门时他查看了一下门锁。门锁并没有损坏，他不明白妻子如何打开的。当然这对一个刑警来说并不难。他仔细查勘了屋内各个角落，特别是沙发的缝隙，还是没有找到那枚银白色的U盘。他启动了电脑。既然她找到并拷下了那个被删除的视频文件，硬盘上应当存着的。但是也没有，它可能藏身的文件夹都翻遍了，都不见它的踪影。莫非别人动了他的电脑？可他是设了启动密码的，用的是儿子的出生日期。

他无功而返，回到家时已是下午两点多了。他给自己下了碗面吃，然后就打开电视看重播的NBA，公牛队对小牛队的比赛。他不光是喜欢篮球，还因为看NBA有种与儿子在一起的感觉。在太平洋彼岸学医的儿子是逢NBA必看的。

一场球赛看完，窗户镀上了晚霞，很绚丽很温暖。

妻子回来了，果然没穿制服。

“你在等我吧?”妻子说。

“我在看电视。”

“故作镇静。”

“哼。”他看了手机一眼。

“你不用看，她不会跟你联系了。这是我跟她达成的协议，不张扬，不处分，不追究，但要调到乡下派出所去，远远地离开你。”妻子说，瞥瞥他，鄙夷地说，“居然跟她搞到一起去了，你晓得她有多不检点吗？一个别人嚼剩的馍!”

“你没资格说她，”他乜妻子一眼，“看你自己屁股上巴得有多少屎。”

“我怎了？我给你丢脸了？没我，你在这位置上坐得稳吗？没我，你儿子能到美国去留学吗？”妻子满脸愤慨，变戏法似的摸出那只银白色的U盘，举在他面前，“我倒要问问你，你到底想干什么？要把这个家毁掉吗？”

“那你拍我们的照，又想干什么？”

“你不干什么，我就不会干什么，否则，我是会干什么的。”妻子说。

他起身就去夺U盘。但妻子身手比他敏捷，闪身躲开，将U盘扔在地上一脚踩烂，接着捡起那些烂渣丢进马桶里，一冲了之。

“好吧，我告诉你吧，这个家于我来说早名存实亡了。”他站到客厅中央，双手像两条死带鱼似的下垂着，“你带给我的只有冷漠，只有屈辱。但我并不想于你不利，我只是想举报自己，既然渎职了，就要承担起相应的责任，为被害人伸张一点正义，也让自己的良心稍许安稳……”

“什么伸张正义、良心安稳，这些豪言壮语等你有上主席台的资格了再说吧！你那点狭隘的小心思我还不晓得？你就是看不得我好，看不得老大罩着我！”妻子抢白道。

他火大了：“口口声声老大老大，老大是你爹啊？我就是看不得，你们那叫啥？那叫沆瀣一气，狼狈为奸！我就是不光举报自己，还连带举报你们！”

“好啊，有证据你就去啊！我还不了解你？你那点胆子，也就敢在办公室偷偷情而已。”妻子轻蔑地撇了下嘴角。

“放心，我不会找你借胆子的。”他说，顿了顿，缓和了语调，“看来，入职时忠于职守的誓言，你真是一点不记得了。”

“你就别跟我扯什么誓言了。那天你不是说，在外面乱搞就割掉自己那东西么？有种你割呀，现在就割！”妻子瞪着他。

“你以为我不敢？”

他跨前一步，抓起茶几上水果盘中的水果刀。他感到被推上了悬崖，唯一的出路就是往下跳了。他走到卫生间，站在马桶跟前，将裤带解开，把外裤、秋裤、内裤一同褪到膝弯处，露出自己的屁股。他的屁股是另一张脸，这张脸冲着妻子，所以他晓得妻子正嘲笑地看着他，断定他不敢有所作为。他没有了任何犹豫的理由，一手抓住并拉长了那个器官，一手扬起了水果刀。悲怆的泪水溢出了眼眶。他的手颤抖着，将刀按在了器官上。

“你疯了?!”妻子一声惊呼扑了过来，在刀刃切破皮肉之前，夺过了他手中的刀。

他跌坐在马桶盖上，浑身瘫软。

13

在后来的许多日子里，他都感觉，那刀子其实是切下去了的。否则，他那个器官不会持续地隐痛。他的想象无数次地沿着那个时刻伸展：他不但切掉了自己的器官，还将它丢到马桶里冲走了。他死死地捏着喷血的伤口，妻子开着车将他送到了最远的医院——那边遇到熟人的机率更低一些。妻子安排他做了缝合手术。从他自戕的那一刻起，妻子就变了一个人，对他呵护有加。妻子天天守在他的病床前，嘘寒问暖，甚至还带老大来慰问了他，慰问品是一篮鲜花和一个厚厚的红包。妻子一反常态地将红包塞在他枕头下，让他有充分的使用权。老大和蔼可亲地跟他握手，要他好好养病，早日痊愈重返工作岗位，为莲城的法治建设做出贡献。他却装着不认识，你是谁呀？妻子说，是老大啊。他就说，他老大，那我老几？我老六（绿）吗？妻子哭笑不得，只好说，你看你，住院把人都住糊涂了……

但想象只是想象，想象只能让他愈发的沉默。他把更多的时间耗费在办公室，耗费在卷宗与书籍里，每天都很晚才回家。他总是很倦怠，很懒散，很颓丧。他再也不骑行，再也不从碧莲苑工地路过，他不愿想那些烦心事，更怕遇上梅晓琴那张脸。他数次推窗眺望河边那块岩石，却没有了到河边散步的兴致。

他也没有在QQ上跟“你所不知”联系。

他想，即使某天不期而遇，他也只能默默地对她点头致意。

又一个周日，他刚打开手机，就听QQ提示音像一只被追捕的鸟，啾啾乱叫。他点开QQ，只见她发来了十几条留言，都是急吼吼的三个字：你在吗？最新的一条另加了四个字：赶紧回我！他便回了两个字：我在。对话框里马上蹦出一行字来：你马上到小区左侧花园旁边来，有事相告。

妻子正好不在家，他便自由地下了楼，去了小区左侧的小花园。他东张西望，没有看到她的踪影，便退到路边等着。忽然身后有人鸣笛，很短促的两声。回头一看，一丛夹竹桃后隐藏着一辆警车，她坐在驾驶室里，把手伸出窗外冲他招摇。

他跑过去，坐进车内。

她的目光羽毛一样轻盈地扫遍他的全身：“你还好吧？”

“没有什么不好的。”他说。

“你的情况，我晓得一些。”她凝视着他。

“你从哪晓得的？”他有些意外。

“你不晓得那天晚上为何让牟局抓了现场吧？她窃听了我们

的语音通话。我气不过，就以其人之道还治其人之身，在她手机里植入了一只小木马，也偷听了她和老大的通话。”

“他们说些啥？”

“说你精神异常，只是近来情绪还稳定。似乎还是有些担心你会举报。昨晚偶然听到老大一句话，吓了我一跳，我只好打破对牟局的承诺来找你了。”

“老大说啥？”

“说万一你不稳定，只好往精神病院送了。”

“噢。”他很平静。

“怎办？”她忧心忡忡。

“他们不必担心的，我很稳定。我也就说说而已吧。再说证据也没了。”他说。

“证据是有的，那天夜里我将视频文件拷到U盘的同时，发了一份到我自己的电子邮箱里。如果你需要，我转发给你。”

“噢，你真周到。”他仍很平静，“不过，我若真去举报，你觉得，我的动机，是维护正义呢，还是出于报复心理？”

“至少是客观为正义吧。你自己觉得呢？”

“我不晓得。”他似乎很迷茫，求助似的看着她，“怎办呢？”

“既然自己不知怎办，就先啥都不办吧。”她说。

“要不这样吧，我们再来一次石头剪刀布。你赢了，就听你的；我赢了，就听我的。一次定乾坤？”他说，盯着她的眼睛。

“好吧。”她应承了，但声音干涩，眼睛里的光泽也暗淡了许多。

他侧侧身子，喊一声石头剪刀布啊，就把右手攥成拳头划了出去。她出的是巴掌，她的布包裹住了他这块冷硬的石头——她的巴掌抓住了他的拳头。刹那间，他就深陷在了大面积的芳香、温热和柔软里。他真想就这样埋葬在她的掌心，永远永远，也不要出来。

2015 年 2 月 23 日

原载《当代》2015 年第 5 期

本次列车开往桃花源

1

穿过耀眼的阳光，钻进一片高楼的阴影，吴欢感觉身上刚泼了一盆热水，又被泼了一盆凉水，不由得就打了个悚。这时，他看到她站在对面，小花园的矮篱旁，若有所思地盯着他。

纷乱的色斑在她身后晃动，城市的喧哗之声在他们四周翻滚。

他走到她面前："是你？"

"你还认得我？"她说。

"黄色小说的黄，小巧玲珑的小，温润如玉的玉。"他感到笑意像水一样在自己脸上漫开。

"你还是那个吴欢。"黄小玉说。

"我还能是谁？"他快速地在她脸上瞟了一眼，"你还是老样子啊。"

"老了的样子。"她细密的白牙咬了咬下嘴唇。

从前，那排白牙也咬过他的，在他的肩膀上，曾留下过半月形的牙痕。他的肩膀隐约地疼了一下。

"你一直在城里？"

"一直在。"她说。

"奇怪，这几年，一直没碰见你。"

“这有啥奇怪的，每个人的生活轨迹不一样嘛。”她说。

“是啊，”他瞟瞟她背上枣红色的登山包，“你这是要去哪？”

“桃花源。”

他的眼皮跳了一下：“旅游？”

“不是，是新开发的，一个仿桃花源也叫桃花源的地方，我去那隐居。”她翻起手腕看一眼表，抓住他的袖子往花园里拉，“我还有点时间，既然老天让我们遇见，就陪我聊聊吧。也许这是我最后一次见你了。”

他随她进了花园，帮她卸下背包，在条椅上坐下。阳光从对面高楼的玻璃幕墙上反射过来，透过树叶洒落在他们身上。他吸了吸鼻子，想闻闻她身上那种熟悉的气息，那种欲望的味道。但是他只嗅到了浓郁的汽车尾气。

“这些年，你还好吗？”他侧脸问她。

“看怎么说了，说不好吧，似乎还好；说还好吧，又似乎并不好。”

“孩子多大？”

“没孩子。”

“他对你不好？”

“我不知你说哪个他。我跟哪个他都没关系了。”

“噢。”

“任何人都不能强求他人为你做啥吧……我曾经在某人口袋里发现过宾馆发票。”

黄小玉的诉说风一般吹过吴欢的耳畔，他盯着她，有点心不在焉。但他还是晓得了，那天她跟踪了同居的某人。他也晓得其实她并不在乎某人有外遇，但她不想蒙在鼓里。结果她发现，这只是某人的心理需要，过段时间，某人就要到宾馆单独住一晚。

某人说，就像是要透一下气，放一回风，不然就会憋得受不了。其实她也有同感，她也需要独处。于是，她也时不时地去宾馆过一回夜，但她发现她要的远不止于此。她的生活就像一件穿在身上的湿衣服，吹又吹不干，脱又脱不掉，难受死了。终于，她和某人和平地分了手。某人给了她一笔可观的分手费，钱对某人不是问题，当然，对她也不是——在此之前，她离过一次婚，前夫也很慷慨，给了她一半财产。但即使和某人分了手，生活并没有实质性的变化。恰好这时，有人开发了隐居桃花源的项目，她便毫不犹豫地报了名，虽然花费不菲，她也在所不惜。她不打算回来了……

“你不是一时兴起吧？”他问。

“不是，我向往已久。我就是想回到原初社会，体验生命本真，打发自己的余生。”她说。

“明白了。”他皱起眉头，“可是，你一柔弱女子，能在与世隔绝的地方过日子？你得自己种粮种菜自给自足呢。那儿没超市，没电视，没美容院，更没互联网。也就是说那儿没有钱能买到的一切，而且，干脆就没有钱。”

“如果有，还叫啥世外桃源？”

“嗯，决心已定，那就走吧，快发车了。”他起身说。

她“噢”一声站起，身上的光斑倏地落了一地。

他帮她背上登山包。

“你怎晓得快发车了？”她问。

“我也要搭那趟车。”他说。

“没这么巧吧？”她两眼都瞪圆了。

“是啊，太巧了。”他说，“巧得像个阴谋。”

2

他们进了一个地下商场，再穿过一个隐秘狭窄的过道，到了验证间。

里面并没有人，不锈钢墙面清晰地映出他们的面容。吴欢让黄小玉先验。黄小玉掏出电子通关卡在验卡标志处贴了一下，再输入密码，嘟一声响，墙内传出一个清脆的女声：“密码正确，请验指纹。”黄小玉便又将右手食指按在墙面的凹槽里。又嘟一声响，正面的墙悄然移动，现出一个窄窄的门洞。黄小玉迈步进去，刚刚回头说了一句：“我在里面等你啊！”那墙门就贴着她的背关上了，她的笑脸掩埋在了墙里面。

这景象使他愣了一下。

若干年前，一条卵石砌就的小道旁，有个女子也这样说，我在里面等你啊，然后就钻进了一排冬青后。当时他正要去校园中央的水池边朗诵他的诗。那张隐藏在冬青和夜色里的脸弄得他心神恍惚，以至于朗诵得结结巴巴，被人喝了倒彩。他在冬青树后找到了她，他坐到一块石头上，再让她侧坐在自己怀里，互相抱着——这是当时校园情侣约会时的普遍姿态，曾被某位教授戏称为弹吉他。她的长裙展开，掩盖了他们的下半身，还有他的一只手。他熟练地弹着他的“吉他”。她很羞涩地说，你是我的诗。而他只说了一句，你是我的桃花源。

那个女子很像是黄小玉，而他说的那句话，像是个伏笔。

等他通过验证，进入到墙后的另一个房间时，黄小玉已坐在长椅上闭眼思索了。他在她身边坐下，默读了一遍电子屏幕上的提示：请你再次深思，你确定要与这个世界隔绝吗？你愿意与所有亲友断绝一切联系吗？你有能力过原始生活吗？如果是，请右拐前往车站乘车；如果不是，请左拐，办理退卡手续，退还七成费用。

黄小玉眼睛睁开，嫣然一笑。

“想好了？”他问。

“想好了，这验证程序设计得挺人性化的嘛。”她说。

“就是怕有人吃后悔药，给人选择的余地吧。”他看着她的眼睛，“你朝左，还是往右？”

“当然往右，我可是经过深思熟虑了的；再说退回去，白扔给开发商几十万，多划不来！何况现在有你作伴，我想后退都没理由了！”她说着，拉了一下他的手。

他的手似被咬了一口，有种轻微的疼。

他们往右一拐，有门自动打开，现出一道长长的自动扶梯。随着扶梯的移动，桃花源的风景浮现在两侧的墙上，缓缓地移过来。深深的山谷，高高的瀑布，层叠的田地间水牛徜徉，小河蜿蜒而过，几树粉红桃花挑在土墙房舍旁。一条青石板路弯弯地伸向悬崖，没入崖底一个黑洞之中。

“这就是我们要去的地方？”她问。

“是的。整个山谷都是以陶渊明的《桃花源记》为蓝本建设的，列车会停在洞外，下车后，穿洞而过。进入山谷后，岩洞里的闸门会永久性关闭，与世隔绝的生活就开始了。你就可以开始享受孤独，聆听自己内心的声音，体验最简单最原始的生活，走完最后的生命旅程了。”他说。

“可是我不会孤独的。”她冲他眨了眨眼。

他随和地朝她笑笑。

自动扶梯把他们送到了安检门前。黄小玉想也没想，就要穿门而过。咯嚓一声，横过来一条不锈钢栏杆挡住了她。一个女声说：“请放弃所有携带的电子设备。”她撇撇嘴，把口袋里的手机拿了出来。

“不乐意？呵呵，你带它也没用了的，桃花源里没信号，开发商特地在四周山顶上安装了屏蔽设备，卫星信号都穿不透的。能用手机，就不叫桃花源了。”他看了看她手腕上的表，说，“你要是想过真正的桃花源生活，手表也扔了，日出而作，日落而息。它用不着了的。再说，现时代的文明物，总是会诱惑你，给你带来内心纠结的。”

“好，依你的，以后我听鸡叫起床。”

她摘下手表，连同手机一起放入旁边的收纳箱里。

过了安检，就进入了站台。这是一个废弃的旧火车站，光线阴暗，地面斑驳，空气中弥漫着铁锈和机油的味道。一辆绿皮火车静静地停在轨道上，老式的蒸汽机车头无声地喷着白气。有几个黑色的人影伫立一旁，一动不动像几根木桩。

“用这种淘汰了的老式列车送我们，他们也太抠门了吧？”她很不满。

“呵呵，老式列车才有仪式感，才有隐居的味道嘛。况且它只是表面上老，上了车你就晓得的。”他说。

3

列车总共三节车厢，他们进了末尾的三号车厢。吴欢帮黄小玉把登山包搁到行李架上，顺手从小桌上拿起两本厚实的客户手册，递一本给她。

黄小玉坐下，用力靠了靠硬实的椅背：“你还别说，这种火车椅，还真有怀旧的感觉呢。记得还是我上小学春游时，坐过这种绿皮火车。”

吴欢淡淡一笑，左右望望。

车厢内稀稀拉拉的坐了十几个人，脸色都很凝重，很慎重，互不交谈，心照不宣的样子。大多数人都盯着车厢门框上方那个计时牌，红色的字母在不停地跳跃变化，离发车还有二十五分三十秒。当然，当他把目光收回时，又会少去几秒。

他在她身边坐下，才发现对面坐个半秃顶的老头，戴着老花镜，一根瘦指头压在客户手册上，正逐字逐句地读。老头稀疏枯燥的头发散发着一种衰老的气息。

忽然，老头从眼镜框上方翻起眼睛瞟吴欢："有问题吗?"

他忙说："您好！您这把年纪，也参与这样的活动?"

"呵呵，这把年纪，无牵无挂，正当其时啊！我是社会学教授，我以前的研究大多针对社会的现状与未来，对原初社会观照不够，现在有亲历的机会，多么难得！况且我这样的年纪，学术几乎成了我唯一的乐趣了，不更适合来么？再说，重建桃花源的创意，还是我提供给开发商的呢！我始终认为，人类有必要重回原初，找回最本原最质朴的生活态度，当然，这不是简单的物质形态上的回归，而是精神维度上的吸收与再造，从而达到更高层次的心灵境界……"

老先生健谈得很，说着说着嘴角冒出了白色的唾沫。

吴欢没有兴趣跟他聊这些枯燥的话题，这老头可能从开发商那大赚了一笔吧。他翻开客户手册，精美的彩色图片扑入眼帘。教授欠过身子，将一只枯瘦的手压在他手上，压低声音说："你注意到没？手册上标明，除了给每座小屋，也就是每个客户提供八个月口粮和一套四季衣服之外，别的生产生活资料的储存是不一样的，有差别的。这也是我的创意，是有意为之。"

吴欢不明白教授要说什么。看一眼黄小玉，发现她倒是很在意地斜乜着老头子。

教授收回手，得意地捏了捏自己瘦尖的鼻子："有差别就会有交换，就有以物易物的可能，就会有原始市场的萌芽。一帮已经有过市场经济经验的人再从原初社会开始从事没有货币的经济活动，会有什么样的场景？有意思，太有意思了！"

吴欢有些烦老头，便起了身，穿过二号车厢，来到一号车厢。每个车厢都坐了数目大致相等的人，每个人脸上的神色都差不多，慎重而稍显紧张，好像定制的一样。没看到乘务员。这趟列车是没有乘务员的。他推了推连接车头的门，纹丝不动，显然已经封闭锁死。所有窗户也是关闭着的，但开着空调，所以空气很温暖，感受不到丝丝春寒——这是与传统的老式绿皮火车明显的不同之处。

很显然，这趟列车就是一个封闭体，与窗外的世俗社会已不搭界。

吴欢回到三号车厢时，黄小玉不见了。座位上有她坐过的痕迹，还有她翻开的客户手册。

教授说："你女朋友跟着一个男子走了。"

"她不是我女朋友。"他说。

"不是女朋友也是关系密切之人吧。"教授又说，"那男子比你有高度。"

"什么意思？"

"我的意思是，桃花源里男多女少，性资源匮乏，竞争就难以避免。当然在这种环境里，竞争也变得简单了。智商情商都不重要，智慧可能还不如身体有魅力。男性有必要时不时地秀秀肌肉。"

教授攥起拳头摇了摇手臂，吴欢觉得那不过是一根有疙瘩的木棍。他下意识地捏了捏肱二头肌，鼓鼓胀胀硬硬梆梆，自己还是很结实的。他往车厢两头观望，不见黄小玉影子，只好坐下。

教授唠唠叨叨："存在决定意识，在设定的桃花源里，人虽是有现代意识的人，男欢女爱却一定呈现出一定程度的原始形态，对歌可能与对眼并举，野合必将与车震共存。噢，如果有车的话，譬如马车牛车。而且引诱可能从认识的第一眼就开始了，比如现在……"

这时黄小玉回来了，扶了一下吴欢的肩，在他身边坐下。

吴欢冲教授说："人家上个洗手间，也会引发你胡思乱想。"

教授大度地一笑："呵呵，走着瞧，桃花源必将印证我的胡思乱想。"

黄小玉很敏感："你们说我？"

他说："教授说你跟一个男人走了呢。真可笑。"

黄小玉说："不可笑，我是跟一个男人走了，他带我去的洗手间。"

吴欢愣住，悻悻地噢了一声。

教授眯起眼睛笑了笑，埋头读手册去了。

列车喇叭里响起一个悦耳的女声："尊敬的旅客，本次列车马上就要发车了，请您再次确认您的目的地，您确定您是要去桃花源过与世隔绝的原始生活吗？您真的要放弃现有的生活吗？如果不确定，请您即刻下车，凭卡可退还五成费用。"

黄小玉有些不满："这开发商，三番五次地说这类话，好像存心赶你回去似的。"

吴欢说："这也是对客户负责嘛，进了桃花源再后悔就没退路了。"

有个男人背着包犹犹豫豫地走向车厢门，脸色发白，不知是心疼花费的钱还是为下不下车而纠结着。

黄小玉咂咂嘴："啧啧，还真有人打退堂鼓呢。"

教授插嘴道："剩下的也不见得都铁了心。"

背包的男人转身往车厢里看了一眼，好像拿不定主意，但他还是跳下了车。少顷，汽笛长鸣，车厢底下噗哧一声响，列车松开刹车开始启动。车厢摇晃了一下，窗外的黑影和光斑开始往后游移。黄小玉一只手抓着胸口，看来她有些紧张。但随着列车的开动，车厢内几乎所有的脸孔都开朗了起来。

4

列车出了站，车厢里的气氛逐渐活跃。一些人在过道里兴奋地来回走动，另一些人趴在窗口朝外观望，还有一些人坐得笔直发着怔。

黄小玉长吁出一口气，欢悦地道："总算开车了！我感觉整个世界都在退却，过去的一切都与我无关了，你听车轮声，清空、清空、清空，响得多贴切！它把我的郁闷、颓丧、烦恼都清空了呢！"

吴欢说："未必，我听来它却在说，况且、况且、况且……意思说不要高兴得太早，有好多不可知在后头呢。"

"你就别扫我的兴好不好？对我来说，从现在起，一切都在自己手中，我要过自己喜欢的隐居生活了。"黄小玉白吴欢一眼，搬起客户手册，刷刷刷地翻到某一页，指着说，"你看，这一幢，33号房，房前的晒谷场，还有周围的土地、池塘和林子，都是我的。"

"嗯，确实不错，典型的田园风光。不过好像少个东西……屋檐下还应有个舂米的石臼，不然，你如何把稻谷变成米？"吴欢把手指按在手册上。

“看你的屋子里有没有？”

吴欢翻了翻手册，指着其中一页：“噢，我的还真的有呢，以后，我帮你舂米吧，你拿稻谷来换就是。”

“只拿稻谷换就行了？不剥削你的劳动力了么？”

“嗯，你拿别的什么换也行啊！”吴欢笑笑，手指着她的房子，“只怕，以后少不了有男人来敲你的窗户吧？”

“我会养一条大黄狗看家。朋友来了有米酒，若是那色狼来了，迎接他的有猎枪！”

“还米酒猎枪呢，先想想你能做什么吧，肩不能扛手不能提的，更别说打柴种田了。”吴欢说。

“我会洗洗缝缝啊，到时跟人换工。”

“你啥时变得会洗洗缝缝了？”

“到了桃花源，我不会也得会了。用会的换不会的，天无绝人之路！”

“说得好！”教授插话道，“社会分工，价值交换，这是人类赖以生存发展的重要手段。只不过，你这一交换，只怕有许多故事生出来吧？”

黄小玉道：“生不生故事还不是在于自己，就像菜园里的苗，我想它长就让它长，不想它长就拔掉它。”

“你晓得哪些苗拔得，哪些苗拔不得吗？”一个面目黧黑的中年汉子过来，谦卑地弯着腰，点着头说，“各位朋友，大家一看就是城里人，都不会农活吧？到桃花源了，不会农活怎么活？不要紧，我可以手把手教大家呢，到时我想开个农事培训班，当然啦，不收钱，一堂课抵一个劳动日就行，就是说，上我一堂课，帮我做一天工。这是我的名片，我住二十九号屋，请各位赏光，各位赏光！”遂将名片一一递过来。

教授接过名片，频频点头：“好点子，好点子啊！”

黄小玉看了看中年汉子身上皱皱巴巴的西装，问：“你会农活？”

中年汉子把一只粗糙的手伸到她面前：“你看我的手，我就是一地地道道的农民啊。”

吴欢看看名片，姓鲁名成龙，上面的住址是刚写上去的，问：“你一个土里刨食的农民，也有去桃花源过原始生活的雅兴？”

“我没地方刨食了，我家的田地老屋都被征收了，修了高速公路。没事做，日子不好过呢，天天闲在那套三十层高的拆迁房里，沾不到地气，腿都浮肿了，一按一个坑。”中年汉子一只脚踏到座椅上，将裤腿勒到膝弯处，露出一条浮肿的腿，让所有人都瞟上一眼，才放下裤腿，“俺就是做工的命，不做不舒服呢。所以呢，我只好跟着你们到同一个地方去啊，桃花源里可耕田嘛。”

教授点着头：“嗯，有意思，人有劳动的需求和权利，这也是不能剥夺的。”

黄小玉问：“家人同意你去？”

“儿子病没了，老婆走掉了，我没家人了，人一个卵一条，脱洒。我拿我的拆迁房换了桃花源的房屋田土。”中年汉子说。

吴欢说：“其实桃花源不一定适合你，到时你就晓得的。”

“你又不是人家肚子里的蛔虫，你怎晓得不适合？”黄小玉拍一下吴欢的手臂，冲中年汉子道，“大哥放心，到了桃花源，大家就都是邻居了，我一定来捧你的场，上你的课！”

“那敢情好，谢谢，谢谢你了。”中年汉子合手作揖，不快地瞥吴欢一眼，转身到二号车厢去了。

一个戴黑色棒球帽的高个男子过来，挨着教授坐下。棒球帽冲黄小玉咧嘴一笑，黄小玉也回给他一个微笑。

吴欢在她耳边低声警告：“车上什么人都有，别乱打招呼惹麻烦。”

黄小玉低声回道：“刚才就是他带我去洗手间的。你别神经过敏，不友善一点，以后在桃花源里如何相处？”

吴欢不言语了，悄悄抓住黄小玉的手。

她没有动，在他耳边悄悄说：“你是不是认为，我们的重逢是命运的意思？它要我们重新开始？”

他反问：“你说呢？”

“要开始也不是现在，到了桃花源再说吧。”黄小玉把手抽回去了。

吴欢闻到了棒球帽身上的汗臭，狐臭，还有荷尔蒙的气息。他不想看到帽檐下那张英俊的脸，便望着窗外。车轮况且况且地响着，大片凌乱的房屋迅速地倒退，太阳隐约在牛奶状的雾霾之中。单调的景色令人疲惫。吴欢转过头来，忍不住看了棒球帽一眼，发现那张脸有点熟悉。

5

火车开得很慢，时速大概只有四五十公里的样子。车厢摇摇晃晃令人昏昏入睡。一抹晚霞涂在车窗上，窗外景物已浑浊不清，一些朦胧的影子迅速地掠过，像在追逐，又像在逃窜。黄小玉将头搁在吴欢肩膀上，已然假寐，对面的教授也摇晃着一头稀疏的枯发，闭眼养神。一滴鼻涕悬在教授的尖鼻头上，颤颤欲滴。而棒球帽则将帽檐拉了下来，遮住了自己的脸。

黄小玉的头发毛茸茸的撩拨着吴欢的颈脖，痒痒的难受。他悄悄在她头上亲了一下。黄小玉醒了，说："你揩我的油。"

吴欢说："你不觉得，我们又开始了吗？"

黄小玉撇撇嘴："是吗？"

吴欢想起那次在酒吧里她喝多了，多到啥都说不清了，他只好把她带回了家。他们三天三夜没有出门，做了睡，睡了做，肚子饿得实在不行了，才起床弄点吃的。她喜欢咬他的肩膀，她说它太结实了，太性感了。他用签名笔把诗写在她洁白的肚皮上，以她的肚脐眼为题——幸福隐秘的入口。这句诗让她笑得花枝乱颤。她说女人真正的隐秘不在身体上，而在心底，那是男人永远也不会晓得，也永远难以进入的。第四天她才打开手机与人联系，接着出门上了一辆宝马车。出门前她是湿吻了他的。吻完后他问过她一句，你就不能留下吗？

话一出口他就后悔了。

他晓得她会这样回答：你拿什么留我？

他回答不了这样直白的问题。它太没诗意了。诗歌让人心情愉悦，却不能滋养肉身，更不能提供时尚生活。他站在窗口目送她离去，她上车之前和那个开车门的瘦条条的西服男拥吻了好一阵，用那张刚刚吻过他的嘴。他当时就有一种被借用了的感觉。

他多次在电视新闻上看到过那个被称为成功人士的西服男。

往事让他不自觉地笑了一下。

"笑啥？"黄小玉问。

"忽然想，那个开车接你的西服男，不是你的最后一个他吧？"

"肯定不是啊，你以为我的经历那么简单啊？"她说。

吴欢点头："嗯，你当然是经历了千山万水，才到了这列火车上。避世隐居其实是很时髦的行为，你想返璞归真；就像尝遍了山珍海味，又想吃点野菜了。”

“那么你呢，你为何也要到桃花源去？”黄小玉问。

“我？嘿嘿，不说吧，很俗的。”

“说吧说吧，看看你这个诗人与我有啥不同。”

“我还以为你对我不感兴趣呢。”

“我对你一直有兴趣。”黄小玉盯着他。

“其实，跟你差不多吧，要么情绪需要出口，要么人生需要改变……既然我与你同行，就有某种共性。当然起因也许不一样。你看，我行李都没带，我比你走得更决绝呢。”他话头一转，压低声音，“我要是说，我杀了人想逃到桃花源去，你信么？”

黄小玉脸就白了：“你别吓我！”

“桃花源这样的地方，不光吸引你这样的人，也吸引罪犯去藏匿的，你不能排除你的同行者或者邻居就是一个杀手的可能性。所以，你对同行的任何男性，都必须保持必要的警惕，包括对我。”吴欢说。

“不是经过了严格审查么？”

“CIA 和 FBI 的监视审查严不严？‘9·11’照样发生了。”吴欢转动脖子扫视一遍车厢内的人，“天晓得，一些啥样的人混迹于这三节车厢。”

黄小玉想了想，朝对座正打盹的棒球帽努努嘴：“你怕他勾引我？”

吴欢偏偏脑袋端详一下帽檐下那张半明半暗的脸：“你可以不这样想，但你否认不了这种可能性……”

“你说得对，各种可能性都有！”教授忽然伸过头来。显然，他一直在偷听他们的谈话，“我看，问题有点严重，可能是桃花源项目的一大隐患。即使没有杀手，就是有一两个偏执狂之类有严重人格缺陷的人，都会搅乱桃花源平静的田园生活。考虑不周，考虑不周啊！”

教授洪亮的声音惊动了许多人，他们不约而同地扭过头来，先是面面相觑，继而窃窃私语。

黄小玉不由得抓住了吴欢的手。

吴欢伸手搂搂她：“不要惊慌，有我呢，且行且珍重吧。”

6

车窗暗了下来，夜幕罩住了外面的一切。零星的灯光萤火虫一样从窗外划过。计时牌显示火车已行进了一个半小时。车轮况且况且响得单调，令人昏沉入睡。吴欢侧过头，趁着黄小玉的头摇晃过来，在她脸颊上轻轻啄了一口。他回味着这一口，尚不能明确这是出于生理习惯，还是出于内心需要。

突然，二号车厢起了骚动，吵闹之声炸了开来。

被惊扰的乘客纷纷起身，想看个究竟，一齐拥挤过去。

吴欢赶紧把倚在身上的黄小玉推开：“醒醒，出事了。”

“怎么了？”黄小玉揉着眼睛。

“你坐着别动，我先过去看看。”

他起身便往前面走。黄小玉却不听他的，跟在了他后面。他只好牵着她。二号车厢几乎被人体塞满了。挤过车厢门，就再也过不去了。他拉着黄小玉站到靠门的椅子上。

两个男人互相揪着对方的衣襟站在过道里，其中一个嘴角流着血。围观的人簇拥着他们，有人劝别打了，也有人高声怂恿，嘴巴说不清就用拳头说话吧！吴欢认出，那个眼角流血的人是鲁成龙。而棒球帽也站在他们旁边，抱着双手冷眼相看。

“鲁大哥，怎么回事?”吴欢高声叫道。

“这狗日的，脑壳上毛都没得，想跟我打架!”鲁成龙吐口痰说。

吴欢这才注意到，鲁成龙的对手是个光头：“别打了，你血都流出来了。”

“我自己碰出来的，打架他不是我对手!”鲁成龙摇了摇对方的胸脯，“狗日的肉没长几斤，跟我争座位！明明这是6号，他硬说是9号!”

“是吗？让我瞧瞧。”

吴欢跳下椅子，分开人群挤过去，仔细查看座椅上的铝制号码牌，发现那个6号牌是9号牌松动后旋转倒过来造成的，便说：“鲁大哥，是你误会了呢，这个6号是9号倒过来了。空位子有的是，随便坐啊，犯不着为此打架啊!”

鲁成龙松开了手，仍气呼呼地：“这狗日的先动的手!”

光头却不松手，骂骂咧咧：“我先动的手如何？你侵犯了我的权利，我就是要打你这不知好歹的东西!”说着猛地一推，一拳揍了过去。鲁成龙一个趔趄倒下了，但他马上站了起来，埋头朝光头撞了过去。光头躲闪不及，倒在人墙上。鲁成龙抱住光头，摔倒在过道里。两人在地上扭打翻滚。有人推搡，有人拉扯，有人呵斥，有人叫好，车厢里乱成了一锅粥。

吴欢推开几条胳膊挤出人群，想带黄小玉离开。抬眼一瞧，她却没影了。钻回到三号车厢，也没有她。不光没有她，一个人也没有，连老态龙钟的教授都不见了。

他想到了棒球帽，赶紧沿着车厢寻找过去。

来到卫生间前，听到里面有可疑的声响，他咬咬牙，猛地将门撞开。一股臊臭扑面而来，里面空空荡荡。

他心里安稳了。一转背，隔着盥洗室的玻璃门，他看到她在对着镜子补妆，不由松了口气。他进门，问镜子里的她：“这个时候，还不忘补妆?”

“嗯，化妆是唯一让我留恋的事，它可以掩盖许多东西。”她说。

“我还以为你失踪了呢。”

“我能到哪去？没到桃花源，就在现实里。”她涂着唇膏，抿抿嘴。

“怕你卷入纠纷之中，受没意义的伤。”

“打架是你们男人的爱好。没意思，没意思透了。其实凡去桃花源的人，都是失败者，还为一个座位打架，太可笑了。”她收拾着化妆盒，问，“还记得那年不？我在晚报上登了结婚启事，就是想让你看见。”

“你想怄我吧。”

“是想刺激你，以为你这个诗人，会来争取我的。”

“我在你婚礼上看过一眼，你脸上充满虚假的幸福和真实的迷茫。”

他想起婚礼上的她，几乎被泡沫般的婚纱埋没了，只一张脸沉浮不定。他从没觉得她需要他去争取。他去婚礼上只是为满足自己的好奇心。他想看到她手指上的钻戒究竟有多大，那是他永远给不了她的。可她始终把手藏在婚纱里。他肯定而伤感地告诉自己，再也不会有人在她肚皮上写诗了。他在婚宴上饱餐了一顿，吃了一碗燕窝，喝了两杯茅台酒，然后就离开，去找别的女人聊诗去了。

他的经验是，失去女人的忧伤，只能由另一个女人来抚平。

“我还匿名给新郎送过一份礼呢。”他说。

“还诗人嘞，倒像个流氓了。以为一张裸照就可以离间他、恶心我？不过，所有的过去，造成了我的今天，最终我去桃花源，跟你也不是没有关系的。”

“这个世界上，所有人都互为因果。”他说。

黄小玉愣了一下，仿佛被这句话提醒，眨眨眼：“跟这么多人在一起，尤其是跟这些人在一起，即使到了桃花源，桃花源还是桃花源么？”

“这是个问题。”

“这是个严重问题。”黄小玉喃喃道。

“这个问题，我看有必要大家讨论一下。”他拉起黄小玉的手出了盥洗室。

7

吴欢和黄小玉返回二号车厢时，吵闹已经平息，人们或站或坐，交头接耳。光头的嘴角也流出了鲜血，而鲁成龙嘴上的血虽擦干净了，人却坐在椅子上，不断地拿粗糙的手掌揩着眼泪，很伤心的模样。棒球帽扶着鲁成龙的肩，阴鸷的眼神扫视着人们。

情形有些怪异。

吴欢忍不住问：“鲁大哥，怎么了？”

鲁成龙拍拍上衣口袋，嘴里呜咽了一声。

棒球帽道：“刚才打架的时候，他的钱被人偷了。”

“那可是我卖房子后用剩的……所有的……钱……钱啊，我再没钱了！”鲁成龙恨恨地跺着脚。

“谁这么缺德？想学先贤来过与世无争的生活，居然还长三只手偷人钱财？”吴欢朝周围扫视一圈。

人们都很安静，无人接他的腔。

棒球帽提高声调：“偷窃者肯定是我们当中的一个。若要人不知，除非己莫为，很容易查出来的！希望不要闹到人人都搜身，个个都撕破脸的地步，那时候大家要揍你，我可就拦不住了。这样吧，给你个改过的机会，你悄悄地把钱包放到某个座位底下，过会我们来找。”

“好办法！”有人叫道。

众人的脸顿时都开朗起来，但都怕引起误会而不敢动弹。

鲁成龙站起身东张西望，似乎想认出嫌疑人。

黄小玉安慰道：“鲁大哥，钱找不回来也不要紧，到了桃花源，反正有钱也没有用了的。”

“谁说没有用？有用呢有用呢！”教授不知从哪钻了出来，激动得嘴唇直哆嗦，双手比划不已，“这一点我还真没想到：若是大家不约而同都带了钱，都以钱购物，这钱不就可以流通起来了么？而且，因为没有印刷条件，不可能增发钞票，货币总量是恒定不变的，这些钱就越来越值钱！时间稍长，桃花源里出现钱庄和典当行，也是可以期待的！大家的劳动成果都可以变成钱，除了养活自己，还可以用钱来衡量自己的价值。钱即价值，自古以来就如此。所以呢，我可以肯定地下结论：带钱去桃花源是有用的、可用的，它是一种有前瞻性的行为！这种行为也许不是理性思索的结果，但必定是人生经验甚至下意识所致。现在让我看看，哪些人带了钱。带钱了的请举手！”

人们面面相觑，没有人举手。

教授又说：“嗯，不好意思？还是怕人偷？那请没带钱的举手！”

仍没人举手。

“呵呵，都没人举手我就晓得了，都带了钱的，多少不一而已。我就带了几千块嘛，以备不时之需嘛，很正常、很理性的行为嘛！当然，如果事先约定，每个成员带同等数额的钱，才会公平一点。钱带得多，购买力强，未来的劳动就付出得少，就会在生存竞争中抢占先机。但不管如何，钱币必将催进桃花源原始社会的发育，这是毫无疑问的！”教授喋喋不休。

吴欢有点烦了，咳嗽两下，大声道：“教授，先不讨论你的学术，我有点想法跟大家交流一下，因为事关我们的未来。我们去往桃花源，是想与世俗隔绝，享受简朴的乐趣，与自然融洽，体验生命本真。至少，是要过上清静的日子。可是我们人还在列车上，就因为一个座位而闹起了纠纷，甚至还有人行窃。到了桃花源，又会怎么样？”

“嗯，是个问题，弄不好会打起架来，甚至出现械斗。”教授用手梳着头发，“至少，要有乡村伦理的制约才好。”

“你的意思，要订村规民约？”有人问。

“没规矩不成方圆嘛！”教授说。

“是不是要选个村长出来主事？”又有人说。

“也还要选个村民委员会来议事吧，不然何以制约村长的权力？”还有人说。

“这么说来，还要有警察执勤啰？”光头说。

“嘀嘀，这是我的老本行，谁需要保安服务，倒可以找我。”棒球帽说。

“如果这样，桃花源还是桃花源么？”

“三人成众，桃花源再与世隔绝，它也是一个小社会，是小社会就有它自己的发展规律，这是不以个人意志为转移的！”教授斩钉截铁地说，“如果我们需要有序的社会生活，组织与规矩就必不可少！”

“若是如此，那我何必去桃花源呢，待在我原来的生活里好了！”

“是啊，早知这么多人，我就不来了！”

“我是询问过开发商的，说是人不多，结果……唉！”

“我也是，我怎有上当的感觉了呢？”

“还有呢，有谁去桃花源实地考察过吗？”黄小玉站出来问，“我只看过航拍的视频资料，那个山谷是野僻幽静，房屋也修得古朴，但那是真实的吗？现在我有点怀疑。现如今，什么假都造得出来！”

没人吱声。

“为保持桃花源的神秘，不让人提前实地考察，是可以理解的；相信开发商也不敢违反合约，更不敢蓄意诈骗，毕竟，这个项目的影响很大。但每个客户的空间和资源肯定是很有限的，资本追求的就是利润的最大化，开发商当然会安排尽量多的客户，所以，我们会有不少的邻居，现在大家都看到了。但更关键的问题是，即便桃花源是我们想去的桃花源，那里有我们想要的生活吗？”吴欢说，扫视那些交错摆列的脸。

人们沉默了，脸上都出现了严肃的神情。车轮况且况且地响着，所有的身子和影子都摇晃不定。尿臊气从卫生间飘了出来，和焦煳的烟味以及酸臭的汗味羼杂在一起，令人窒息。

“我的钱找到了！”鲁成龙一声欢叫，从地上爬了起来，将钱包高高举起，“它果然被丢在座位底下呢！”

“也许是你自己弄丢的吧，不能把人心想得那么丑。”有人说。

“人心的复杂和莫测，还有现实的烦恼与无奈，大家应当都深有体会，要不谁也不会想到避世桃花源。田园将芜，胡不归？

这列火车或许能送我们到桃花源，但它能让我们抵达理想境界、实现我们的初衷吗？”吴欢双手高高地举起，缓缓地落下，诗朗诵一般，“遗憾的是，我的结论是，基本不可能。”

“那怎么办？”有人问。

“怎么办？我建议大家好好想想，听从你内心的召唤吧。”吴欢说。棒球帽的目光从他脸上滑过，有点痒，他绷了绷脸皮。

“我不去桃花源了，我要回去！”一个头发蓬乱的中年男子叫道，起身整理行李。

旁边有人受了感染，也手忙脚乱地收拾东西。众人互相交换意见，车厢嗡嗡嘤嘤如同一只蜂箱。

有人说：“可是，想回也回不去啊，列车是电脑控制的。”

话音刚落，就有人找到了紧急制动闸，奋力扳动了它。

但是列车没有任何反应，仍均速前进着。

吴欢不再参与那些议论，分开人群去了卫生间。他关上门，痛快淋漓地撒了一泡尿。顺手摸到一粒上衣钮扣，轻轻捏了一下，然后，欣赏了一下车窗外的夜色。窗外其实黑糊糊的一片，什么也看不清。

他回到车厢里时，正好传来悦耳的女声，红色字幕也随之出现在车厢一端的电子屏上：“各位乘客，我们听到了大家的呼声，请大家放心，任何个人意愿都不会被忽视；我们更改了有关程序，请回程的乘客在三号车厢集中，十分钟后，三号车厢将脱离，靠自带动力回归城市。但每位返回的客户只能退还百分之三十的费用。其他乘客请待在一、二号车厢，我们将继续桃花源之旅。”

吴欢回到三号车厢，棒球帽正在帮黄小玉取下行李架上的登山包。他不由分说接过包背上肩，问黄小玉：“你打算回去还是继续旅程？”

黄小玉反问：“你呢？”

他说：“我关心的是你，自己倒无所谓的。”

黄小玉说：“刚才你那些话可不像无所谓的样子。”

他想想说：“这样说吧，如果你想继续，我愿意奉陪。”

“我的面子真大。”黄小玉说。

“你应当说你魅力真大。”吴欢说着瞥了棒球帽一眼，“除了我，还有人会为你留下来的。”

“可我还没有想好。”

“那就走一程再说吧，且行且思索。”

黄小玉转身就走，吴欢背着登山包紧跟在后。回程的人摩肩接踵迎面涌来，他们左突右避，花了很大劲才挤到二号车厢。

列车明显减速了。三号车厢被回程的人塞了个满满当当。黄小玉张大嘴看着那些人，很是吃惊。列车喇叭里响起嘟嘟嘟的警示音。三号车厢缓缓地脱离开来，回程的人与继续前行的人互相凝望着，好像要说什么，又都默不作声。两节车厢之间的间隙越来越宽，接口处的车厢门开始关闭的时候，二号车厢内有个男人忽然后悔留下了，大叫着：“等等我，我也要回去！”狂奔几步，跳远似的跃起，落到了三号车厢的门沿上。但他摇晃了几下，终究没有站稳，跌落在夜色里。

8

车厢门关上了，列车加快了速度。况且况且的车轮声密集起来。吴欢四下瞟瞟，惊讶地发现，上车以来见过的几个人都在周围：教授双手抚膝闭目养神；棒球帽仍坐在对面，半张脸隐藏在帽檐的阴影里；鲁成龙忽儿站起，忽儿坐下，很兴奋的样子；跟鲁成龙打过架的光头男也斜倚在隔壁座椅上，眼睛四下乱睃。

黄小玉紧挨吴欢坐着，心有余悸："刚才那个跳车的人，不晓得活着没。"

吴欢捏捏她的手："性格即命运，犹犹豫豫是搞不好事的。但愿他命大。"

黄小玉想想又说："要是还有人想打退堂鼓，会不会再脱离一节车厢呢？"

吴欢望一眼车厢顶："这要问它了。"

列车似乎听见了他们的对话，喇叭里悦耳的女声回应道："各位旅客，二号车厢同样装有脱离装置，大家可以慎重考虑，但最好在到达终点之前做出决定。回程越早，费用退还比率越高。到达终点后，如无回程旅客，列车将作永久性停留。"

"我们说话它都听得见？有点可怕。"黄小玉侧脸看吴欢一眼，"你也有点可怕呢，不像以前的那个你了。"

"是吧？人不能两次趟过同一条河流，同理，任何时候的我，都不是过去的那个我。"

"你先前上卫生间时，那个戴棒球帽的人暗示我小心你。"黄小玉压低了声音，看着自己的脚。

"嗯，我也得小心他。"

"你们是因为我互相嫉妒吗？"

"也许吧，谁让你有如此魅力呢？"吴欢瞟棒球帽一眼。

"那好，你们都做我的保护神吧，在桃花源，我就有安全感了。"

"还安全感，世上多少爱恨情仇因嫉而生？还不晓得到不到得了桃花源呢。"

"你好像并不想去桃花源？"

“我是怀疑到达不了我们想去的那个桃花源。”

“你更怀疑我过不了与世隔绝的生活吧?”

“是的。”

黄小玉不吱声了，垂下头，黑色长发掩盖了她的脸。

“其实，我们往往比别人更怀疑自己。”吴欢说。

“所以你就利用了这种怀疑。”棒球帽走过来，一屁股在吴欢身边坐下，与黄小玉一起形成了对吴欢的夹持之态。“吴先生，请你不要对这位女士进行精神绑架!”

“你这是什么屁话! 我认识你吗?”吴欢愣愣神，瞪着棒球帽。

“你不认识我，我可认识你啊! 我提供几个关键词，酒吧、派出所、留置室，你好好想想。”棒球帽燃起一支烟，有滋有味地吸。

“想不起来。”吴欢说。

“使劲想。”

吴欢咬着牙不说话。脑子里掠过一些灰暗的场景，铁窗、栅栏、白炽灯、冰凉的铁皮板凳、按在讯问纪录上的红指印。事情好像是从那个叫光怪陆离的酒吧开始的。邂逅不是巧合，是命运的旨意。当那个衣着朴素，眉眼有几分像黄小玉的女孩痛诉不幸经历，而他不假思索地给她买了一杯人头马时，他感到自己崇高起来。他用手掌揩干她脸上的泪水，将她牵回了自己脏乱的屋子。他习惯性地想和女孩聊人生，聊理想，聊苦难，聊比性和金钱更珍贵的东西，比如诗，比如自由，还要送她一本自费出版的诗集。女孩却不跟他说话了，醉意熏熏地倒在了他的床上。我能帮你脱衣服吗? 他很慎重很尊重地询问。女孩说谢谢。他就帮她脱了，一件一件地，小心翼翼的，就像轻轻地剥开一个热气腾腾的白米粽子。她的身体在他的手下温柔地起伏，洁白的雪地啊，我要在你上面写下我炽热的爱恋。但她粗率地推开了他的笔，并且熟练地给他戴套。这时他才惊醒，可是晚了，门被撞开，他被拖出门外塞进了警车，一顶嫖娼的帽子落到了他的头上。罚款，拘留，通知家人。他并不在意那顶脏帽子，可他在意被人钓鱼，在意被人剥夺尊严……

棒球帽是抓过他的某个警员吗？或者某个协警？

“你难道，真的杀过人？”黄小玉双眉微蹙，面色发红。

“嗯，可以这么说，那年，我杀死了自己。”吴欢斜乜着棒球帽说。

“吴先生认识深刻！知耻而后勇啊！”棒球帽得意洋洋，夹烟的手在空中划着圈。

其实那件事并不让他感到羞耻。其起因，不过是因为他拒绝首长秘书以共同的名义为首长写传的要求，秘书高升成了首长后，便指使人报复于他。真正的耻辱在于后来他屈服了，屁颠屁颠地写了一部歌功颂德的传记，打印装订好，并合署上首长的名字，又屁颠屁颠地呈送首长斧正。首长瞟了一眼，只瞟了一眼，就哈哈大笑，将它扔进了垃圾筒。首长的笑声像一只大手，利利索索地扯掉了他最后一块遮羞布。

“不说知耻后勇，有仇不报非君子，我是反抗过的。”吴欢说。

“晓得，我晓得的比你以为的多得多。那算是啥报仇？你以为，在酒吧里，你诱使首长儿子吸毒了？是他在拉你下水呢，他小小年纪，都两年的吸毒史了！你没上瘾算你运气。哈哈真他妈可笑！”棒球帽笑勾了腰，眼泪都迸出来了。

吴欢感觉一瓢冷水泼在背上。

“好了，我就不揭你的短了，说得太白没意思，有秘密才有悬念。百年修得同船渡，既然都到了去桃花源的车上，就说明大家是殊途同归。况且，我们又有相同的品位。”棒球帽暧昧地瞥了瞥黄小玉。

“我可不是你。”吴欢说。

“难说，某些时候，也许我就是你，你就是我。”棒球帽尖起手指点点吴欢的脸，又戳戳自己的胸。

“别扯那些没用的了，我对你们没兴趣。”黄小玉忐忑不安，拢拢鬓发，“返回呢，还是往前走？得早拿主意呢。”

“回去干嘛？你这女子，傻不傻啊？”鲁成龙凑过来，喜滋滋地搓着手，“刚才这位大哥好不容易把那些人忽悠走，多好啊，走了怕有一半人吧？剩下的我们这些人，可以多分到一半的田土了！”

“我可没忽悠人，他们自愿走的。”吴欢辩白道。

“怎么没忽悠呢，先前没人说想回，你七说八说，他们就回了，那个人还死都不怕，跳到那节车厢去了。”鲁成龙击掌赞叹道，“你真的好口才呢！”

“你看，群众的眼睛是雪亮的吧，你就别谦虚了。哈哈！”棒球帽咧嘴大笑，拍了拍吴欢的肩膀，“那些人回了，你这忽悠的人倒没回。妈的，开发商赚滥了！”

“我真不是忽悠，我是替大家和自己着想，启发大家讨论思索而已。我暂时留下来，有我自己的原因。即使现在，我还是那些话。我更怀疑，到不到得了桃花源了。”吴欢说。

教授睡眼惺忪，伸了伸腿，没头没脑地说：“人真是趋利避害的动物啊，倒是给了我不少学术启发，值，值啊！”

9

车窗外，夜色更深沉了，不时有光点从黑幕上划过，拉出一条条颤抖的黄线。黄小玉微闭双眼，把身子靠在吴欢肩上。她的头发散发一股焦躁的气息。吴欢晓得她没睡着，捏了捏她的手，像是某种安慰，又像某种提醒。

坐在对面的教授虾公一样勾着腰，捂着肚子呻吟起来。

“教授，您怎么了？”吴欢欠过身子关切地问。

“胃疼，可能是老毛病犯了。”教授脸皮起了皱。

黄小玉从登山包的侧口袋里掏出一包药，数了几片，又旋开一瓶矿泉水，递给教授。教授吃了药，将身板坐直了些，表情仍然很痛苦：“早不犯，迟不犯，偏偏这节骨眼……”

“教授，您这身体只怕不适合在桃花源独居，还是回去吧！”吴欢劝道。

“可我的研究怎么办？这么重大的课题，舍我其谁啊？我准备做完之后，拿它去评诺贝尔奖的呢！”

“诺贝尔奖好像没有社会学类的奖项吧？”

“听说过几年会设。不设我也可以往经济学靠啊，我要创建一个原始经济学模型……我的课题早已批下来了，我可不能半途而废啊！”教授紧蹙眉头，对自己的身体很不满。

“还是身体重要，桃花源可没有医院。”吴欢说。

“我倒是会扯些草药，跌打损伤用田七，长个小疖子有鱼腥草，感冒了就喝姜汤，但您这样的只怕没用呢，”鲁成龙凑过来，谦恭地说，“我看您还是回去好。”

“晓得你想我回去，人越少你越喜欢，典型的农民意识！”教授斥责一句，又呻吟一声，无限惆怅地仰头道，“可我的研究呢，它是我的生命，我存在的理由啊！”

吴欢劝道：“回去也可以研究嘛，不一定要亲历亲为。若干年后，您再来桃花源考察，也许会看到想象不到的景象。”

教授想想，垂下花白的头颅，叹息一声：“唉，也只有这样了。至少，我也算来过了，尝试过了。这样吧，我恳请所有去桃花源的人，详细写下你们的生活日记，到时我会高价收购，做我的第一手研究资料。”

鲁成龙连声道：“好、好，我一定写。”

黄小玉张了张嘴，又闭上了。

棒球帽不言不语，帽檐下两只眼幽幽闪烁。

列车喇叭响了起来：“请回程的乘客往二号车厢集中，十分钟后，二号车厢将自动脱离，回归城市。回程的客户将退回百分之十的费用。其他乘客请待在一号车厢，我们将继续前往桃花源。”

车厢里立即起了骚动。许多人从一号车厢涌过来，二号车厢顿时变得十分壅塞。鲁成龙急忙起身往一号车厢挤。吴欢欲抓住他手中的袋子，一把抓了个空，只好冲他的背喊：“鲁大哥，你想好了？”

鲁成龙根本不理他，或许没听到，头也不回地钻到一号车厢去了。

黄小玉对吴欢说：“鲁大哥是笃定要去的，你管别人干嘛？”

“他好敬业呢！”棒球帽说。

“什么意思？”黄小玉盯着吴欢。

“你别听他瞎扯！”吴欢绷起脸，“你想好吗？桃花源去还是不去？”

“我说不去了吗？”

“我的意思，你要想好，想周全。”

“我晓得你的意思，我要是像教授这样有点小伤病就麻烦了，就有性命之虞。还有我根本忍受不了物质贫乏，享受不到消费快感，远离时尚，日夜与山谷木屋相伴的孤独。其实我要的只是出走桃花源的行为，并不真要隐居桃花源的生活。所以我应该往回走了——是不是？”

“他也是为你好呢，你是要慎重考虑。”教授插嘴道。

“你有选择的自由，我只是提醒你，要想好。”吴欢语气委婉。

“谢谢你关心。我不晓得前头有多好，但我晓得后面有多不好，所以，我现在只能往桃花源的方向走。”

黄小玉弯腰去背登山包，吴欢赶紧双手将包一提，背在自己身上。

“你还要跟我走？”黄小玉问。

“当然。”吴欢说。

“不光他要跟你走，我也要跟你走。”棒球帽嬉皮笑脸的，“快走吧，时间不多了。”

吴欢向教授告了别，领头往一号车厢走，黄小玉和棒球帽，还有那个光头男，依次跟随在后。进一号车厢一看，包括鲁成龙，里面只剩下三个人了，且个个神情兴奋而紧张，见他们过来，全都起身热烈鼓掌。吴欢一时意识混乱，竟有了英雄归来的感觉，愣愣神，把登山包搁在车厢中部的行李架上。他招呼黄小玉在双人座坐下，这样就没有了与棒球帽同座的余地。但棒球帽还是在黄小玉对面坐下了，吴欢虽然不爽，却也无奈。他一直猜不透棒球帽意欲何为，某种不确定性让他内心忐忑不安。

鲁成龙从邻座过来，特地与吴欢握了握手，又四下环顾清点人头，咧嘴笑道：“哈，真好，只剩下七个人了！”

列车减速了。嘟嘟嘟的警示音响起，车厢连接处出现了一条间隙，二号车厢开始脱离。所有人都沉默下来。

间隙越来越宽，清寒的风随之灌入车厢里。两节车厢里的人互相凝视着，他们眼里的对方慢慢地变小，变模糊。光头男突然从座位上跳了起来，举手大喊：“不许走，等等我！我要到桃花源去！我要到桃花源去！”边喊边往离开的二号车厢奔跑。

吴欢眼疾手快，一把抱住他：“危险！桃花源在这一边呢！”

“不，桃花源在那一边，你们骗我！我要到那边去，我要到桃花源去！”光头男左右扭动，猛地一甩膀子，吴欢跌倒在了地上。二号车厢已离开十来米远，光头男还要往那边奔。棒球帽一伸腿将光头男绊倒，利索地从屁股后摸出一副手铐，将光头男的左手与右脚铐在一起。光头男蜷缩着侧卧在过道里，由于不停地挣扎，手腕被铐的地方很快流出了鲜红的血。

“你太狠了吧？”黄小玉冲棒球帽说。

“我不想狠，但他产生了幻觉，精神失常，我必须控制他。我对本次列车的安全负有不可推卸的责任。”棒球帽说。

“你只是保安，不是去桃花源的客户？”黄小玉问。

“这很难说，去了我就是。你希望我去么？”棒球帽狡黠地眨眨眼。

“你去不去关我鸟事。”黄小玉脱口道。

倒在地上的光头男嘴里仍骂骂咧咧，棒球帽用脚尖碰碰他：“难道你们想带着这样一个精神异常的人去桃花源？”

“不想不想，谁想啊？”鲁成龙粗声说，“他要是跟你争地界，你都跟他说不清！”

“谁正常，谁异常，很难说。”吴欢嘀咕一声，与棒球帽对视一眼，紧张地在记忆里搜索……好像是某个秋天，有黄叶从空中旋转而下，他站在宣传橱窗前，窥探进出某个小区的人。他是去寻找某张与黄小玉相似的脸的。不料像是照镜子一样，他在光荣榜上看到了一张似曾相识的男人脸。记得它还跟你说过话，它说你找不到的，找得到她也不属于你，你这个喜欢活在幻想里的狗屁诗人，不要打扰别人了……它怎么会是他？是自己的幻觉吗？他揪了自己一把，好像有点疼，又好像有点麻木。为证实自己的存在感，他去捏黄小玉的手，但黄小玉果断地甩开了他。

列车加速了，况且况且声由慢及快，由稀及密。

10

列车鸣了一声笛，速度减慢。墨黑的山影缓缓移近，车轮声撞在岩壁上，又回旋了过来。车厢震颤了几下，戛然而止。世界安静了。

喇叭里悦耳的女声再次响起：“各位旅客，本次列车的终点站桃花源站到了，请前往桃花源的旅客清点好自己的行李物品，依次下车；如有回程的旅客，请务必留在车厢，列车将于三十分钟后返回，公司会退还百分之五的费用，下车后再要求返回的，则只退还百分之一的费用；若无人回程，列车将作永久性停留。”

车厢门自动打开，清冷的空气窜了进来。

吴欢取下行李架上的登山包，黄小玉夺了过去，自己背上。

被铐的光头男身体扭成一团，嘶叫着：“你们不要去，这儿不是桃花源！放开我，我带你们去真正的桃花源吧！”

吴欢忽感浑身酸疼，便将光头男抱起放到座位上，让他坐舒服点。

棒球帽和另外两个乘客都坐着不动，看来是都不想下车了。

鲁成龙兴奋地走向车门，黄小玉紧跟在后。吴欢托了一下黄小玉背上的包，黄小玉忽然转过头来说：“你还要跟着我和鲁大哥？最后两个人都不放过？”

“他必须的，否则就是失职。”棒球帽道。

吴欢愣一下，问黄小玉：“你什么意思呵？”

“别装了，什么和我重新开始，你不就是要劝我回去吗？你是公司的规劝员吧？劝一个回去你提成多少？这一趟你大发了吧？是不是赚这种钱比较有快感？比写诗来得舒服吧？”黄小玉声音不高，但很尖利。

吴欢张口结舌。

“我本不想去桃花源了的；但没想到真相是这样。你别再跟着我，我不想再过自己厌倦了的生活。桃花源我去定了！”黄小玉快走几步，跳出了车门。

吴欢紧跟着跳到站台上，急跑几步，抓住黄小玉的包：“你听我说！”

“我不听！”黄小玉边喘边走，头也不回。

“告诉你吧，我原本是没打算去桃花源的，但现在我想去了！我不再劝你回转。我要跟你一起去过与世隔绝、男耕女织、没有别人只有自己的生活！”吴欢信誓旦旦。

黄小玉不理睬他，但放慢了脚步。

鲁成龙碰碰他：“好啊，我们以后就是邻舍了！以后你们会住一起吧？有什么需要帮忙的，尽管叫我噢！”

吴欢默不吱声，跟着黄小玉往前走。站台右侧桃树掩映，溪水蜿蜒，虽然光线阴暗，也看得出溪水两边芳草鲜美。凉风轻拂，花瓣飘落，流水与草叶的气息扑面而来。火车头上的灯光直射一堵悬崖，崖脚岩壁上一个黑洞赫然在目。洞口上方刻着桃源古洞四个大字。洞内零星几盏照明灯如鬼眼闪烁。

他们毫不犹豫进了洞，脚步七零八落，激起杂乱的回音，一些蝙蝠受了惊吓，树叶般在空中乱舞。

吴欢强行将黄小玉背上的包取下，自己背上。似乎是一种表态，更似乎是一种象征。吴欢的心莫名地安稳了。他抽动着鼻子，嗅着黄小玉身上的气息，有微醺般的陶醉感。

洞并不深，一道厚实的铁门拦住了他们的脚步。他们所憧憬的世外桃源，就在门的另一边了。他们掏出电子卡，验证了资格，又将食指放在门上的凹槽里，验证了身份。他们紧张得不敢出声，等待着门的开启。吴欢忽然有些恍惚，他似乎曾有过不止一次这样的经历：站在某个门口，等待命运的垂怜……

但等了半天，门纹丝不动。

门上的电子屏打出了字幕——状态：通关等待；验证合格人数：3；通关门槛：10 人以上。

“它啥意思啊？”鲁成龙用臂肘捅了捅吴欢。

吴欢有点发懵，一只无形的手掐住了喉咙，让他说不出话。

“意思是要十个人以上才开门，这可能吗？它永远不可能开的，因为它就是个骗局！”黄小玉胸脯大起大伏，气哼哼地取过吴欢背上的登山包，又将尖尖手指戳向他，“还有你，也是这骗局的一部分，你从来都是在骗我！”

“啊？你……你还我钱来！”

鲁成龙气得直哆嗦，将手中的袋子一丢，抱住吴欢的腰猛力一摔，两人倒在地上。吴欢搂紧鲁成龙的脖子不松，双腿蹭着地面用力翻滚。两人忽而你上我下，忽而我上你下，谁也制服不了谁，气喘吁吁，骂骂咧咧一阵之后，不约而同松了手。吴欢额头碰破了，他抹了一把，狼狈地爬起身。鲁成龙气恨难消，又抓起一块石头朝他掷过来。黄小玉下意识地拉吴欢一把，石头擦耳而过，砰地一声砸在铁门上。洞窟里顿时发出巨大的轰鸣，三个人一时都惊呆了。

岩洞深处传来了那个熟悉悦耳的女声："请不要破坏公共设施，否则将依法惩处，否则将依法惩处！您可以在此继续等待，也可以回程下次再来，只要有旅客，我们将继续开行往返桃花源的列车，您的通关卡永久有效，您的通关卡永久有效！"

"啐！骗子！"黄小玉吐了一口痰在门上。

"我其实并不完全知情……"吴欢唯唯诺诺。

鲁成龙牵牵黄小玉的衣："俺们怎办？"

"告他们去！"黄小玉扭头就往洞外走。

吴欢跟在后头，他没有什么好说的了。火车头上的灯光迎面射来，令他头晕目眩，他只好不时调整位置，让自己躲在黄小玉或鲁成龙的身后。阴郁的岩洞从背上徐徐地滑了下去，而列车头迎面大了起来。阔大的夜空高高地罩在头顶，犹如无边的梦境。

回到车上时，光头男守候在门边，他已去掉手铐，拍着双手，唱歌般地叫道："欢迎欢迎，热烈欢迎！欢迎来到火车上，去往美丽桃花源！"

"什么桃花源，骗局！回去告他们！"黄小玉重重地坐下，恨得直咬牙。

"呵呵，别看你貌美如花，却不如疯子心清目明，哪边才是桃花源？认识不同而已。"棒球帽眯起双眼，舔舔嘴唇，"你想告谁呢？你晓得老板是谁么？再说，所有合同条款都是双方签署，所有步骤都合理合法，所有回程的人都出于自愿。况且，乘车过程中所有人的声音、行为都有记录，可做呈堂证供，你不可能赢。"

“不能赢也要告，我要让大家都晓得这是个骗局！”黄小玉愤愤不平。

“此言差矣！怎么是个骗局呢？你能因为陶渊明写了《桃花源记》，就说他是个骗子么？不能嘛！开发隐居桃花源这个项目的目的，并不仅仅是为赢利，它还有个崇高的目标，就是让大家迷途知返，明白真正的桃花源并不在世外，而就在身边；我们应当热爱现实而不是背弃现实。嗯，它至少让我们晓得，现实的边界在哪里吧。吴欢诗人，你说是不是啊？”

棒球帽取下帽子，打一下吴欢的肩。

吴欢一惊，不敢看棒球帽暴露在灯光里的脸——那脸的形状过于熟悉，像是刮胡刀常去的地方。他蜷缩到座位上，脑子混乱，浑身冰凉，不知该说什么。列车启程了，车轮声由缓及快况且况且响了起来。光头男站到座位上，双手打拍，唱起一首老歌：“车轮飞，汽笛叫，火车向着桃花源跑……”

歌声被列车拉得很长很长。吴欢失去了真实感，他叫了黄小玉一声，却没发出声音；他摸她一下，手指却穿透了她的衣服。她还是不理睬他。她是有理由不理睬他的。他挪到车窗边往外看。夜色朦胧，无际无涯。忽然，他发现车头倏地下沉，整个列车都竖了起来，向黑色深渊里笔直地坠去，坠去，总也不见底……

11

他被她摇醒了。

她说她睡不着，火车在脑子里况且、况且、况且地响个不停。

“怎么会呢，要响也是清空、清空、清空地响，清空了你就睡得着了。”他打着呵欠道。

她拖他下床：“走吧走吧，别睡了，陪我报案去！”

“报什么案？”他睡眼惺忪。

“睡一觉就忘了？我们的桃花源之行不是半途而废么？举报那个骗局啊！”她说，拿出电子通关卡晃了晃。

“什么骗局，我虚构的一个故事而已。”他笑道，得意地抹去左眼角上的一粒眼屎。

她摇头：“不可能，我感觉那么真切。那依你说来，我也只是你虚构的一个人物？”

“你若对号入座，那你就是的。你就是从我小说里出来的。你不晓得，我改写小说了吧？写诗根本不能活人。”他从枕下摸出一叠装订好的 A4 纸，“昨晚写完打印好，准备校对的，看着看着就睡着了。”

她接过那叠纸，一眼就看见了那个黑体字标题：《本次列车开往桃花源》，再翻开一页，便又看见了那辆冒着烟的绿皮火车。

2014 年 7 月 15 日

原载《江南》2014 年第 6 期

叶上一滴露

1

后来，顾晓秋想，假如没接叶露的那个电话，或者接了电话而没答应她的邀约，可能就没后来的那些麻烦事了。

但假如是不存在的，假如往往是马后炮。

没人能先知先觉。所以他才在那天中午，不假思索地接了她的电话。

她先是喂了一声，说："顾科长吗？我叶露呢。"

他根本想不到，叶露会主动打电话给他。更有意味的是，他看得见她，她就站在办公楼左侧那棵大樟树的阴影里，一如既往地亭亭玉立。他下意识地环顾四周，阒无人踪，但他的嘴巴还是僵住了。

她拢了一下披肩长发，动作优雅从容，见他没回话，又说："是顾科长吧，我没打错吧？"

他忙说："没错，是我。"

叶露说："没想到是吧？"

他朝她的背影点头，"是呵是呵。"

叶露说："晚上有空吗？想请你到茶楼坐坐。"

他怔住了，直愣愣地瞪着她。红毛衣与蓝牛仔裤将她的身体勾出一条S形的曲线，有几片落叶铺在她脚边。他好像并没有什么特别的想法，但就是一时回答不了她。他有些茫然，背脊上有些发凉。

叶露问："怎么，思想斗争很激烈？"

他脸上便一热，与此同时一个念头像一只小虫轻轻地咬了他一口，于是脱口道："好吧，我来。"

"嗯，具体地点晚上再联系。"

叶露说罢收了手机，款款地转过身。他们只相距十几步远，她一眼便看到了他，但她并不惊讶，沉静地走了过来。她的高跟鞋橐橐作响，像一把小槌敲击他的耳膜。她擦身而过时，淡淡地笑了一下。他则闻到了一丝幽魂般的化妆品的香味。

叶露的背影消失在办公楼大堂里，顾晓秋才醒过神来。

2

第一次见到叶露，是两年前的冬天。

顾晓秋跟着老板一行到乡下去慰问贫困村民，这是每年春节前都会有的活动，俗称送温暖。顾晓秋是负责联系的工作人员，而叶露是电视台的实习记者，于是他们坐到了最后一辆越野车上。可能因为是窝在车里吧，起先顾晓秋对叶露并无深刻印象。但当他们走在田间小路上，顾晓秋便被她窈窕的身材吸引住了。即使是穿了厚实的衣服，她身体的线条也明显的波动不已。顾晓秋不由得吞了一口痰，悄悄地向她靠近。呼吸到她温馨的体香，他感觉自己深陷在一片盛开的花海里，陶醉得骨头都有些发软了。踏入一户农家的小院时，叶露的长腿被门槛绊了一下，一个趔趄眼看要跌倒，老板眼疾手快，伸手将她搀住了。老板打趣道，这门槛没长眼，这么漂亮的女记者它也敢绊，不晓得怜香惜玉嘛！跟随的人都点头称是，叶露脸上立时飞出两片绯红。而他却在一边郁闷地想，连这样细节性的幸运，都轮不到卑微的他的，心里泛起的微澜也就平息了下来。

送温暖活动起先进行得很顺利。他们在乡长的带领下进入农家，老板与主人握手，嘘寒问暖，然后递上一个装着慰问金的红包，再依依告别，叶露带着摄像择机采访，很熟稔的程序。但在慰问最后一户时，出了点小问题。老板慰问过后告辞出门了，叶露采访那个满脸皱纹的老倌子，问他有什么感想。其实，无非是想让他说感谢谁谁谁。哪知老倌子拆开红包，数了数里面的钱，便嚷开了："你们太小气了吧！给这点钱就想让我给你们讲好话？现如今什么都涨价了，五百块钱能过年吗？"说着一伸手，就将叶露伸过去的话筒拨开了。叶露可能没经历过这种场面，尴尬得不知说什么好，可怜巴巴的样子。比叶露更紧张的是乡长，生怕被老板听见怪罪下来，急忙用背挡住老板视线，低声道，你这老倌子也太刁了，看得起你才来慰问你呢。老倌子可不管这一套，鼓起眼睛梗着颈子继续嘟嘟囔囔。顾晓秋急忙掏出钱包，数了三张百元钞票塞进他手里，赔着笑脸说："钱是少了点，可也是一片心意啊，您老就担待点吧！"顾晓秋本不是灵泛之人，不知为何，鬼使神差地使了这么一招。老倌子的脸色慢慢就缓和下来，虽然态度还有些勉强，也还是说了几句上得了台面的话，总算配合叶露完成了采访。回机关时途经电视台，叶露先下车，下车之后，特别回头冲顾晓秋说了声："谢谢啊！"

自此，顾晓秋开始关注起本市的电视新闻来了。他希望见到叶露的倩影。即使见不到本人，看到节目上她的署名，也会有莫名的欣慰。他并无非分之想，像叶露这种女子，肯定不乏追求者，一般的人，她也肯定看不上眼。他只想晓得她的行踪。回想初见她的情景，他心中总有隐约的不安，在他的感觉里，老板那只搀她的手充满了企图，而且一直没有松开。

后来，叶露和她的名字都从节目中消失了，他才慢慢地不再想象她。毕竟，他和她只不过一面之交，她的美丽与他没有关系。

再次见到叶露是在一年之前，机关大会堂。顾晓秋刚坐下，就发现她就坐在前面，只隔着一排的距离。她侧着脸，正在玩手机，在屏幕上点点划划。开会了，老板在台上语调铿锵地做廉政报告，她仍埋头玩她的。他的目光便在她面颊上留连。他发现，她耳边有颗黑痣，与那枚小小的玉色耳环形成了某种呼应的关系，很有意味。这时，她似乎感觉到了他的目光，抬手拢了拢耳边的发丝，回过头迅速地扫他一眼，嫣然一笑。他心如兔跳，她晓得他在窥视她呢。他们碰触的目光好像将某种东西接通了。

散会时他跟随在她身后。在会堂外的甬道上，他快步走到她跟前，欣喜地道："叶露，真没想到在这遇到你！"

叶露笑盈盈地："我可是想到过，既然调来机关了，肯定会见到你的。"

顾晓秋一愣，"你调来机关了？"

叶露点头道："是啊，来两月了。"

顾晓秋惊讶不已："来两月了，怎么才见到你呢？"

叶露说："你眼睛长在额头上嘛，怎会见到我？"

顾晓秋忙说："我一小干部，整天埋头写材料，哪敢把眼睛长到额头上去。要么是你深居简出，要么是我缘分没到的原因吧。"

叶露笑道："可能吧。"

顾晓秋还想说些什么，忽然语迟。四周一些人朝他们看，眼神有些暧昧，令他不自在。叶露倒是一副不在意的样子，拢一下头发，说："有事联系啊"，就轻盈地转身，橐橐橐橐地走了。

他发现她成熟多了，身上也有了一种高不可攀的味道。

那以后，顾晓秋再也没有跟叶露说过话，也没跟她照过面。再后来他就一直回避着她了。原因很简单，机关里风传，叶露是老板的情人，是老板把她调到机关里来的。老板是机关干部们私下里对本城最高长官的称呼。他顾晓秋再不懂味，也晓得老板的情人是沾惹不得的。

3

晚餐后，顾晓秋就散步到江边去了。沿江的小街上有几家小茶楼，偏僻而幽静，他猜叶露可能会在这选一家与他见面。刚走到悠悠茶楼前，叶露的短信就到了："悠悠茶楼 16 包房，等你。"顾晓秋怦然心跳，这也太巧合了，似乎象征着什么，意味着什么。凉风从脖颈里吹过去，他全身一缩，起了一层鸡皮疙瘩。他下意识地朝四周看了看，然后迅速地闪进茶楼门内，蹑手蹑脚地爬上楼梯。穿过窄窄的过道时，他想到了某个电视剧里地下党接头的情景。

在 16 号包房前，他咽了口痰，才轻轻地叩了叩门。

门应声而开，叶露的笑脸闪了出来，仿佛她候在门后似的。她在白天那身衣服之外加穿了一件米色风衣，看样子也刚来。寒暄过后，他们才面对面坐下。叶露脱下了风衣，他忙绅士地接过来，挂在房角的衣帽架上。他的手感到了风衣的温热，而他的鼻子也吸入了她身上散发的异香。一时，他的脑壳有点晕。为了缓和一下内心的紧张，他往窗外望了望。江水无声无息地流着，水面闪烁着鱼鳞状的光斑，岸边树影摇晃，窸窣作响。

"喝什么茶？"叶露问。

"随便。"他说。

“可没有叫随便的茶。”叶露一笑，“我想你也是个不讲究的人，那就跟我同喝一壶养颜茶好了。”

“好的好的。”

叶露叫来服务员点茶时，他回过头，悄悄地注视她。她的左嘴角边，有个极小的酒窝，显得有点俏皮，这是他以前没有发现的。而她的眼角，居然有一条极细的鱼尾纹，这也是他以前没见过的。她应该还只有二十五六岁吧？

叶露点完茶，冲他一笑，“顾科长，话也不说，想什么呢？”

他忙否认：“没，什么也没想。”

叶露说：“我倒是想过，你可能不会来的。”

他说：“我既然答应了，就会来，又不是鸿门宴，怕什么。”

叶露笑道：“你答应得有些勉强的，你不来，我也能理解。”

他点点头，“如你所说，是有点思想斗争的，后来一想，来也好，正好想请你帮个小忙呢。”

“噢？”叶露细眉一扬，“我能帮你什么忙呢？”

他觑觑她，沉着地道：“你看我吧，别人科长科长地叫，其实还是个副科长，都做了快五年了，还没进步，就想，能不能请你到老板耳边吹吹风？”

叶露不作声了，脸上的笑意像阳光下的水渍，慢慢晒干了。服务员端上了茶点，她不再看他，喝口茶，尖起手指拈着瓜子，慢慢地嗑着。他倒沉着下来了，悄悄地觑着她，仿佛成了一个旁观者，好像这场约会与他并无关系。她忽然的不快甚至于让他有一丝幸灾乐祸的心理。

沉默了一会，叶露脸色慢慢地缓和了，斜瞟他一眼说：“其实，你只是给自己找个应约的理由吧？”

他避而不答，问：“你是不是觉得我这样的想法太俗？”

叶露直视着他："不是太俗，是太弱智。芝麻大的乌纱，用得着找老板？一个正科级，部里可以直接提，向组织部报备就行了，都不用常委讨论的。跟你的顶头上司多打几回牌，节假日多走动走动，送送礼，他一句话就解决了。除非你做不来，那就不要解决算了，顺其自然，性格即命运。要我跟老板讲，哼！"

他问："怎么了？"

叶露瞥瞥他："你装糊涂吧，我跟老板讲，他会怎么想你我？有你的好？那是与虎谋皮。"

他心里震了一下，没想到她会说出这个词来。想必她是品尝过伴君如伴虎的滋味了吧。

叶露起身给他续上茶，然后说："其实促使你赴约的还有好奇心吧，你想晓得我为何约你。"

他点头承认了。

叶露偏头望向窗外，沉吟片刻说："其实，我也说不太清为何要约你……我没有朋友，没有女朋友，更没有男朋友。以前，我是有的，有好多，现在都不来往了。有朋友时觉得累赘麻烦，没朋友时才晓得朋友可贵。我也需要有合适的人说说话，聊聊天，解解闷。人在工作生活之外，还需要一些别的什么吧。"

他嗯一声："我理解。"

叶露说："我想人只有互相需要，也才能成为朋友吧。还记得那年我们下乡慰问贫困村民，你帮我解了围，我心里很感谢你，一直记得。所以我就想，你也许是适合做朋友的人，就贸然地约了你。就像一个囚禁暗室多日的人，忽然发现墙上有一扇窗户，就不管它是真实的还是画在那里的，就冲动地想打开它，想透透气，见见阳光。我不晓得我表达清楚没有，你若是有顾虑，不愿和我交往，我也可以理解的。毕竟，我的情况特殊……"

他说："我明白。"

叶露直视着他，眼睛幽黑幽黑，眸光一闪："你若真愿做我的朋友，我是说那种可以交心的朋友，也许我会有事相求的。我希望你想清楚，能不能帮我，现在就说好，男子汉一诺千金，让我心里有个依靠。或许，这就是今晚我找你的主要目的吧。"

她很直白，口气还有点咄咄逼人。

顾晓秋颇不自在，反问道："是不是我不答应，你就会另找别的合适人选？"

叶露摇头："我若有别的人选，就不会找你了。找你也是偶然的冲动，今天情绪好一点或再差一点，也许就不会约你了。总之，无论你答应与否，我不会再约别人，也不会再有这种念头。女人总是很傻，但我只会傻一次。"

说完，她右手支在桌上，手掌托着下巴，左手在桌面上画着道道，面色沉郁，眼睛眨个不止，心烦意乱的样子。

他第一次这么近距离地看她，她脸上的汗毛都历历在目，怜悯之情油然而生。他舔舔干裂的嘴唇，轻声道："其实，我也一直记得你的，记得你在田埂上走的样子，记得你身材特别魔鬼，记得你的步态很优雅，甚至记得你身上那种特别的化妆品香味……你是个美好的女孩子，你应当有美好的爱情，过美好的生活。我也一直为你感到遗憾，觉得你不值，想起你就想起'暴殄天物'这个词，联想到你刚才说的那个话。我也想跟你说，你更不应当与虎谋皮……"

叶露直起身子，挥一挥手说："谢谢你的怜悯，可我不需要，我的生活也不需要别人来评价，没有人比我自己更清楚它的价值。我对自己的选择负责。如果朋友做得长，或许你会慢慢了解我。但今晚我只想知道，你是不是鄙视我？你会不会做我的朋友？”

他认真地想了想，挠挠头说：“各有各的活法吧，好像还真没有鄙视过你。至于朋友，是做出来的，不是说出来的，我愿意慢慢做起来。”

“那好，我们握手为定？”她目光灼灼。

于是他伸出手，隔着桌子，与她郑重其事地握了握。

他立马感受到了她的小手的温软。

叶露头一偏说：“是不是有精神负担了？”

他故作轻松地咧嘴一笑：“哪里，我感到很轻松，很兴奋呢！”

“那就好！希望你跟我做朋友做得开心。可我有点疲倦呢，好累，我闭眼养养神，你不介意吧？”

不待他回话，叶露就往后一仰，靠在椅背上养起神来了。

他的目光就自由地在她脸上摩挲起来。毫无疑问，叶露的脸是非常精致的，玲珑的，圆润的，美得像一件艺术品，充溢着生命的活力与韵味，因而她的魅惑力也无人可挡。她肯定晓得她对他是有吸引力的，她比别的女人更知悉男人的弱点。倏忽之间，他的内心深处掠过一线尖锐的疼，他想起了老板那张国字脸，想起了那张脸上的狮子鼻和翻唇嘴。毫无疑问，那张脸的丑陋早已经无数次地覆盖在这张脸的美好之上。在荷花般光鲜的脸面后，暗藏着被亵渎的不堪。

他站起身来，为了阻止自己龌龊的联想，他走出门，去了洗手间。

从洗手间出来，忽然听见几个熟悉的嗓门在说话，在隔壁的隔壁。门没掩严实，一些有关情色的谈笑源源不断迸发出来。他有点心惊，急忙闪进包房。叶露斜倚在长椅上睡着了，打着轻微的鼾。他从衣帽架上取下叶露的风衣，轻轻盖在她身上，然后，悄悄退出包房，去收银台买了单。

他在夜色掩蔽的马路上走了一阵，才给叶露发了条短信："我有事先走了，希望你好自为之，一切都好。"

可能他的短信惊醒了叶露吧，稍后她就回了短信来："好的，以后多联系。她还附上了她的 QQ 号码。一回到家，他就迫不及待地上了 QQ，加叶露为好友。"

叶露的 QQ 昵称很有意思，叫"叶上一滴露"。

4

翌日，顾晓秋一上班，就得知：老板要到省城当厅长去了。

消息是坐在对面的科长跟人电话时泄露出来的。科长一般不会主动与下属分享机关里的任何资讯。科长喋喋不休地与人分析着老板任新职的利与弊，又猜测着谁将会是这个城市的新老板，兴奋之情溢于言表，似乎是得到了一个利好消息。

顾晓秋却被这消息弄懵了。

毫无疑问，叶露要比机关里任何人先晓得这消息。那么，她昨天的邀约，她要与他做朋友的意愿，与这条消息有没有内在的关联呢？莫非她与老板关系生变，她要临时找个依靠的肩膀？不不，老板即使不把她弄到省城去，也不会放弃她的。那么，她是在给自己寻找退路了吧，至少，在精神上是如此。她还说过，可能有事相求于他，难道她挖好了坑，等着他往下跳？不，他不愿这样猜测她，而他，似乎也没有什么可损失的。

回想昨晚的约会，似幻似真，有梦魇之感。

科长出去了，办公室安静下来。他打开电脑，准备修改一份材料。但他的心思不在屏幕上，而是飞越了头顶的五层楼，到十五楼去了。叶露所在的部门就在那一层楼，那一层以及高层领导们所在的更高的一层，有着专用的电梯，隐藏在大堂东侧，别的楼层的人是用不了的。这也是很少遇到叶露的原因之一。直到现在，顾晓秋也不知叶露做啥具体工作，或许，她根本就不须上班吧，至少，她比别人自由，大概是没人敢管她的。

她在办公室吗？如果在，给她电话是不合适的。

他寻思一会，给她发了条短信："听说老板要走了？"

她很久没有回，在他以为她不会回了的时候，手机嘟地响了一声。

她在短信里说："我不太清楚，你若是我朋友，以后就不要再提老板的事。"

她的口气很冲，但他却莫明其妙地得到了某种安慰，便不再胡思乱想，把注意力都集中到材料上。思维清晰，效率就很高，本打算花两天时间来改的材料，一上午就完成了。他不会急着交稿，稿子交早了，上司为显示自己高明，总会横挑鼻子竖挑眼，让你没完没了地改。

顾晓秋在机关食堂吃的午餐，用餐的人们几乎都在议论老板调走的事。顾晓秋从没见叶露来食堂用过餐，但他的眼风还是往四周扫了一圈。此时此刻，叶露若是露面，那些议论可能就意味深长了。他坐在角落里默默地咀嚼着，隐约地觉出那些议论与自己也有一些莫名的牵扯，好像他也成了利益相关人。

午餐后他没回家，而是回到办公室。以往的习惯，他是要伏在桌上睡一会的，但他没有睡意。他的心思无法从叶露身上移开，各种猜测在脑子里交互出现，绞成一团。便上了QQ。"叶上一滴露"的头像灰着，她没有上线。他将鼠标压在头像上，她的等级显示出来了，才两级，看来她很少上QQ，要不就是才注册不久。他点击她的QQ空间，想进去看看里面有些什么，日志相片什么的。但跳出来一个对话框，说是访问受限，必须回答一个问题才能进入。他想，既然她给了他QQ号，并且加为好友了，是同意他进入她的空间的吧，于是给她发了手机短信索要答案。

但叶露回短信说："我很少上QQ，空间里也没什么好看的，你想进去看就自己寻找答案吧。"

她这是什么意思？

他想不明白，只好自己瞎猜答案。先键入叶露的手机号码一试，不对，拒绝进入。想想又键入我是你的朋友一行字，还是不对。他烦躁起来了，又胡乱键入了几次，当然是不对的。后来他屏住气息迫使自己平静下来。既然她设了限，说明她的空间是很私密的；但她既然要你找，肯定是找得到的。站在她的角度，会设置一个什么样的答案呢？他猜测着，把筛选到的几个答案一一键入验证。最后键入我是诚心做你朋友的人之后，他终于成功地进入了她的QQ空间。

空间确实很干净，除了几篇日志什么也没有。日志大都不长，写的又都是些鸡毛蒜皮的东西，买了什么化妆品，吃了什么点心，大姨妈来了心情不好之类。倒是有一篇注明为转载，标题是《认命，不要怪我》的日志引起了他的注意：

> 我晓得，总要给你一个交待的，但我们见面已经无法交流，每次都是不欢而散。我不想再重复那些纠缠与伤害了，所以选择了文字，只有在用文字告诉你这一切的时候，才不会被你打断，才不会有心灵与身体双重互殴的危险。
>
> 事至如今，我只能说，我与你之间的一切都是命，是命运给我们开的一个残酷的玩笑。也许你会说，是我在推卸责任，我承认我有一定责任，但当厄运袭来时，一个小女子是

无法抗拒的。当我需要你的时候，你又在哪里呢？你又是如何给我爱的呢？

诚然，是我要你做隐身恋人，不让你在台里出现，这让你心里不快，也引起了你对我的不信任。但我是爱你的，我这样做只是为了早日签约转正，不想遥遥无期地实习下去。如今这个社会，难道你不明白，一个身边没有男朋友的女人更受欢迎吗？那些明星不多都是这么做的吗？我穿得时尚一点，你也要大加批评。大凡有人明里暗里对我表达爱慕，你不去批判别人的非分之想，却硬要归结于我不够端庄。我好不容易建立人脉疏通关系，眼看就要签协议了，你却发神经一般跑到台里，到处声明你是我男朋友，还说决不允许别人心怀不轨，搞得别人看笑话不说，签协议的事又延宕了。你成了人家眼里的不安定因素你晓得不？

若不是后来搭帮学长出面找领导，又送礼又送笑脸，我是得不到这份工作的。可你又醋意大发，说我与学长关系暧昧。我早跟你说过，学长一直喜欢我，追求我，但这是他的事，我从来没有答应过。你几次偷拿我的手机，翻看我的短信，还跑到电信去查我的通话记录。但那除了加深你对我的不信任，在心里划下新的伤痕外，还能解决什么问题吗？

其实，因爱生妒，我是能够理解的，尽管你多次伤害我，我还是尽可能的原谅包容你。我不能原谅你的是，S出现后你的态度。

你晓得，我是不能得罪S的，这座城市里，就没有敢得罪他的人！我是记者，对他太了解了。你也晓得的，有桩没破的人命案据说与他有关。他请我吃饭，我只能赴宴，他敬我的酒，即使是杯毒酒，我也只能干了。但他在酒店开好房要我去，我是坚决没有去的，我有我的底线。我把这事告诉你，也是实在没办法了，想让你帮帮我。我想你会暴跳如雷，去找他算账的，当然，那样我会阻止你，你只会吃亏的。可不曾想，你像霜打了的茄子，想不出办法，也打不起精神，更不晓得安慰一下我，除了唉声叹气还是唉声叹气。这样也就罢了，哪知第二天，S 单独请你吃饭，你都不晓得找借口推脱回避，竟然去了。去了不说，还接受了他的馈赠！你说是先以软对硬，搞好关系再说。可人家视为一种象征，一种默认，是你示弱了，你让步了，你退出了这场情感角斗。换句话说，别人只用一只“爱疯死”手机，就把我换去了，而放弃我的，是你，是那个据称是最爱我的人！

是的，你让我心寒。我陷入了绝境，没人能救我。我快顶不住了。你给我唯一的好处是，让我死了心，我不必再对你负责，更不必内疚。顺从 S 是件恐怖的事，我不想葬送前程，我必须自己救自己。那几天，我简直要疯了，但我并不晓得如何做。直到那天，老 S 来参加台庆联欢会，我灵机一动，有了一个朦胧的想法。老 S 在言语之间透露过喜欢我的意思，他几次下乡都指名要我跟随采访，我也能从他眼里看出一个男人心底的欲望。你们男人，尊贵也好卑贱也罢，哪个不是见了漂亮女人就蠢蠢欲动呢。拉老 S 来抵挡 S，应当是最有效的。我没有别的办法，只有走一步看一步了。于是，在晚会散场时，当着 S 的面，我挽住了老 S 的胳膊，一直把他送到车前。我刻意显示与老 S 的亲昵。事情就跟我预想的那样起了变化，S 再坏，也不会跟老爸争一个女人的。他知趣地退避三舍了。至于后来的发展，你也都知道了，那并不是我的初衷，也不是我自己能左右得了的。

所以，你应当知道，我现在的处境，并非我希望的，却是我情愿的。因为我没有更好的选择。除了不能给我名分，老S对我很好。他对我的喜欢也是真实的，一个老男人，有我这样年轻漂亮的女子，能不喜欢吗？我也没想过要什么名分。我有了公务员的铁饭碗，衣食无忧，更重要的是我也有了安全感，不用一天到晚提防谁的窥视和侵犯了。我的心总算松弛安宁下来了。这都是他给我，而你和S都给不了的。我只能接受现状，至于以后怎样，我懒得去想，得过且过吧。我不需要爱，没有爱也可以过下去，爱可能是世上最脆弱的东西了，不要也罢。

事已至此，我们都只能认命。不要怨恨我，我也不会再怪你。不要再联络了，忘掉我，忘掉曾经的一切，找个适合你的姑娘，好好过日子吧。

顾晓秋久久地沉浸在这篇日志里。他不相信它是从别人那儿转来的，所谓转载只是个遮眼法。以他的直觉，它就是叶露写的，写的就是她自己。文章涉及四个男人，有的他对得上号，有的他不晓得。毫无疑问，它是叶露写给前男友的分手信。也许是用了第二人称的缘故吧，好像就是写给他看的，叶露通过这篇文字向他倾诉了她不堪的以往。

莫非，是叶露有意为之？

科长进办公室来了，他懵然不察。

科长走到他身旁，瞟屏幕一眼："呵呵，这个'叶上一滴露'是谁？小顾你是在网恋吧？"

顾晓秋一惊，赶紧关了QQ，尴尬地道："没有没有，一个普通网友而已。"

5

临近下班的时候，顾晓秋再次打开QQ，看到“叶上一滴露”的头像闪了一闪，亮了起来。他赶紧跟她打招呼：“你好，我找到答案，进入你的空间了，看来我们还是有点缘分呢。”

叶露没有回复他，非但没有回复，头像也暗了下去，这意味着，她不是隐身了就是下线了。

她生气了？

可能吧，毕竟，他擅入她的空间，窥探到了她的隐私。但他并无恶意，无非是好奇，还有关切，以及怜惜。

呆坐了一会，顾晓秋关了电脑，拎起包出了办公室。在电梯间的镜子里，他看到一张心事重重的脸，他想，这个人是怎么了呢？好像被一个叫叶露的女人搞得心猿意马了呢。他不以为然地冲那张脸挤了一下右眼，那张脸也以挤眼的方式回敬了他，不过挤的是左眼。奇怪，他挤的是右眼，它为什么会挤左眼呢？

走出电梯，顾晓秋一眼瞟见，叶露从东侧的电梯里出来。下班时间已过，大堂里没别的人。他想他有必要对她解释一下，便走了过去。但叶露没看到他，转身出了大堂后门。他跟着到了大堂后，只见叶露沿着窄窄的甬道径直走向机关大院的后门。他本可以加快步伐追上她的，却临时改了主意，不远不近地跟在后面。

大院后门是机关后勤部门运送物资的专用通道，平时是被警卫锁着，不允许出入的。叶露刚到门前，警卫就从警卫室出来，主动地帮她开了门。看来，叶露常从这儿出入，警卫都跟她很熟了。她的住处，就在后面不远吧？从这儿进出又便捷又隐蔽，确实很方便。

顾晓秋跟到后门前，警卫不让过，要锁门。他只好指着叶露的背影说，他有急事要找叶露，警卫才半信半疑地放行了。

出了后门，他应当要叫她的，但还是没有叫。他跟着她走了一截水泥路，踅入一条街巷。来到十字路口时，一眨眼，她不见了。他这才后悔没早叫她。他东张西望，来往的人群中并无她的身影。可他一转背，就见她站在跟前，眼睛直直地瞪着他。

他愣住了。

叶露问："你跟踪我？"

他语无伦次，"我，我我……"

"你想晓得藏娇的金屋在哪是吧？来，跟我走，满足你的好奇心。"

叶露说着领头往前走。

他呆在原地，不知如何是好。

叶露回头道："怕别人见了影响不好是吧？我都不怕你还怕？来吧，我有话要跟你说。"

他只好跟在后面了。还好，街面上人来人往的，大家都在为自己的生活奔走，没人在意他们。叶露领着他进了一幢老式公寓楼，在一个阴暗的楼道里，打开了一扇不锈钢安全门。门刚开，一条小小的棕色贵宾犬就欢叫着跑过来，一纵身跳进了叶露怀里。叶露眉开眼笑，边抚摸它边迭声地叫着："靓仔乖，靓仔想我了吧？"

顾晓秋小心翼翼地跨进门去，换上拖鞋，然后轻轻地掩上门。浓郁的化妆品气味包围了他。在叶露忙着给靓仔喂食的当口，他默默地打量着房间里的摆设。这是一套一室一厅加厨卫的小户型公寓，家具电器一应俱全。他瞟了卫生间一眼，又瞟了卧室一眼，一转背，遇到了叶露知根知底的眼神。

“你可以停止使用你的想象力了。他不会来这里的，他那张脸，莲城人民都认得。我可以更明确地告诉你，这里没有任何男人留下的痕迹，你，是第一个，也许也是最后一个进入这个房间的男人。叶露说着，给他倒了一杯热茶。”

这有些出乎意料，却也令他自在了一些。

他在沙发上坐下，捧着那杯茶，喃喃道：“不是传说送了套房子给你么？我以为……”

叶露反问：“送给你，你敢住不？传说什么不说啊。这是我自己租的房。”

他噢了一声，心想，不敢住，并不能说明不敢收。

叶露似乎看出了他的心思，面色阴沉下来，一时默默不语。

他想想，解释道：“其实，刚才我不是有意跟踪你，刚好看到你也下楼来，就想跟你说说清楚……是这样，我猜出了你设置的答案，进入了你的 QQ 空间，并且，也看了那篇日志。也不是刻意要打探你的隐私，我确实是太好奇了，对不起……我晓得，那其实就是写的你自己，你的遭遇让我很难受，你不应该遭受那些事。你放心，我不会跟任何人说。”

叶露咬一下嘴唇说：“我不介意，我也没心思跟你讨论那些陈芝麻烂谷子的事。”

顾晓秋点头：“那就好，你不是有话说么，我洗耳恭听。”

叶露将虚掩的门碰上，在他身边坐下，拿出一支笔拨弄着，拢拢头发，欲言又止。

她顾虑什么呢？难道比他还顾虑么？他可做梦都没想到，会坐在她的房间，她的身边。他的心底，隐隐地闪过冒险与犯忌的快感。他不敢直视她的眼睛，双手捧着茶杯，吹着浮在茶水表面的茶叶，鼻子里闻到的，却是她的体香。他沉默着，他以他的沉默鼓励她把话说出来。

她清清喉，开始跟他说话了。她首先说明，她是把他当“死党”了才跟他说的。噢，不要诧异，“死党”就是极好极铁的朋友，类似闺蜜胜似闺蜜的那种。当然他晓得这话的意思的。她接着告诉他，在约他喝茶的前两天，她也被人约去茶楼喝了一通茶的。电话约她的是女人，自称是小学同学，到茶楼一看，却是几个男人。她问他们是谁，那些人却说她不必知道，老板心里有数的。那些人请她找老板游说，把环城路的改造工程给他们做，说也该给他们一条生路了。还要她尽快办，办好了大家都好，办不好，那就难说了。他们不由分说将一张银行卡塞进她的包就走掉了。她当然不会替他们背书，她从来不跟老板游说什么的，她晓得她跟老板之间，越纯粹越好。但不跟老板说，天知道那些人还会有啥后续动作。无奈之中，她只好向老板作了汇报。老板听后大发雷霆，说她太不谨慎，随便就被人约到了茶楼，还说她自己惹的事要她自己处理，他不管。她想过，报警或把卡交给纪委，都行不通的，只会把麻烦闹大。她焦虑，担心，害怕会出什么事。所以，她只好找他讨主意，怎么办？她现在是心乱如麻，有病乱投医了。

顾晓秋愤慨起来：“这些人简直黑社会，太混账了！要拿工程自己投标嘛！”

叶露道：“其实我也多少理解一点他们吧，都要吃饭，拿不到工程，公司就会垮台。可他们竞争不过那个人的，每次招标，那个人公司的标的总是压到最低，所以他总能夺标。这些人拼不过他，只好出烂招了。”

顾晓秋立马听明白说谁了，那个人不光有背景，还有手段，只要他想要，没有夺不到的标。用最低标的夺标之后，他可以再从别的方面得到补偿。这已经是公开的秘密。

他问："你说的那个人，就是你日志里的S吧？"

叶露点点头。

顾晓秋想想说："要不，你找找他，叫他让一步？他少吃一口，大家都安稳。"

叶露摇头："我不会找他，他也不会让步的，我不会再干与虎谋皮的事。"

顾晓秋说："那，你现在只有想办法还掉这张卡，摆脱干系了。"

叶露说："我也是这么想的。"

顾晓秋安慰道："你也不要太担心，那些人也不过是想借你给老板施加压力，拿到工程而已，不敢对你怎么样的。毕竟，他们也晓得你是什么人。还有老板那里，说是不管，还是会管的吧，他人还没走嘛。"

叶露长叹一口气："也只能走一步看一步了。我想求你两件事，不知你是否愿意帮我。"

顾晓秋拍拍胸："只要我做得到，一定帮，谁让我们成了朋友呢？"

叶露说："你也不用紧张，不需要你担当什么风险。一是假如这事万一扯出麻纱来了，有必要的话想请你出面，证明这张卡是他们强行给的，我没有收受占有的主观意愿。直到现在，我也没有查看卡里有多少钱，更不会动用它；二是我可能出去两天，你帮我照顾一下靓仔，天气冷了，我不想把它寄养到宠物店去。"

顾晓秋头皮麻了一下，但他还是说："好吧。"

6

顾晓秋提着那个塑料的宠物笼子，还有半袋狗粮，把靓仔带回家，放在阳台上。他盛了一碗狗粮，还有一碗水，搁在地上，然后把笼门打开。但是靓仔伸出头来嗅了嗅，又缩回去了。它好像很害怕，他逗了它半天，它也不肯出来。他想等它饿了，就会出来吃的吧。

但他第二天早晨一看，靓仔依然蜷缩在笼子里，狗粮和水都一点没动。他伸手摸一下它，说："嗨，靓仔，你还蛮有骨气嘛，不吃这嗟来之食？"靓仔两只黑宝石似的小眼睛看了看他，一动不动，很冷漠的样子。

只好任它去了。

他没料到，它会带来一场风波。

午餐照例是在机关食堂吃的，他懒得回家，更懒得做饭。刚放下饭碗，准备去办公室午休，前妻邓小婉的电话来了："顾晓秋，你给我回来一下！"口气很严厉。

他有些烦："有啥事就说，我懒得回。"

邓小婉愈发的高调了："我要当面跟你说！"

他说："你这不是折腾我吗，跑来跑去的。"

邓小婉说："我就是要折腾折腾你，不折腾一下你尾巴会翘天上去了！"

他还想反驳，但她已挂了电话。

不得已，他只好回家一趟了。

他跟邓小婉是别人介绍认识的，结婚半年就离了。回想起来也有点可笑，离婚的直接原因，不过是邓小婉在同学聚会上的一句牢骚，说结婚后才晓得他当个科长还是副的，否则决不会答应他。他感到她当众给了自己一巴掌，羞辱难当，立马就发飙了，说："反正没有孩子，你现在反悔也不晚，不就是换张纸的事么？"邓小婉一点不示弱："好啊，不换掉那张纸是王八蛋！"话说到这一步，就没有挽回的余地了，谁怕谁呢，俩人就把结婚证换成了离婚证。

其实，邓小婉人说不上好，但也说不上坏，就是脾气躁一点，又仗着自己在步行街开着服装店，收入比他高得多，就飞扬跋扈一些。邓小婉搬走了，把这套两房一厅的房子留给了他。离婚后，邓小婉的脾气变好了些，过段时间就会带点吃的或穿的来看看他，似乎有复合的意思。她一直保留着这套房的钥匙，他也没有要她交出来。一来二去，他也有点动心了，人反正还是要个家，有个伴的，如果她继续对他好点，就复婚算了。邓小婉似乎也看出了他的心思，对他越来越好，直到某天晚上，好得在床上等着他了。他们过起了不是夫妻的夫妻生活。可能是饥渴过久吧，那天晚上他简直是酣畅淋漓，天旋地转，过瘾得不得了，感激之情也就油然而生。早上醒来，他搂着邓小婉问："你怎么忽然对我这么好了呢，是不是想复婚?"只要她一点头，他想就水到渠成，复婚在望了。他可以肯定，邓小婉来找他，就是想要复婚的。可不曾想邓小婉还端着架子，嘴不饶人，说："我是怕你忍不住了会找小姐，带回病来呢!"他立即像只被人扎了一针的气球，对她的一点好感全泄露光了。他跟她真不是一路人，复婚的念头也被他掐死在心里，从此不提。但邓小婉还是时不时地来看他，时不时地跟他做一回爱。可那是什么做爱呢，没有爱，只有做，做完的那一瞬间，总是十分的沮丧，十分的空虚，十分的厌恶，厌恶对方，也厌恶自己。每次都跟自己说，下次坚决不做了，可当下次来临，又习惯性地做了，同时又习惯性地开始对自己的谴责。当某种男女关系使得你既看不起对方，也看不起自己的时候，它就已失去存在的意义了。他想索回邓小婉手中的房钥匙，却说不出口，因为买这套房时，邓小婉出了五万块钱的，他现在还没办法还清她。无奈，这种尴尬的关系就这么延续下来了。

顾晓秋一推开家门，邓小婉就冲他说：“你是不是有新欢了？”

他莫明其妙，反问：“你什么意思？”

邓小婉指着阳台说：“那条贵宾犬哪来的？”

顾晓秋这才明白惹事的是靓仔，便说：“是朋友寄养在这的。”

邓小婉说：“是女朋友吧？”

顾晓秋不想说谎，又不想回答她，便到阳台去了。靓仔还是没吃没喝，听见他们说话，躲到笼子深处去了，全身蜷成一团，只把两只眼睛盯着外面。他将它掏出来抱在怀里，抚了抚它的脑袋，它的身子温温的软软的，抱着很舒服。

邓小婉走到他跟前，不依不饶地：“你说，它是谁的？”

顾晓秋白她一眼：“说出来你也不认识。”

邓小婉叫道：“不认识你也得说！跟你什么关系？”

顾晓秋说：“什么关系都跟你没关系！”

邓小婉噎住，脸都涨红了，指着地面说：“这房子我有份，就跟我有关系！我晓得这人跟你关系不一般，不然，会寄养到宠物店，不会放在这儿。听好了，有我没它，有它没我，你现在就把它还回去！还不了就放到宠物店去。”

顾晓秋冷笑道：“跟一只狗争风吃醋，有意思啊？”

“我就要，就是有意思，你要养它才没意思呢！”邓小婉说着从他怀里夺过靓仔往笼子里一塞，啪地将笼门关上，提着就要走。

顾晓秋火了：“你给我放下，不放下别怪我不客气了！”

邓小婉不理他，往门口去了。顾晓秋急眼了，几步奔过去，左手抓住她的衣领往后一扯，右手就将狗笼夺了过来。邓小婉转身争夺，他顺手推了她一把。邓小婉便坐在地上大叫起来：“好啊姓顾的，你有长进了，你居然为一条狗敢打我了，你会遭报应的！”

顾晓秋将狗笼重新安放在阳台上，把笼门打开。然后转身把邓小婉从地上拉起来说：“你就不要撒泼了，我哪里敢打你？把你的精力留着做生意去吧。”

邓小婉擦擦眼睛：“你说，是不是真的有相好的了？”

顾晓秋不胜厌烦：“我哪有什么相好，我这样无权又无钱的人，哪个看得上？”

邓小婉问：“那，我们怎么办？”

“怎么办，凉拌！”顾晓秋朝门外挥挥手，“你先回去吧，你让我脑壳疼！我得休息休息，一会就要上班了。”

“好吧，你就凉拌吧，别后悔！”邓小婉鼻子一哼，转身走了，用力一带门，砰一声响，震得整幢楼都在颤抖。

顾晓秋长吁了一口气，反锁上门，拿来一条毛毯，倒在沙发上歇息。若是因为靓仔而摆脱了邓小婉，未尝不是一件好事呢，他默默地想着，不知不觉睡着了。

待他醒来时，太阳已西斜，快到下班时间了。他忙给科长去了一电话，说自己不舒服在家休息。再到阳台上一看，靓仔仍蜷伏在笼子里，还是没吃食。

他只好给叶露打了电话，告诉她靓仔的情况。叶露便让他把靓仔抱出来，将手机贴近靓仔的耳朵。叶露好听的声音对靓仔说：“靓仔乖，听妈妈的话，好好吃饭饭，妈妈很快回来接你，好吗？靓仔乖，靓仔吃饭饭……”靓仔听得一愣一愣，圆溜溜的眼珠闪闪发亮。他把靓仔放到地上，它果然不再回笼子里去，而是抽了抽鼻子，走到了狗粮跟前。叶露接着对他说：“顾科长真的麻烦你了，靓仔会吃饭的，它只是有点认生，放心吧，真的很谢谢你。”

两天不见，叶露的声音听起来又遥远，又亲切。

收起手机，顾晓秋发现靓仔在埋头吃食了，嚼得咯咯响，小小的短尾巴轻轻地摇着。金黄的阳光覆盖在它棕色的身子上，它乖乖憨憨的样子，就像是从动画片里跑出来的。

7

四天了，还不见叶露来接靓仔回去。

她在外面做啥呢？顾晓秋欲电话询问，转念一想，她也许是悄悄陪老板到哪里玩去了呢。她不就是这么个身份吗？她到哪去了，跟你鸟相干。你帮她养着宠物，甚至因为宠物而跟你的前妻吵架，她却在外面快活呢。越想越郁闷，便断了联系的心思，回家也不多理靓仔。

但是奇怪的是，靓仔主动地理他了，似乎，它晓得他在生气，需要安慰似的。它无声地走到他身边，友好地嗅嗅他的鞋，又拿嘴巴蹭了蹭他的腿。他伸手摸它毛茸茸的头，它就伸出红红的小舌头舔他的手掌，舔得他心里发软。但他心情并没好起来，他莫名地想到，此时此刻，老板可能也像他抚摸靓仔一样在抚摸叶露吧，从本质上来说，叶露也不过是讨老板欢心的宠物而已。

他立时有些恶心，脚一翘就将靓仔推开了。

这天下午，他刚进办公楼，就看到老板带着几个人迎面走来，才想可能冤枉叶露了，她并没跟老板在一起。老板面色发青，像没有看到他，但出于礼貌还是得打个招呼的。于是他趋前一步，欲招呼，却忽然被旁边那个跟随的人拉开了，还被推了一把。接着那人就抓住了老板的胳膊，一直将老板护送到停在门口的一辆三菱越野车上。

车开走了，楼前却聚拢起越来越多的人。大家议论纷纷，惊讶不已，又都有些喜形于色。原来，所谓的老板上调，只是放的烟幕弹，是双规的前奏曲呢！如今的纪委真是越来越有办案水平了！呀呀，老板真的是高危职业呢，还是做个普通干部好啊。可是呢，人在机关，谁不想更上一层楼呢？除了当官，除了当更高的官，还有什么念想呢？呵呵，你可以赚钱啊玩女人啊。切，你这不是绕回来了么，做了老板这么样的官，不就啥都有了么？钱啊女人啊，人家送上门来，你挡都挡不住呢。

顾晓秋听得一脑壳浆糊，想到叶露，便摸出手机来打。

手机里却有一个不是叶露的女人告诉他：您所拨打的用户已关机。

她关机得真是时候啊。她早就知道老板会有今天吧？她之所以找你做朋友，求你必要时为她作证，其实是她在为自己善后吧？仅此而已，岂有他哉。你不会以为她想与你有啥暧昧情愫的，你不会那么傻，更不会自作多情。

整个下午顾晓秋都无心做事，打开电脑文档，只看到一片密密麻麻的宋体字像蚂蚁在爬。科长特别兴奋，时不时地找他说老板的事，说老板起先还是比较聪明的，一般只收过年过节的礼，后来可能也是挡不住了吧。还说老板的情人绝不止叶露一个，还伸出指头来数，似乎老板的一切早在他的掌握之中。

他心神不定地点头应付着，一言不发。

科长又说："扯起一根藤，肯定会牵出几个瓜的，此时此刻，叶露只怕也被纪委控制了呢，老板的事，她肯定脱不了干系！"

顾晓秋心里晃荡了一下。

科长忽然又说："小顾，你那个叫'叶上一滴露'的网友是不是就是叶露啊？你可别羊肉没吃到惹一身骚！"

顾晓秋脑壳嗡地一声大了，急忙否认："'叶上一滴露'是我网上瞎逛碰上的，肯定跟她不是同一个人，我哪敢惹老板的人呢!”

科长就笑了：“你急什么呀，跟你玩笑呢，你我还不了解，给你个胆子也不敢的!”

晚餐是在食堂吃的。除了他顾晓秋，几乎所有用餐的人都在津津乐道地议论着老板的事。而叶露的名字不时跳出来，落入他的耳中，令他有种莫名的刺疼感。一些狐疑的目光有意无意地扫过他的面庞，像羽毛撩过，也让他痒痒的难耐。他埋头扒完一碗饭，就匆匆地离开了。

他想早点回家，想看看靓仔。

走到离家不远的街口，他接了一个电话。一个喉咙沙哑的男性问：“你是顾晓秋吧?”他说：“我是，你是哪位?”那人却挂了。他还在纳闷，就有一高一矮两个陌生男人堵住了他，高个子搀住他的胳膊，说：“顾科长，想跟你说件事，请跟我来。”天色已晚，他意识到来者不善，便随他们上了旁边的茶楼。

一进包房，门就被关上了。

他被推进靠窗的座位，高个子紧挨他坐着。

他问：“你们是什么人?”

高个子说：“你不需要晓得，只需要回答，你跟叶露是什么关系?”

他背脊上一凉，颤声道：“同事关系，在一幢楼里上班。”

高个子说：“不是一般的同事关系吧?”

他说：“就是一般的同事，而且不在一个部门，来往很少。”

高个子摆摆手：“算了，不跟你绕圈了，你说，叶露在哪里?”

他一愣，说：“我哪晓得，你们打电话找她啊?”

高个子道：“她关机了，但最后一个跟她通话的是你。你老实交待吧，你们说了些什么?她跑到哪去了?”

他想想说：“她只说外出几天，把狗寄养在我那，没说去哪。”

矮个子过来推了他一把：“还说是一般关系，宠物都委托给你了！你狗胆不小嘛，敢跟老板的人勾勾搭搭。”

他反驳了一句：“谁勾搭了？你敢勾搭她么？”

高个子把脸色放缓和了：“好吧，老板的事你也应当晓得了，我们找你也没别的事，就是想你把从叶露那得到的信息都说出来，譬如她得了什么好处，人藏在了哪里。希望你痛快点，有啥说啥，说完就可以走人。如果你不配合，只好转移地方了。我们不会动粗，只要用一个四百瓦的灯泡照着你，派人轮流陪着你聊天，让你睡不成觉，上不成班了，你就会说了的。你看有必要走这个程序么？”

他咬了咬牙说：“她得了好处怎会跟我说？她有病啊！我确实只是受她所托，帮她养养宠物狗而已，别的什么都不知道。不信你们可以到我家阳台去看，狗狗就在那里。”

高个子说：“你硬要走程序我们也没办法啊。”说着朝矮个子使个眼色，到门外去了。过了一会，矮个子摸出手机接了电话，嗯了几声后，朝顾晓秋说：“你先好好反省一下吧。”说完也出了门。

顾晓秋就坐在那里等着，想着怎么脱身。看来这些人为找叶露还查了她的通话记录，他们明显模仿纪检人员的口吻说话，但这正说明了，他们不是纪委的。再说纪委的人也在同一幢楼上班，即使不认识也面熟。他不那么紧张了，他们不敢把他怎么样的，有危险的是叶露。

等了十几分钟还不见他们回来，顾晓秋很奇怪，就出了包房。左右一看，茶楼里已没有那两个人的影子。这唱的是哪一出呢？他赶紧往外溜，却被服务员扯住了，先生，你们还没买单呢！他们啥也没点，但包房是有最低消费的限制的，他只好掏出钱包来买了单。

8

顾晓秋回到家中，只见阳台上摆着几摊靓仔的屎尿，臊臭熏天，心里愈发烦，冲靓仔吼了一声，“看你搞的好事！”靓仔便吓得躲到笼子里去了。他捡了狗屎扔入便池，又拿拖把拖洗的时候，靓仔伏在笼口怯怯地看着他，很惭愧很萌的样子。心就软了，也怪不得靓仔，你总也不遛它，它吃下去的东西总得要拉出来呵。

搞完卫生，他便给靓仔套上绳子，牵着它下楼去，在路边的小花园遛了一圈。靓仔起初怯生生的，一到花园里，就撒开了欢。走几步，就往树干或者岩石上撒一点尿。他晓得那是它在做记号，以示这一带是它的领地。遇到一只高大的藏獒，靓仔兴奋不已，摇着尾巴往它跟前冲，他赶紧拉住了它。

回到家中，他把靓仔抱到沙发上：“来，我们一起看电视吧。”他一只手抚着靓仔，另一只手拿遥控器摁来摁去。他既不喜欢军装戏，也不喜欢古装戏，可电视连续剧基本上就是这些，没啥好看的，便丧气地关了电视，发着呆。

夜渐渐地深了，远远地传来火车驰过的轰鸣声。叶露躲到哪去了呢？他掏出手机来，点开手机QQ。“叶上一滴露”的头像一如既往地灰着，像一片枯干的树叶。

门被叩响了，叩得很轻很小心，像一只小鸟在啄，怪异得很。他起身到门前，将右眼贴近猫眼。走道里一片晦暗，但他还是一眼就认出，那个用风衣帽子遮掩着面部左顾右盼的人，就是叶露。

他赶紧打开门。

叶露取下帽子，露出一脸疲惫，低声说：“我来接靓仔的，可以进来吗？”

“当然可以啊。”

他接过叶露手中的拉杆箱，把她迎进客厅，关上门。靓仔从阳台上狂奔而来，嗖地腾起，扑进叶露怀中。叶露抚摸着它：“靓仔乖，靓仔还记得妈妈啊，靓仔没搞坏事吧？妈妈这就带你回家去。”

顾晓秋顾不得她抒发情怀了，拉一下她的胳膊：“叶露，你晓得老板出事了吧？”

叶露放下靓仔，嗯一声。

他急切地说：“傍晚时候一伙人威胁我，追问你的下落。很可能会去你家找你，回去不得呢！”

叶露说：“那我到哪去呢？”

他说：“先在我这呆一晚再说吧。”

叶露犹疑地：“方便吗？”

“方便的，就我一个人。”

说着，他就帮着叶露把双肩背的包也取了下来。叶露在沙发上坐下，长长地吁了口气。他给她倒了杯热茶，说了他被那两个人挟持的详细情况，又问她是否晓得那是些什么人，叶露说不晓得。“顾科长，不好意思，给你添麻烦不说，还连累你受惊了。”他说他倒没什么，只怕她麻烦不小，如果她没啥问题的话，建议她去一下纪委，争取主动。叶露想了想，摇了摇头，说那张卡一交给纪委，就没办法还别人了，麻烦会更大。再说，肯定会让她交待与老板的事，她还不晓得哪些该说，哪些不该说，她不想给老板惹麻烦。

“唉，出来混，总有一天要还的，”他用了一句网络流行语，又说，“这个时候你还替老板担着啊？”

“不是替他担，现在我只能以静制动，听天由命，纪委也好，别的什么人也罢，等他们找我再说吧。到时候凡我晓得的我都会说，我反正就是这一百零五斤肉，要剁要斩要炒要炖都随他们。”

说完这些，叶露全身松弛了，懒懒地仰靠在沙发上。靓仔跳上沙发，伸出红红的小舌头，殷勤地舔着她的手掌。她闭着眼，一只手逗弄着靓仔，忽然一滴泪从脸上滚落下来。顾晓秋心里一紧，想说啥，却说不出来，便默不作声地扯了几片餐巾纸塞到她手中。她擦了一下脸，搂住靓仔，伏下身子，将脸紧紧地贴在它身上。

他把她的拉杆箱和背包都放进卧室，然后说：“不早了，你洗洗睡吧，你睡卧室，我睡沙发。”

叶露说：“那怎么好意思呢？”

他微微一笑：“应当的，给我一个做绅士的机会嘛。”

叶露就放下靓仔，到卧室打开箱子，拿了洗漱用品和衣物，到卫生间去了。毛玻璃的隔断门上，影影绰绰地，可看见她在脱衣服。不一会，里面就传出她洗澡的水流声。她那样的身材，沐浴在水花之下一定别有风韵，随便拍一张都可能是动人的人体艺术照吧，可惜……可惜什么呢？他却不明确。靓仔跑到卫生间门边坐下，静静地守着，可能是以前养成的习惯吧。他招招手，靓仔，过来。靓仔耳朵动了动，竟然迈着碎步过来了，纵上沙发，蜷在他身边，还将小小的脑袋搁在他的腿上。他轻轻地抚摸着它的头，它的身子，便觉有一股温温的东西从心头流过去。

卫生间水声止息，叶露换好衣服出来了。她出浴后的脸红扑扑的让他不敢正视，她的身体更是香气逼人。他把她送进卧室，道了晚安，顺便拿了一个枕头和一条毛毯出来，然后将门拉上。他熄了灯，直直地在沙发上躺下，盖上毛毯。没听到叶露打反锁，她很相信他。靓仔回笼子里睡觉了吧，四下不见它的踪影。他却睡不着，望着天花板发了一会呆，就开始闭眼数羊，一只羊、两只羊、三只羊、四只羊、五只羊……数了几百只也没睡着。

卧室的门忽然开了，叶露披着衣轻手轻脚地出来，在墙上摸索电灯开关。他赶紧起身帮她开了灯。叶露掩掩怀说："不好意思顾科长，打搅你睡觉了，我咽喉疼，可能上火了，找水吃两片药。"

他便帮她倒了杯热水把药服了。

叶露道了谢回到卧室去了，但她却忘了关房门。有意还是无意呢？他侧躺在沙发上，望着卧室，朦胧之中，叶露似乎还坐在床上，目光似乎还向他扫了过来。心里一咯噔，便翻了个身，不料用力过猛，扑通一声，他连人带毛毯滚落在地。

叶露立即走出卧室，"顾科长，没摔着吧？"

他狼狈地爬起，"没事没事，沙发窄了点。"

叶露说："不如这样吧，你也来床上睡，反正够宽，一人睡一边。"

他立即说："那怎么行。"

叶露反问："那怎么不行？"

他说："你不怕我……？"

叶露说："你不会的，我晓得你的心理，你不会吃别人嚼过的馍的。"

他叹口气："你要这样想就没意思了。"

叶露鼻子一哼："而且，你虽然帮了我，我也很感激你，但在我面你是有道德优越感的，为了这个，你也不会轻举妄动的。"

他有些恼了："你是我肚子里的蛔虫？你只要不以为我帮你惹了麻烦，就会有在性上面找回点补偿的心理，就烧了高香了！"

叶露说："那你也不要以为是我诱惑你上床，想用这个来感谢你。"

他赶紧举起手示弱："好吧，我们都不要这么想，我们都不会这么想，想这些乱七八糟的心思也不是时候。我只是不想挑战自己的神经，我也是凡身肉胎，也有欲望冲动，何必折腾自己呢？我是过来人，这种事，若不是两情相悦，是最没意思的。"

叶露咬了咬嘴唇："不想我一番好意，惹出你如此一番心思。好吧，你就睡你的沙发，梦你的两情相悦去吧。"说着她转身进了卧室，关上门，咔哒一声打上了反锁。

顾晓秋回到沙发上躺下，轻吁了一口气，与此同时又有些失落。或许他太刻薄了吧？但也好，免得惹出更多的事来，男子汉当止则止，也是做人的一种境界。在自我安慰之中，他慢慢地进入了梦乡。

早上起来时，他发现叶露已经走了，阳台上靓仔的笼子也不见了。茶几上压着一张纸条，上面写着："顾科长，我带靓仔走了，希望再也不会给你带来任何麻烦，感谢你为我做的一切！"

9

但叶露带给顾晓秋的麻烦还在继续。

这天下班，他回家一看，邓小婉系着围裙在厨房里忙乎，锅里烧着他喜欢吃的红烧肉。离婚之后，邓小婉就再也没用过这厨房了，她这又是动了哪根筋呢？他走过去，闷闷地说一声："我在食堂吃过了。"邓小婉却头也不回："吃过了再尝尝嘛，吃不完留着明天吃。"

他只好任她去，坐在客厅里看着电视。

邓小婉把做好的红烧肉端到桌上，鼓鼓鼻子说："你闻不出来？小狗虽然走了，它的味道留下来了呢。”

他便回一句：“你那狗鼻子真灵。”

邓小婉点头：“是啊，所以你要小心点噢，你要是在外面沾了女人，我都闻得出来的！”

他不再搭腔，他晓得只要一搭上，她就会没完没了。

邓小婉摆好碗筷，还为他开了一瓶椰岛鹿龟酒，解下围裙坐下，欲唤他入席，忽又似乎内急，颠颠地跑到卫生间去了。

他有些勉强地在餐桌前坐下。既然她做了，还是尝两口意思意思吧。可她半天也不出来。他就等着，等着等着，有点不对劲了，该不会出啥事吧？便过去敲了敲卫生间的门。邓小婉没有回答，却听见有压抑的抽泣声。

他忙推开门。

邓小婉坐在马桶盖上，双手捂着脸，全身一抽一抽。

这又是唱的哪一出呢？

“怎么了？”他问。

邓小婉放下手，露出两只悲愤的眼睛，潮湿而尖锐的眼光恨恨地划过他的脸。接着她尖起手指，从旁边的垃圾篓里拈起一块布片，举在他眼前。定睛一瞧，那是一条女人的内裤。可能是叶露洗澡后丢弃的。

邓小婉颤声问：“是那个养狗的女人吧？”

他想了想说：“是不是她，跟你又有什么关系呢？我们已经离婚了。”

邓小婉说：“怎没关系？我离婚了，可还没离家。你还跟我睡觉，你跟我睡就不能跟别人睡！你跟别人睡就不能跟我睡！”

他反驳道：“我没跟别人睡！跟别人睡你也无权干涉。再说我也没请你来。”

邓小婉说："那你还往我身上爬？"

他说："每次不都是你主动躺到床上去的么？"

邓小婉全身抖动一下，骂一声"你混帐"，便将那条内裤掷了过来。

他躲闪不及，内裤砸在了脸上。他打个悚悚，急忙摇晃脑袋，内裤掉落在地。他有点气急败坏了，但一看到邓小婉的泪脸，又莫奈其何，便转身回到客厅。坐在沙发上生了一会闷气，闻到红烧肉的香味，他情绪平静些了，思维也清晰些了，便朝卫生间叫："小婉，你出来，我们平心静气地谈谈吧。"

邓小婉擦干泪水，绷着脸出来了。

他想了想，诚心诚意地说："小婉，谢谢你离婚了还对我这么好，我也晓得你的意思，但我们是不合适的。破镜重圆了也还是破镜，裂缝一经产生是弥合不了的。你生意做得好，经济上自立，相貌也不错，总之除了脾气差点都还好，你会找到爱你的适合你的男人的。我们不能依着惯性与惰性，违背自己的内心相处，只有相爱的人，才会有生死相依的愿望，也才生活得有意思。再这么不明不白地继续下去，是对你的不负责、不尊重，也是对我自己的不负责、不尊重。所以，我想我们可以做朋友，但你不要再来了。我欠你买房的钱，我先还你三万，明天就打到你卡上，余下的两万我会尽快还清。如果你立即要，也行，把这房卖了还你，我租房住就是，反正现在房价高，能卖好价钱，只赚不亏。你说呢？"

邓小婉不声不响地站起身，蓦地端起了那钵红烧肉。

顾晓秋心里一惊，还以为她要往他身上泼，她却跑到卫生间，倒进马桶里去了。冲水的声音哗啦作响。顾晓秋的头皮不由自主地发麻。

以他的经验，邓小婉不会善罢甘休。

但出乎他的意料，邓小婉不但没有吵闹，且再也没跟他说一句话，甚至于没有再多看他一眼。她从卧室衣柜里清出几件她的衣服，又从包里取出房门钥匙扔在桌上。然后，她当他面拨了一个电话：“伟哥啊，开车来接一下我好啵？对，就在我原来住的小区，门口等我，嗯，好，我们K歌去！”

邓小婉走了，高跟鞋在楼道里橐橐作响，令他想起叶露的高跟鞋的声音，它们那么类似，又那么不同。

10

毫无疑问，叶露即使不被双规，也会被纪委找去谈话的，而叶露一交代问题，肯定会牵涉到他顾晓秋。事到如今，他智商再低，也晓得叶露找他做朋友，只不过是未雨绸缪，寻得一个旁证，为自己准备退路而已。他并不怨她，就算是她设了一个陷阱吧，那也是他自己愿意往里面跳的。

他做好了充分的思想准备。出入机关的各种场所，他都会板起脸，给自己戴上无形的面具，如是一来，那些探究的、暧昧的、轻蔑的、意味深长的目光都伤不了他。只要哪天纪委来个电话，他就会坦然地昂首阔步而去。他会说出他所知道的一切。

但这样的电话一直没来。

倒是部门领导一个电话把他叫去了。

领导很客气，很亲民地给他倒了杯水，说：“小顾啊，最近要提拔一批干部，有什么想法没有？”

他说：“没有。”

领导说：“怎能没有呢？有才正常，谁没个上进心呢。”

他说：“我真没往这上面想。”

领导点头："嗯，没想也好，多把心思放在工作上！不过你可以不想，我却不能不想，谁让我是你的领导呢。我对你还是蛮欣赏的，人老实，笔头子活，工作很扎实，副科长也做了很久了，该提了。我也在相关会议上提出来了。可是有人议论说，你跟叶露关系密切，据说还牵涉到案子里去了，怎么回事啊？该不是空穴来风吧？"

他头皮麻了一下，旋即说："我跟叶露是有过来往，但也谈不上密切。案子也跟我无关，如果有关，纪委会找我了。"

领导叹口气："无关就好，可是你还是受了负面影响，人家有说道，我也不好力争。机关无小事，以后要注意生活小节噢！只好等下次了。"

他对提拔之事曾经是很在乎的，但现在，一点也不在乎了。他不知这种变化因何而来。他想叶露大概是向纪委交代她的问题了，不然风声不会传到领导耳朵里。

叶露解脱了么？每次出入办公楼，他都要下意识地往大堂东侧和后门张望一番，那是她出入的必经之路。但是，他再也没见过叶露那袅袅婷婷的身影。

她到哪去了呢？江湖险恶啊，叶露。

11

刻板无聊的日子日复一日。每天上班，顾晓秋都打开QQ挂着。时不时地，会瞟"叶上一滴露"的头像一眼。它天天灰着，令他多次联想到一片枯死的叶子。有时他亦忿然，不管如何，他总算是帮了她一个小忙，她总可以在这里留个言，告诉他结果吧？但一转念，她又不欠你的，又何必要晓得她的结果呢？于她来说，也许没有结果就是好结果。

如此一想，他又释然了。

某日，顾晓秋看到QQ信箱有邮件提示，心中怦然。他不用QQ邮箱的，所以从没打开过。叶露一直没有留信息，莫非是写了信？赶紧进入邮箱。

果不其然，在众多的垃圾邮件中，夹着一封叶露发来的信：

顾科长，你好！

我终于解脱了，在此，我要衷心地向你说声谢谢！另外，我也有义务向你交代一些事情，所以特意给你写这封信。也许你早已猜出，我找你交朋友的初衷，就是想找个人为证。老板出事既在他的预料之中，也在我的意料之内，我不能不想办法为自己解套。但事情到了后来，就不仅仅如此了。为何不找别人，只找你呢？我想在自己内心深处，还是有其原因的。至少，我认为你值得信赖，不会趁人之危吧。在你家度过的那一晚，你已很君子地证明了这一点。但我也得说，也正是你的君子之道，多少伤害了我。你让我觉得自己卑贱。你难道没想到过，我对你除了利用与求助外，还有一点喜欢与动心吗？我这样身份的人，就没有资格对别的人喜欢与动心了吗？噢，我不是怪你，奇怪的是，你愈是这样，我愈发喜欢，愈发觉得自己找对了人。现在告诉你这些，并没别的意思，只是让你了解我，理解那天晚上的我。

你的证言帮了我的大忙，纪委采信了它。嗯，你会奇怪，你并没有出面作证，哪来证言？我向你坦白，那天晚上请你来我家，我是有预谋的，我用录音笔录下了我们的谈话。录音笔和那张银行卡，我都交给纪委了。可笑的是，那张卡里并没有一分钱，听说老板出事之后，那家公司就将卡里的钱转走了。据人说，即使没有你作证，我也不会有多大的事，但我还是要深深地感谢你，在我最惊慌无助的时刻，不是别人，是你给了我帮助，使我有信心渡过难关。不知纪委找你核对过没有，我只希望，没有给你带来更多的麻烦。

还有件事是你想知道的：那两个把你带到茶楼逼问我下落的人，其实是S的手下。S以为是我举报了他父亲，还从老板那转走了大笔钱财，他要找我算账。这是我后来才晓得的。我躲起来了，他一直没能找到我，后来检察院要抓他，他就跑掉了。

现在我也是莲城的知名人物了，当然是臭名。我真恨父母给我的这副相貌，是它给我带来厄运。我也恨自己的糊涂与虚荣，我得替自己的选择买单。我终于明白，人生在世，除了自己不可依赖任何人，这是我的教训，也是我的收获。在这座城市，我已经没有一点人格尊严，我打算换一个地方开始新的人生。我请了长假，到几个有同学的城市转转，哪里有合适的事做，就在哪落脚。还不知会漂泊到哪，所以，靓仔我是不能带了。除了父母，它也是我对不起的人之一。漫漫长夜里，它往往是我唯一的安慰，我已经把它当作一个人。但我也只能舍弃它了。我把它寄养在离你小区不远，一个叫“宠爱之家”的宠物店。交了三百元钱，寄养半个月。我跟宠物店老板说了，如果半个月后我没来接，就让她找个好主人送走。我的意思是，你如果喜欢它，需要它，愿意与它为伴并愿意照顾它一辈子，你就去接它回家吧。你不喜欢，就当我没说。

我就要启程了，再次对你说声谢谢！

看完信，他赶紧查看发信日期，已是半个月之前了。

他没有多想，关了电脑就往楼下跑。他想收养靓仔，但愿它还在那家宠物店里。

12

顾晓秋找到了那家叫“宠爱之家”的宠物店。

他刚开口打听靓仔，那个打扮时髦的女老板双手一拍：“哎呀你怎么才来呢？靓仔妈妈交代过了，如有姓顾的男士来接靓仔，就直接交给他。我们一直在等你，一直等到昨天，以为你不来了，才把它送人呢！”

他忙问：“送给谁了？还能要回来不？”

女老板答应试试，掏出手机打起了电话。顾晓秋在一旁屏住呼吸倾听，但听着听着，心中黯然。女老板与对方不连贯的对话清楚地告诉他，昨天靓仔被人带走后，还没到家，就在菜市场走失了。

他四肢酸软地离开了宠物店。从来没有想到，一只宠物狗的消失会让他如此沮丧。他打不起精神，日子过得很累，很平庸，没有意思，更没有意义。在回忆与想象之中，靓仔的模样愈发的真切可爱，憨头憨脑，短尾轻摇，两只瞳仁宝石一样闪闪发光，能照出他的身影。而他伸出手去，似乎能触摸到它毛茸茸的小身子。

又过了几天，顾晓秋为赶材料加了个晚班，回家时已是深夜。楼道里有些阴暗，但他还是发现家门口蜷伏着一团墨黑的东西。欠身一瞧，是一只肮脏的流浪狗，模样还有点熟悉。他的心狂跳起来，叫了一声：“是靓仔吗？”

那团墨黑的东西应声站了起来，摇了摇尾巴，汪地叫了一声。他向它伸出双手，而它向上一纵，便落入了他的怀中。

他不由自主地搂紧了它。

2013 年 3 月

原载《山花》2013 年第 6 期

天　火

1

阳光越过禾场，爬到阶基上来了。李娟从堂屋搬出那把竹躺椅，搁在阶基上，再从房中抱出婆婆，放在躺椅里，让她晒太阳。婆婆瘫了之后特别沉，她双臂像要断了。竹躺椅吱嘎作响，似乎也被压疼了。她长长地吁出一口气，甩了甩手。这时，禾场篱笆外出现了一个男人的影子。

婆婆眼尖，说："李娟，黄小田来了。"

她瞟了一眼，果然是黄小田。

婆婆又说："他是来找你的，可是他不会过来的，他怕我。"

她就望着篱笆外的人，黄小田的那张脸对着她扬了扬，像是有话要说，但他终未开口，默默地看了看她，转身走了。他的身影悄然隐没在篱笆后面。

"你不去找他？"婆婆问。

"我找他干嘛？"她没好气地瞥婆婆一眼，拍拍袖子，"他有屁就会放的，我还得喂猪，还得给你洗床单。几十岁了，屙尿都不晓得叫一声。"

"你不晓得我半边身子是木的？"婆婆拿尖锐的眼光戳她一下。

李娟懒得说话了，转身到厨房，盛了一桶猪潲，提到猪栏边，倒进猪食盆中。猪摇晃着脑壳，叭唧叭唧吃得很欢。猪饲料越来越贵，养猪赚不了几个钱，待这头猪出栏，就不想再养了。她看着猪，眼前却出现了黄小田的影子。她于是像扑打蚊子一样挥了一下手。然后，她踅身到婆婆的卧室，拿出尿湿的床单，再找到半包洗衣粉，用铁皮桶提了，出了门，往溪里去。

下阶基时婆婆冲着她的背说："就到屋里洗嘛，水省得了几个钱？"

"省几个是几个。"

她越过禾场，往坡下走。婆婆的眼光粘在她背上，像一根丝，被她拉得越来越长，直到被篱笆截断。阳光像一只舌子，温温的舔着她的脸，很舒服。微风里有泥土、金银花和牛粪的味道，熏得她周身发热。

沿着小路到了溪边，她在石墩上蹲下，将床单在浅浅的潭水里泡湿，然后用力摆了几下。水波荡漾，粼粼闪闪。潭面上闪出一个人影。她就是冲这个人影来的，但它出现了，她却装着没看见，兀自将床单收拢，塞进铁桶，洒上洗衣粉，让它泡上几分钟。她卷起裤脚，脱了鞋，却不下水，坐下来，双手抱着膝盖，不声不响地，望着溪水里五颜六色的卵石出神。或者说，做出出神的样子。

她等着那个人影过来，与她说话。

有牛在远处哞地一声叫，回声飘落在溪沟里。人影趟着水，从对岸走来，水花在光滑的腿杆上溅开。她仍蹲着不动，直到一只手伸在面前，手心里躺着一只墨黑的手机，才抬头瞟了黄小田一眼："什么意思？"

"给你用，方便联系。"

"不方便用，我娘耳尖得很。"她扭过头。

“总有用得上的时候，不方便打就发短信。”

“谁让你花这个冤枉钱？”她将一只赤脚伸进铁桶，使劲踩床单。

“没花钱，昨晚打牌赢的。保伢子手气不好，拿不出现钱，就用手机抵了。我帮你买了张一百元的手机卡。”黄小田将手机塞进她裤口袋里，四下看了看，欲言又止。

她闻到了他身上浓浓的汗酸气与烟味，皱皱眉说：“又打牌，总有你输得哭的时候……你还有别的事吧？”

“昨晚，秦建军在牌桌上跟人打赌了呢。他说，周围的乖堂客只有你没尝过了，跟人发狠，一个月内要让你上手。”他放低了声音。

“他做梦！”她往溪里啐了一口，狠狠地踩蹂着床单，仿佛它就是做梦的那个人。汗水从她额上渗出来了。踩了几脚，她将床单扯出来，放在水里漂洗。

他抓过床单，边揉边漂：“你要小心点。”

“不放心我是吧？”

“那家伙有手段，还是小心点好。”

她鼻子哼了一声，抓住床单另一头，两人配合着使劲拧了起来。晶莹的水花哗哗地滴落。他边拧边说：“你家的田该准备插早稻了呢。谷贱赚不了钱，可田荒着也不像回事，种了，自己吃的总不用买了。这样吧，我顺便就帮你种了，你家里事多，就不用操田里的心了。别人问起，就说包给我了。”

她点头：“行，那就拜托你了，到时我给你算工钱。”

黄小田脸上一黯：“你要这样说，就没意思了。”

将床单反复漂了三次，她才把拧干的床单盘进铁桶里，然后，一手提起铁桶，一手抓起那半包洗衣粉，转身往回走。

他忍不住在她扭动着的右胯上摸了一下。

她往坡上走了两步，回头俯瞰着他："你好像还有话？"

黄小田仰起头，阳光涂在脸上，像火烧，嗫嚅着："离上次……二十多天了呢。"

"上次什么？"

他的脸烧红了："帮你……抠痒啊。"

她哦一声，说："是帮你抠痒吧？方便的时候再说。"

他连连点头。她沿着小路往坡上爬，圆实的屁股左右扭动，小腿上的肌肉一瓣瓣的鼓起。他盯着她，回味着只有他们自己才明白的隐语，不禁喉头哽咽，一股热潮卷过心头。

2

李娟和老公雷志和跟黄小田都是镇中学的同学。李娟娘家在雷公山的一条峡谷深处，有十五里之远，而雷志和跟黄小田家虽分属两个村，却是近邻，只隔着一个小山头，特别是，两家有两块旱地是挨在一起的。初三时，李娟在抽屉里发现了雷志和塞的纸条，两个人就好上了。那时候，李娟就很纳闷，雷志和跟谁都有说有笑，唯独与黄小田互不理睬。她为此还问过雷志和，雷志和抠抠鼻屎，哼了一声，连解释都懒得给。

嫁到雷家，李娟才明白，都是那两块挨边的地造成的。若干年前，两家人曾因边界之争而大打出手。李娟跟着雷志和去挖土，总会看到雷志和将挖出来的石块和杂草往黄家地里扔。黄家地里包谷熟了，他也会顺手掰几个回来。自然，黄家也会以类似手法来报复。只是，两家不再吵架，一切都在默默之中进行。后来雷志和到东莞的一家工厂当保安去了，一去就是七年。而黄小田的堂客，那个牙尖嘴利的刘四毛也同样去东莞，到台湾人的流水线上缝衣服去了。如此一来，双方人毛都难见到一根了，矛盾也自然而然地消除了，两家人才慢慢地有了笑脸。

但是呢，两块挨在一起的地，总会有根根绊绊的事。就像黄家地里的藤会爬到雷家地里来一样，雷家庄稼的根，也会钻到黄家地里去。去年的深秋，李娟一个人在地里挖红薯，锄头嚓嚓响得孤单。自从雷志和打工去后，这块地里就只有她一个人的影子了。她弯腰捡起一蔸红薯往箩筐里扔时，看到黄小田喘着气走过来，脸黑得像锅底，边走边拿衣襟擦汗。他走到身边，李娟才瞟见他眼睛里漂着一层潮湿的光。

黄小田梗着颈子说："李娟，你还有心思挖红薯。"

李娟说："我没这个心思，就没人有这个心思了。"

"你晓得么，雷志和跟刘四毛睡到一起了！"

黄小田跺了跺脚。

李娟没有作声，脑壳里虽然嗡了一下，表情还是很平静。类似的风言风语早就听过了，一点不稀奇。她举起锄头，猛地挖下去，往回一拉，翻出一蔸白花花的红薯。她拢拢耳边短发："你不要听到风就是雨。"

黄小田蹲在她挖松了的地里，双手箍着脑壳，声音颤抖："我不是听到风，是听到他们的声音了。昨晚我跟四毛通电话后，她忘记关手机，结果我听到雷志和说，他还要吃……"

她安慰他："他们是老乡，出门在外，互相帮衬很自然，在一起吃个饭就更不奇怪了，人饿了就想吃。"

黄小田跳了起来，吼道："你就装糊涂吧！哪里是吃饭，他吃我堂客的奶，我听得清清楚楚！"

她不作声了，擦把汗，望一眼远处的山。山的那一边是哪呢？泥土的腥味包围着她。她捡起一个白白胖胖的红薯，它多像一只乳房啊。她拿袖子擦擦它，一口咬下去，又脆又甜。她若有所思地嚼着，好像嚼的不是红薯，而是遇到的这件事情。

接着，她挑了个红薯，很客气地递给黄小田。

黄小田接过红薯，丢进她的箩筐里："我不要你的红薯，你老公把我堂客搞了，我要你家赔!"

她很惊讶，瞪着他，毫不示弱："你堂客勾引了我老公，我还没找她算账呢你倒要我来赔！自己戴绿帽子了拿别人的女人出气！你还算个男人的话，自己到东莞找他们去!"

黄小田怔了怔，身子缩下去："要不是家里脱不开身，我早去了。我不找你找哪个？你，你至少跟他打个电话吧。"

"有用么？天遥地远，你打个电话他们就不在一起了?"

"那，那怎么办呢?"黄小田又蹲下了，双手捂面。

李娟很看不起他，一个男人，这么不经事。她懒得理他了，把所有的红薯都捡进箩筐里，再将锄头挂在扁担上，挑着往坡下走。担子并不比平时重，可两条腿发软，直打颤。她咬着牙挺着。她听到黄小田在背后哭，听上去像一只挨打的狗，呜呜呜呜的，又不敢大声哭出来。

很怪，听到男人的哭声她的腿就不软了，人也轻松了。她感到自己很高大，很能扛，没有什么事能压倒她，吭哧吭哧地，不一会就将红薯挑回了家。

李娟就把这事告诉了婆婆。是在喂婆婆面条时说的，喂一口，就说一句话，喂完一碗面条，话就说得差不多了。婆婆人动不得，食欲却很好。吸溜吸溜地吃完面条，也没怎么安慰李娟，就给她说了两句话。第一句是，母狗不摇尾，公狗不爬背。第二句呢，先叹口气，才慢慢地说出来："唉，他们在那边也不容易呢，天天累得要死，收了工也没个说话的，人不就那么回事，就像背上有块地方发痒，难受，自己又抠不着，只好找旁边的人帮忙了。你啊，任他去吧，只要钱没少寄回来就行。”

婆婆的话就像一只痒痒挠，在李娟身上这里那里轻轻地挠着，挠着挠着，她就没话说了，心里也不堵了。

第二天到镇上赶场，她特地到 **ATM** 机上查了一下她的储蓄卡，余额变多了，雷志和准时把本月打工赚来的一部分钱打到了卡上。这是很实在的东西，你还要怎样呢？李娟心里就安妥了。无论如何，雷志和心里还是有这个家的。

路过茶馆时，李娟看到许多人在里面打跑符子牌，黄小田也夹在其中，红着一张脸，一看就晓得灌了不少酒。李娟在一旁不声不响地看了一会，几盘下来，黄小田就输了三百多块。她心里好生歉疚，心想，如果不是那件事，黄小田不会这么晦气，他哪里是打牌，是在打自己的烦恼呢。望着黄小田蓬乱的头发和发红的眼睛，李娟忽然就可怜起他来了。

几天后的傍晚，李娟在自家禾场下方发现了黄小田。他敞着怀坐在路旁，满面通红，酒气熏天，一些蠓子围着他的脸打转。

“唉，你这是作践自己呢黄小田。”李娟将他从地上拉起。

黄小田摇晃着：“我不作践自己，作践哪个去呢？”

“快回家醒酒去吧！”她说。

黄小田走了两步，一个趔趄眼看要倒，李娟赶紧扶住他。他沉甸甸地倚靠在她身上，她只好搀着他，趺趺撞撞地进了禾场，上了阶基，将他安放在竹躺椅上。

她倒了碗茶来给他喝了，低声劝道：“唉，一个男人，怎么想不开呢？镇里头，这个跟那个的，不多得很么。他们在外头也不容易，要受累，要赚钱，身边又没个亲人。你就当是他们身上痒痒难受了，互相抠抠痒。人这一世，不就这么回事。芝麻大的事，不要生出南瓜大的祸来！”

黄小田幽怨地嘟哝着：“可是，哪个又来帮我抠痒呢？”

李娟一句话没经过脑子，脱口而出：“我啊。”

两个人都愣住了。

但李娟并没有后悔，说了就说了。当黄小田腾地起身抱住她，将一张嘴往她脸上凑时，她也没有拒绝，虽然酒气十分的难闻。竹躺椅是不能用的，它浑身乱响。他们倒在了地上。

婆婆在里屋喊：“李娟，你在跟哪个讲话？”

她高声回答：“我跟自己说话呢。”

天色慢慢地暗下来了，她盯着屋前的小路拐弯处。每周六的傍晚，在镇里读初三的女儿雷英就会回来的。果然，女儿的影子亲切地出现在蛇一样蜿蜒的小路尽头。李娟赶紧将身上那个哼哼唧唧的男人推了下来。

3

李娟每天窗户亮了就起床，先自己洗漱，然后检查婆婆有没有屙脏被窝，给她擦洗身子，然后下两碗米粉，自己先吃，再喂婆婆；然后喂猪喂鸡，抹桌扫地，与此同时将中药煎好，再喂给婆婆吃；然后再把婆婆抱到阶基上的躺椅里，让她见阳光，看风景。等忙完这些，上午就过完一半了，身上也出了毛毛汗。免不了有些疲，但她仍不歇气地找事做，她不想闲下来，闲下来了，就会空得难受。

一如既往地做完这些，李娟拿着一只小筲箕进了菜园。

辣椒树长出了第三盘杈，翠绿的细叶上沾着露水。黄瓜藤攀上了竹架，绽开了黄色的小花，几只金龟子在毛刺刺的叶片上爬。留下做种的莴笋长得有半人高，开花结了籽。李娟弯腰拔掉辣椒垅里的几根杂草，她见不得它们，见了心里就毛蓬蓬的不干不净。

碰落的露水滴到她脚背上，像小虫咬。

她走到竹篱笆边，绾起袖子，尖起手指摘金银花。几年前，李娟看到镇上有人专门种植金银花，便也弄了些苗来沿篱笆栽了。不承想它生命力特别旺盛，没两年就爬满了整道篱笆。每年一到这个季节，黄白相间细细碎碎的金银花就一嘟噜一嘟噜地绽放，花香沿着山坡四下漫流，当她在床上睡不着时，都会闻得到它带点苦涩的芳香。

摘下的金银花在筲箕里慢慢堆积起来，有两三斤了。李娟伸了伸腰，转身望着远处。天阴着，但空气清明。山谷间，她家的水田中有个人开着耕整机打转，新鲜的泥水味随风飘了过来，很好闻。那人当然是黄小田，不会有别人。机器突突响，低微而清晰，仿佛是黄小田在说话：田我帮你种了你就放心吧放心吧放心吧。

李娟深吸一口气，机器声似乎被她吸进了腹腔深处。抬眼望向对面的山坡。一栋老木屋歪歪地立在那里，屋后有棵枯死的樟树，无论老屋还是枯树，都像是随时要倒下的样子。李娟盯了它们一阵，叹了一口气。

“你是为我还是为我的屋叹气呢？”

一个男人的声音在耳边响起，李娟侧身一看，秦建军隔着篱笆向她举着一张油光闪闪的脸，嘴里叼着一支烟。

“自己的事都忙不过来，哪有空操别人的心！”李娟拢拢短发，又说，“你那屋也该整一整了，要不哪天就倒了。”

“整得了屋也整不了命，它要倒就倒吧，倒了我就到城里打流去了。”秦建军说。

“你把屋修整好了，把牌戒了，你堂客说不定就回来了。”李娟说。

“跑了就不得回来了，回来了我也不要了。又不是像你这样的乖堂客。”秦建军斜着眼睛看她。

“我不喝酸米汤的。我晓得你肚子里打的什么主意。”李娟转过脸，右手飞快地摘着金银花。

“晓得就好，我就是喜欢你啊，跟我到莲城耍去吧！我带你去看电影，喝咖啡，唱卡拉 OK！摘什么金银花啰，顶多卖七八块钱一斤，你摘了这一条篱笆的金银花，也只几斤吧？这点钱有啥用，城里来钱快得多！”

秦建军越过篱笆抓她的手，她用力甩掉了。

“城里有钱捡？你以为你穿条牛仔裤就是城里人了？我就是乡下人的劳碌命，要是像你一样没牵没挂，我也晓得四处耍。你莫戏弄我，晓得你跟人打了赌，你撩我没用的。”

李娟鼻子哼一声，望一眼远处黄小田耕田的影子。那影子刚才还在动，现在却僵在那里了，好像听到什么了似的。

“呵呵，你不晓得，你若是上了我的手，别人会给我一千块钱吧？懒人有懒福呢，你不会让我的钱打水漂吧？”秦建军嬉皮笑脸的。

“做梦，你就死了这条心吧！”李娟说。

“死心我就不是秦建军了，我有办法的。我长得不比别人差吧？说不定某天，你会乖乖地跑到我屋里去呢。”秦建军说着转身走了，大口地喷着烟，他的后脑壳看上去像颗硕大的芋头。

李娟有些难受，他并没有占到她的便宜，但她还是感到被欺侮了。心里毛蓬蓬的像塞了把茅草。金银花的香味也忽然变成了苦涩的中药味，令她透不过气来。

她没心思摘金银花了，回到屋里。

“李娟，刚才好像秦建军在撩你?”婆婆半躺着，目光明亮。

“娘你的耳朵太尖了。他那个人哪个不撩?”她说。

婆婆不吱声了，挣扎着，用一只手撑起上半身，往坡下看了看：“好像，有人帮我屋里耕田?”

“是黄小田，我把田包给他了。”李娟说。

“噢，那就好，省得你忙不过来。耕田很累人的，要不请他来家里吃个饭?”婆婆说。

“不用吧，反正包了的。”

“包是包，礼性还是要到场的。”婆婆说。

李娟想想，就认可了，跑到房中拿出黄小田送她的手机，给他发了条请他来家吃晚饭的短信。这是她第一次使用这个手机。

黄小田给她回了两个字：好的。

吃完中饭，趁婆婆睡着了，李娟扛着锄头跑到自家的旱地里挖了一会土。栽红薯的季节已到，如今城里红薯价钱看涨，比种菜还划得来。隔壁黄小田家的土已整理得松松软软，只待下雨栽薯秧了。家里还是有个男人好啊。土壤有点板结，她挖了一会就全身冒汗，手臂也开始酸疼，只好放慢速度。她的衬衫不久就湿透了。后来看看日光有些斜了，便把锄头丢在地里，跑到镇里的农贸市场砍了一斤肉，又打了一斤米酒，回到家来做晚饭。

她做了一个回锅肉，炒了一个四季豆，打了一个番茄蛋汤，还从坛子里抓了一碗酸藠头。菜刚摆上桌，黄小田就扛着一袋猪饲料进禾场来了，吭哧吭哧地登上阶基，拐进猪栏屋，往地上一扔，震得地面一颤。李娟赶忙拿条毛巾递过去，很惊奇地问：“你怎晓得我家猪饲料快吃完了呢?”

黄小田接过毛巾，抽打着身上的灰，又擦擦脸上的汗，咧嘴笑道："我又不是神仙，哪晓得啊，只想你喂了猪，肯定要用饲料不？加上有顺风车到坡下，就帮你带一袋回来，省得你多跑一趟。"

李娟心里很感激，也不多说什么，掏出饲料钱往他口袋里一塞，然后轻轻拉了一下他的手，叫他上桌吃饭。他是客，自然就坐了上席。李娟将婆婆抱进那把特制的圈椅里，安顿在左席，自己坐在旁边，以便照顾她。还特地在婆婆背后塞了个枕头。她给黄小田斟了一盅酒，也给婆婆斟了一盅。婆婆好酒，加上她的病也需要喝药酒，凡家中来客，婆婆都少不了喝一盅的。婆婆虽多数时间都躺着，进餐也要李娟喂，但只要来客，她都会尽力自己坐着，颤颤巍巍地，用一只尚能活动的手拿筷端杯，吃菜喝酒。而且，每当此时，婆婆的那只手就会变得格外灵活。

李娟和黄小田说了些客气话。黄小田滋滋地抿了一口酒，由衷地道："家里有个女人真好啊！"

李娟边给婆婆夹菜边说："刚才在山上挖土，见你家的土都整出来了，我也想，家里有个男人真好呢！"

婆婆眼睛滴溜溜的转，说："一个家，男人女人都少不得。"

黄小田点头称是，眼睛却不敢往老太婆脸上看。

婆婆问："小田啊，你家四毛也有几年没回了吧？"

黄小田想想说："前年过年回了的。"

婆婆说："我家志和也是，前年腊月二十七回，过完年就走了。难得买上票，又路远费钱，就回来得少。在家在外的人都不容易，只好互相担着点了。"

黄小田嗯了一声，头上汗气直冒，热热的汗酸味散发开来。

李娟抽了抽鼻子，似乎那汗味很好闻。她抽出张餐巾纸，细心地替婆婆擦掉嘴边的白沫。天色暗下来了，她拉亮了电灯。黄小田的面庞愈发的油亮，她下意识地想擦他额头的汗珠，手伸出半截，又收了回来。

门外传来脚步声，一个黑影一闪，女儿雷英背着书包进门来了。

李娟欣喜地站起："英，今不是周末，怎么回了？"

雷英看了眼黄小田，咬咬嘴唇："是不是我回来得不是时候啊？"

李娟拉了拉她："你这是什么话！快跟小田叔打个招呼，放下书包一起吃吧！"

"我没胃口。"雷英说着一侧身，进屋去了。

李娟皱一下眉："这孩子，没礼貌。"

黄小田说："如今的孩子都这样。我那小子不放假就不回家，一来电话准是要钱。"

李娟想想，放下碗筷，走到女儿屋里。

雷英气鼓鼓地从书包里掏东西，看也不看她。

李娟道："英，跟谁生气呢？"

雷英说："我跟自己生气行不？"

李娟伸出指头戳一下女儿的额头："死女伢，我还不晓得你？跟自己生气就是跟我生气！有话就说吧，把肚里的粑粑都拉出来！"

雷英一昂头："那我就说了，你别给我闹什么绯闻！"

李娟脸上一热，跺一下脚："你这死女伢，电视看多了吧？你老妈是乡下堂客，又不是明星！一天到晚累得要死，哪有那个闲心？"

"那你请那人来吃饭干啥？他还坐上席，那是爹坐的位置！"

雷英说。

“他帮我家耕田，请他吃个饭还不应该？”

“我看着不舒服！反正我话说在明处，你要是闹出什么事影响了我，中考就莫指望我有好成绩了。你不给我面子，我也不会给你面子的。”

李娟一怔，竟说不出话来，只好回到堂屋，闷着头吃饭。女儿的声音有点大，不知婆婆和黄小田听到没有。婆婆的目光像一条虫子在她脸上爬来爬去，痒痒的难耐，她绷起脸忍耐着。

屋里一时静了下来，只听见几个人嚼饭菜的声音，还有猪栏里猪的哼哼声。忽然，一声猫头鹰的啼叫从屋后划过，她全身一凛，竟起了一身鸡皮疙瘩。

黄小田称赞了一下菜的味道，放下碗筷，告辞了。

李娟懵懵地没说话，待他走到禾场里了，才高声说：“你等会，我给你抓碗坛子菜。”她迅速地找到个干净塑料袋，到厨房里打开一个坛子，抓了些酸藠头，然后追到禾场边交给他，压着嗓子说，“刚才，雷英的话你听到了吗？”

黄小田说：“放心，我不会让你惹什么事的。”

李娟点点头，心里就轻松了。

黄小田又说：“刚才，你婆婆对我说，要我对你好点。还说，我有什么要洗要补的，可以让你帮我的忙。她啥意思呢？”

李娟说：“你不用管她，她病了之后说话就怪怪的。你有要补的吗？”

黄小田说：“当然有。”

李娟说：“等哪天天气好了，我再来帮你补。”

黄小田说了声好，抓起她的手捏了捏，就转身走了。

4

李娟把采来的金银花拿到镇上卖了，得了四十六块钱。她用这钱买了壶调和油和两包洗衣粉，提了往回走。路过村委会时，被村长叫住，塞给她一张表，叫她回去填写好再交给他。仔细一瞧，是县妇联发下来的好媳妇评选推荐表。她把表还给村长：“我不填，我又不是好媳妇。”

村长重新将表塞进她手里：“你不是好媳妇，村里头就没好媳妇了。不讲照顾婆婆，不上牌桌的媳妇有几个？大家心里都有杆秤，你不容易啊。这是组织上看得起你呢！评上了，不单是你个人的光荣，也是我们村里的荣誉，你就不要谦虚了。”

李娟只好把那份表带回了家。

婆婆眼尖，用那只能动的手抓过表，看了又看，催促着：“李娟你快填啊，是好事呢。”

婆婆年轻时是人民公社的铁姑娘队队长，打炮爆破造田修水库，什么都干，荣誉心极强，得过不少奖状，有些至今还贴在墙上。但李娟不是婆婆，她对此一点不感兴趣。

“我是好媳妇吗？”李娟自言自语。

“当然是啊，那年我中风，是你救了我的命呢，又侍候了我这么多年，没让我生褥疮。唉……”婆婆说着，眼里有了泪光。

李娟想起背发病的婆婆去医院，路在脚下摇晃，汗沿着下巴滴下来，而腰呢，压得像要断了。婆婆有点肥胖，沉重得很。婆婆在医院里昏迷了三天三夜才醒，醒来后又吵又闹，搞得她疲惫不堪。她没有跟雷志和说，独自撑着。天遥地远的，说了他也一时回不来。后来说了，说了他也没回来，他又不是医生，回来了也没用。雷志和在电话里用广式普通话说：“老婆，只好辛苦你了。”她就是个辛苦的命，也没什么。只是，有时独自躺在床上，连个说话的人都没有。那些个墨黑的夜，就像一口口很深的井，将人埋在里面，让你看不到光亮，没有什么盼头。

她的心思飘忽得很，没来由地说：“娘，以后，你少跟别人说我，好不?”

“我没跟谁说你啊?”婆婆说。

“我呢，想怎么做，该做什么，心里都有数的。”

婆婆沉默了一会，说：“我只想你轻松一点。”

李娟说：“你放心，再苦再累，我也不会像建军堂客那样，一不称心就拍屁股跑了。她没牵没挂，我还得送雷英上大学，还得养你的老。”

婆婆不吱声了，轻轻地叹了口气。

李娟在饭桌上将那张表格填了。优秀事迹那一栏她没填，她觉得优秀事迹几个字有嘲讽的意味。行不行就这样了，她并不想要好媳妇的名声。

好久没拿笔写字了，几个字就像鸡爪子划的。

吃完晚饭，忙完该忙的事，就已经是九点多了。李娟把婆婆在床上安顿好，又替她打开电视。家里这台十四英寸的老电视机一直放在婆婆房间里，这是唯一能给婆婆解闷的东西。然后，疲惫就把瞌睡给她带来了。她全身瘫软地躺在床上，迷迷糊糊地就睡着了。于她来说，睡眠是个好东西，能睡好是一种福分，因为，她总是睡一会就醒，醒了就再也难以入眠。

迷糊一会，李娟照例醒了，隔壁电视还在响。起床一看，快转钟了，婆婆已经睡着，涎水挂在嘴角上，而电视里赵薇扮演的小燕子正在撒娇。她关了电视，擦掉婆婆的涎水，给自己沏了杯茶，坐到堂屋门槛上，望着朦胧的山谷发呆。

镇子里灯光闪闪烁烁，没睡的人看来还很多。黑糊糊的山脉起起伏伏，深蓝的天空里星子像撒上去的芝麻。远处有猫头鹰在啼叫，叫得有点凄凉，好像就是时常在屋后出没的那一只，声音很熟悉。它为何跑到别处去了呢？

一个人影无声无息地从夜色里显现出来，飘过禾场，登上了阶基。李娟一动不动，平静地说了句："你是人还是鬼？声音都没有。"

"当然是人，有这么漂亮这么灵泛的鬼么？"那人嬉笑着。

灯光从堂屋里射出来，照亮了秦建军的脸。

"有事？"李娟动了动身子。

"没事就不能来？我来陪你扯白话呢。"秦建军说着，自己搬了条板凳，坐在她身边。

李娟起身给他倒了杯茶，望了望左边的山脊，又望望对面坡下秦建军的屋，那屋里的灯还亮着的。黄小田为何没想到来陪她扯白话呢？没来由的，她就叹了口气。叹气是种安慰，好多时候，她就是为自己叹上一口气，才得以心静。

她想几句话打发了他，回屋睡觉。但她的嘴巴似乎不听招呼，竟无遮无拦地说："秦建军，你陪好多堂客扯过白话吧？"

"是啊是啊，我这人虽然喜欢打牌，打牌就是我的命，但要能陪堂客们扯白话，我命都可以不要呢！"

"你都陪哪些堂客扯过呢？"她明知不该惹他，还是忍不住。

"呵呵，明发嫂，柱子堂客，老拐媳妇……"秦建军屈着指头数着，脑壳一偏凑到她耳边，"还有毛镇长的相好，都扯过呢。"

"吹牛！"李娟觉得自己刹不住车了，"都扯些什么呢？就光扯白话？"

"嘿嘿，什么都扯，她喜欢什么就扯什么，人啊，都要有人说话不是？都怕寂寞不是？扯着扯着，大家都喜欢了，就扯到床上去了。"

"啐！"

"我从不强迫别人的。我喜欢你，才陪你扯白话呢。"

"哼，你不过是打赌，想得那一千块钱。"

"我是喜欢钱啊，谁会跟人民币有仇？不过我也喜欢陪你扯白话呢。志和跟刘四毛早搞到一起去了，你何必还守着呢？"秦建军说着抓住了她的手，又噘起嘴巴凑到她脸上，想要亲她。

李娟仿佛从梦中惊醒，用力将他推开。但他力气大，右手一围将她抱住了，她放肆扭动，却挣脱不开。他的左手像一条蛇钻进了她的衣襟，咬住了她的胸乳。她后背一凉，却也有种说不出的舒服的感觉。她晓得这是不应该的，立即抓住他的手抽出去，并在那条臭烘烘的手臂上不轻不重地咬了一口。

他哎呀一声，压低嗓门道："你怎就这样死脑筋呢？难道你不想要吗？"

"我有人了！"她喘息着说。

"我不在乎啊，你试试我如何？"

"可我在乎。你走吧，不走，我就要叫人了！"

她总算挣脱了他的怀抱。

"好，我不强迫你，买卖不成交情在，可是你让我损失了一千块钱呢，我只要你赔五百，我就走人。"秦建军拍拍手说。

"你怎这么无赖？我不欠你一分钱。"李娟说。

"可是你欠我面子，我的面子不只值五百吧？要不，先记着账？"

"你再不走，我就打 110 了！"

秦建军还不走，想再次抱她。

这时屋里扑通一声响，只听得婆婆大声叫：“李娟你莫怕，我来了！”

秦建军一愣，站了起来。李娟回头一看，婆婆居然翻下床，爬到了卧室门口。她顾不得多想，赶紧去抱婆婆。婆婆右手奋力一扬，一只量米筒飞了过来，正砸在秦建军脑壳上。秦建军摸摸脑壳，转身跳下禾场跑掉了。不一会，路坎下传来扑通一声响。

李娟把婆婆抱回床上，喘着气说：“娘你真厉害！”

“为人在世，你不厉害就吃亏呢，”婆婆听听外面的动静，又说，“你去看看，建军好像跌到沟里去了。”

李娟便打着手电出了门，往坡下走了十来步，就照见秦建军坐在沟边，手在肩膀上揉着，一脸的灰，额头上还划出血来了，样子很狼狈。

“嘿嘿，晓得什么叫偷鸡不着蚀把米了吧？”她把他拉了起来，又把手电筒塞给他，才摸黑回到自己屋里。

5

夜里下了一场小雨，地里湿了，刚好适合栽红薯。一清早，李娟早餐都没吃，就赶到镇上去买红薯秧。她本来贮藏了种薯的，不料薯窖漏水，种薯都烂掉了，没种薯育秧，就只好从别人手里买薯秧来栽了。可从镇头到镇尾反复走了两遍，也没能买到。有个老倌子说：“李娟你来晏了呢，转去一泡尿的功夫，黄小田把我的薯秧子都买走了。”

李娟心里就有些不舒服，为什么偏偏是他买走的呢？

只好等下一场雨再买秧来栽了。

那老倌子又说：“李娟你狠，都拿秦建军没法，你把他治了。”

李娟不明其意：“我怎治他了？”

老倌子说：“他自己讲的啊，他想惹你，你抓了他一脸红药水。”

“那是他自找的。”

“你巴锅没？”老倌子眯着眼问。

她板起脸离开了。

她到粉馆里吃了碗米粉，又帮婆婆带了一碗回去。婆婆心情不错，就没有要她喂，而是自己趴在桌沿上，右手颤抖着拿起筷子，很耐心地一根一根吸吮着吃。忙完七七八八的家务，就又到中午了，又要做饭了。李娟忽然很烦，这日子哪天是个头？她坐在阶基上不想动，闷头闷脑的，望着远山发呆。

婆婆瞄了瞄她的脸，轻声道：“李娟，中饭就不做了吧，昨天的稀饭还剩得有，蛮好吃的。”

李娟就嗯了一声，到厨房将剩稀饭热了一下，给婆婆和自己各装了一碗，夹了些酸腌菜，心不在焉地吃了。几只鸡咯咯咯咯围着她脚跟转，才想起忘了喂食，便又抓了几把谷撒在禾场里。

天上的云层悄悄散开，阳光无遮无拦地泼了下来。初夏时节的植物都在疯长，满山满谷的绿得鲜亮。温热的风带着泥土气息漫过她的身体，像是一种温柔的抚摸。天气很好，该去给黄小田补一下衣物了。她扶着婆婆在厕凳上坐了会，把她安顿好之后，便换了身衣服出发了。

她没有跟着大路走，而是踩着若隐若现的小路往山上去。翻过小山头，就到了黄小田家，跟大路走就绕远了。草上的露水还没全干，她的裤脚不一会就打湿了。阳光透过树隙照着她，她闻到自己的身体发出稻草般的香味。

路过自家地边，李娟愣住了。

那块她用了两天才挖出来的地，已被人栽上了红薯秧。秧叶上的泥印子都还没干，栽薯秧的人才走不久。这块地不大，两分多一点吧，但一个人起码要忙上大半天才栽得完。

她当然晓得是谁栽的。她没买到的薯秧都栽到地里来了。但她一点不感激，相反，她很生气，他凭什么都不言语一声，就栽上了？这可是她的地！她的脸都气红了，痒痒的像有蚂蚁爬。她都不想去帮他缝补了，她往后走了几步。可是，既然你承诺了，还是要做的。她气哼哼地往山上爬。她不单是去帮他缝补衣物，她还得去质问他。

她翻过山头，穿过一片矮树丛，径直往那幢墨黑的木屋走。屋有些年头了，但仍方方正正的。偏屋盖的木皮上长满了绿苔，一棵棕树守立在偏屋旁。几只翻毛鸡在阴沟里刨食。她嫁到这地方十几年了，还从没进过这家的门。

她冲屋里叫了一声："有人吗？"

屋里一片寂静。进堂屋一看，箩筐啊锄头啊板凳啊篮盘啊鞋子啊四处都是，桌上灰尘很厚。她转到厨房，也是一样，用过的碗筷都放在盆里了，却还没洗。她看不得脏乱的样子，便绾起袖子，先把碗洗了。尔后又到堂屋，将所有物件归整一下，又把桌子抹干净。

"你怎么来了？"

黄小田的嗓门在她背后响起。

李娟转过身，没好气地道："我就不能来啊？我特地来问你的，招呼都不打一个，哪个让你在我家地里栽红薯了？"

"怎了，怕我栽的红薯不得活啊？"

"你不用对我好，我不想欠你的情。"

“我晓得你的意思。你不想我巴得太紧，你怕粘锅。可是我呢，就是想多帮你点，我就是贱啊。”

“我还不是贱，自动跑到你屋里来了。”

“所以呀，半斤八两，谁也不怨谁。”

“莫屎少屁多，把你要补的衣服都拿出来！”

“衣服我都清好了，缝纫机好多年没用，我也调好了。”

黄小田带她进了卧室。她匆忙地往他床上瞟了一眼，只见被子衣服乱七八糟地堆着，散发着臭烘烘的男人味。那味并不讨嫌，她忍不住深吸了一口气，然后就坐在窗下的缝纫机前。其实，要缝补的衣服可以拿到镇上的缝纫店里去的，它们不过是黄小田要她来的一个由头吧。太阳西斜了，屋里光线有点暗，黄小田将窗户推开。她开始给他补衣服，双脚熟练地踩动缝纫机，闪亮的针尖快速地扎动。但是她有点恍惚，老觉得有人盯着她的背，让她不自在。补完一件衣，回头一瞧，原来墙上挂着黄小田和刘四毛的结婚照，刘四毛的目光像刺一样盯着她。

“把照片先取下来好么，你堂客盯着我看。”她低声道。

“她人在东莞呢，怕什么嘛。”黄小田嘟哝着，但还是把相框取了下来。

她自在了些，手上的活也更顺溜了。黄小田紧贴着她站着，他的汗酸气像一团雾把她包围住了。

“李娟，我想哪天有空了，带你到莲城去耍，逛逛公园。”他说。

李娟住了手，回头瞟他一眼说：“你们男人，怎么都想带女人去城里耍？”

“是不是秦建军也邀过你？”黄小田敏感得很。

她嗯了一声。

“你没答应他吧？”

“废话！”李娟没好气地瞪他一眼。

“他是勾引你。我呢，真的是想跟你一起轻松轻松，浪漫浪漫。你一年四季那么劳累，总得有个歇气的时候。牢里的犯人还要放风呢，我们不能太苦自己了。”黄小田说着就扶住她的肩膀，轻轻摇了摇。

李娟有些动心。上中学时，她和同学都要时不时地跑到莲城逛一逛的，也不一定要买什么，要玩什么，看看城里的风景，沾沾城市的气息，仿佛都能给人某种满足，像是过一回瘾。自从婆婆病了，她就没离开过雷公镇，她都不晓得现在的莲城是什么样子了。但她还是摇了摇头：“我哪脱得了身。”

“又不远，才一个钟头的车程，帮你婆婆准备好中饭就是，下午就回来。”

“等消停了再说吧。”

她埋头做活，不再说话。

衣服都补完了，她悉心地折叠好，一一放进箱子里。然后，就往门外走。

黄小田叫道：“这就走了？”

她说：“我得回去做饭了。”

“过会再走，不耽误你做饭。”

她的脚就走不动了。

黄小田将她拦腰抱起，她感到自己飞了起来。

6

有些事情是说不得的，不说不想，越说越想。譬如到城里耍。李娟不知自己为何一动这心思，就放不下了。做事之余，她会下意识地往远处灰蓝色的山脊看，山脊的另一边就是莲城。这天早上，当黄小田电话邀她去城里时，她没有吱声，于她来说，不吱声就是认可了。可是怎跟婆婆开口呢？她有点发愁，边为婆婆准备吃的，边锁紧了眉头。

还是婆婆眼尖："李娟，有心事啊？"

李娟忙说："是啊，过一向您就六十六岁生日了，想进城给您买点什么，可又怕您没人照看。"

婆婆眯起眼睛看她，说："我倒不要紧，你把我连同躺椅放在桌边，把午饭放到桌上就是。倒是你，进城没伴我不放心呢。"

李娟便说："伴倒是有的。"

"黄小田那样的伴还好，若是秦建军那样的伴，我更不放心。"

"娘，我又不是女伢儿，不管哪样的伴，别人都拐不走的，您老就放一百二十个心吧。"

"那你就赶紧收拾去吧，早去早回。"

李娟便将婆婆安排妥当，又给自己梳理了一番，穿了红T恤衫和蓝牛仔裤，提了个人造革包包就出发了。

走进镇里，就有人跟她打招呼："李娟，进城去啊？"

难道她脸上写着进城吗？她有点诧异。又感觉许多的目光盯到她身上来。她绷紧了脸，径直往乘车处走。一辆中巴停在街口，门开着。远远地就看见黄小田坐在副驾驶座上，把脑壳伸出窗外观望着。她跟他对上了眼，他脸上笑了一下，就把头缩回车里去了。她上了车，坐到了最后一排。黄小田回头望了望她，眼睛里有好多话。她懒得理他。她当然不能理他的。她把包包抱在怀里，将脸朝向车窗外，想象着城里的景象，巴望着快点开车。

她听到自己的心怦怦地跳动，很急切。但车上不坐满人，司机是不会开的。

乘客越来越多。忽然，她的心被扯了一下：秦建军过来了，嘴里叼支烟，胸前的T恤衫上印着奥巴马的头像，走路一拽一拽。他扒着车门，往车里看了看，似乎并没要上车的样子。但他瞟见了她，两只眼睛像两只小灯泡似的亮了，立即跨上了车。前面还有两个空位子，但她预感，他会坐到她身边来。

果然，秦建军径直来到她面前："呵呵，冤家路窄啊。"

她不理他，抱紧了自己。

秦建军在她左侧坐下，故意贴紧她。

她往右边挪了挪。

秦建军越过她把烟蒂往窗外一扔，喷着一嘴的臭气说："我就不明白，我哪里不如他？不就是帮你种了下田么。你要是跟我好了，我比他对你更好！"

她板着脸，朝前面觑一眼。

黄小田回头盯着他们，神情紧张。

她站起来，想离开，秦建军一把将她按下了："你莫动，我不会跟你们去莲城，你们想怎浪漫就怎浪漫吧。我就说几句话。"

李娟忍不住了："有屁就快放！"

"对我这种态度，不行啊，李娟。听说你要评为好媳妇了，待人要和善嘛。你不怕我拆你的台啊？好好，我不啰嗦了，其实呢，我是来请你看个小电影的。"

秦建军说着，从裤口袋里摸出只大屏手机来，手指点了几点，屏幕上放出了一段视频。

画面并不清晰，她看了几眼，才辨出是两个裸身的人，正在做让人耳热心跳的事。手机屏幕有反光，她没有认出那是谁跟谁，有点漠然，她不晓得秦建军用意何在。但即刻，她就意识到了什么，心像被虫咬了一口，尖锐地疼了一下，头皮发麻……

秦建军将手机凑到她鼻尖下，一脸的邪笑："看不清吧？不要紧，我给你配个音，你就晓得是哪个跟哪个了。乖，你感觉好吗？乖，你舒服吗？嗯，嗯，我舒服，我舒服死了！"

好似无数的蚂蚁爬满了脑壳，她懵了，呼吸急促，喘不过气来。她面红耳赤，伸手就去抢那只手机。秦建军眼疾手快，将手机高高举起："这是我的核武器，你莫想抢了去，再抢我就让大家都来参观了！"

她压着嗓门："你想怎样？"

秦建军说："这要看我的心情了。"

她站了起来，听到自己的脊梁骨扭得喀喀响。周遭的景物忽然失去了颜色，成了黑白画面。秦建军的脸像一张鬼符在她眼前晃动。她莫奈他何，只好一掌推开他，挤下车，惊惶失措地往家里走。

走着走着，她放肆地奔跑起来。路面上下跳动，阳光仿佛烧着了，发出焦煳的味道。无数根针在扎她的脸。她一直跑一直跑，跑到了坡脚，才听到包包里手机响。她掏出手机。黄小田在手机里大叫："你怎么跑了？秦建军对你讲了啥？你不去莲城了？"

她掐了电话，欲将手机扔进沟里，手扬了一下，还是忍住了，把它塞回了包中。

她四肢发软，挣扎着爬上坡，回到自己家里。一进门，就看见婆婆歪着身子站在桌边，拿着块抹布抹桌子。她连忙过去扶住婆婆："娘你怎么能站起来了？"

婆婆在她的搀扶下坐回躺椅里："也怪啊，你一出门我就能勉强站起，你一回，我这半边身子就又木了！”

李娟哦了一声，心慌意乱，也没往深里想。

婆婆问：“你不去莲城了？”

“嗯，我……还是放心不下你。”

她进了自己的卧室，关上门，瘫倒在床上。像被抽掉了筋，全身软塌塌的没有一点力气。无数的念头像一窝马蜂在脑壳里飞舞。她两眼一闭，沉没在一片漆黑之中……

她午饭也没吃，睡到太阳落土时才醒来。爬起床人就清醒了，心里也安静了。婆婆说黄小田来找过她，敲过门，没把她敲醒。她有条有理地做着家务，照顾着婆婆以及家里的鸡和猪。

晚饭后，她站在阶基上打一望，见对面秦建军家亮着灯，便拿了一千块钱，左边裤口袋放五百，右边裤口袋也放五百，然后，就出了门。

到了秦建军家，她站在禾场里喊：“秦建军，你在屋里吗？”

秦建军出门来，笑得脸一宽：“噢，稀客啊！真是太阳从西边出来了。进门坐嘛。”

“不了，”她从口袋里掏出五百块钱，“我是来给你面子的。”

秦建军下了台阶，接过钱数了数，说：“我秦某的面子只值五百？你不给我面子，我怎好给你面子呢。”

李娟只好将另一只口袋里的五百块钱掏也出来给他：“都给你了，你手机里的东西，也请你删了吧。”

秦建军点点头：“好，你有诚意，我也会讲信用，有空就删。”

“不，现在就删。”

“看来还是信不过我，”秦建军笑笑，掏出手机，手指头在屏幕上点触了几下，然后朝她一递，“删了，不信你看。”

她不会用这种新手机。她即使不信，也只能一走了之。

7

早晨，李娟在菜园里摘菜时，被黄小田堵住了。

“你怎回事？电话也不接，还关机，秦建军到底怎么你了？”他一脸焦灼。

“接你电话有用吗？”她摘一把苋菜用力一甩，菜叶上的露水溅到了他的裤脚上。

他后退了一步。

她想想还是应当告诉他，便把事情简单地说了一下。

“他这是敲诈！”黄小田脸都白了。

“说这些屁用，他就敲诈了，你敢告他？这是我的事，你急个啥，又不用你出钱。”她闷声说。

“你的事不也是我的事？那钱我出。”他说。

“你出？那你拿钱来！”李娟手板向他一伸。

黄小田煞白的脸泛红了：“我、我身上没这么多钱嘛。”

“哼，我还不晓得你。”

黄小田皱着脸说：“你就应当亲自删他的手机。这家伙狡猾得很，抓住你的把柄了，不会轻易放手的。以后，你千万不要单独见他。”

“我晓得你还担心我什么。不管如何，这都是我自己的事，听天由命吧！以后没事你就别找我了。我没心情见你。你走吧！”她说。

黄小田木木地站着，没有走的意思。李娟就起身提着菜篮子先走了。她闻到了他身上散发的焦虑的气息。

8

不知从何时起，雷公镇一带时兴给六十六岁的老人整酒祝寿了，说是整了酒寿星与家人就六六大顺，诸事顺遂。李娟不想整酒待客，家里没啥亲戚，她一个人也忙不过来。但为让婆婆高兴，自家还是得意思意思的。所以这天一早，她就给婆婆下了碗长寿面，打了个荷包蛋，亲手喂婆婆吃了。忙完家务后，又跑到镇上，割了一斤肉，买了一条鲫鱼，还花了六十块钱，给婆婆买了件衬衣。接着又给读寄宿的女儿打电话，嘱咐她放学后回家吃饭，给奶奶祝寿。

提着买好的东西路过茶馆，听见里面热闹得很，李娟停步朝里瞟了一眼。十来张牌桌前围满了人，一片密密麻麻的人头中，夹着秦建军的面孔。秦建军冲她笑了笑，神情暧昧。她心里咯噔了一下，扭头欲走，却有人朝她喊："李娟你是来找家老公还是找野老公啊？来对了地方呢！"众多的牌友便一齐哄笑起来。

与此同时，牌桌前站起来一个人，朝她扭过脸来。

李娟便愣住了："怎么是你？"

雷志和放下手中的牌，提起一个硕大的蛇皮袋走过来："我坐卧铺汽车回的，早上就到了，一下车他们就喊我打牌。好久没打跑符了，牌瘾被他们撩发了。手气还好，半天不到就赢了两百多。"

"你回来怎不说一声？"

"用得着说吗？我娘六十六岁生日，我肯定要回啊，人一生有几个六十六？"

李娟不作声了，领着老公往家里走。她两眼发酸，一股巨大的委屈感在心里涌动，怎么压抑都压不住，最后化作两道热泪无声地流淌下来。

雷志和起先还问这问那，见她总是不理不睬，神情不对，也就不言语了。

爬上山坡，跨入自家禾场时，她擦干了自己的脸。

她的心情总算平静下来了。

雷志和进门就直奔母亲而去，坐在躺椅边陪娘说话。李娟将蛇皮袋里的东西一一清出来。他带给家人的礼物都是衣服，还有几包广东果脯。李娟手脚麻利地做了简单的午餐。吃过饭后，雷志和站在阶基上对自家的水田望了望——田里秧苗青葱一片——然后，就到菜园子里忙去了。整个下午他都在菜园里，薅草，锄土，浇粪，为丝瓜藤搭架子，给有点松垮的篱笆打桩固定。看着他忙碌的身影，李娟想，园里那些菜，认得他是主人吗？

晚餐李娟做了红烧肉、黄焖鱼，还炒了几个小菜。将上次没喝完的米酒倒了三盅，又把婆婆抱到圈椅里。三个人刚刚坐下，雷英就回来了，还用自己的零用钱给奶奶买了个生日蛋糕。吃完饭，雷英就把小蜡烛插到蛋糕上，点燃让奶奶吹，然后切好蛋糕递到每个人手里。蛋糕奶油太腻，李娟是硬着头皮吃下去的，还直说好吃。这样的场景太难得，她不想扫家人的兴。看着女儿兴高采烈的脸，她心里莫名地发酸。

忙完该忙的一切，夜就深了。

李娟进到卧室时，雷志和已经躺在床上，双手弯起枕在头下，两眼瞪着天花板。她犹豫片刻，才在他脚边躺下来。他把身体往床里侧动了动，她也小心地不挨着他。不知不觉间，双方似乎就保持距离达成了默契。但是，如果他把手伸过来，她是会迎过去的。屋外寂静而凄清，野花的香味隐隐约约地透入窗棂。她伸手拉一下床头的灯绳，灯光消隐，墨黑的夜色漫了过来，湮没了他们。

两人都沉默着。

李娟觉得这不像回事，于是问："你，在那边还好吧？"

"还好，上班事不多，我还做了班长，只是老要上夜班……噢，我上个月盘了个小门面，开了个小食杂店，正好，下夜班回来我就开店。"

"要进货还要上班，没帮手不行的。"

"没有请帮手，有朋友帮忙的。"

"是女朋友吧？"

雷志和不吱声。

"其实，你和刘四毛的事，镇上有耳朵的都听到了。"她说，翻了个身，蜷起身子盯着他。

他的脸是模糊的一团，眼睛闪着幽光："你跟黄小田的事，我也晓得了。"

"谁跟你讲的？"

"别人不讲，我也迟早会晓得。刚才我看到桌上你的手机，里面只有他一个人的号码。"

李娟想了想说："屋里就我一个女人，娘又是这个样子，有时实在忙不过来。他帮了我很多……手机是他牌桌上赢来，给我用的。"

雷志和嗯了一声，又说："刚才娘说了你很多好话。这些年辛苦你了，娘不说我也晓得。如今难得有你这样孝顺的媳妇。有些事，也是没办法。"

"你的衣服，也是刘四毛补的么？"

李娟话一出口，自己也有点惊讶，为何要问这个？

"现在谁还补衣服？"他老实地回答，"有时，她倒帮我洗一洗的。”

李娟不说话了，心里隐隐地钝疼。

他翻了个身，碰着她了，她赶紧把身体挪开一点。

过了一会，李娟说：“以后，我们怎么办？”

雷志和想想说：“泥巴萝卜揩一节吃一节，以后的事以后再说吧。我们最重要的，是养娘的老，让雷英考上大学，莫让她像我们一样在乡下过一辈子。”

“我也是这样想的。”李娟说。

“以后，我会多寄点钱回来。”雷志和说。

“有些东西是钱买不回的。”她说。

“也只能这样了。”他说。

李娟深深地叹了口气。

与此同时，她听到他也在那一头叹了口气。她伸手想摸摸他的腿，还没摸到又缩了回来。他们相隔不到一尺，但她感觉隔着一条不可逾越的深涧。她想到了那个叫咫尺天涯的词。

雷志和是第二天下午走的。他说厂里只给了三天假，他得到莲城坐夜班车赶回去。李娟提着包送他下坡，看到对面坡上秦建军屋后那棵死树摇摇欲坠的样子，心里就有些紧，便问：“你这次回来，真的没别的原因？秦建军没给你说什么看什么？”

“我晓得他拿你跟别人打赌，这个人惹不得的，你小心点！”他告诫道。

“你也晓得这事了……”她低下头，“可要是他欺侮我怎么办呢，我一个妇道人家。”

“你找黄小田嘛。”他轻描淡写地。

李娟心里一凉，站住了。她把包递给他，也不说话，转身往家里走。阳光从背上流淌下来，她却感到阵阵的寒意。

9

这天中午，李娟想洗桶衣服，洗衣机却不转了，电灯也拉不亮了，才记起几个月没交电费，怕是被电业局的人拉闸了。于是带上钱包，匆忙去镇里交电费。一下坡，就看到黄小田站在田埂上，提个塑料袋，往她家田里撒化肥。她便走拢去，皱着眉说：“你这是干嘛，施肥也不跟我说一声。”

“不是包给我了么，还说啥。”

“我把化肥钱给你啊。”

“你一定要给，记在账上，到时一并算账。”黄小田往四周看了看，低声问，“志和没说你啥吧？”

“他晓得我们的事了，不晓得是不是姓秦的说的。”

“怪不得他歇一夜就走了。”

“要不是屋里还有个娘，我想他是不会回来了。”她说。

“我正想跟你说件事。昨晚秦建军在牌桌上输了三千多块，当心他又诈你。”

“我怎当心？找你帮忙？”李娟斜眼看着他。

“我应该帮忙，只是，我也想不出什么好办法。”黄小田讪讪地。

“那你就莫操这个闲心。”

李娟没好气地离开他，径直往镇里去。黄小田的眼睛盯在她背上，让她不自在。这世上，还有她可以倚靠的肩膀吗？她的眼里泛起浅浅的泪光，所有的景物都模糊起来。

到电力营业所交完电费，她想到农贸市场买点东西。一转背，看到秦建军站在路口的电线杆旁，身边竟围着雷英和另一个穿校服的女同学。秦建军永远都是斜叼着烟的痞子相，嘻嘻哈哈地说着什么，掏出他的手机，递给了雷英。雷英立即埋头兴致勃勃地在手机屏幕上点点划划。

李娟脑壳里嗡地一声响，几乎是使出全力冲了过去，从雷英手中抢过手机，往秦建军手中一塞，愤怒地叫道："姓秦的，你想干什么？"

"显摆一下我的智能手机啊，让雷英她们看看新鲜，接受一下新事物。"秦建军举起手机晃动着。

雷英扯一下李娟的衣襟："妈你干什么，建军叔的手机好酷呢！"

"羡慕人家手机干嘛？再好也是人家的。中午也不好好休息，快回学校去！"李娟推了雷英一把。

雷英只好噘起嘴，拉着同学走了。

"李娟你不要这么紧张嘛。"秦建军嬉笑着。

"你要是把那东西给雷英看，我杀你的心都有！"李娟咬牙切齿，脸都憋紫了。

"怎会呢，你要这样想就没意思了。"秦建军拉长了脸。

"你到底想干啥？"李娟盯着他问。

"我没想干啥啊，我跟你的事，本来就了结了。你以为我还要诈你？你孤儿寡母的，有啥油水，诈你我还不如去诈几个贪官呢！"

"那你把那东西删了！我就晓得你上次没有删。"

"对不起，删不删是我的事，诈不诈也是我的事。既然你都这样想我了，我不诈都不行了。"秦建军把手机放进包里，拍拍包说，"你的丑事都在这里面，它会不会暴露于天下，就看你的表现了。"

"你还想要啥？"

“我想要啥你还不晓得吗？我给你一天时间考虑。明天下午之前，得不到我要的，就怪不得我曝光了！拜拜！”秦建军一转身，摇头晃脑地走了。

李娟全身发凉，双手直抖。

10

拖延到第二天下午快三点了，李娟才出门。她的脑壳是木的，实在想不出什么好办法来。下阶基时，她拿出手机来，想跟黄小田说一声。但又一想，说了又如何？他只会唉声叹气，帮不了忙的，就作了罢。

她沿着坡道往下走。空气燠热，憋得人气短心虚。天忽然暗了，几团乌云捂住了山头。风呼呼地窜过山谷，路边的茅草随风起伏。走到岔路口，黄小田迎面跑来，堵住她，瞟秦建军家一眼，说：“你不能去！”

“我不去，我俩的事全天下都晓得了！”李娟绷着脸说。

“那，我跟你一起去。”

“你去有屁用！真想帮我，那天你别留我啊，你不留我就不会被他拍到，啥事都没有！”

“哪晓得他这么坏啊，不能怪我……”

“我就怪你！”李娟涨红了脸，冲他吼着，转身往秦建军家走。见黄小田跟在后面，又回头瞪他一眼：“别跟着我，你只会坏我的事！”

黄小田只好站住了，眼巴巴地看着她的背影离去。忽然他想到了什么，转身扯开腿就往坡上跑，一直跑一直跑，一直跑到李娟家阶基上才停下。李娟婆婆从躺椅里坐起身子，说：“鬼赶你啊黄小田，跑得汗爬水流的。”

黄小田气喘吁吁："雷……雷伯娘，大事不好，李娟往秦建军家去了，秦建军敲诈她呢！"

"啊？那你不帮她的忙去，到我这来搞什么？"老太婆眼睛发直了。

"她不让我去啊！"

"她不让你去你就不去啊？你还是个男人么？"

黄小田怔了怔，转身欲走，老太婆又叫住他："慢，我跟你一起去！"她居然从躺椅中站起，趔趔趄趄走过来。黄小田心惊讶得瞪圆了眼，愣在那里，眼见得老太婆到了身边，推了他一把："快走啊！"他才抬腿往前走。走了几步他又转过身来。老太婆毕竟腿脚不灵便，走不快。他一反身将她背在背上，双手箍住她的两条腿，往坡下快步奔去。

此时，天色越来越暗了。稀疏的雨点打在脸上，凉凉的。李娟穿过田埂，爬上一段短短的坡道，来到了秦建军家屋檐下。

她站在堂屋前，喘了口气，一只手捏了捏口袋里那五张百元钞票。她没有更多的钱了，有也只打算给这么多。风越来越大了，房梁喀喀作响，屋后有瓦片跌落碎裂的声音。秦建军的摩托车停在堂屋里，但没见人。她刚想喊，卧室的门吱呀一声开了。秦建军探出半个身子："你还不来，我就到城里耍去了，我怕这老屋真的要倒了呢。"

她呆立不动，不想进那间黑森森的房间。

秦建军眼睛贼亮："不想进来，你就走吧。"

她只好进了堂屋，站到卧室门口，掏出那五百块钱："给你。"

"你这是打发叫花子吧？这点钱，老子可看不起。不是吹牛皮，老子来钱容易得很，老子要的不是这个，你懂的。"

“把你手机给我。”她说。

“你先上床，再给你。”

她颈子一梗，说：“你觉得，强迫别人做有意思吗？”

“我不强迫你啊，我要你心甘情愿，你不心甘情愿，我还不要呢。”

李娟说不出话来了。屋顶上空隐约滚过几声沉雷，屋檐在风中发出尖利的呼啸。雨点打得瓦片笃笃地响。她脸有些木，迟疑片刻，进了卧室。秦建军拉亮荧光灯，惨白的灯光倾泻而下，把她淹没了。她脱下衣服，躺上床，将衣服盖在脸上，但随即被秦建军扯掉了。他压住了她，激烈地冲撞她。她咬着牙关。

“怎么样乖，舒服不？你说，我要你说！”他叫着。

她闭着眼不吱声。

“快说，说舒服死了，快给我说舒服死了！”

秦建军抓着她的肩膀摇晃着，她不从，他一巴掌抽在她脸上。她仍不从，他就左右开弓地抽打。有咸咸的东西流过她的嘴角。她突然疯了似的反抗起来，双手掐住他的脖子。他一抬身子就挣脱开了，反过来掐住了她细长的颈根。她透不过气来，放肆扭动。他毫不放松，越掐越紧。她眼前一黑，往一个很深的地方沉没下去……忽然，她透出一口大气，身上的重量没有了。只听扑通一声响，秦建军被掀到了地上。而黄小田坐在他身上，双手狠狠地掐住他的脖子。秦建军两只脚踢得板壁砰砰作响。李娟跳下床，避开他乱踢的脚，迅速地翻他的裤口袋，接着翻衣口袋。最后，她在床头柜的抽屉里，找到了那只手机。她抓起它往地上猛地一摔，然后抬起脚狠狠踩它，狠狠踩它，狠狠踩它，直到它碎成几瓣，才一屁股坐到地上，喘息不止。

这时，李娟听到黄小田惊慌的声音：“他好像没气了！”

惊雷在屋顶炸开，她全身一凛。秦建军瘫在地上一动不动。她哆哆嗦嗦地穿上衣服。闪电划过窗户，又一声雷炸响在头顶，紧接着，屋顶喀嚓一声响，瓦片哗啦哗啦地掉落在楼板上。屋后那棵枯树被雷击倒了，燃烧的树干压断了屋脊，点燃了房子。李娟冲出堂屋，惊讶地发现婆婆坐在门槛上，脸红红的，两眼放光，像一个顽皮的伢儿，捡起脚边一根燃烧的树枝往堂屋里那辆摩托车一扔……黄小田也跑出门来了，他背起老太婆，她托住婆婆的身子，三个人迅速跑出了秦家。雨幕罩住了天和地，四围一片白白茫茫。黄小田背着婆婆不管不顾直往前冲。李娟落到了后头，边跑边回头观望那幢冒烟的房子。雨太大了，房上的火焰被暴雨浇灭了。李娟愣了愣神，飞快地跑回屋里去……当她再跑出来时，木屋又开始燃烧起来。

她穿过大雨跑回家中。婆婆浑身精湿地坐在躺椅里，黄小田已经走了。婆婆问了她句话，她没有听清，也不晓得自己回了句什么。她给婆婆和自己都换上干衣服，然后坐在阶基上，默默眺望着那幢在雨中燃烧着的老房子。

雨住的时候，消防车呜呜地开来了。那幢房子已变成一堆废墟。消防队员用几根粗大的水柱浇灭了最后几缕烟。天快黑的时候，消防车开走了。李娟收到了黄小田发来的短信：我外出打工去了。她回拨过去，那边却关了机。她想也没想，就把手机扔进了灶火里。

11

李娟把存折密码写在一个作业本上，锁进结婚时买的那口皮箱里，再把皮箱钥匙藏在窗台上的一盆兰花下面。如有必要，她只需跟雷英说一声，她就会找得到。她还收拾好了换洗衣服和一些日常用品，毛巾、香皂、洗面奶和卫生巾什么的，放在一个红色的新塑料桶里。她随时都可以提起桶就走。

然后，她细心地为婆婆洗了澡，换了衣，为她全身打上痱子粉。还替她梳了个好看的粑粑髻。这样头发就不会散乱在脖子里，不会因天热而长痱子。天是真热起来了，她边梳边闻到了婆婆头发的干燥气息。

“娘，我可能要出一趟远门。我想好了，要三姨娘来招呼你一阵行不？”

“三姨娘有三姨娘的事，她脾气又不好，跟我搞不好的。你要走就带我走吧。”

“我带不了呢。”

“带得了，你把我送到火葬场烧了，带着骨灰盒就是。”

“娘你要这么说，我哪还敢出远门。可远门不是你想不出就不出的呢。”

“真要出远门，也该娘来出远门了。娘的腿好多了，也该出去见见世面了。还有，娘累了你这么多年，也该让你轻松轻松了。娟，车到山前必有路，莫忧，也莫急，有娘呢，日子该怎么过就怎么过。”婆婆说，目光平静而安详。

李娟就不忧，也不急了，从心里把那个红色塑料桶放下了。

这天李娟把婆婆扶到阶基上坐稳后，还从禾场边摘了朵栀子花来给她戴上，乐得婆婆咯咯笑。从屋檐下望出去，天空很蓝，云朵很白，山岭很青，田野很绿。一辆蓝白相间的警车像一只甲虫，慢慢地爬到了那堆墨黑的瓦砾前。前几天就来过几辆，李娟并不感到新奇。她把目光收回，就到菜园里忙去了。

等她摘了几条黄瓜出来时，村长领着一个年轻的警官来了。黑警服上的警徽闪着尖刺一样的白光。李娟很客气地给他们搬凳子，端茶水，还装了一盘炒花生出来。警官掏出笔和一个小本子，很和蔼地询问她，秦建军的屋起火的那天，看到什么异常现象没有？比如有没有陌生人在周围出没。

“我没见到。”她说。

警官又问，晓得那天有谁与秦建军来往吗？

“我，我跟他说过话。”她说，习惯性地拢了一下耳边的发丝。

警官微微一笑：“我晓得，他跟人拿你打过赌。”

“岂止打赌，他还敲诈我。”她说，嘴巴似乎闭不住了。

“噢？”警官眼睛亮起来，盯着她，“难道那天你到他屋里去了？”

“你认为是我放的火？”

“我没这么说。只是，除了雷击，屋里还有汽油燃烧过的痕迹。”警官说。

“那就是我看见雷公点的火要熄了，就跑进去点燃了摩托车里的汽油啰？”李娟道。

坐在一旁的婆婆大声道：“李娟乱讲，要说点摩托车，那也是我点的！”

警官瞟瞟婆媳俩，没有说话。

“雷嫂你也是，走路都要别个背的人，莫讲鬼都不信的话，这可不是好耍的事！”村长插话了，“警官，雷击起火也没啥稀奇的，我们这为何叫雷公镇？就是雷多，几十年前就打死过人。还有，为何说人昧良心就会天打雷轰？就是人在做，天在看呢。老话总是有道理的。这个秦建军专门乱搞别人的堂客，做了不少坏事，雷公都看不过眼了吧。这把火，只怕就是老天放的，要不也不会烧成那个样子。”

“呵呵还是村长眼睛尖，肯定是老天放的火，人作孽，天不容！”婆婆说，涎水从嘴角流了下来。李娟连忙拿餐巾纸帮她擦干净。

警官看看李娟，笑道：“还别说，你还真有点符合犯罪心理学里说的一些犯罪嫌疑人的心理特征呢。”这时他的手机响了起来，便摸出来，走到一旁接听。李娟感到自己的耳朵竖了起来，把警官的话一字不漏地听进脑子里。

“刘队啊，嗯……啊，是这样啊？并案了？那太好了！真他妈歪打正着，一石几鸟啊！嗯，嗯，嗯嗯……这回会记个集体三等功吧？好好，我就回来！”警官眉开眼笑，收起手机。

村长问：“破案了？”

警官把村长拉到一边，握住村长的手摇了摇：“村长，谢谢你的配合啊！依我看，秦建军就是因雷击引起的火灾而意外死亡，就像你说的，天意！真是得道天助，没想到，来破秦建军的案，把他自己给破了。他不光牵涉到一起抢劫案，而且，他就是那个敲诈多个领导干部的嫌疑人！”

村长瞪圆了眼睛：“是他？”

警官压低了嗓门：“是他。现场不是找到个破手机么，他敲诈用的那些裸体视频啦照片啦，都在手机卡里存着，铁证如山！”

李娟耳尖，凑近问：“那里面一定有认得的人吧？”

警官说：“屁，都是他从网上下载来吓人的，居然也能得逞！呵呵，那些当官的可以睡个好觉了。”

李娟噢一声，脑子有点发木，回头抓住婆婆的手捏了捏。婆婆那只原本僵木的手竟十分的柔软。风从坡下吹上来，带来一股锅巴的焦煳味。李娟忍不住望了对面那个废墟一眼。

村长和警官起身要走了。李娟用塑料袋装起没吃完的花生递给警官，让他路上吃，然后送他们下了阶基，出了禾场。警官很客气的要她留步，她就留步了，站在禾场边目送。村长走了几步，忽然又回过头来，一拍脑门：“嗨，有件好事差点忘了。李娟你评上好媳妇了，要授你一个光荣匾呢！明天早饭后你来坐我的车，我们一起去县里参加表彰会！”

李娟点头答应了。

但第二天李娟并没有去坐村长的车。她吃完早饭，侍候完婆婆，就到山沟里采艾蒿去了。端午节要到了，她想多采些艾蒿插在几个门上。艾蒿是可以驱瘟避邪的，老辈人都这么说。

2013 年 6 月 26 日
原载《当代》2013 年第 5 期

葬　父

1

2006年，正月初六早晨，电话铃突然震响的刹那，你就想：这是噩耗的声音。

果然，弟弟在电话里说："爸爸过了，凌晨的时候。"

"过了"是安化方言，一个很哲学的说法，人不过是世上的过客，去世了就是过了，一辈子过完了。

弟弟在长沙，你在常德，两人都不在父亲身边，给他送终的是他的现任妻子应姨，消息自然是从她那里传递过来的。你与弟弟约好即刻出发，到益阳母亲家碰面，午饭后一起去安化大福，那个被重重大山围困着的小镇，去给父亲送葬。

接着，你给单位领导打电话汇报，按约定俗成的习惯，领导是要代表单位出席葬礼的。出葬一般都安排在第三天的早晨。你跟领导说好，让妻子与女儿搭单位的小车第二天去。单位只一台小车，你就只能搭快巴先走一步了。

2

春节之前，你和妻子探望过父亲。父亲的发病猝不及防，但也是有先兆的，毕竟，他中风已经十几年了，一直只能拄着杖扶着墙走路，近几年身体越来越差，突发脑梗塞也是情理中的事。

父亲半躺半坐在镇医院的病床上，挂着水，戴着氧气罩，闭着眼，喉咙里不停地发出嘶啦嘶啦声。应姨守在一边观察着，时刻准备为他吸出堵在喉咙里的痰。你叫了几声爸爸，他没有回应。

应姨便凑到他耳边叫道：“老陶，少鸿两口子看你来了呢！”

父亲的眼皮似乎动了动，应姨便说：“他知道了。”

父亲显然已陷入昏迷状态，但你愿意相信父亲有意识。

你想把他转到大医院去，用最好的医疗手段。但医生说，所有该做的都做了，能用的药都用了，再大的医院也不过如此，只能这样了。医生委婉地说了许多，总的意思是现代医学已经无能为力，家属要有思想准备。你边听医嘱，边想到了那句“医得好是病，医不好是命”的俗语。悲凉如同一只巨大的手抓紧了你。

应姨低语着：“你爸是离休干部，医药费全报，这方面不用你们管的，这里有我，你们就放心去益阳陪你妈过年吧，有什么情况我会及时打电话。”

你不忍离去，凝视着父亲瘦削的脸。

应姨又压低声音说：“找人算过八字了的，你爸春节还是过得去的。”

你被这句话刺了一下，忍不住多看了应姨一眼。这个曾经被你憎恨的女人，饱经风霜的脸显得镇静刚毅，而且通情达理。离开病房时，你含泪回望了父亲一眼，那时你还不知道，那是看父亲生前最后一眼。

3

想起 1975 年正月的那个傍晚，你穿着崭新的劳动布工作服，在镇东桥上闲逛。桥是风雨桥，横跨在柳溪与资江交汇处。寒风透过桥栅刮着你麻木的脸，你望着桥下的流水，很茫然。那时，你被迫离开这个叫东坪镇的县城，迁移到乡下老家，已经八年了。这座县城早已变得陌生，若不是离婚的母亲辗转回到了这里，它与你已没有任何关系。你到资江上游的冷水江当工人才不到一月，因去株洲培训，有几天假，绕道回来看望母亲。无论是对于这座小城，还是对于这座桥，你只是路过。

但这是你命运中不堪回首的路过。

你在桥上徘徊时，父亲突然蹿过来了。

你很吃惊，那时，父亲应当远在百里之外的仙溪镇，怎会突然出现在这里？

父亲的影子迅速而模糊。你意识到某种危险在逼近，转身欲走，但，右手腕已被父亲抓住。你抽了一下手，没能挣脱，没想到，父亲瘦小的身子里有这样一股力量。你的力气当然大得多，但你没有再挣，任父亲把你拖出了桥门。右手被扯直了，疼得似要断裂。

“好啊，你居然讲，以后不见我了，走，跟我到公安局去脱离父子关系！”

父亲全身颤抖，骂骂咧咧。你不晓得父亲的话是不是真的，但晓得他的愤怒是真的。你踩住马路牙子，跟父亲僵持着，谁也拖不动谁。围观者越来越多，有人认出了父亲的面目，小声地议论起来。熟悉的屈辱感爬上了你的脸，无数的小虫子咬着你的面皮，疼痒难耐。你开始恼怒，奋力一拉，摆脱了父亲的控制。灼热的泪水突然淹没了你的眼睛。

“我就是不见你了！”

你嘶吼一声，迅速地跑出了人圈，跑离了桥头，跑到了很远的资水河边……

这是你与父亲最严重的一次冲突。其缘由是，这之前，拿到招工录取通知书之后，你跑到仙溪见过父亲一次。你本不想去的，你不想见父亲，更不想见到那个跟父亲在一起的女人。但母亲说，你长这么大，他就没怎么管过你，如今你好不容易被招工了，他这个做爹的，难道不打发点东西，尽一点责任吗？他的钱就只给那个妖精用吗？母亲的话理直气壮，且带着深深的委屈与怨恨。因着母亲的这几句话，你就应当去找父亲，你有什么忌讳与畏缩的呢？你是去讨要公道的。你去了，母亲心里都好过些。

于是那天你坐在了仙溪区公所父亲的房间里。暮色和寂静将你陷得很深。听到木楼梯嘎吱作响，闻到雪花膏的气味，你就晓得，母亲说的那个妖精来了。你瞟了她几眼。正如旁人所议论，这个只比你大六七岁的女人，长得还不如母亲端庄。父亲让你叫她姨，你没吱声，你不可能吱声。她递给你七尺布票，你尖起手指接了，连看都没看。这是父亲给的，与她无关。父亲还给了你一口樟木箱子。有没有给钱？记不清了，好像没给，是没给，好像还给了一条棉絮。你并没有因此对父亲生出亲昵来，相反，你心里一直鼓鼓胀胀的。

第二天搭车离去时碰见了表姨父。既然是母亲家的亲戚，你以为他的同情肯定是在母亲这一边的，于是毫无顾忌地将心里的怨忿释放出来。你说，来这次后，再也不会来了，你不会再见父亲和那个女人了。似乎不这么说，你将愧对姨父似的。谁知，姨父转背就把你的话告诉了父亲。所以父亲在县城与你偶遇之后，就气急败坏地抓住了你，要把你往公安局拖。

父亲真要与你脱离父子关系，还只是表达一种愤怒和姿态？你揣摸不出来。总之你屈辱地跑掉了，这一跑，就是十八年，十八年没见过父亲，十八年与父亲没有任何交往。

4

到达益阳母亲家，弟弟已经开着他的QQ车来了。大家脸上都很平静。父亲的离世是意料中的事，谁也不可逆转自己或别人的命运。你吃着母亲做的饭菜，像嚼木渣。

放下饭碗，你上了弟弟的车，母亲忽然扒着车门交代："你们两兄弟，不要太老实啊，你爸几十年的工资都给那个女人了，他没管过你们，你们尽到孝道就行了，该出的钱出，不该出的钱你们不要出啊！"

你理解母亲的心情，她的耿耿于怀是一个受伤害女人的正常反应，那不是时间能够轻易抹杀的。但你能说什么呢？你以惯常的沉默坐在车上，望着那条伸向安化山区的弯曲公路，陷落在往事的包围之中。

5

共和国成立前三个月，十六岁的父亲就投身革命了，他参加了一个干部培训班，接着加入了土改工作队，风风火火地没收地主们的土地和财产，然后分给农民。据说，那时他配有一支短枪。还据说，有次被土匪围在一座祠堂里打了一天一夜。

不到二十岁，父亲就做了小淹区的副区长。

而母亲，从安化简易师范学校毕业之后，就来小淹附近的白沙溪小学做了老师。

你看到过一张发黄的照片，是一群女教师的合影：清一色的齐耳短发，清一色的大翻领双排扣的列宁装，或坐或立，勾肩搭背，意气风发的样子。其中的母亲微笑着坐在一块石头上，显现着你从没见过的年轻。

白沙溪为小淹区所辖，做副区长的父亲便与做老师的母亲有了相识的机会。父亲与母亲如何接近的，你无从想象，但知道，那个时候，母亲其实是有了一个对象的，只是还没订婚。那人是舅舅在省立五中读书时的同学，跟母亲一样也出身于地主家庭。不过很显然，那人并不是障碍，据说父亲直截了当地找了母亲，并提出了很过硬的理由：他是贫农出身，并且是身居副区长的革命干部，跟他结婚有利于她的进步。向往进步的母亲便有些动心了，向父亲提了一个要求：成亲之后外婆必须与他们同住，因为外婆守寡多年，舅舅又在外省工作，不能让外婆受孤单。

这样的要求顺理成章，父亲便信誓旦旦地作了承诺。两人二十岁的时候结了婚，为你来到人世创造了先决条件。

可是父亲的承诺是不能指望的，外婆后来为此吃尽了苦头。那个落选的男人，那个舅舅的同学，后来成了上海某大学的教授。母亲偶尔谈起他，像讲一个与己无关的故事，表情很平淡，内心却显然有点复杂。母亲肯定是有点后悔她当初的选择了的。

6

在那个堆满煤炭、矸石和坑木的山谷开始你的童年时，外婆是和你在一起的。那地方叫马路口煤矿，你出生三年后，父亲调到那当了矿长。四周都是黑黢黢的大山，工棚对面的山腰上有个黑咕隆咚的岩洞，像一张永远闭不拢的大嘴，不知它想吞吃些什么。夜里山上野兽嚎叫，据说那是老虫也就是老虎饿了发出的吼声，你吓得躲进被子，将外婆的脚紧紧地搂住……

玩耍或放学回家，你总能看到外婆坐在门口，不是绣花，就是择菜，向你举着一张微笑的脸。你向外婆奔去时就像往一朵盛开的向日葵奔去。

与之相比，你是那么的惧怕父亲，做矿长的父亲脸时常板结着，如果他手里握着卷成筒的文件或报刊，你就会赶紧躲到外婆身后。因为，那纸筒筒十有八九会敲到头上来。这完全由父亲的情绪来决定，而并非是你调了皮犯了错。

而父亲的情绪总是不好的，讲话总是粗声大气，眼光总是尖锐骇人。还好，他没拿硬邦邦的柳条矿帽打你。你从父亲桌上看到过一份油印的县委文件，标题是关于撤销对陶根深同志处分的决定。你没敢往下看，那可能就是父亲情绪总不好的缘由之一吧。

有天你带着弟弟沿着矿车轨道去找母亲。母亲也在矿上做事，有时在医务室，有时在广播室。弟弟出生之后，在父亲的要求下，母亲向县教育局请了长假，专心照顾家庭。父亲身体虚弱多病，经常吃药，母亲除了忙家务，还学会了给父亲打针。到了煤矿，有外婆来照应了，母亲才出来做事。这天合该出事，你忘了母亲不许到轨道上玩耍的警告，走着走着，就走到炼焦炉那儿，碰到了一个嘴上没毛的小矿工。小矿工拦住矿长的两个儿子，硬要叫他一声爸爸才放行。他也许就是过过嘴瘾吧，或许你叫他一声爸爸，他就会有当矿长的感觉了。你当然不愿他沾这个便宜，横竖不从。于是小矿工抱住了你俩，一阵挣扎之后，三人同时掉下轨道，跌落在一座炼焦炉里。幸亏，那是一座出过焦并且冷却了的炼焦炉，幸亏轨道离炉底还不是太高。但是弟弟压在最下边了，弟弟的脸和嘴一片血污，弟弟哇哇大哭！哭声招来了众人，弟弟被送进了医务室……

你深知罪责难逃，父亲出现了也不躲避，硬着头皮等待着。父亲的巴掌铺天盖地，你晕头转向，眼冒金星，却坚持不哭，你的倔强像极了父亲。后来你不顾一切地跑掉了。你跑进家门，抱住被子，嗅着外婆熟悉的气息号啕大哭……

外婆走了，到江西的舅舅家去了。舅舅从部队转业到吉安地委讲师团工作，外婆随儿子住去了。但外婆是不太情愿去的，因为舅母一直嫌弃她。可是父亲要外婆走，父亲显然不情愿与外婆长住在一块。漆黑的夜里，你听过父母压低嗓门说过一些零言碎语。母亲说，外婆去江西不光会与舅母不和，日子过不好，还会影响舅舅进步的。父亲马上说："你就不怕影响我进步？"母亲无语，山里的寂静像水一样淹没了一切……无论是父亲还是母亲，都忘记了他们当初要与外婆同住的承诺。

从那时开始，你就懵懂地知道，求取政治上的进步，是人们生活中最重要的事。

也是从那时起，你知道外婆有一个遭人侧目的身份——地主分子。外婆虽然是地主家的儿媳，可她三十岁就守寡了，守寡之后就靠去茶厂拣茶或者绣花维持生计了，土改时也没有没收田产，她没有田产，她怎就成了地主分子呢？在你眼里，她这个地主分子要比父亲这个革命干部亲切得多。

7

初次来大福，是在1993年的正月，那时，父亲已经中风几年了。弟弟说，父亲老了，身体越来越差，很想见见你。妻呢，也时不时地规劝几句。其实，不用他们游说，你也会去看父亲了，是到了恢复父子间来往的时候了。无论如何，他是父亲，再不来看他，对自己也交待不过去。心中的怨怼早已随时光飘散，即使是对应姨，仔细想来，也没有什么深刻的仇恨了。以前不想见父亲，这不见，有怨，有畏惧，有逃避，也有惰性的原因。你是一个寡言内敛的人，你害怕父子之间剧烈的情感冲击，见面的那一刹那，你不知如何面对。你没有让妻子同行，而是把女儿带在身边。你想让女儿成为挡箭牌和缓冲器，你希望父亲的注意力在女儿身上，从而忽略自己。毕竟，从没谋面的孙女也是他生命的延续。

你牵着女儿，顶着寒风，惴惴不安地踏进区公所的院门，慌惶四顾。早就候着的应姨叫着你的名字走了过来，你的目光匆忙地掠过她皱了的脸，感到了岁月的无情。紧接着，你看到了三楼阳台上的父亲，除了头发花白人更瘦了，别的没多大改变的父亲。

“是少鸿吗？”父亲嘶哑着喉咙，用了一个疑问句。

当然，是用不着疑问的，你当然的是他亲儿子。可是父亲还是要这样问，父亲抢在你之前，用他的疑问句搭了一座桥，桥下是已经流逝了的十八年时光……你体察到了父亲的用心，鼻子酸了一下，赶紧叫了一声爸爸。

你们之间隔着三层楼的距离，倏忽之间，你已从父亲搭的桥上走了过去。十八年的隔阂就这么消融了。你让女儿叫爷爷，女儿声音清脆地叫了。关键时刻女儿帮了你的忙，有个女儿真好，真是太好了。

父亲展开了苍老的笑容，拄着拐杖就要往楼下来。应姨叫他不要下来，在楼上等。可父亲不听，他等不得了，他颤颤巍巍地一手扶墙，一手拄杖，晃着一头白发往下走。你赶紧拉着女儿迎了上去。

在二楼的拐角，你遇到了十八年后的父亲，你不敢正视他的眼睛，惊慌的目光一闪就滑过去了。你将女儿的小手递给了父亲，父亲欣喜地抓住了，仿佛是收下了你的内疚，你的歉意，你迟来的孝敬，还有你带给他的最好的礼物。

8

现在，大福改区设镇了，镇政府已搬往新址，但院落仍在，破旧而冷清。无论是天气，抑或你内心的紧张，都与初次来相似。你有点恐惧面对父亲的遗体。你脑子里很混乱，又很茫然。你下了车，院子里许多的脸孔朝你转了过来。你跟随着弟弟往一楼的过道走去。

灵堂已经搭好，漆黑的棺材敞着盖，父亲还没有入殓，他的遗体暂时搁在一旁的过道里。你看到了覆盖在父亲身上的寿被，看到了他脸上的白手帕，还有坐在一旁的应姨。寿被下的父亲那样的瘦小，似乎寿被下不是他的身体，只是一截木头。因为是临时性的，他的身下，只垫了一张凉席。

那凉席让你浑身凉彻。

双膝一软，你和弟弟不约而同地跪了下去，额头往地上连磕了三下。没有人教，事前也没和弟弟约定，连自己都没想到，这样的下意识动作与生俱来的罢？额头磕得地面砰砰作响，你心里一阵抽搐，眉心一辣，禁不住猛烈地哽咽起来！

9

第一次给父亲下跪，是在九岁时。那时，马路口煤矿已经关闭，全家随父亲来到了县城东坪镇。父亲在供电所做所长，那单位也就是后来的供电公司，再后来的电业局。你转学到了东坪完小 54 班。你转学时考试成绩很不好，原因是这之前你休学了一年，而休学的原因是县办煤矿粮食紧缺没饭吃，你跟着母亲到舅舅家过了一段时间。那是被称为三年自然灾害的时期，你记得即使是在地委当干部的舅舅，家中也是吃的菜糊糊。

那天，你毫无准备地被叫到了父亲的办公室。一进门，父亲就声色俱厉叫你跪下了。你的膝盖硌在地板上，有些疼，但你是不敢叫疼的。

给我跪好！晓得你为么子跪么？父亲板着脸道。

你委屈地噙了两眼泪，默不作声，你不知你错在哪里。

“你居然敢长三只手，敢偷东西了，学校里种的你也伸手了！不学雷锋学坏样，把你爹的脸都丢尽了，给老子好好反省！”父亲弓起指头在你头上敲了一下。

你跪着不敢动，门外有人路过，伸进头来好奇地观看，让你羞愧难当。你猜出了事情原委。一个同学偷摘了校园里的向日葵，给了你一把新鲜葵瓜子，有点利益均沾的意思。谁知东窗事发，该同学被揭发之后向班主任揭发了你，而班主任又向父亲做了再一次揭发。

你却拒不认错，宁愿硬着头皮跪在那里让膝盖骨疼痛，也不承认你长了三只手。你的倔脾气再次显现，直到父亲嫌恶地将你推出门，你跑到了街上，也不肯揉揉膝盖，甚至懒得揩去眼角怨恨的泪水……

你并不单怨父亲，你还愤恨那个背后揭发诬陷你的同学，还有那个颧骨很高，每天都要讲跟谁谁谁作斗争，否则就会回到万恶的旧社会的姓王的班主任老师。

不过，你确实是很惧怕父亲的。有次母亲给了你五毛钱去打酱油，你不小心弄丢了，就不敢回家，你躲在书店的夹角里看书，后来又躲到镇东桥上过了一夜。若干年若干年后，母亲说起这事，还唏嘘不已。唉，那个时候，你见了你爸就像老鼠见了猫呢。

10

那个时候，母亲不再愿意做家庭主妇了，她在东坪下游的黄沙坪小学，做起了代课教师。一方面，延续了她做老师的想望，另一方面，赚点工资贴补家用。父亲是十九级干部，每月七十二元的薪水，除了养活一家四口，还要时不时地接济外婆一点，手头并不宽余。两个儿子送到了县委机关幼儿园，那里有一个学生班，有幼儿园托管，父母就可专心做他们的事了。父亲吃住在单位。家里在沿河街租了一间民房，阴暗而潮湿，墙上贴着报纸，星期六母亲回来了，一家人就在这团聚一次。

你和弟弟从此难得见到父母了，这并没有多大的遗憾，相反，你心里还有着暗暗的欢喜。因为，你可以不必常见到父亲那张冷若冰霜的脸，也能释放更多的天性了。

顺应天性的事总是快乐的，比如，邀了小伙伴，到山上打游击，一些人扮解放军，一些人扮“蒋匪军”，将土块掷向对方；又比如，三五成群地，去电影院门口，将纸子弹射在检票的彭胖子的脸上，彭胖子弃门去追，其他同学便一哄而入，美美地看一场免费电影……

还有，你也喜欢参加毛选学习小组，去体验一种隐秘的快乐。那快乐并非来自对领袖著作的领悟，而是那个叫尹小芳的女同学，她的身体散发着一股炒黄豆般的温香，你特喜欢闻。街上的高音喇叭里有个浑厚的男中音不知疲倦地唱：毛主席的书我最爱读，千遍哪个万遍哟下功夫……你听见就有些发呆，你联想起的并不是毛主席的书，而是梳着一条长辫子的尹小芳，从那歌里你能听出尹小芳的样子和尹小芳的味道来。

后来，学习小组很少学毛选了，大家不约而同将别的书往小组里带，什么《中国民间故事选》，什么《林海雪原》，念着里面有关男女情爱的段落，你们似懂非懂，非常兴奋，也非常快乐，人人脸蛋绯红。

在东坪镇你生活了三年，虽然父亲还是那个父亲，他的严厉一如既往，但总的来说你是快乐的。不过到了后来，快乐不起来了，因为，1966 年的夏天来了。那个夏天改变了你，改变了你的家，改变了一切。

11

从父亲遗体前抬起头来，还没擦干眼泪，你和弟弟就被一个镇干部叫到一边。他拿出一个小本子，通报有关治丧事宜，征求你们的意见。镇干部满面笑容，显得很不合时宜，但你不能怪他的，你不能要求不相干的人跟你一样悲伤。况且，你都不清楚自己到底有多悲伤。你心神恍惚。镇干部说，会有一些镇领导出席追悼会，会唱两晚道场，乡下现在讲究这个，也是应姨的意思。还有，葬礼所有开销都由应姨这里安排，所以全部礼金也都由应姨收下，你们兄弟只要交上自己的一份就行了，交多交少都由你们自己定。这也是应姨的意思。你没意见，弟弟也没意见。

弟弟跟一些熟人与亲友打招呼去了，你，转动身体，回到父亲的遗体边。

应姨坐在靠背椅上，将一盆炭火移了移，又往旁边放了把小板凳说："坐吧。"

你在父亲身边坐下来，你把冰凉如铁的手放在火上烤着，烤了一下就又收了回来，似乎觉得，这个时候烤火有点不敬。父亲都躺在地上呢，你还怕冷？父亲脸上的手帕似乎颤动了一下。父亲是不会有气息了的，那只是你的幻觉。

应姨问起了妻女的情况，你说她们都很好，明天会过来一起送父亲上山。

几句话下来，这个你一直心存芥蒂的女人，竟有了一丝莫名的亲近感。你们本不相干，现在却守着同一盆火，陪着父亲的遗体，这样的事，你从没经历过，以后也不可能再有。父亲的死拉近了你们的距离。这时，应姨做了一件令人惊骇的事：她揭开了父亲脸上的手帕，把手放在父亲脸上轻抚着。那是一张灰白发青，黯然无光，瘦骨铮铮的脸，鼻孔黑洞洞的。应姨毫无顾忌地抚了抚父亲的左脸，又抚了抚右脸，说：“你看，你爸这半边脸还肿着的呢，怎么搞的呢?”

你心里战战兢兢的，往父亲脸上端详了一会，果如应姨所说，父亲半边脸是肿着的。

应姨的手在父亲脸上流连，用力抹了几下，似乎想将父亲脸上的肿抹消一点。

是有意做给你看的吗？不像。

这一刻，你对这个女人刮目相看。

她的手掌一定感受到了父亲脸部的冰凉。

无论如何，你不会去抚摸父亲的遗体，没这个想法，也没这个胆量。

12

那个夏天刚来的时候，班主任王老师带领你们学习小组去乡下劳动锻炼一周。王老师说，若不如此，你们就会分不清麦子与韭菜，以后上了大学，就会一年土两年洋三年不认爹和娘，就当不了革命接班人。

去的地方并不远，离县城只有三四里地，叫闵家湾。你住进了闵家湾一户农家。

那个家里只有一个中年妇女，还有一个比你小两岁的小妹妹，你跟她们一起吃住。

你已经忘记那个婶婶姓什么了，但还记得她大概的样子。没见她笑过，但她即使不笑你也不用怕她。她待你很好，她做的薯米饭很香，每餐饭还将两块咸鱼悄悄埋进你的饭碗里，不让小妹妹看见。你呢又悄悄地分一块给小妹妹，不让婶婶看见。收工回来，婶婶总要拿起你的手检查，看到有巴茅割的口子，或者石头碰破的皮，就给你抹些红药水。你们每天都干同一样农活，帮生产队扯草。扯菜地里的草、玉米地的草、红薯地的草，你们也干不了别的。太阳烤得额头发烫，汗水流进眼睛里，一不小心毛毛虫碰触到手背，火烧火燎地疼。

不知为何同小组的尹小芳没有同去，你闻不到那炒黄豆的芳香。

每一天都很难挨，你和伙伴曾经想逃回家，最终还是没逃，本质上来说你们都是听话的好孩子。有王老师在，就像父亲在，你不敢造次的。天黑了，你们聚集到队屋前的禾场里，参加忆苦会。你嗅着周围那些赤膊散发的汗酸味，数着天上的星星，学唱着那首歌：天上布满星，月牙亮晶晶，生产队里开大会，受苦把冤伸……你没找到月牙，只看到黑黑的树梢戳在深蓝的夜空。逢有人说到地主这个词，你就装没听见，你举起小拳头跟着大人们喊打倒地主反革命时，你想这是跟外婆没有关系的。地主的形象跟外婆有天壤之别。

那一星期好漫长，似乎有一年那么长。

13

你穿上了粗糙的白麻布缝制的孝衣。孝衣是租来的，用过多少次了的。你见过别人披麻戴孝，或是戴一顶白布帽，或是一块长麻布一头捆在头上另一头搭在背上，还从没见过将白布做成袍子般的孝衣，并且用以出租。这也叫与时俱进吧，戴孝也商业化了。你用带子将自己捆紧，就像被一团愁云惨雾笼罩住了。至少有两天两夜，你不能从它的笼罩中走出来。上厕所时你从一块窗玻璃上看了一眼自己，孝衣帽子包裹住了你的头，帽檐下一张从没见过的悲戚而茫然的脸，你认不出那个人是谁了。

四位道人来了，穿着黑色道袍，戴着屋顶状的黑色道士帽，道貌岸然。道人们向你作揖，作为逝者的长子，你跪在草蒲团上向他们回拜，以行孝礼，以示谢意。道人们摆开法器，有的闭眼捻指，绕棺而行，有的燃纸作法，念念有词。还有人打卦之后，将纸钱往棺材里面垫。你有些好奇，站在一旁看了一会，却看不出所以然。道人们咿咿呀呀地吟唱，牙疼似的不知唱了些什么，你从中听到了自己的名字。

忽然想，轮到你辞世的那一天，是没有这么气派的千年屋睡的。作为城里人，你只能让人塞进火葬炉烧成灰，然后躺进狭小的骨灰盒里。

看看摆在地上的父亲，你不寒而栗。

14

从闵家湾回来你就得了急性黄疸型肝炎。不知是不是在乡下染的。母亲把你送进了县医院。医院院长是原来马路口煤矿的书记，父亲的老同事，把你交给医院父母很放心。

你躺在床上，肝部隐隐作痛。你的眼睛变黄了，你拉的屎呈黄白色，一股怪味。你口干舌焦。你天天喝白糖水，据说喝白糖水对治疗肝炎有好处。嘴巴都喝苦了。

病房里只有你，陪着你的只有到一定时间就穿空而来的雄壮的乐曲声。窗外电线杆上有只灰色的高音喇叭，它有一根长长的圆舌头。通常是那首《大海航行靠舵手》，威武的铜管乐器吵得你睡不着。有天你溜出病房，只见马路上人群洪水一样汹涌，他们举着红旗，打着横幅标语，举着拳头喊口号，誓死捍卫毛主席等等，脸红得像喝了酒。他们很激动，很忙碌，你想父母可能也在其中，他们太忙了，所以没时间来看你。

你的症状在减轻，慢慢地好受些了。

天气越来越热，病房里死一般寂静，而院墙外总是那么的喧嚣，口号声此起彼伏。

你很无聊，便偷偷跑出医院。供电公司的墙壁上贴满了大字报，上面的字像一群密密麻麻的蚂蚁在蠕动。大门上方的横幅标语每个字都有脸盆大：坚决打倒走资派恶霸流氓陶根深！这是你第一次在公共场所看到父亲的名字，并且被倒写着，并且打了三把红色的叉，红墨水像血一样淋漓尽致地往下流。你并不知道走资派的含义，但知道它是个同恶霸流氓一样让人唾弃不齿的称呼。无数的蚂蚁爬上了你的脸，狠狠地叮你面颊……你转身跑掉了。

你跑到镇东桥，却发现，桥廊两侧的栅栏上，也钉上了篾席贴上了大字报。你不用费劲，就从中看到了父亲的名字。这里大字报多，牵涉的人也多。你读着那些狂飞乱舞的毛笔字，发现父亲的名字与一个女人的名字牵连在一起。脸上的蚂蚁突然密集而凶狠起来了。大字报说，他们做了最见不得人的事。那个姓韦的女人是个电工，眼窝又黑又深，她的屁股上总是佩戴着电工刀，有一次她还给过你一支棒棒糖。你的脸从上至下麻木了。你从人群中挤出来，低头就跑，你跑啊跑啊跑啊，一直跑到沿河街你家租住的地方，但是你没有进小院的门，这个时候父母可能在家，但这时候你最不想见到的就是他们。

你踅入下河的石板小巷，往资江狂奔而去。阳光下的鹅卵石好烫，你仿佛在一口巨大的热锅上跳舞。你窜到江边，扑通跳进水中。水淹齐膝盖，一片清凉柔软的水波把你轻轻摇着了……康小为和几个同学来了。康小为跟你是同一个学习小组的，你们常来江边抓鱼，放纸船，还掏出小鸡鸡比赛谁的尿射得远。但这次他不是来和你玩的。他冲着你大叫："他爹是走资派，还搞野女人！……"你没有听清后面的话，你不愿听。你麻木着脸，抓了一把沙在手里。在你实在不能再忍的时候，将手中的沙子掷了过去。

康小为拍打着衣服，大叫："狗崽子想搞阶级报复！革命战友们，我们决不让他得逞！"他们蜂拥而上，沙子纷纷扬扬如同一阵暴雨罩住了你身。

你落荒而逃。你身后不光有沙子，还有水声，还有波浪，还有大字报，还有好多的毛笔字，它们都长出了脚，都在后面追赶你。你只能逃回医院，躲到病床上。窗外，雄壮的进行曲又响起来了。你干渴不已。在那个夏天，在那张散发着来苏儿味的病床上，你觉得自己像一条遗落在沙滩上的小鱼，在烈日的暴晒下，你翕动嘴巴鼓着白沫，奄奄一息……

15

应姨又将父亲脸上的手帕揭开了，端详着他。

炭盆里冒起一朵火苗，父亲鼻子的阴影在脸上晃动。

父亲的样子让你不是滋味，好像他是被遗弃在地上一样。忙于丧事的人们在他身边若无其事地走来走去。你希望道人们早点走完程序，将父亲入殓。地面一定很冷很冷。

道人们舞之蹈之，不知唱了些什么，你是听不懂的，也觉得那是没什么必要的。

应姨忽然想起一件事，交代你准备些零钱，说道人要打宝卦了，要打发钱的，不然卦就不灵验了。什么是宝卦？就是保佑往生者后人平安发财的卦。

你不以为然，但也只能入乡随俗。

一个中年道人一边吟唱一边走到了父亲遗体与棺材之间，他再次唱出了父亲和你还有弟弟的名字，韵味悠长却又语焉不详。朝地上的父亲作了揖之后，他将两片合拢的牛角卦抛到地上。你隐约晓得，卦的剖面朝上为阴，朝下为阳，一上一下为平，只是不晓得它们特定的含意。道士连卜了三卦，说："好卦好卦，会发财的啊会发财的啊。"你连忙掏出几张十元的票子递上。道人瞟了票子一眼，似乎有点嫌少，胡乱地塞进了口袋。按规矩，你又跪下给他磕了一个头。你起身时踩着了孝衣下摆，将自己扯了一个踉跄，忙伸手扶在棺材上。你的手像被咬了一口，立即收了回来。棺材冰凉如铁。

16

母亲带你出院了，回到沿河街租住的小院后，母亲却又不知去哪了。弟弟还住在幼儿园吧？外面发生了什么，父亲发生了什么，母亲都不说。父亲一直没踪影，这很好，你不想见到他，他已经是走资本主义道路的当权派了，你不想从他脸上看出大字报上的那些字。

小院藏得很深，听不到外面的喧嚣，很寂静。一只蜗牛背着它的壳，在墙脚青苔上艰难地爬行。你拿一根小棍子拨拨它，它蜷起身子，缩进了它的壳里。人要是有这样一个壳就好了，就可以躲在里面什么也看不见了。你坐在门槛上，很想听到久违了的邻居的二胡声，你想跟着那委婉缭绕的琴声飘浮到很远很远的地方去。但拉二胡的人不在，只有他的老母亲在灶前窸窸窣窣地做事，不时地瞟你，很小心的样子。

院门口一暗，拉二胡的男人颠颠地回来了，冲着老母亲说，妈，听街上人说，那个姓柳的技术员吊死了！老母亲大惊失色，抓住儿子的手就往房门里拉，关门之前，她惊悸地看了你一眼。

那眼神看上去很惶恐，像道歉，像说对不起，由此它泄露了一个秘密：那个不翼而来的死人消息与你有脱不了的干系。四周的墙壁压了过来，挤得你透不过气。那个柳技术员，你是知道的，他就是那个姓韦的女电工的丈夫。他一定看到了那些大字报，看到了那些毛笔字。可能，就是那些字让他上了吊。拉二胡的男人与他母亲在屋里低语，父亲的名字时隐时现。天黑下来了，你陷在深深的黑里，动弹不得。

17

你闻到了棺材油漆的气息，隐隐的带点甜。棺材除了被老家人叫作千年屋，还叫作长生。明明是往生者睡的，却偏偏要叫它长生，似乎包含着某种生死观。你的目光不敢碰触它，不仅仅是它已包裹了父亲，更因为，你这一生看它看得太多了……

18

那个夏天的末尾，你和母亲还有弟弟被造反派勒令回乡下老家生活了。那时，大规模的知青与城镇居民下放运动还没开始，你们还只是一个特例，用现在的话说，你们得为父亲走资本主义道路的行为买单。那时的母亲，才三十三岁，你才十二岁，弟弟呢，才十岁。

你们带着行李摇摇晃晃上了租用的划子。在你感觉里，所有的日子都是摇摇晃晃的。父亲没有来送你们，整个夏天，你几乎没有见过父亲的面。你在舱口坐下，岸边那些拥挤着的吊脚楼以及贴满标语的红砖楼，蓦地高大伟岸起来。你转脸去看旁边另一条划子。但是你的目光烫了一下，立即缩了回来。

那条划子的前舱板上，搁着一副漆黑的棺材。一个光头男孩擦着棺材走过，进舱之前，转过电灯泡似的脑壳往这边一望，你便认出了他。他小你三岁，曾经跟着你到供电公司工房里去捡拾那些废弃的下脚料，铁板线圈什么的，拿到废品收购站去换钱。他是那个姓韦的女电工和那个自缢的柳技术员的儿子。

那副棺材与他有什么关系？莫非里面躺着那个人？

你的心像只秤砣直往下坠。你用身子挡住母亲的视线。你不想让她看见那个黑色的东西。那条划子先你们起程了。这样很好，让它先走，走得远远的吧。

随后，你乘坐的划子也悠悠地离开了码头。岸上的小城一尺一尺地离去，挨批斗的父亲慢慢地远了。桨声咿呀，碧绿的江水平展开来。你伸手摸摸柔软的江水，不敢往前面看，你怕撞见那条划子上的棺材。

划子顺流而下六十里，太阳西偏的时候，来到了小淹镇。遥遥地，你看见前面那条划子靠了岸。有人在抬那副棺材，那棺材像是长了腿，慢慢地爬上了高高的码头。你们的划子并没有靠岸，这让你松了口气。你们的停泊处是下游五里的河曲溪，在那下船之后再往一个峡谷里走五里，才是老家石蛙溪。

多年之后你还在想：那条划子和划子上的棺材，是真实的存在呢，还是你的幻觉？

19

新家安置妥当后，你到小淹完小读寄宿。虽然下放回老家了，书还是要读的，不然你小学都没毕业。周六下午，你就回石蛙溪去，周日下午再背着一小袋米和红薯来学校。你的饭是要自己淘好米洗好红薯，放进一个搪瓷盆里，再搁到食堂的蒸笼去蒸的。菜则是母亲给你炒的一玻璃瓶干菜，不是辣椒玉米粉，就是酸辣椒，或者腌萝卜菜，要吃上一个星期。

你与小迪合睡一床，他出垫褥你出盖被。小迪很懒，常常不洗脚，却又常常把臭不可闻的脚伸到你鼻子底下。你说过他两次，可他照臭不误。你就只好随他了，你不能多说的，他是贫农的儿子，而你是走资派的崽。

你夹在同学中间不声不响，但是出操、上课、唱语录歌、背老三篇，你都很积极主动，你想给别人一个求上进的好印象。学校举行背毛主席语录比赛，你背了一百零三条，获第三名，奖品是一套《毛泽东选集》。你将它放在箱子上，半个月没有收起来，只为让全寝室的同学都看见。老师带你们到山里采来野菜，剁烂了再拌些薯米粉，做成粑粑蒸着吃，叫忆苦餐。据说旧社会穷人就是用这东西充饥。粑粑又苦又涩，还有股猪潲味，许多同学吃了两口就偷偷丢了，你不敢，你将分发的两个粑粑一个不剩的吃了，哪怕它梗得你直冒泪花。

起初一段时间，你过得很平静，你以为，这里没人知道你有那样一个父亲。

一天你去食堂端饭，煮饭的彭师傅盯着你问："听说你是陶根深的崽？"听到那个耻辱的名字，你的头皮发麻，却也只能老实地点一下头。彭师傅鼻子一鼓："哼，那年我在马路口煤矿，饭都没吃的，可你家还炖鸡吃！你爹还把我下放了！”

你无言以对。你记得那个没饭吃的年月，煤矿食堂的饭钵里都是猪潲味的红薯干。有没有炖鸡吃你不记得了，毕竟父亲是矿长，工资比别人高，很有可能买鸡来炖了吃的。在彭师傅眼里，吃鸡是一种资产阶级行为吧。至于下放，那是因为县里把煤矿关闭了，所有工人都下放回原籍了，连母亲都被遣散了，怪不得父亲的；但是，父亲现在成了走资派，要怪他也是有理由的。

你再一次逃也似的离开了，你生怕有更多人知晓你的底细。你不敢照镜子，是不是长得跟父亲太像了，是这张脸泄的密吧？

此后你再去食堂，进门前先要打探一番，看彭师傅在不在。

秋天慢慢地深了。在清凉的空气里你绷紧了脸，似乎如此别人就从你脸上看不出你的父亲来。但是有一天，从没跟你说过话的梁老师突然亲切地问：“哎，你爹解放没有？”你倒抽了一口气，脸刹那间烧得通红。你懂梁老师的亲切，也懂“解放”这个词的特定含义。凡打倒的走资派，经过批判斗争，深刻检讨之后，造反派认为可以过关了，可以不批斗了，就是解放了。你羞愧难当，父亲一直没有解放的消息，相反的，不断地有坏消息传来，据说他又挂着牌子游街了；据说他不但不低头认罪，还给那个韦姓女子传纸条，被造反派截获了……你十分讨厌梁老师的亲切面容，嗯都不嗯一声，就明目张胆地跑掉了。

你终于明白，所有人都知道你有那样一个父亲，只要你一露面，就会被他们认出来。你甚至感到，夜里溜过枕边的老鼠，阴沟边的美人蕉，操场旁的老柳树，还有那只补了疤的篮球，都认得你的脸，晓得你的脸从哪遗传而来。

那时候，那地方，父亲有着很高的知名度与毁誉度，这是毋庸讳言的。这一点不奇怪，他在那里做过区长，也算是那里的一个人物，好事不出门坏事传千里，谁不知道谁呢？

不过没多久，学校停课闹革命了。你的小学学历只能就此结束。而在老家石溪，你是不必顾虑别人知道你是谁的崽的，因为，都知道你是谁的崽。

20

道人们唱起了歌，作起了法，鞭炮激烈的炸响，父亲的遗体被小心翼翼地抬进了棺材，寿被盖齐他的下巴，穿寿鞋的双脚却露了出来，鞋尖直直地往上戳着。棺盖暂且放在一边，要待出葬时再盖。

你想起了盖棺定论这个词。

你端详一下父亲的脸，觉得他安详了些，而你自己，也感到全身暖和一些了。

可是父亲的双眼闭得不严，他的目光似乎正透过一条窄窄的缝，穿过灵棚的塑料布顶，看着深邃迷茫的夜空，看着自己过去了的一生。遗憾是毫无疑问的，但是他后悔吗？

你无法揣摸。你无法进入父亲的内心。

或许，父亲的某些行为，是对命运的一种反抗？

21

在老家的深夜，在那间黑屋的床上，你时常像待葬的父亲这样躺着，直愣愣地望着楼板下那根弯曲的房梁。回石蛙溪不久，堂姐就悄悄地告诉你，二公的妻子吊死在那根梁上。

老家管爷爷叫公公，二公就是公公的二弟，是个六十多岁的孤老。二婆因为接连生了两个儿子都没捡起——即生下就夭亡了——而断了活下去的念想，把性命交给了一根索子。老屋是祖上传下来的，共同有八间房，伯父与二公各四间。二公孤家寡人，用不着四间房，便腾出两间给了你们，母亲与弟弟住外间，你住里间。你一点也不害怕那根房梁，死去多年的二婆是亲人，亲人是不会显灵吓你的。你只是忍不住你的想象，她是如何吊上去的呢？听说吊死的人舌头吐出来好长，她也是那个样子的吗？

你们与二公一起开伙，在一个火塘里，各做各的饭，菜在一起吃。二公有菜园，否则你们是没菜吃的。从小淹完小回来后，你就断了读书的念想，跟着二公慢慢地学做农活了。打猪草，砍柴，种菜，碾米，打草鞋。并且到生产队出工，通常是跟堂客们一起，做些轻松的活，每日记三个工分。二公还教你扯草药，乡下人有什么小伤小病，大多扯草药治疗自己，所以那是一件十分重要的本事。二公还告诫你给男的扯草药时手心要向下，给女人扯则手心向上，否则药效就不太灵光。

在冬夜的火塘里，二公给你煨红薯，还给你讲白话。告诉你，公公是得痨病死的，那个做国民党军官的三公呢在武汉打过日本鬼子，后来向解放军投了诚，可是抗美援朝的时候政府对他并不放心，便又被送去洞庭湖劳改了几年，回到老家，却在捡茶籽时从人民公社的油茶树上掉下来摔死了。你的父亲呢从小就是“飞天蜈蚣”——这是安化人对调皮角色的代称——十四岁就一个人搭排下益阳，过洞庭，落汉口，找他的三叔读书去了，因为跟三叔的太太搞不好关系，才又回安化参加革命工作的。

遇到有人议论父亲，二公一般是不插嘴的，他只是绷着一张脸，默默地做手头的事。某年冬天，河曲溪的姑姑来到火塘里，与母亲议论起父亲的新情况。那时父亲已被解放并调离县城，到仙溪区公所上班了。据说他搞工作有一套，很快做出了成绩，并且被省报报道了。但与此同时，他也在蹲点的地方跟一个年轻女人好上了，在当地闹得沸沸扬扬，也许会被组织严肃处理。总之一句话，父亲又要重蹈覆辙把自己的前途给葬送掉了。姑姑先骂女人是狐狸精，接着骂自己的弟弟昏了脑壳，然后再劝慰母亲想开些。这是姑姑的三部曲，每次来都是如此。自回到老家后，父亲的情况总是先被姑姑知道，然后再传到母亲这里来。你不太喜欢姑姑，因为她老是说父亲的这些事。当时，谁也没想到那个女人会真的成为父亲后来的妻子。那天姑姑与母亲说完之后，沉默多时的二公委婉地说了一句话："人啊，不怕犯错误，只怕没记性。"

这是你记得的二公对父亲唯一的批评，或者谴责。

22

下放老家五个月后，你独自去县城看望过父亲一次。

是搭机帆船去的，上水船走得慢，黄昏了才到达东坪。你埋头穿过街道，尽量不去看墙上的标语口号。你很怕父亲的名字冷不丁跳进自己眼睛里来。你鼓起勇气走进供电公司，顺利地被人引到了父亲的住处。

那不是父亲过去的宿舍，因为屋里有两张单人床。大半年不见的父亲变得清瘦了，头发很长，还有两个黑眼圈。看见你进门，父亲居然笑了一笑。这大概也要算"文化大革命"的功劳吧，父亲的威严不见了。父亲让你在一盆炭火前坐下，然后就到食堂给你打饭去了。

你很好奇，四下打量，企图从细小的事物中看出父亲的生活情状。父亲的床靠窗，被面花纹很熟悉，那是母亲亲手缝上去的。窗前桌子上搁着一叠纸，纸上写着一个标题：我的检讨。你这才明白，这是父亲反省的房间。对面床上的枕头下，露出一个铁东西。你拿起一看，居然是一把三角刮刀！你手指在刀刃上刮了刮，很锋利。显然，它是看守人用来对付父亲的。你哆嗦了一下，将它放回原处，用枕头盖好。

你坐回火盆边，巨大的屈辱在胸中涌动，怎么也压抑不住，热辣的泪水夺眶而出……你捂住眼睛，试图堵住它，却是枉然。泪水透过手掌流到了嘴边，咸咸的跟血的味道相似——在山上砍柴时你的手臂经常让茅草割破，你得吮干渗出的血丝，再用痰水抹抹它，伤口才好得快，所以你晓得血的滋味。

门外响起了父亲的脚步声，你赶紧拿袖子擦干脸。父亲进门来，瞥一眼你："眼睛怎么了？"你赶紧揉着眼睛说："炭火把灰尘炸到眼睛里了。"父亲拿毛巾给你揩，你推开了，你说不用，灰尘出来了。父亲没有介意，递给你一盒饭，两人围着炭火，默默地吃着。你平静下来，倾听着父亲咀嚼的声音，感觉到从没有过的亲近……

饭后你跑到灯光球场看了一场露天电影。经过东坪完小时你进门去，朝54班的教室瞟了瞟，既有恍若隔世之感，又觉自己还坐在里面，你甚至与那个面目模糊的另一个自己对视了一眼。一种很玄妙的感觉。听说班主任王老师成了造反派的头头，武斗时还被另一派的人用匕首刺伤了，也不知是真是假。那天的电影是《打击侵略者》，在正片开始之前的纪录片《新闻简报》里，你第一次看到了活动的毛主席，你跟所有观众一起热烈鼓掌致敬，同时也第一次感到，远在京城的领袖与自己的人生有如此紧密的联系。

第二天你就搭船回家了。这一趟探望其实是母亲安排的，除了她牵挂父亲外，还想要父亲拿点钱回来接济一下。下放之后，吃的用的什么都要买，母亲手头已十分的拮据。但父亲只找出十几块钱和二十斤粮票来，因为他的工资已被停发，每月只二十元生活费。物质不足精神补，父亲给了你一本塑料封皮的《毛主席语录》和一个金光闪闪的毛主席像章，并且用毛主席的话叮嘱你，即使不读书了，也要好好学习天天向上，将来做革命的接班人。

23

道人们吟唱的声音低了下来，他们也疲乏了，眼睛都只半睁着。漆黑的棺材就如黑夜的一部分，沉重在摆在那。寒风让你的后背冰凉，你起身到隔壁的房间暖和了一会。这里烧了几大盆木炭火，帮忙做丧事与守灵的人们大都坐在这里打扑克。“三打哈”，一种从长沙传过来的玩法。人们兴致勃勃嘻嘻哈哈，热闹得很，冲淡了死亡带来的哀伤气氛。弟弟混在其中，跟他们打成了一片。弟弟性格比你开朗，比你会处理人际关系，跟父亲在一起的时间也比你多得多，不像你，与父亲之间有十八年的隔离。

愧疚之手将你从温暖的房间里拉了出来。你回到灵棚下，默默地注视躺在棺材里的父亲。鼻子的阴影在他脸上颤动。你的鼻子是你遗传父亲最准确的地方，也是唯一让你为之自豪的器官，它笔直，挺拔，倔强，一副不屈服于命运的样子。但是谁又能奈死神何?

24

你没有亲眼见过批斗父亲的场景。但那是可以想见的，公社和大队斗争四类分子时，除了戴高帽子，有时还要用干竹枝抽打，美其名曰竹枝炒肉，方式可能大同小异吧，皮肉之苦在所难免。你没担心过父亲，城里的领导干部都被打倒了，天塌下来自有高个子挡。

做梦都没想到，母亲也会被押到大队部批斗，并且挨了打。

当时你被大队派了工，到三十里外的公社茶场去了。你已经是半劳力，每天记五个工分。你跟着场里人，打柴、摘玉米、挖花生。后来你头痛发起烧来，烧了三天三夜，搞得你头如斗大，神志不清。山上没药，厨房的烧火老倌给你烧了一大碗姜汤，让你发了一身汗，你才慢慢好转。你躺在一堆薯藤里晒太阳，迷迷糊糊中，听到一些议论，似乎是父亲单位的造反派到老家来了，专来批斗母亲，还似乎队里的人也参与了批斗，甚至还动了手……不是很真切，你不敢问别人。你身体还很虚弱，但是你能走了，于是赶紧请假回了家。

快到家时碰到九婆婆，她双手在膝上一拍："哎呀少鸿你总算回来了，你妈这回吃了大亏呢！"你耳朵里嗡地一声就听不清了。你腿是软的，脸是木的，人是懵的，不晓得是如何走进母亲房间的。母亲躺在床上，半边脸肿着，紫着，屋里弥漫着苦涩的中药味。母亲侧脸对你笑笑："回来了？"你点了一下头，退出门来，坐到堂屋门槛上，望着对面的悬崖发呆。

你不敢对母亲看第二眼。母亲什么都没有说，但你慢慢地知道了事情原委。父亲单位的人来批斗母亲，并没有动手的意思，动手的是本村的人，包括队里的会计。会计还跟你是一辈的，他叫母亲小婶娘，你则叫他用才哥。他们看不惯母亲，母亲下放来石蛙溪后，很少到队上出工。母亲不会做农活，就买了台缝纫机，给村里人做衣服，收取报酬的方式是从队里划拨工分。谁做一件衬衣，就给拨七分工，做罩衣则拨十分。别的像短裤啊棉袄啊，可以根据费时长短面议。这样她就不用日晒雨淋，也照样赚工分了。做衣服的社员不少，就有一些人觉得母亲工分赚得太轻松了，心里存下了一些芥蒂。等到母亲被押上台，这些人就想起她是一个地主婆的女儿，就联系起了“亲不亲阶级分”这句革命口号，于是会计和一帮社员就堂而皇之地以革命的名义用巴掌和竹片在母亲脸上发表意见了。于是母亲只好躺在床上哼了。

全村的男人都姓陶，都是远亲近戚，为何还要这样狠？你恨恨地对那些人有了一些想法。可是想法只是想法，实现的可能性小而又小。比如，当他们不小心用有毛主席像的报纸卷烟抽，打成了反革命，于是你就有机会抄起干竹枝痛打他们一场；再比如，他们偷队上的粮食被抓住了，你痛快淋漓地揍他们，还将一泡尿撒在他们脸上……十三岁的你还只是一个孩子，你也只能有这样孩子气的想法。

另一个想法不孩子气，很实际：若不是因为父亲，母亲就不会遭此厄运。你从心底发现，你是有一点恨父亲了。你甚至认为，一个人有什么样的命运，完全取决于他有一个什么样的父亲。

25

道人们放下了响器，木鱼与锣钹的尾音消融在浓黑的夜色里。

四下里寂静下来。细碎的雪珠落在灵棚顶上，沙沙作响如同小虫在啮咬。时间就是它们一点一点咬掉的吧？忽然，你清晰地听见了父亲沙哑的呼唤：“少鸿。”

你愣了一下，你知道那不可能，那只是幻觉，但你还是相信，那肯定是父亲的声音。只是，它来自遥远的过去。你还听出，似乎是叫的“少洪”，因为，父亲曾经以这个名字给你写信。实际上，你也弄不清，你小时候叫哪个 hóng，母亲写过“少红”，自己有时写作“少宏”。现在的“少鸿”，是那一年，你在乡下削了一条竹扁担，写上名字时自作主张改过来的。乡下人在添置农具时有写上某人置的习惯，他们不喜欢别人使用自己的农具。这个“鸿”字来自毛主席的著作《为人民服务》，说有的人死了比泰山还重，有的人死了则比鸿毛还轻。你不怕比鸿毛还轻，就改用了这个字。那时好多人把名字改成红卫、向阳什么的，是为了有革命色彩，你不是，你只是觉得这个“鸿”字比别的 hóng 字有美感。当然美在哪，你是说不出所以然来的。

你迎着父亲的呼唤走了过去，棺材迎着你大了起来。

26

那年初秋，你用那条自己削的扁担，挑着一口箱子和一床旧被子，走进了大桥公社中学。在寝室的大通铺上，你与外号罗麻儿的同学合伙铺床，他出垫的你出盖的。你有过在小淹完小读寄宿的经历，你很熟悉那种寄宿方式，你很低调，很沉默，很不为人注意。

同学们似乎都很友好，他们都晓得你有个什么样的父亲，言语之间，有人似乎还对你挺羡慕，毕竟，你是国家干部的崽。邀你玩的人不少，打篮球，抓石子儿。所以，起初你的内心是有一些快乐的，人和人平等相处就是一种快乐。你花三毛七分钱买了一支竹笛，贴上笛膜，学着吹。居然被你吹响了，居然还吹出调子来了。你躲到教室后的悬崖上，望着远方起伏的山脉边吹边抒情。有个家在养路工班的女同学，听到笛声，几次来找你说话。她的漂亮和文章写得好是全校有名的。你紧张得不行，脸涨得通红，蚂蚁又爬上了脸颊。自卑感揪住了你的心。与女的一说话就脸红，这毛病你犯了多少年，直到婚后才勉强改掉。你忘了这女同学的名字，后来也没什么交往，因为，你只在那读了两个月。

又是与父亲有关。

那个毫无预兆的傍晚，你到食堂蒸饭。刚将饭钵放在蒸笼里，罗麻儿尖锐的手指穿过浓稠的暮色指定你，嬉笑着说：“反革命的崽，杀人犯的崽！”众多目光探照灯一样罩住了你。密密麻麻的蚂蚁刹那间布满你的脸，并且结成了一层硬实的壳。你感觉戴上了一个面具，你木着脸，从那些雪亮的目光里走了出去。你早早地躲进被窝里。熄灯了，窃窃私语声声钻入你的耳朵。于是你依稀地知道，父亲从县城跑到公社来，他拿着菜刀要砍一个人，结果人没砍到就被公社抓了起来开了批斗大会，还被剃了阴阳头……

你蜷缩起身子。罗麻儿一翻身，蛮横地将被子卷了大半去，并且朝着你打了个响屁。你愤愤地一转身，想将被子卷回一些来。但是，罗麻儿不松，被套很旧，经不得扯，哧地一声响，撕了长长的一条口子。裂开的不仅仅是你的被子，还有你的自尊心。你咬着被头，压抑着想哭的冲动，身子直往下缩，往下缩，一直缩进黑夜的深处……

第二天，天刚蒙蒙亮，你就挑着自己的铺盖下了楼。早起的同学望着你，知道你要擅自离校，但没有人阻拦你。你顺利地穿过操场，踏上了回石蛙溪的小路。是命运逼迫你逃避，还是你的逃避让命运拐了弯？谁知道。当时的你，只想逃，逃得越远越好。

27

你一进家门就被二公撞见。二公皱皱脸，惊讶地问：“你怎么把铺盖挑回来了？你不读书了？”你不吱声，径直进了自己的睡房。透过板壁的缝隙，你清晰地听见母亲压低嗓门跟二公说，肯定是同学丑他了。

晚饭时一家人默默地扒饭，没人提父亲的事。你匆忙地吃了半碗就躲到房里去了。天色暗下来，姑姑来了，伯父也过来了，他们与二公母亲聚集在火塘里，低声地说着父亲的事。他们的声音焦急、惶悚、忧虑、气愤，有一句没一句，忽然几个人抢着说，忽然又一点声音都没有了。灯也忘了点，他们深陷在一片黑暗中。他们的只言片语隐约地勾勒出了事情的轮廓。原来父亲听到了一些风言风语，说是有个公社干部来石蛙溪蹲点，与母亲有不清不白的关系，便怒不可遏，跑到公社来了，顺手抓起一把菜刀找那人算账。公社哪容得一个走资派如此猖狂？便将父亲抓了起来，不仅批斗，剃阴阳头，还狠狠地打了他，将他关了起来。现在也不知他怎么样了……伯父怪父亲是神经病，听到风就是雨，还冒冒失失跑到公社来砍人，自己一屁股屎还没揩干净呢。姑姑便说："你还不晓得他的犟脾气？怨他也没得用了，快想办法把他救出来才好，搞不好会打死去！"父亲伤了没有？公社还会不会继续斗他？谁也不晓得。他们商量来商量去，也没个眉目，于是都唉声叹气地不言语了。

你懒得偷听了，你将那支竹笛拿了出来。你吹了《学习雷锋好榜样》，接着吹《想念恩人毛主席》，一支很优美也很忧郁的曲子。你把自己吹成了一口气，你在那些曲子里起起伏伏地飘浮远去，远离了一切烦忧……突然，砰一声响，姑姑推门进来，气愤地叫："你这伢子太不懂事了，你爹老倌都要被打死了呢，你还拿根竹棍子在这里吹啊吹，烦不烦人啊！"你愣住了，但你没有放下手中的竹棍子，倔强地瞪姑姑一眼。难道不吹，就可以救父亲？你就可以不是父亲的崽么？刹那间，脑子一闪念，你若是毛主席的崽就好了，就不会遭受这一切了。你不声不响地与姑姑对峙着，待她转身离去，你又吹了起来。

但是吹着吹着，你的眼泪下来了。

第二天，你就不声不响地跟着社员们上山挖红薯去了。你以农夫特有的姿势站在地里，韵味十足地挖着，泥土洒落在头发里，都懒得去撩拨一下。公社中学的校长来了，劝你回去。校长说："出身不由己，道路却是自己可以选择的，歧视你的同学是不对的，他已经批评过他们了，你也是属于可以教育好的子女嘛！年纪轻轻就不读书了，以后怎么做无产阶级革命接班人呢?"你始终没有理睬他，他大概劝了你两袋烟的时间。最后他一跺脚："不读书你将来要后悔的！"气哼哼地转身走了。而你在心里说："我一辈子不得后悔。"

28

父亲是如何度过那个难关的，你无从想象。你能想象的是他的阴阳头，所谓阴阳头就是剃去一半头发，留下另一半，让你以一种怪异的魔鬼般的形象出现在众人面前，让人唾弃你，嘲笑你，鄙视你，让你有负罪感和羞耻感。据说是一种很有效的革命斗争形式。

不久，父亲意外地回了石蛙溪一趟。

说不久，其实也有很久了吧，他的头发已经很茂盛了，看不到阴阳头的痕迹了。

那是你在石蛙溪的八年里，父亲唯一一次回老家看望家人。也不能说看望家人，他是来与母亲吵架的。他一见母亲，二话不说就举起了手。母亲躲得快，父亲的巴掌扇空了。他们心照不宣地进了房间，拴上了门。你站在窗外阶基上，听着里面的动静。他们你一句我一语，骂骂咧咧，离婚的字眼不时地蹦出。后来都不作声了，只听见家具撞得砰砰响，仿佛有两只野物在里面撕咬。你懵懵然，居然一点不担心其中一个会受伤。你背靠着窗户，仿佛要用背挡住里面的声音。你紧张地望着屋前的禾场与小路，你不希望这个时候有乡亲过来。屋内砰一声响，一只茶杯摔碎了，你全身一凛，那些迸散开的碎瓷片深深嵌进了你的心……

不知过了多久，门吱呀一声打开，母亲走了出来，理理头发，什么也不说，就到菜园里扯菜去了。父亲在房中叫你。你进门，见父亲躺在床上抽搐。父亲说："帮我抓紧手腕。"于是你使劲扼紧了父亲瘦硬的手腕。父亲的样子让你联想到一条被人打伤扔在地上的狗。他呻吟，扭动，痉挛，显得很痛苦。你从来没有见过父亲这样，你不知道这是为什么。

但那不过是一会儿，你的手酸疼了，就懒得捏着父亲的手腕了。你极不习惯跟父亲的肌肤接触。父亲平静下来了，他整理整理衣服，就出了门。他又成了一个不苟言笑的父亲，一个背着污名，却又在乡亲面前显得无比自尊的人。他到河曲溪姑姑家去了。他再也没有回来过。你记得房间地面上，碎瓷片闪着冷冽的寒光，像一根根尖锐的刺。多少年了，你一直想掰掉心中那些刺，总不能如愿。

29

棺材至少有十公分厚，有棱有角，很结实的样子，父亲睡在里面显得很安稳。寒风的脚从灵棚顶上走过，喀喀作响。父亲双眼微闭，脸色安详，再也不受世间事物的惊扰。寿被盖住了他的身体，只将脚与头留在外边。戳向空中的鞋尖，尖削的下巴，还有高耸的鼻梁，仿佛都在彰显他倔强固执的性格。

你久久凝视，四肢与视线都慢慢地僵硬了。

应姨过来，要你和弟弟去睡会，还有一天一夜要守，吃不消的。

你接受了她的建议，叫上弟弟，两人相跟着出了院子，往订好的小旅馆而去。路边河水黑如墨汁，哗哗流淌，远处零星的灯火诡谲地眨着不眠的眼。冰凉的风擦脸而过，你缩缩脖子裹紧了自己。你们谁也不说话，听着自己零乱的脚步响在夜的深处。

到了小旅馆，你打了盆热水泡了会脚，就上床了。你很疲惫，但是你睡不着，你望着天花板发呆，你分明看见，老家的楼板就悬在头顶，二婆上吊的那根房梁隐约可见。

30

你逃离公社中学的第二年春天，饥荒来了。

石蛙溪八山一水一分田，历来靠吃杂粮过日子。生产队只有二十一亩水田和一百多亩熟土，产量极低，却要交一千多公斤稻谷和薯米作公粮，分到社员手上的口粮就极少。只好煮稀饭吃，薯米加上菜叶一锅煮了，勉强对付一下。好在出工不必出多大力，大家都懒懒散散，磨磨洋工，讲讲痞话，忍一忍一天就过去了。麻烦的是青黄不接之时，莴笋、皮菜、萝卜已过季，黄瓜、四季豆还没长出来，能吃的菜少了，队里只好在插过红薯后，将地里育薯秧的薯娘也挖来分了吃，那东西以前是拿来喂猪的。

这样的日子，你能够忍，可是母亲受不了。她有胃病，时常捂着胸口哼哼唧唧，一脸苍白。买了点胃舒平之类的药吃，也没有效果。夜里听着母亲的呻吟，望着窗户等天亮，一分一秒都难熬。你觉得，只要听不到母亲的呻吟，那就是好日子了。当然，如果能吃饱肚子，那就是幸福的日子了。

就在这时，城里传来了好消息：父亲的工资恢复了，还补发了一大笔钱。但是，父亲没有信来，也没有寄钱来。他已经好久都不给家里寄钱了。母亲便要你写信向父亲要钱，父亲再不接济一下，日子就难过下去了。母亲自己为何不向父亲要？或者，自己去东坪一趟？你不晓得。你敏感意识到，母亲不愿去，她的话已经不起作用了。

于是你平生第一次写了信。特意用了当时流行的信笺，天头印着毛主席语录：要斗私批修。你详细地列举了乡下生活的困难，说明了母亲的身体状况，你除了央求父亲寄点钱来，还要父亲想想，看有没有脱离困境的办法。你暗示只有离开乡下才会彻底解决问题，真是蛤蟆打哈欠，好大的口气。你用大人的口吻说，母亲身体堪忧，长此以往，后果将不堪设想。你居然在一个句子里用了两个堪字，你为想出了这样的句子而暗暗高兴。

但是你遭到了父亲的严厉驳斥，他在回信里龙飞凤舞地写道："乡下人祖祖辈辈都过的生活，你们为什么过不得？不要把农村说得那么苦，那是阶级敌人今不如昔的反动论调！你妈是地主子女，本该老老实实劳动改造，还指使你写这样的信来，想到哪里去了？如今知识青年和城镇居民都要上山下乡，《人民日报》社论都说了，我们也有两只手，不在城里吃闲饭嘛！毛主席说，农村是一个广阔的天地，在那里是大有作为的嘛！你和你妈，只有沿着毛主席指引的革命道路走，好好地接受贫下中农再教育，才会有自己的前途！"

父亲的信给你上了一堂严肃的思想政治课，至于给家里接济的事，只字未提。你是从大队部拿到这封信的，看完之后，就悄悄地撕了。你不想给母亲看，也没有跟她说。

自从父母吵架之后，伯父一家也对你们另眼相看了。或者说，伯父很自然地、很血统地站在他的弟弟一边了。老屋西头的李子熟了，李子树是祖上种的，但一直归属伯父家，弟弟不懂事，又眼馋，就爬到树上摘了些黄透的李子来吃。堂弟就不干了，跟弟弟吵开了，两个人吵着吵着就扭打起来。李子味道并不太好，酸中带甜，但毕竟可以吃，还可以悄悄拿到街上卖钱，然后换盐回来的。弟弟摘了李子，就跟从伯父口袋里偷钱差不多。两个伢子一打架，两家大人也牵扯进来了。伯娘骂骂咧咧很不好听，什么不晓得好歹的黄眼狗啊，欺负她不认字啊，还把母亲地主女儿、走资派堂客的身份拿来说事，说是向贫下中农反攻倒算。不就是几颗李子的事嘛，再说李子树是祖上栽的，所有后代都有份的。母亲争辩着，声音却太秀气，气势上就输了。伯母指手画脚的，指尖差不多戳到母亲脸上来了。伯父板着脸站在一边观战，并不插手，他知道，论吵架，他的堂客决不会处于下风。母亲气不过，从弟弟手中夺过李子，向伯娘掷过去，然后就躲到屋里关上了门。

惹不起躲得起，这是母亲历来的处世态度。

伯父同样把渡过饥荒的希望寄托在父亲身上，他悄悄地去东坪找了父亲，走之前没有跟任何人说。他回来之后的那天傍晚，你灵敏的鼻子闻到伯父家的火塘里飘出了稀罕的肉香。接着堂弟端着碗出现在阶基上，堂弟碗里不仅盛的干饭，还有几片小炒肉。堂弟大方地夹了一小片肉给你，还炫耀地附在你耳边道，你爹打发了我爹三十块钱呢，我爹不让我说。

你恨恨地将那片肉吃掉了。你把事情告诉了母亲。

父亲为何不接济自己的妻儿，却对伯父家那么慷慨，你不明白。母亲脸色难看，背过身去，揩了揩眼睛。你晓得，母亲流泪了，母亲一般不当你面流泪的，但现在，她实在忍不住了。你不想看见母亲流泪，就躲开了，坐在禾场边，望着峡谷上空不多的几粒星子发呆。

31

这年，你在自留地里栽下辣椒秧的时候，传来了父亲调离东坪到仙溪区公所工作的消息。没听说他任何职务，自此之后，他似乎再也没有了职务，成了一普通干部。尽管如此，你还是松了一口气，因为这表明，父亲解放了，解脱了，不会拿他当批斗对象了。

等到辣椒树分了杈，开出星星般雪白的小花之时，母亲把弟弟送到父亲身边去了。弟弟在仙溪中学做了寄宿生，他不能像你一样不读书，何况，欢呼过停课闹革命的报纸又批判起读书无用论来了呢。

但是，即使愿意把小崽带在身边，父亲也是不太管他的，连他的学费生活费都要三讨四要。若干年后，弟弟说起，大热天他还穿条厚卡机布裤子，想做条凉快点的纺绸裤穿，父亲就是不答应。可是对区公所里的那些女同事，他倒挺大方的，出差到上海，特意买了时髦的布料回来，送给她们眼都不眨。如不是亲耳听弟弟说，你还真不敢相信。

终于有一天，姑姑带来了父亲在仙溪搞上了男女关系的消息。姑姑和母亲、二公几个人在火塘里议论的时候，你默默地坐在一边，用稀糊糊的烂笋子狠狠地擦着脚。你忘了二公雨后初晴不可赤脚下菜园的告诫，去给辣椒树浇粪水，惹上了大粪疮，而烂笋子治大粪疮据说很灵验。如何阻止父亲的荒唐与大粪疮的蔓延，在你心里似乎就是同一件事。你抓着烂笋子擦个不止。姑姑给母亲出了个招：到仙溪去，跟父亲一起生活，他就会收敛了的。男人就是这样，堂客不在身边，他就会耐不住寂寞，就会出名堂了。母亲很犹豫，怕人说闲话。姑姑说：“你还怕人说闲话，男人都快是别个的了！县里不是讲了，你们三娘母下放是不正规的，是不符合政策的么？不是正在落实政策么？政策一落实你的户口就迁回去了，就又吃国家粮了，还怕个鬼！”

母亲动了心，不作声了。你脚上的痒也轻微些了。

母亲动身前往仙溪那天，你的脚就彻底好了，一点都不痒了。

你看着母亲的背影消失在村路拐弯处，你相信，母亲再也不会回到乡下生活中来了。

32

天亮了，你和弟弟匆忙起床，赶往灵堂。镇子上空云雾低垂，冷风嗖嗖，刀片般刮着耳朵。幽清微明的晨光里，父亲的黑棺材赫然夺目，显得过于真实，让人难以接受。

你和弟弟双双跪在棺材前，重重地磕了三个头。直起身，你走到棺材右侧，看看躺在里面的父亲。他的脸更白更瘦了，眉棱高耸，颧骨突出，两腮下陷，鼻孔黑洞洞的，嘴唇干裂微张，仿佛要说什么话。寿被下的身体小得像是并不存在。你算了一下，父亲离开人世大约二十八个小时了。

应姨还坐在棺材旁，顶着一头乱发，眼睛眯缝着，有气无力地问：“睡好了么？”你默默地点了点头。从那盆未熄的炭火和她疲惫的神情来看，她通宵没睡。你想想，艰涩地说：“你也去休息一下吧。”她起身，把板凳推给你，转身颤颤巍巍地走了。她只比你大六七岁，可是看上去跟母亲差不多老。其实，这个女人也蛮可怜的。

你激愣了一下，心里怎会有这种想法？

弟弟在一旁坐下说："其实这些年，应姨还是受了累的，爸爸病了这么久，都是她在照顾他，还是得感谢她。"

你瞟弟弟一眼，不吱声。是得感谢她，心里可以这样想，但你不愿说出来。说出来似乎是对母亲的轻视与不尊重。再说，当初是她将父亲从母亲身边抢走的，父亲病了，她不照顾哪个照顾呢？一切都是宿命，但人得为自己的行为负责。

你伸出双手放在火盆上方，抚触着那一团微弱的热，忍不住打了个寒噤。

33

应姨就是父亲在仙溪乡下蹲点时认识的那个女人。母亲去仙溪，是为跟父亲一起生活，也是为了阻止父亲与她进一步接近，但是显然，母亲没有成功。母亲去了之后做了哪些努力，你无从知晓，只晓得，母亲在区公所食堂里帮厨，同时照顾着父亲的起居。

其实母亲的任何努力都是枉然，父亲下乡她就不可能跟着去。而且，所有的阻拦都只会起反作用，人都有逆反心理。后来，母亲与父亲吵过架么？动过手么？一概不知。母亲能够离开石蛙溪去父亲身边生活，是糠箩跳到米箩的好事，这用脚趾头思考都知道。至少，母亲有白米饭吃了，她的胃病也慢慢地好了。没有了母亲的呻吟，你的夜晚变得安详而寂静。你可以坐在门槛上倾听夜游鸟凄清的啼号；可以在窗前吹你的笛子，让笛音顺着风儿飘出峡谷之外；可以在油灯下翻看毛选四卷里的注释，想象战争如何的惨烈；还可以用一种固定的姿势睡觉，将垫着厚厚稻草的床铺睡出一个隐约的人形……

某一天，你从母亲遗留下的一个纸盒子里发现一叠旧照片，其中很多张都被剪出了一个窟窿，上面没有父亲了，父亲的影像被母亲剪掉了。母亲剪它们时是一种什么心情？这堆残缺的相片又意味着什么？你懒得想。

你要应付的事情很多，父母的事你只能听之任之。你得出工、打柴，你得种自留地，你得给自己做饭、洗衣，还得对付堂客们突如其来的痞话。那时候，你变过声了。你喜欢跟着堂客们出工，说说笑笑很有意思，她们身上的汗酸气让你联想起尹小芳身上的炒黄豆味道，噢，那是多么遥远的味道啊。可是你害怕她们说起父母，特别是用那种戏谑的口气，那会让你感到难受，无地自容。有次坐在一起掐薯秧，旁边有个堂客唉声叹气，说她身上白的又多了。你鬼使神差地问："什么白的红的啊？"那堂客立马叫起来："啊呀你真是长大了，女人身上红的白的都晓得了，你是不是一天硬到黑啊？"又有人说："那还用说，人家是有种的，龙生龙，凤生凤，老鼠生儿打地洞呢！"在一阵哄堂大笑中，你把耻辱的脸埋进胯间。

她们并无恶意，对她们来说，那只是一种娱乐。但那个时候你并不这样想，你总以为，这与你有一个那样的父亲有关，你随时提防着人们的羞辱，随时都护着自己可怜的自尊心。

34

1970年夏末，你去湘黔铁路工地做了一名民工。起初你在厨房里打下手，上午十点左右，你就要挑起一担茶水送往工地。工地人多得像个蚂蚁窝，打炮的，运土的，打硪的，来来往往。但你很坦然，时过境迁，外地人又居多，你以为没有人认得你。

但是有一天，你刚把茶桶放下，从耳后传来一声低语："他是陶根深的崽。”民工们争相抢夺茶缸，茶水从他们的嘴角溢了出来，打湿了胸脯。你没看出那个说话的人，但你感到那句话在民工们中间无声地传递。秋风水一样漫过头顶，你打了个颤。你挤到人群之外，蹲下来，想象自己只是路基上的一块石头，没有感觉，又不打眼，那多好。这时邻村后生黄牯子叫你，一只手向你挥舞：“哎，你过来啰，我告诉你一件事。”你毫无防备地走了过去。黄牯子微笑着，眨眨眼说：“晓得么？那年公社斗争你爹，我跑到台上跺了你爹一脚。”

你有些懵懂，脑筋一时没转过弯来，木木地望着那张炫耀的脸。

黄牯子笑出声来了：“嘿嘿，没想到你爹那么不经跺，一下就滚到地上了！”

一股灼热的潮水从胸中涨了起来，让你呼吸不畅。但你的脸罕见的没有红，更没有蚂蚁爬，你冷静地，口齿清晰地对他说：“你怎么不狠一点跺，跺断他几根排骨呢？”

这下轮到黄牯子惊讶了，摸摸脑壳，恍然大悟：“晓得了，你是要跟你爹老子划清界限，想做红色接班人了！”

你不再睬他，转身离去，他嘿嘿的干笑从你脊背上滑落下去。

你挑起空了的茶桶回到食堂，跟领导你的后勤排排长说，你想换个事做，不送茶水了。排长说：“蠢，别个想这个轻松活还想不到呢。”你说：“蠢人也要人做的。”排长就不耐烦了：“好好，明天你上山捡发火柴去！”

第二天早饭后，你就扛起扦担上了山。上了山才想起这天是你十六岁生日。你在山上挖了一个红薯吃，作为对自己的犒劳。此后你就帮食堂打柴、运米、打磨芋，尽量避免到工地上去，也尽量避免碰到姓黄的。冬天来临的时候，你报名参加了隧道专业队，辅助铁路工人开凿隧道。每天打炮出碴，很累很辛苦，但你心甘情愿，因为，那里没有熟人，没有人晓得，你是父亲的儿子。

35

临近中午，单位的桑塔纳一身泥水驶进了院门。单位领导王主席来了，还捎来了妻子女儿。你接受了领导的问候，将他带到父亲灵柩前，献上了花圈，鞠过了躬，然后向他介绍了丧事流程。再然后，你拿来孝衣，让妻子与女儿穿上，去给父亲磕头。灵棚是露天的，雨水沿着地面浸入了棚内。妻子与女儿连磕了三个头，一起身，孝衣下摆沾上了泥水，湿漉漉的了。你连忙拿来卫生纸，帮她们揩干净。当女儿绕棺一周端详爷爷遗容时，你默默地搂了搂她的肩。你仿佛从女儿那里得到了一种心理支撑，心里安定下来了。

女儿即将大学毕业，且已参加考研，或许是人大了的缘故吧，虽然两眼含泪，神情却是肃穆而平静。你记起十二年前，岳父去世的当晚，一家人为丧事忙碌的时候，幼小的女儿曾一个人守在外公的遗体旁，看着一本漫画书，一点也不感到害怕。只有至亲之人，才会这样吧？

你领着王主席、司机和家人去后院吃午餐。宴席摆在拐角的房间里，开的流水席，凡来吊丧的客人都可随意就餐。应姨出来打了招呼。“这就是你的后妈？”有人低声问。你点了一下头。你很不情愿听到这样的称呼，没人愿意后来还有个妈。你端起碗机械地咀嚼着，那些红烧肉、油炸豆腐、白菜粉丝，吃在嘴里都是一个味道——没味道，或者说，你没觉出它们的味道。忽然想，送葬真是件好麻烦的事。

36

父母离婚是你从铁路工地回来后的事了。那时你又被派到了公社旱粮制种场。在外出工吃食堂，不必自己做饭，这是吸引你的地方。过了一段比较平静的日子，在你以为父母和好了的时候，公社开拖拉机的黄司机来到制种场，把两包挂面塞到你手里："给，你妈带给你的。"你十分诧异，因为母亲住在仙溪，比县城还远，公社拖拉机一般不会去那个地方。黄司机看出了你的疑虑："噢，你妈得到好处了呢，落实政策迁回东坪了，你弟弟也吃国家粮了，你的身份也就转成下放知青了，公社还没通知你吧？"

你很茫然，怔怔的，一时还想不到这意味着什么。

"还是你们好啊！"黄司机拍拍你的肩，转身欲走，又回头说，"噢，差点忘了，你妈让我告诉你，她和你爹离婚了，你爹给了你妈七百块钱，法院就判离了。"

你噢了一声。接着你想到一个极为重要的问题，问："我和弟弟跟哪个？"

黄司机挥了挥手说："法院没有判，说是你们想跟哪个就跟哪个。"

你脱口叫道："我当然跟我妈！"声音很突兀，也很洪亮，甚至有些兴奋，弄得黄司机错愕地看了你一眼。他不会理解你的心情的，你自己也没想到，父母离婚的消息竟让你感到如此轻松。就像一只气球被刺了一个小孔，某种憋在心里的东西一下子泄出来了。

只是到了后来，你才明白，离了婚的父亲也还是你的父亲，这个事实永远也改变不了。

37

作为长子，你将代表亲属在追悼会上讲话，话是讲给别人听的，马虎不得，于是你抽空在一个小本子上写底稿。简要地讲讲父亲的事迹，讲他十六岁就参加革命，讲他一生勤勤恳恳为党工作，然后要感谢组织上的关心关怀，诸如此类。写着写着，你忽然想，父亲真是划不来，如今还有哪个离休干部住在偏僻乡下的一套约五十平方米的陈旧住房里？几样旧家具，一台彩电加一台洗衣机，就是他的全部家当。应姨是没有工作的，又过继了妹妹的女儿，父亲的全部收入都用在他的这个家上了。某年，母亲忿忿地说："那个应某某，炭火都舍不得烧大一点的呢，寒冬腊月，也不怕冻死你爸。"也不知母亲从谁嘴里听来的，只有在说应姨时，她的立场才会站到父亲一边。但母亲说的不假，你每次去拜年，都亲眼看到了的，火盆里几块小木炭隐隐地燃着，坐在火边，背脊阵阵地发凉。节俭所致，或者习惯使然吧，你倒不认为应姨不顾父亲的冷暖。

你将讲话稿塞进贴胸的口袋里，在灵柩前的空坪里徘徊着。雨夹雪已经停了，天上仍灰云堆积。孝衣裹紧了你，你像一团云在飘浮，无根无基。回头望去，父亲的棺材黑得惊心。

38

终于跨越十八年光阴的阻隔，与父亲恢复来往之后，你基本上是每年看望父亲一次。或者是年前，或者是年后正月间。顶多住一晚，有时一晚都不住，午餐后就转往母亲家了。父亲与应姨总是会留你的，说："不急的话就多住一晚啰。"而只要你说要走，他们也不会多说什么。特别是你说还要去母亲那，他们就会理亏似的不吭声了。

总觉得，这不是你自己的家，跟父亲也没多少话说。与其在这尴尬，不如早点走，大家都自在一些。每次车子驶离大福，你都会长吁一口气，就像完成了一个重大的任务。来时你会带上一些过年的礼品，和不多的一点钱，走时应姨会送你一点腊肉、冬笋、魔芋等土特产。你走时，父亲都会撑着他的病体，站在三楼的小阳台上，向你挥手。

每次相见，在礼节性的问候之后，你和父亲，就会默契地守着那盆小小的炭火，沉默下来。你们感受到往事的存在，它们似乎就横隔在你们之间，抑或，就笼罩在你们的身上，但你们是不会轻易碰触它们的。那是你们共同的忌讳，也是你们共同的伤口。你握着那把小小的火钳，无所事事地翻动着火盆里燃着的木炭，偶尔地回答一两句父亲的问话。都是些无关无关紧要的话题，孙女的成绩如何啦，加工资没有啦，县老干局来看望过他啦，诸如此类。父亲从来没有怪罪过你有十八年不跟他来往，他只字不提，仿佛那十八年根本就不存在。

有一次，也是唯一的一次，趁应姨不在场，父亲迅速而轻声地问："你妈现在还好吧？"你愣了一下才回答说："妈还好，身体不错。"你瞟一眼父亲，但见他神情安详，并无异样。事至如今，他对母亲究竟怀有什么样的心理呢？他对他的选择后悔过么，歉疚过么？你想可能不会，就像你对十八年不见父亲不曾后悔与歉疚一样。

凡事皆有根由，后悔与歉疚又不能改变它，要它何用？

有一件事，父亲不止一次地跟你说起。说那年他特意地找了资江氮肥厂来安化招工的负责人，求他帮忙招你进去。父亲言下之意，你的招工进厂，他是出了大力的。父亲的说项是否起了关键作用？无从考证。但你愿意相信，是父亲帮了你大忙，你也体察到，父亲之所以三番五次地说这事，是想表明他还是关心过你的。

但是你知道的是，那次如果不是自己帮自己的忙，你的人生可能就是另外一种轨迹。

39

那时，你已在公社水库工地干了两年，不是打炮，就是挑石头、挖渠道。工地上有一帮知青，你自然地跟他们混在一起，但又从不以知青自居，你不是正规下放的，总有冒牌之感。但与两个知青组成一个打炮组时，你又是特别自信的，因为，你的胳膊比他们粗壮，打炮的技巧也比他们好。你可以单手抓起八磅大锤抡得溜圆，且不用眼睛看，就可以准确地砸到钢钎上去。

那时知青们心里都憋着一股劲想招工回城。然而你第一次参加招工体检，就因血压过高而被淘汰了。你的血压平时其实是很正常的，其原因只是由于紧张。没过多久，你再次接到了体检通知。这次来招工的是省属的资江氮肥厂，全县只招十五个人，身份必须是知青，公社只通知了你一个人参加体检。这说明不光是你，公社也是志在必得。这次如果再通不过，招工指标就浪费了，以后公社恐怕再也不会推荐你了。这种情形，你不可能不紧张。所有的故作镇定都成了自我暗示。越紧张，血压计上的水银柱跳得越高……接过医生填写好的体检表，你鬼使神差般径直去了厕所。如你所料，血压一栏里，蓝墨水的笔迹写着：80—150。你忽然就冷静下来了。厕所里并无他人，你掏出钢笔，什么也没想，就小心翼翼地、毫不犹豫地，将那个 5 改成了 3。于是收缩压变成了 130，且看上去很正常，很自然，笔迹与颜色都很吻合，一点不像涂改过的。

事后回想，你是钻了空子。每个医生只负责自己的项目，表格跟着流程走，最后在招工负责人那儿汇总，不会有医生再查看自己写下的结果。当听到招工人员说，你体检通过，回去等待录取通知时，你没有像别人那样欢呼雀跃，你还担着心，也许你的胆大妄为会在最后一刻被发现……

几天后的早晨，你挑起钩索箢箕出了工棚，准备去采石场挑块石。工地负责人瞟你一眼，忽然说："噢，少鸿你不用出工了，公社昨晚来了电话，你的招工录取通知来了，赶紧办理户口迁移手续去吧，你啊，得了好处了。"你愣了几秒钟，心里突然涌进了很多东西，胀得难受。你需要某种形式来释放你暗流汹涌的情感，那么，挑石头是最好的了。你连挑了十七担，每担重量都在两百斤以上。十七担块石的总重量合十二个工分。

你在工地会计那里打了工分条，到公社拿了录取通知，然后去办理了粮食与户口迁移手续，又摸黑回到了老家石蛙溪。你跟队里作了结算。这一年你做了四千多工分，除去你在队里分得的粮食、茶油、竹木等实物的折价，你得到了一百三十六元的分红。你收拾好了要带走的东西，衣物箱子等等，一些个小农具小家具如锄头、柴刀、箩筐、蓑衣、桌椅等都送给了伯父与二公。你的两床新晒簟，二公正需要，他却不肯白要，硬要折价给你，你只好依了他。你还有十几根分得的杉木，队里以一块钱一尺（径围）的价格扣了钱的，亦以原价给了伯父。

工地专门派了一台手扶拖拉机送你去县城。到了东坪，你把一百二十元钱放在母亲手里。你要当工人了，急需一块手表，而手表是紧俏物资，要有指标才能买到。母亲准备让舅舅帮你买。你和其他十几个被录取的知青在县招待所见到了资江氮肥厂的招工负责人，那个姓高的厂团委副书记。也就是父亲所说，他去说情的那个人。高书记说：从今往后，你们就是工人阶级的一员了！这句话让你一时热血沸腾。只有在这个时候，你才敢肯定，你成功地篡改了自己的命运。

40

灵棚上的白炽灯亮了起来，燃烧着无边的暮色。四周的山如同一幅泼墨长卷，将镇子团团围住，掩了个严严实实。天穹苍灰，寒风悄然平息，人群开始在灵柩前聚集，愈来愈多，追悼会就要开始了。

来了些什么人，你并不关心，介绍了也没记住。你一直待在灵柩前，朝前来吊唁的人们鞠躬或磕头，以对应的礼仪表示感谢。你有些疲劳了，鞠躬或磕头时能听见脊椎弯得喀喀响。孝衣下摆沾了好些泥水，干了又湿，湿了又干。道人们又打了一道宝卦，你付了几十块钱之后，他们就收起了法器，开始退场了。

若说道场是为超度亡灵，那追悼会是为安慰生者吧?

一个镇领导以浓重的大福口音宣布追悼会开始。你按照程序代表家属讲话，以简练的语句和沉痛的声音回顾了父亲的一生，特别地说到他十六岁就参加革命，对党忠心耿耿，工作任劳任怨。你还代表全家感谢组织上在父亲患病期间对他的关心与照顾。你听见自己的话在夜空里盘旋，消失在一片虚空之中。讲完话，你松了一口气，将稿子叠好，慎重地塞进口袋里。灵柩里的父亲脸色安详，似乎对你的讲话很满意。

镇党委的一个书记讲了话，对父亲的一生作了评价。父亲若能听见他的话，应当是很欣慰的。因为，这个书记很慷慨地说了许多溢美之词，对于那些忌讳的事，只字未提。虽然那些话成制式，成套路，是在任何一个机关干部的追悼会上都能听到的话，你还是很感谢他。

毕竟，父亲是一个被开除了党籍的人，党还这么善待他，够意思了。

41

你到资江氮肥厂当工人的那年，父亲从仙溪区公所调到了大福区公所。据说他的工作很有起色，又一次被报纸报道了。但他不听组织上与同志们的规劝，公然与年轻的应姨结了婚。因此，他被党组织开除了。事情就发生在父亲与你在东坪不期而遇，要拖你去公安局脱离父子关系后不久。

结果你没与他脱离关系，党倒与他脱离关系了。

开除党籍，就是被终止了政治生命。那个年代里，无论是对于本人还是对于家属，都不啻于晴天霹雳，都是一种难以启齿的耻辱。消息是母亲传给你的，那天你正在车间里学习操纵机器，办事员送来了那封不同寻常的信。母亲在信里说，你爸终于被那个狐狸精害到了。母亲并没有幸灾乐祸，言语之间忧心忡忡。一个被开除党籍的父亲，无疑是会影响儿女的前途的。应当说，父亲完全是咎由自取，是他自己断送了自己的前途。于你来说，父亲一直是个污点，现在这个污点又涂黑了一层，扩大了一圈。但这一切，与你还有多大关系？你在遥远的资江上游，离家乡已有几百公里，自己不说，谁也不知道你有这样一个父亲。况且，你也不打算与一个抛弃妻儿的父亲联系了。

你像被虫子咬了一口，有那么小小的一点刺痛，过后你就平静了。不平静又能怎样？你悄悄地将信撕了，扔进了下水道。

两个月后，母亲又来了一信。母亲说为了以后减轻儿子的负担，她想找个伴，而且这个人已经有了，是她安化简师的同学，而且就要结婚了。你叠起信纸，钻到自己睡的上铺，把帐子放了下来，然后背靠墙壁坐着，任泪水无声地流……

母亲再婚对你的打击比父亲被党开除的消息大得多，严重得多。你承认母亲的选择是对的，她也有再婚的权利，但你还是感到，你被整个世界抛弃了。母亲这封信就像是命运送达的一份通知书，告诉你从此之后，你就是个无家可归的人了。但你不怪母亲，你把这一切暗暗记在父亲头上。

42

在那家有三千工人的厂子里，你仍然是个自卑而寡言的人。别人不晓得你的家庭状况，但你自己晓得自己有个什么样的父亲。任何与家庭有涉的话题，你都不会置喙，工友谈及男女之事，你也讳莫如深，唯恐避之不及。你不仅背负着父亲的政治污点，更有他带给你的难以启齿的道德污名。

你是另册上的人，你没有资格毫无顾忌地生活。

下班之后，你尽量地躲着别人。工厂有个图书室，那是最适合你躲的地方。你可以躲进某本书或某本杂志里。在乡下的八年，你只读过很少的几本文学书。此时，曾被称为毒草的各种文学经典正被重印出来，图书室几乎每过两天就有新书上架。你受了那个时代的感染，悄悄写起了分行的句子，把它们叫作诗。在1977年第五期的《湘江文艺》上，你以少鸿为笔名发表了你的处女作《当九月九日走进我们车间》：

……九月九日走进了我们车间，我们请它严格地检验：看吧，所有仪表和心坎上的指针，都紧紧贴着毛主席刻下的红线！

你无师自通地顺应了当时的写作风尚，自觉不自觉地用歌功颂德来洗刷你的耻辱，表达你的忠诚。

就在这时，母亲所担忧的事发生了：弟弟参加了“文革”后首届高考，并且成绩不错，超过了录取分数线，但是政治审查没有通过，落榜了。他不仅受了父亲的连累，也受到了舅舅的牵连。

舅舅，这个只在小时候见过，活跃在母亲的口头与外婆信中的舅舅，在你的印象中，一直是很革命的。解放前夕他在省立五中读书时就是思想激进分子，一毕业就参加了解放军。共和国开展镇压反革命运动，舅舅向老家政府写信，检举回乡已经三年的二叔是隐藏的国民党军官。他二叔是在济南战役时率部向解放军投诚的，部队办班学习准备转为解放军时，二叔不愿继续打仗了，就逃回家乡，隐瞒身份老实务农，企图有个善终。被舅舅检举之后，他被逮捕并被送到了青海劳改农场，可是他仍想逃跑回家，于是被乱枪打死在荒野里。舅舅后来转业到了吉安地委讲师团，专门从事理论研究宣讲工作。据说“文革”初期他就响应号召积极加入了造反派的队伍，被另一派抓起来关了三个月，是中央文革领导小组的江青说了话，他所在的这一派是真正的无产阶级革命派，这才被放了出来。由此一来，舅舅便铁定了一颗紧跟领袖之心，地革委拟委任他当商业局长，他也不干，硬要呆在讲师团钻研马恩列斯毛。他撰写的理论文章据说刊登在显赫的大报上。在中国政坛发生巨变的那几天，他从美国之音里听到“四人帮”被抓的消息，不明真假，便邀了两个战友开车前往上海打探。但是在沪上，他们要找的人都销声匿迹了，急忙打道回府。一回到吉安，他们就被抓进了看守所。就在弟弟报名参加高考前不久，舅舅以现行反革命罪论处，判了二十年徒刑。

原本就有一个被开除党籍的父亲，又来一个现行反革命的舅舅，弟弟的政审焉有通过之理？可问题是，才发生不久的事，自己不填写，谁会知道呢？自己抠出屎来臭，那不是太愚蠢了么？你向母亲表达了你的想法，母亲却惊讶万分：“谁敢不填啊？那不是欺骗组织对党不忠诚吗？要是查出来，还不罪加一等！”

事情上升到了对党不忠的高度，你只有哑然了。

但是，你是笃定不会在表上填写父亲与舅舅的事的。你再听话，也不至于那么傻。你没在参加首届高考，你学历太低，数学一点都不懂，没有可能考上。到了 1978 年初夏，忽然来了机会，中央戏剧学院在湖南招收戏剧文学方面的考生，有文学作品发表者优先考虑。你蛰伏着的心忽然就醒了，就不管天高地厚了。你报了名，寄了作品剪报，而中央戏剧学院招生办很快来了函，通知你带上体检表、单位证明于 6 月 22 日赶到长沙参加考试。

你很顺利地做了体检，你不用篡改数字就让你的血压稳定在 75—120。你的身体很棒。

你到厂政治部去开具报考证明。原以为，要厂里开个证明是没有问题的，首届高考，厂里已经准许一些工人高考上大学去了。当你把中央戏剧学院的通知拿出来给政治部主任看时，在座的宣传科伍科长用嘲笑的目光斜视着你，拉长嗓子说：“你，也想当演员？”言下之意，你的长相太差。你脸上一热，忙更正说，你是考戏剧文学，想当编剧，而不是当演员。你将希望的目光放到主任身上。

可主任板着国字脸默不作声。伍科长背着双手有板有眼地批评你：“你这样子，也能学编剧？你这个人，发表了几首小诗，就自以为了不起了！居然要考中央戏剧学院！那是你考的么？你是生产一线的操作工，都像你这样，生产还搞不搞？四个现代化还要不要？工人是工厂的主人嘛，不是写诗就是想考大学，你的主人翁意识哪去了？告诉你，厂里已经决定，今年任何人都不许考大学！”

你无话可说了。谁都可以教导你说你是主人，虽然你从来没找到过主人的感觉。既然任何人都不许考，你也只好认命了。可后来事情却并非如伍科长所说，当普通高校开始高考时，厂里又准许职工参加了，也就是说，全厂被限制参加高考的只有你一个人。但是你并不沮丧，也不气愤，因为那天伍科长还说了另外一番话。

伍科长用一根指头点着你，摇头晃脑，说：“小陶哇，有些事情我是没有跟你说过的，你知道不，你那次发表诗歌，编辑部来函调查过你的，我们特意调阅了你的档案，见你家庭无重大问题，表现尚可，你又是写的纪念毛主席的诗，才签字同意发表的。”

你顿时背脊冰凉。你很清楚，并不是家里无重大政治问题，只是你没有填写，若仔细审查的话，是很容易发现的。你又一次侥幸逃脱了。你是宁愿大学梦破灭，也不愿厂里人晓得你有那样一个父亲，再加那样一个舅父的。若是伍科长获知这些信息，他不知会高兴成什么样，因为，他也搞搞业余创作，却一个字也不曾发表过，据说他曾将载有你作品的报纸往桌上一拍，大骂编辑瞎了狗眼。

你终于知道，不管你到哪里，父亲都会如影随形。

43

要盖棺了，你率领弟弟以及妻子女儿在灵柩前跪下。

一个类似于祭师的人物点燃一叠纸钱，在空中划了两圈，嘴里念念有词。

灵柩前的冥灯燃着一朵黄色的火苗，摇摇晃晃，闪闪烁烁，棺材的影子颤动不已。

你们连磕了三个响头。真的是响头，你听到大地被磕得砰然作响。俯仰之间，黑漆漆的灵柩升腾三次，沉落三次。香烛燃烧出来的幽香伴着烟雾在四周萦绕，笼罩了你的全身。四个臂缠白毛巾的丧夫抬起棺盖搭到了棺材上面。你心头一紧，急忙起身，站到棺材旁边，将目光投向父亲的脸。

这将是你最后一次见到父亲了。你的目光在父亲苍白清瘦的脸上流连。丧夫们发一声喊，齐力猛推，棺盖嗖地盖到了敞开的棺材上。你的目光被截断，它感到了疼痛，抽搐了一下。父亲就这样不见了，被封闭在狭窄的棺材里面了。

身后响起应姨凄惨的嚎哭："老陶啊，你就这样走了啊，你丢下我不管了啊！"

你没哭，只是有一些冰凉的液体从鼻梁两侧流了下来。

丧夫们麻利地将蚂蟥钉按在棺盖与棺材之间的缝隙上，手起锤落，几下就将它钉得严丝合缝了。一根粗大的龙杠搁到了千年屋的屋脊上，紧接着，几条坚韧的竹篾将龙杠与棺材牢牢地绑为了一体。

逼人的寒气贴着后背爬行，你裹紧孝衣，抬眼四望，山峦黝黑，乌云密布，让人感觉像捂在一口巨大的棺材里。但是东边的山脊与天空相交的地方，现出了一条微弱的亮边。黎明已经将夜幕撬开，一线曙光挤了进来……

44

当工人的你对工作很认真很上心，你深知只有做好本职工作，你的业余写作才有正当性与合理性，才不会让人诟病。

厂里开职工大会，主席台上出现了新来的厂党委书记。你一眼就认出，他是老家安化的原县委副书记李佐勋，父亲的老上司。你的身子不由自主地往下溜。你忌讳一切与父亲相关联的人和事。你把头埋进一本书里，成功地把新书记的报告排除在脑子之外。声音是听到了的，但是他说了些什么，你一概不知。

没料到，有天车间通知你去一趟李书记家。

你莫明其妙，忐忑不安。你不想去，却又不得不去。晚餐之后，天色暗下来，快看不清人的面目了，你才慢慢吞吞地走向厂领导的住宅。你找到了那幢小楼，小心翼翼地敲响了门。进门之后，你不晓得要换拖鞋，傻不拉几地立在客厅里，双手不知往哪里放。李书记倒挺和蔼，招呼你坐下，瞟瞟你说："原来你是陶根深的崽啊！根深同志我们很熟的，同事很多年。这一次我调来厂里，他晓得了，就要我带个口信。听说你好久没跟他联系了吧？你就写封信回去吧，啊？叫你来一趟，也没别的事，就这事，自己的父亲嘛，没什么的，他也不会计较的，就这样吧！"你注意到李书记仍称父亲为同志。你没有说话，也没有点头，就默默地退了出来。大概，李书记认为你默认了吧。只有你自己知道，你根本没打算跟父亲联系。

回到宿舍，工友们惊奇极了。他们没想到，党委书记竟然跟你扯上了关系，七嘴八舌地询问，很羡慕的样子。他们认为，你很快就会换一个不用上夜班的岗位了，现成的关系，焉有不用之理？这之前，已经有两个工友靠甩手榴弹（酒）和炸药包（礼盒）以及帮劳资科长做藕煤，成功地调离了倒班岗位。

你缄默不语，你不想炫耀认识了李书记，更不想让人知道是因为父亲的缘故。你决不会为改变工作而去求人的。

这是你第一次也是唯一的一次跟李书记打交道。

你还刻意回避对你表示好感的女工，以免产生情感羁绊。在这家工厂倒了八年班之后，经人介绍，你终于与一个远在桃源县的女子结了婚，并以解决夫妻分居的名义调走了。你终于摆脱了倒班，从钢铁的压抑和化学气体的熏陶下解放了出来。车间主任感慨地说，你是他最放得心的主任操作工。你不需要这种廉价的称赞，你不想长期呆在一个随时会暴露隐秘的地方。

45

虽然天上仍是铅云堆积，白昼之光已然淹没了四山拱卫中的小小盆地。

纸钱撒落，鞭炮炸响，招魂幡在寒风中摇曳，稀疏的雪珠打着头顶。

应姨突然爆发出骇人的哭嚎，惊得你的头皮一麻。

与此同时，八个丧夫发飙般一声大喊，齐心协力将棺木抬了起来。

出殡的时刻到了。你心头一凛，回头看一眼棺木，它沉甸甸地悬挂在龙杠上，微微有些摇晃，捆扎它的竹篾发出吱吱的响声。那是父亲的重量使然吧？

你走到出葬队伍的最前头，移动脚步，往院门外而去。

门外有两条路，往右转是捷径，穿过一条废弃的老街，直达父亲要去的坟山；往左转则绕道经过新街，街道两旁商铺密布，人来人往，是热闹之所在。你以为是要往右转的，刚出院门，应姨抹着眼泪过来说，往左拐吧，让老陶多看一眼那些老熟人。你马上明白也理解了她的心思，其实是想让镇上的人都看看，老陶的丧事有多气派，有多哀荣。她又对你们几个孝子交待，送葬所经之处，若有人放鞭炮相迎，你们是要磕头致谢的，这是习俗，是规矩，也是礼仪。你连连点头应允，心里明白，她主要是说给你听的，你这个长子必须以身作则，起带头作用。

交待完这些，应姨在院门口站立不动，抹泪相送。

逝者的妻子是不能送棺上山的，这也是当地的习俗。

队伍刚刚左拐，便有人从自家门内丢了一挂点燃的千子鞭出来，噼噼啪啪地炸出一片缤纷的红雨，曳出一片缭乱的蓝烟。你赶紧冲那扇门跪了下来，深深地磕了一个头……

46

在那个因桃花源而得名的县城里你开始了新生活。当工人八年，积攒了六百多元钱，你用其中的三百多元打了一套家具，然后交了二十五块给妻子单位，参加了他们组织的集体婚礼，余下的钱买了一台十二英寸的黑白电视机。一年后，你就当了父亲，有了一个可爱的女儿。

无论结婚，还是生女，你都没要岳父家一分钱，也没向自己家要一分钱。母亲在镇办小厂上班，薪水微薄，没钱；而父亲呢，连来往都没有，你更不会朝他开口。你连消息都没有告诉他。不过你晓得他会知道的，因为弟弟一直跟他来往着。本来跟父亲密切相关的事情，搞得跟他一点关系都没有了。你并不怨他，只是不想跟他有联系。

妻子分娩前就提出，不管生子生女，都要跟她姓满，因为她家四姊妹，没有一个男孩，无法继承满家的姓氏。你不假思索就答应了，如弃敝屣般放弃了陶家的姓氏，这其中，是不是有父亲的因素？难道你的下意识以为，父亲的姓氏也隐含了那些难言的伤痛，因此而不愿传给女儿？

你学会了给女儿打包。

你给女儿洗尿片、热牛奶、熬稀饭，一口一口地喂她，追着她满地走。

你接送她去幼儿园，上小学，她的脚不小心夹到自行车轮子里了，你心疼得直哆嗦。

你到西北大学作家班读书，每周定要给妻子挂长途电话，第一句话都是问女儿还好吗，接着便会问她："没生病吧？听话吧？肯吃饭么？"那年你还将妻女接去学校，半路从襄樊转坐汽车往西安，从早到晚整整十三个小时，你都把五岁的女儿抱在怀里，生怕汽车颠簸了她。你带她们看兵马俑，游华清池，吃羊肉泡馍，逛古城墙与钟楼大街，尽享天伦。当时城里天天都在游行，女儿捡到一面小旗子，坐在你肩头，奶声奶气地模仿着人们喊口号："打倒官倒！反对腐败！"让你忍俊不禁。后来就戒严了，时局愈来愈紧，不测时刻都将发生，你看看情况不对头，赶紧行李一卷，毕业证都等不及领，就带着妻女回了家。

你为女儿先后请过十来个保姆，时间长的做过几个月，短的只有半天。有的是嫌女儿不好带，有的是嫌给的工钱太少，还有的嫌你家的电视是黑白的，给你家做不好玩。后来你干脆不请了，什么事都自己做。当然这要拜托有个轻松的好工作，你调到了县文联，全单位就你和主席两个人，平时不用坐班，各做各的事，到周六才聚一下头。总之你的时间、心思、精力，除了写作之外，大部分都放在女儿的身上。你要做一个与父亲绝对两样的父亲。你要把你从没有享受过的天下最好的父爱都给予女儿。你甚至于想，假如你的生命能换取女儿一生的幸福，那就拿去吧，你不要了！

你对女儿的爱，似乎也是做给那个没有联系的父亲看的。

47

天光大亮。送葬队伍行进得非常缓慢。围观目送者众多，燃放鞭炮的比比皆是，你必须一一停下来朝他们磕头致谢。唢呐锣鼓响得张狂，再加上噼噼啪啪的鞭炮，耳朵就听不到别的声音了。鞭炮的碎屑纷纷扬扬地飘落在你身上。寒风飒然，两片耳朵冷得发疼。烟雾熏涩了眼睛，火药味呛进了胸腔。你频繁地跪下，磕头，再跪下，再磕头……街道和人群一次次地升高，落下，再升高，再落下。泥水打湿了半截孝衣，以及穿牛仔裤的两只膝盖。

你的视线慢慢地模糊，那些密密麻麻的脸孔没有了五官，摇晃的棺材也成了漆黑的一团。鞭炮与喧闹之声愈发的震耳。你极度的疲乏，两天两夜没怎么休息了。丧夫们不停地叫喊，刻意制造着热闹的气氛。整个天地如同一盆浊水在晃荡着……

再一次跪拜完，抬起身来的时候，你忽然发现自己站立不稳了。天和地都在旋转。身体左右摇晃，竟不听指挥，你想往左边去，它偏往右边来；你竭力往左使劲，它却往右面倒下了……哎哎哎这是怎么回事？眼看就要跌倒，你赶紧抓一辆停在路边的卡车车箱。妻扶住你问："怎么了？"你摇摇头说："不晓得，突然就站不住了。"你屏住气息，闭一下眼睛再睁开，虽然还有些许晕乎，但好多了。灵柩走到你前头去了，你连忙推开妻子的手，大步往前赶去……

你一点没意识到，你的身体出毛病了。

后来才晓得你得了突发性耳聋。在某个片刻失去平衡是发病的典型特征。某些神经元永远地、不可逆地死去了，你的右耳永远地丧失了约一半的听力，且有了不绝如缕的金属般的耳鸣。只要你捂住左耳，整个世界就退缩到了一堵棉花墙后，所有的声音都模糊不清。起初你以为是鞭炮惹的祸，有个词不就叫震耳欲聋么。但据资料说，罹患此病与身体劳累有关，与情绪悲伤有关。

可你隐隐地想，这与你十八年不与父亲联系有关，与老天惩罚你的不孝有关。

也许，这就是天谴，这就是报应。

48

在西安读书时，班里同学有时会互相询问：出门在外你最想念谁？无一例外地回答：女儿或者儿子。在你们心目中，儿女比妻子、老子都重要。这是人的本性吧，只有儿女，才是你们生命的延续。

毕业回到桃源，当被追查到在学校有没有参与游行时，你毫不犹豫地撒了谎，并且还替有关同学撒了谎。据知，你所有的同学都以互证对方政治清白的方式，证实了自己内心的善良。大家都有家，大家都要生活，谁也不想影响生存，牵连家人。尤其是你，你不能让女儿再遭受你遭受过的一切。时代不同了，父亲也不同了。

在桃源生活的八年里，你认真地做着父亲，而极少去想自己的父亲。你被动地从弟弟和母亲那里零星地听到父亲的一些情况，但你从不主动打听。光阴随着东去的沅水一天天流逝，你以为，父亲已经与你的人生无多大关系，父亲的目光也不再投向你了。

但事实并非如你所想。就在快要调离桃源的时候，你去县人事局开一个会，副局长笑吟吟地和你说："好久没看到你爸爸了吧!"你大为惊讶，在这个不相干的地方，又怎会有不相干的人说及你的父亲，涉及你的隐私呢？你有点尴尬，有点难受。副局长继续说着，嘴唇翕动不已。原来副局长到省里参加老干工作会议，同去开会的父亲找了他，请他带口信给你，让你与他联系。

你当即有一种被父亲逮住的感觉。

副局长劝了你几句，你用鼻子应付了几声。你不喜欢外人知道你的事，这让你很不自在。无论如何，这是一块结痂的疤，要揭也只能由自己来。你心里很清楚，总有一天，你必得与父亲恢复联系，这一坎你非过不可。否则，无法对自己交待。但这得由自己来决定，别人不得置喙。这一辈子，无数次地被教育听这个话听那个话，但这件事，你只打算听自己的话。

你感觉还没到时候。你还在逃避，有时候，逃避也是一种反抗，是我们唯一能做的事。

及至调到常德，无论是地理距离还是心理距离，都离父亲近一些了。父亲呢，也离休了，听说中了一次风，拄上了拐杖，而你也在一天天变老，你必得做出抉择了。十八年了，你再不去看父亲就说不过去了。于是你查询了路线，带上礼物和女儿，冒着隆冬的严寒出发了。出门时你联想到了电影里的地下党接头的情景……是的，你是去和父亲接头，和你的过去接头。当你来到大福，看到三楼上颤颤巍巍的父亲时，心头一悚，竟一时透不过气来。

49

鞭炮声渐稀，几百米长的小街终于走到了尽头。你拖着两条酸麻的腿，跟在灵柩后面，走过一道古老的石拱桥，往坟山而去。

上坡了，棺材的大头忽然朝天昂起。道路狭窄陡峭，泥泞湿滑。丧夫们穿解放胶鞋的脚纷乱杂沓，踩来踏去没个定准，时不时打着趔趄。要是丧夫们同时失脚跌倒，那棺材会不会顺坡滚下，棺盖会不会散开，父亲的遗体会不会掉出来？你的心抽紧了，下意识地伸出手扶住棺材，用力地往上推……你的担心是多余的，丧夫们一鼓作气地上了山，稳稳当当地将灵柩抬到了掘好的墓坑旁。只是，一搁下它，他们就转身下山去了。当地习俗，他们要到主家吃了早饭后再来安葬逝者。否则，他们既没力气也没心气，坟墓就有可能筑得不结实。

不只丧夫，所有送葬的人都下山了，只留下你和弟弟守在墓坑旁。

漆黑的棺材斜摆在掘出的黄土上。墓坑有半人深，挖得不太规则，坑壁上暴露着条条树根，泥香扑鼻。无论你富贵还是贫贱，最后都会到墓坑里来，人世间也许只有死亡才是绝对平等的罢。父亲是生活在偏僻小镇，如在城里，是不允许土葬睡千年屋的。十年前去世的岳父，那个南征北战从辽宁乡下来到桃源县城的原解放军四十二军的连指导员，就只能用自己毕生积蓄的八千块钱来给自己买一次火葬、一个骨灰盒和一方墓穴，作为最后的归宿。

山风凛冽，四周的茅草上结了一层薄薄的冰，泛着惨白的光。你和弟弟瑟缩着，跺着脚，盼着丧夫们早点回山上来……手机震动了，你将手机贴在右耳上，却发现，妻子的声音变调了，听不出她说的什么！你愣了片刻，才晓得，变了的不是妻的声音，而是你的右耳。你失去平衡站立不稳的那一刻起，它不再清晰地传达这个世界的声音。你没有慌张，人连死都会，耳朵患病又有什么奇怪的？你将手机转贴在左耳上——很好，左耳完好如初——你冷静地向妻子报告了右耳的消息。

等候良久，妻子终于来了，丧夫们也来了，还来了一位手托罗盘的风水先生。他东瞄西望了一会，定好了坟头的准确朝向，然后就如道士一样打起了宝卦。你忙掏了四十几块钱给他。你终于明白，为何他们热衷于打宝卦，它不仅是丧事的仪式，也是敛财的方式。

开始下葬了，鞭炮再次炸响，纸钱燃起，你和弟弟再次朝灵柩深深地磕了下去。你将额头紧贴着了大地，你闻到了泥土的芬芳，还有火药的辛辣。丧夫们在墓坑底部洒上了石灰。接着，用一种机巧而难以说清的方式，将棺材徐徐地放进了墓坑。然后，他们开始筑坟。黄土落在棺盖上，发出空洞而又结实的闷响……

灵柩沉没在黄土之中，父亲也随之隐居在了大地深处。

那象征着他往生的坟头慢慢地隆了起来。

50

有次你在父亲家，两人围着炭火，很久没有说话。在你昏昏欲睡之时，父亲忽然说，那天我在电视里看到你呢。你唔了一声。这不奇怪，前不久你的长篇小说《梦土》获了一个奖，电视台采访了你并且播出了。父亲虽然已不是党员，但仍关心党内外大事，每晚都要看《湖南新闻联播》的，所以你偶然的出镜也没能逃过他的眼睛。

父亲又说，你的书我买了一本，一看就晓得是写石蛙溪。

你又唔了一声，就不言语了。你没想到，父亲会买你写的书。你写书的事从来没有跟他说过。尤其是这部小说，你不想跟他讨论。这部小说起初只出了上卷，下卷是两年后出的。父亲买的是上卷，他不知道还有下卷，更不知道他也是下卷里的一个人物。父亲成了你的小说人物原型，你写了他人生中的几许得意，更有诸多的失败。所以你虽然写了，也讳莫如深。

父亲再也没有跟你提过这本书。

或许，他晓得这本书有下卷，晓得他被你写进了书里，只是他不说。

51

父亲终于入土为安，你和弟弟也得离去了。离开前，你得跟应姨告一下别。于是，你们踏着泥泞下了坟山，回到没有了父亲的父亲的家。

仍旧是在那间黢黑的小客厅，仍旧是一盆欲燃欲熄的炭火。大家围火而坐，一时都没有话说。应姨的眼泪已经干了，面容也平和了，枯瘦的脸皮起了皱。对这个女人的敌意，已经是遥远过去的事。无论如何，你也得感谢她，是她照顾了父亲的后半生，陪伴父亲走完了最后的路，虽然，那是她的责任。可如今，负责任的人并不很多。你从心底，悄然地发出了一声喟叹。其实在内心深处，你是愿意认可父亲与应姨相爱的，因为只有这样，父亲的一生才不全是失败。

“都说你爸的丧事办得热闹呢。”说着，应姨脸上透出欣慰的神情。

你嗯一声，点点头。

“可是，你父亲有一桩心事，一直没有了。”应姨抓起火钳拨弄着炭火，一脸黯然。

你问：“什么事啊？”

应姨看看你，舔舔干裂的嘴唇说：“你爸不是被开除党籍了么，他一直想请求恢复的，因为，当时开除他又没有什么真凭实据。其实呢，原因就是区里的同事见我比你爸小十几岁，就眼红，看不得我们，就想办法惩罚你爸，但我们是正当的婚姻，找不到我们的岔子，就把‘文革’初期你爸跟供电公司那个姓韦的女子的事翻了出来，硬说那女子的男人自杀是你爸造成的。其实这事县里专门调查过，‘文革’时就做过结论，是那些大字报造成的，跟你爸无关。可这些人不依不饶，硬是开除了他，他一个解放前就参加革命的老干部，好没面子啊！他申诉了多年，也没有结果。”

你没吱声，错愕地张大了嘴。一直以为，父亲被开除党籍，是因为他跟应姨的事，没想到，真相竟然是这样。当时的父亲，真是情何以堪……但你能说什么呢？父亲都离去了，还有什么好说的。有没有党籍，死神都不会放过你。所谓的人生价值、意义，都只与生存相伴，而且，也不过是人们为活得更好找的理由而已。你默默地盯着炭火，右耳里是不绝如缕的金属鸣响……

你起身向应姨告辞。应姨一如往常，给你们两兄弟准备了一些腊肉、薯粉、魔芋等土特产。出门时应姨说：“少鸿少华，你们以后有空来大福玩啊！”

你和弟弟都点头答应了。你们肯定还会来的，两年之后要给父亲的坟墓立碑，这也是乡俗。立完碑后，不说每年，也还是会隔三岔五地来扫墓祭祀的。但肯定不会来大福玩，更不会专程来看望应姨。无论在情感里还是意识里，父亲一去世，你都觉得与她没什么关系了。

52

父亲没有来过常德你家，一次也没有过。无论如何，这都是个欠缺，是个遗憾。你曾想过邀他来看看，但左右权衡之后，放弃了。

因为，父亲拄着拐杖，行动不便，而且他一来应姨势必要跟着来。应姨一来，你势必跟邻居解释她的身份，那种窘迫与尴尬是可以想见的。更重要的是，应姨来了，母亲怎么办？你把她置于什么位置了？母亲知道了，又会作何感想？

父亲是带着应姨去过长沙弟弟家的。那时他还没病，腿脚利索，带着应姨四处串门显摆，还跟人家炫耀说，家里有三个处级干部（他是享受处级待遇的离休老干部，大儿子是市文联副主席，小儿子是厂里中层干部，也被他算了副处）。搞得弟弟很不高兴，觉得丢了面子，便与父亲起了争执。父亲一气之下回了大福，再也没去过长沙。这件事，母亲曾多次提起，直说父亲不懂味，以为带着后妻到处跑很光彩，不以为耻反以为荣。

或许是有这个前车之鉴，父亲才没有提出来常德看看吧。是的，他从来没有提过，问及你的工作生活以及城市的各个方面时，也小心地回避着这个话题。

母亲是经常来常德的，一年至少两次，有时带着继父，大部分的时候是独自来。但住的时候都不长，三两天而已，因为她每天下午要打打麻将的，孙女在学校读书，儿子媳妇要上班，她一个人太冷清了，熬不住。她已习惯了益阳有滋有味的家常生活。

有一年，你家还住在市委宿舍区的时候，母亲来了，忽然问你："住在楼下一层的那个老年妇女是不是姓肖？"你说："是的，都叫她肖奶奶，也是个安化人。"母亲便说："当年在小淹区，她与你爸爸谈过恋爱呢，我一眼就认出她来了！"你很是惊奇，真是山不转水转，水不转人转，调到这儿竟也碰到与父亲相关的人。更让你惊奇的是，那天下班回来，看到母亲与肖奶奶在宿舍门口聊天，很亲热很熟稔的样子。毫无疑问，她们聊得很好，而父亲，肯定是她们共同的话题。

命运有时真是奇妙，父亲没来过常德，可他的一段往事就住在你楼下。

53

送完葬回到常德，已是下午两点。回到家第一件事就是到医院看病。叙述了发病经过和测验了听力之后，你被告之罹患突发性耳聋，当即办理了住院手续，进了高压氧舱。你戴上吸氧面罩，边大口地吸着氧气边环视舱内的景象，忽然感到，这高压氧舱就是一个巨大的铁棺材，你待在一个跟父亲差不多的地方了。于是你在粗糙的呼吸声和金属般的耳鸣声中再一次地想："父亲已经死了，而下一个将轮到你了。"

54

父亲下葬两年后的清明节，你和弟弟再一次来到大福镇，爬上坟山，给父亲下跪磕头，烧纸立碑。坟草青青，泥香阵阵，青色的石碑像一个人跪在父亲的坟前。

祭完父亲，你绕道益阳看望母亲。母亲长吁短叹了一会，又怨怪起父亲来，因为照顾父亲，搞得她正式的教师工作都丢掉了，不然，退休后每月起码也有一两千块钱。她回城后工作的那个镇办小厂关门时，四千块钱就打发了她。当年马路口煤矿下马遣散工人时，父亲也没有利用职权与关系为她保留一份工作，如今她的收入就是县经委给的每月五十块钱遣散补助费。什么低保、社保、医保，是一保都没有。现在她只能靠儿子的接济与继父微薄的退休金生活。

"你爸爸这一辈子啊，吃了他那犟脾气的亏，害了自己也害了我们一家人。"母亲情不自禁地数落着，又说，"少鸿你还记得那年在东坪，你爸要拖你去公安局脱离关系么？"你说你记得的。现在你还感觉得到手被拖时的疼痛。母亲说，"你爸后来跑到我屋里来了呢！他说，你离开石蛙溪时把晒簟、木头卖给了二公和伯伯他们，是剥削贫下中农的行为，他决不允许，硬是把你放在我手里买手表的一百二十块钱拿走了呢！"

你木然，耳鸣声骤然大了起来。父亲拿走那一百二十块钱的理由很革命很充分，但肯定不会给二公与伯伯，父亲不过是被你激怒，泄愤而已。

你半天没作声，父亲都已经离世两年了，你不想再说他了。让你惊讶的不仅是父亲的作为，还因为这件事母亲竟然隐瞒了三十三年，直到这天才说！显然，她不声不响地给你垫了一百二十块钱，托舅舅给你买来了那块东风牌手表。

“你爸这个人有时候硬是蛮狠呢！”母亲说。

55

类似的话在 2007 年冬天你又听到一个不相干的人说了。你回了一趟老家。你来到了马路口煤矿遗址，找到了你家工棚所在的土坪，还看到了一幢保存完好的工棚。工棚门槛上坐着一个吸烟的老者，你问他还记得当年煤矿的事不，他说：“哪能不记得，我当年就是井下挖煤的。”又问：“还记得那个姓陶的矿长么？”他喷出一口烟雾，如喷出心中往事：“陶矿长啊，记得记得，那可是个狠角色，蛮厉害的！”又询问，父亲如何厉害，他却说不出所以然来。不过这足以令你赧然。一个井下矿工，时隔四十五年之后，居然还记得父亲的厉害，可见父亲的厉害了。

父亲初来当矿长时才二十五岁，调离煤矿时也才三十岁，你无法想象年轻的陶矿长的厉害与狠。那就是他的性格特征吧，性格即命运，他后来的人生际遇无不与此相关；但更相关的是这个时代吧，谁能逃脱时代的左右呢？人得为自己的行为负责，时代却不用，所以时代可以冠冕堂皇地胡作非为，可以煽动一些人仇恨另一些人。以时代的名义奴役心灵，制造悲剧，从来不会受到审判，更不会得到清算。

56

某个寂静的深夜，父亲的棺材在一片虚空中浮动。

为何没有梦见父亲，却梦见了他的棺材？

父亲比你大二十一岁，再过二十一年，差不多也是你快辞世的时候了。你怕死吗？怕与不怕，死都会来，那不是你自己能决定的。所以，死是最不需要考虑的事，要考虑的是如何活，活得自在，活得有尊严。所以，你不想再次梦见父亲的棺材，不想无穷尽地回忆，不想让过去永远积压在心头。于是你开始写这篇用不着虚构的东西，你铲起一锹锹文字的黄土，将它们掩在过去的那段人生之上。

你写，不是为了纪念，而是为了遗忘。

这是一次没有顾忌也没有拘束的写作。你希望这些文字能真正地安葬了父亲，也埋葬掉了那些曾经的惶恐、羞辱、困窘、隐忍、压抑、忧郁与逆来顺受。你的心，再也不会因为恐惧而逃亡。

没有什么好怕的了，包括死亡。

佛家有“苦今生，修来世”的说法。你是不相信有什么来世的，因为，你既感觉不到前生，哪又会有什么来世？感觉不到的就是不存在的。不过，倘若真能转世，不管我们还是不是父子，父亲，我们都尝试另一种更有尊严的人生吧！

父亲，愿你安息，愿我安宁。

2012 年 11 月

原载《湖南文学》2013 年第 1 期

绝　响

1

车到青衣江时，他很有些激动。江水的上游，在初夏浅蓝的天穹之下，一座锯齿状的山峰徐徐地旋转，越来越近。他不可能不激动，那座山叫大云山，山下就是他工作过八年，离开也有二十年了的青衣江氮肥厂。他依稀看到了山脚高耸的群塔，蜿蜒如龙的管道，听到了日夜喧闹不已的机器轰鸣，甚至，他还闻到了随风飘来的氮肥厂特有的化学气体的味道。

然而，他的激动没有能够持续多久。面包车屁股一甩，拐上了去市区的马路。他一愣，冲前头大声说："哎，不是说先去访问氮肥厂的么？"

负责接待的小李坐在副驾驶座上，回头歉疚地说："对不起，去氮肥厂的计划取消了。"

他急了，起身走到小李身后询问原因。

小李说："本来是安排好了的，但你们厂里不接待，因为改制的事，工人正闹事，你们都是名人，怕给你们惹麻烦。"

他敏感地道："是怕我们给他们惹麻烦吧？"

小李笑笑说："就算是吧，给谁惹麻烦都不是好事对不？你的心情可以理解，反正明天开座谈会厂里会来人，氮肥厂的情况你跟他了解吧。噢，是工会副主席黄宇来，听他说，你们很熟悉？”

黄宇他当然熟悉，他当操作工八年，黄宇一直是他的班长。

他点了点头，悻悻地回到自己座位上。这一趟行程他期待已久，早就有心回厂里来看看，一直没能成行，这次作家协会组织工人出身的作家回工矿企业访问，名曰“工人作家回娘家”，他有幸忝列其中。可谁知，他千里迢迢兴致勃勃而来，娘家却并不欢迎他。

他很沮丧，却也无可奈何，只好默默地跟着代表团，去了电厂，接着又去了钢铁厂。别人都情绪高涨，交谈甚欢，惟有他郁郁不乐。那都是别人的工厂，别人的过去，与他何关？他对一切场景都视若无睹，对所有的介绍也充耳不闻，只是，当别人偶尔议论到氮肥厂的时候，他的耳朵就格外灵敏，不会放过只言片语。

他零碎地听到了一些信息。据说，他的那些工友们并不反对改制，但反对贱卖国有资产，更反对贱卖自己的后半生，为此他们曾把主要领导叫到大礼堂，对话谈判了整整一天一夜，没有结果；还据说，为稳定厂里的秩序，有关部门曾派来几百武警，雄赳赳气昂昂地开赴厂区，以震慑可能的过激行为。

他不知道，氮肥厂到底发生了什么，但他的沮丧慢慢地消失了。这确是一个敏感时期，而他们又是一帮身份敏感的人，厂方的不予接待可以理解，再说，这种被拒绝的经历，不就是另一种体验，另一种收获么？

他的心安定下来，等待着第二天的座谈会，等待着与黄宇的重逢。

可是，他再一次沮丧了。第二天开会时他一直盯着门口，想看到那个熟悉的身影，可它一直没有出现。黄宇没有来。散会时他找到小李，问到了黄宇的手机号码，他打了过去，却没开机。黄宇是不是有意回避他，他不知道。

但是他不甘心无功而返，厂里不接待，他可以自己去。访问日程还剩下最后一天的时候，他找团长请假提前离开。团长很精明，审视他几眼说：“你不会是自己回厂里去吧？我们要理解别人嘛，这个时候去是极不合适的。要是工人们要你帮忙上访，你怎么办？据我的经验，这种事真理往往是在工人一方的，帮吧，你一介书生，起不了作用，根本帮不上；不帮吧，你作家的良心又过意不去，两难！所以呀，你千万不要脑子发热瞎掺和，到时候会惹一身麻烦！”

他只好说谎，说自己家里有事，急于赶回去，团长这才点头应允了。于是，他收拾好行李，煞有介事地与同行们告了别，让小李派车将他送到火车站。他当然没有买火车票，等送行的司机一转背，他就上了一辆出租车。

出租车向着大云山疾驶时，一种隐秘的兴奋在他心里蠢蠢欲动……他莫名的想到了竖在家里阳台上的一根不锈钢仪表管做的晾衣叉，那是他调离氮肥厂时黄宇送给他的礼物。黄宇的手很巧，衣叉做得很精致，二十年来妻子一直在使用它。

2

他悄悄地住进了厂招待所318房，他想先不惊动任何熟人，用自己的眼睛看看再说。招待所还是二十年前的格局，只是在院落的树荫深处多了一幢装修豪华的小楼，总台服务员说它是专门用来招待贵宾的。他说：“我不是贵宾，能住么？”服务员伸出拇指与食指捻了捻，笑道：“如今啊，有这个就是贵宾。”于是他掏出钞票来，当了一回贵宾。

推开318的窗户，工厂就像一幅画镶嵌在他面前。在夕阳的映照下，塔群森林般巍然矗立，拖着长长的影子，它们虽然色彩暗淡，显得很沧桑的样子，可是该冒烟的在冒烟，该吐气的在吐气，显然在正常运行之中；厂区大道上行人稀少，而机器的轰鸣如同无形的波涛，隐隐约约滚滚而来；一列火车大大咧咧地呼叫着，驰骋在专用铁道上……总之，从表面上，他看不到有任何工人闹事的迹象。

晚饭后，他向厂区走去。他感到自己走路的姿态都有点像过去上班的样子，迈着八字步，不紧不慢的。在大门口，门卫拦住了他，问他要出入证。他解释说，他过去是尿素车间的操作工，想来看看自己曾经的岗位。门卫上下打量他，不太相信。他于是抽了抽鼻子，说："闻到么？这臭皮蛋似的气味是硫化氢，肯定有地方跑冒滴漏了！"门卫见他说得如此专业，不得不信了，笑笑说："好吧，就让你进去，管你是不是当过操作工，只要不是记者就行。"

工厂的布局是以一条大马路为中轴，十几个车间分列两侧。也许是久违了的缘故吧，马路看上去比过去窄多了。他特意走到路旁的地沟盖板上，想当初招工进厂时，工厂还在建设之中，他第一次进厂劳动就是站在地沟里铺电缆，他的八年青春时光也就是从那一天开始铺在了这里。他边走边看了看地面，仿佛想找到自己当年留下的足迹。机器的喧闹声越来越浊重了，他往左一拐，走到了一座框架结构的建筑的一层。

这就是他曾经工作过的泵房岗位了，六台巨大的高压泵横卧在地面上，油漆驳落，老态龙钟的样子，但它们仍在顽强地工作，驱动柱塞作永无休止的往复运动，将液氨加压至每平方厘米两百公斤后注入到合成塔里，以便与二氧化碳发生反应产生尿素。生产正常的话，他和同伴一般都坐在值班室里，每过半小时出来巡视一趟，查看有无异常迹象，抄下工艺数据。

透过值班室的玻璃窗，他看到一个小伙子伏在桌上填生产记录表，姿态十分的熟悉，他心里不禁一跳，以为遇到了多年前的自己。但显然不是，小伙子要比自己年轻得多。他叩了叩那扇油迹斑斑的门，门开了，汹涌的噪音将他推进门去。他熟练地反手甩门，将大部分噪声关在门外，然后大声对小伙子说，他是他的前辈，特意来看看的。他说了自己的名字。

小伙子看来并不知道他，一脸的疑惑，没好气地说："这里有什么好看的，机器吵死人，氨气熏死人！"他笑了笑，从柜子里拿起一个防毒面具，试着戴了一下——当年戴着面具冲进泄露的氨气里处理事故的感觉立即回到他身上，腋窝和大腿根部这些潮湿的部位隐约刺痒起来。他理解小伙子的怨言，当年他也这样抱怨自己的命运。这里是全车间操作环境最差的岗位，也是唯一一个没有女工的岗位。噪声和氨气自不必说，就是那种永无止境的单调与枯燥也让人受不了。当年他之所以调走，除了与新婚妻子团聚之外，就是想脱离这个环境。他问起，那个P4大阀开关还那样吃力么，他记得，P4阀须套上套筒，还要两个人同时使出全身力气才扳得动，每次开关都要累出一身的臭汗。小伙子说，它倒不费劲了，几年前经过技术改造，成了自动阀门，由总控室控制了。他由衷地感叹道："那好啊，你们比我们那时可轻松多了！"小伙子不以为然，抽抽鼻子说："好你再来呀，让氨气再熏你几年，然后下岗一个月拿几百多块钱生活费，或者用两三万块钱买断你的工龄，看你还想来不想来！"他无言以对。若不是命运使然，没人想来，他当初也不会千方百计地想离开。

和小伙子不咸不淡地又聊了几句，他出了值班室，从那些熟悉的泵体旁走过。浓郁的机油味和淡淡的氨气刺激着他的鼻腔，噪声则像一河浪花在他四周翻滚，吵得他耳膜发痒。他忽然有种时空错乱的感觉，感到这个地方离这个灯红酒绿的时代已非常的遥远……

他往车间办公室走，看到墙上的黑板报，便停住了脚。他最初的文字，都是发表在这上面。那时他是车间团支部宣传委员，每月出一期黑板报是他的责任，没有人愿意写稿，他只好抄一些报纸上的文章，自己再写一些分行的句子上去。这里就是他文学道路的起点。现在，粗糙不平的黑板上没有社论，没有心得，也没有诗歌，只有一句流行的标语：今天工作不努力，明天努力找工作。就是这句标语，使得他又有了时代感，晓得今夕何夕了。

办公室的门都关着，除了当班的操作工外，管理人员早已下班了。暮霭漫过噪声笼罩了工厂，建筑物的阴影悄悄爬出，白炽灯亮得刺眼。他转身，想从这喧哗的寂寞里走出去。这时，他看到包装楼的铁梯上走下来一个人，穿着脏兮兮的灰色夹克式工作服，很瘦，很邋遢，很没精神的样子。这是他的徒弟谢见屏二十年前的样子。这人下来了，走到他面前来了。他心里不由一跳，因为这人就是谢见屏。

“谢见屏，你还认识我么?”他兴奋地叫着，伸出手去。

谢见屏瞟了瞟他，并不感到意外，说：“哦，是师傅啊！”说着从手套里抽出右手来。他的眼睛有点发热了，他带谢见屏两年，谢叫他都是直呼其名，从来没有用过师傅的尊称。谢见屏比他只小两岁，又是从省城招来的，所以一直不太尊重他。

他有点激动地笑笑：“你总算叫了我一声师傅了！”一把就抓住谢见屏的右手用力摇了摇。但他立即就愣住了，感觉不对头，谢见屏的手少了一块。他松开谢见屏的手，仔细端详，只见谢的右手食指没了。

他诧异不已：“你手怎么了？”

谢见屏淡淡一笑：“噢，没什么，掉了一个零件。”

他不好再追问，说：“怎么样，现在还好吧？”

“就这样吧，跟大家一样，离岗了，一个月拿六七百块，有时在车间里找点临时的活干，赚几个辛苦钱，”谢见屏明显不肯多说，话头一转说，“反正不能和你比，你现在是熬出头了，要名有名要钱有钱。”

他笑笑：“爬格子能赚什么钱，过得去就是。”

谢见屏问：“你又跑到厂里来干什么呢？”

他说：“来看看呵。”

谢见屏拿手套抽打一下手：“有什么好看的，你看了八年了才走的，还没看够呵。”

他说：“来看看老朋友嘛。”

谢见屏点头：“你这么一说，我晓得你是看哪个来了。对不起，不奉陪了，我还有事。”说罢，转身又往楼上去了。

他仰望着谢见屏的背影，怔怔的。虽然谢见屏生平第一次叫了他师傅，但他还是清晰地感受到了某种隔膜，某种冷淡，甚至某种敌意。

谢见屏失去的食指让他回想起他们之间的一次冲突。

谢见屏是个懒散的人，在岗位上几乎只能凑个数，基本谈不上什么责任心，串岗、溜号、打瞌睡是经常性的事。有一次控制室通知紧急停车，关闭P4阀和停泵要同时进行，需要岗位上的三个人紧密配合，而谢见屏竟跑到车间后面的山上偷老百姓的桔子去了。他急得满头大汗，情急之中，只好采取了非常规措施，与另一同事拼命关上大阀的同时，让泵带负停车，若不是如此，差点闹出刺穿密封垫液氨泄露的事故。他气得脸都白了，谢见屏抱着一袋桔子回来时，他一巴掌将那些桔子打落在地，破口大骂了一顿。他的口才实在有限，除了骂些气话之外，就只好讲几句厂领导时常挂在口上的大道理，要遵守厂纪厂规，要有工人阶级的主人翁意识，要做一颗永不生锈的螺丝钉之类。骂人的同时，他当然地使用了他的手指，愤怒地指点着谢见屏的脸。他有权力这样，谢见屏是他的徒弟，若还不有点长进，出了责任事故他这个主任操作工吃不了兜着走。他真是恨铁不成钢。可谢见屏不吃他这一套，你指着他，他也指着你，骂骂咧咧声音比他还大些："你不要骂我，你比我好不了多少！你不是什么主人翁，也不是一颗好螺丝钉！要不你也不会天天闷着脑壳写什么狗屁小说，还不是想找块跳板跳出去！我是活人，又不是一块死铁，我才不当什么狗屁螺丝钉呢，你没有资格训我！我晓得你心里有气，在市里找了个漂亮女朋友，可人家嫌你是工人不要你了，你就把气撒在我身上！拿我当出气筒，你找错人了吧你！"谢见屏将那根尖尖的手指一直戳到他脸上，给了他一阵尖锐的疼。他真是气急败坏了，一把抓住那根手指就要往断里扭，要不是班长黄宇及时赶来拉开了他们，他说不定就会制造一起血案了。

他没有想到，那根他曾经想扭断的手指果真断掉了，没有了。这种巧合让他吃惊。其实，他与谢见屏的冲突还不止这一次，不过，冲突过后，谢见屏该给他带饭时会给他带饭，想叫他的外号还叫他的外号，还常特意到车间收发员那儿替他拿退稿信，当着众人的面举在手里一摇一摇，叫得尽人皆知："这是谁的作家梦啊？哈哈又出口转内销了！"谢见屏从不愿嘴巴上吃半点亏，是个有点小心眼，却又大大咧咧的人。他一直不太喜欢谢见屏，他们的关系很一般，但是，也不是像现在感受到的这种隔膜与冷淡，更没有这种不太明显却伸手可触的敌意。

过去尽管谢见屏不叫他师傅，他们还是师徒关系，现在叫他师傅了，却一点师徒的味道也没有了。他不知这是为什么。

3

他走出厂门，在人行道的树荫下看到了黄宇。

黄宇还是那样矮矮墩墩，很结实的样子，穿一件松松垮垮的T恤衫，脸上一笑，露出一嘴白牙来：“嗬嗬，招待所找你不到，我就晓得你到车间里来了。”说着远远地向他伸出手。

他板起脸，将右手藏到身后：“谁跟你握手，又不欢迎我来！”

黄宇走近揽住他的肩：“真生气了？我晓得欢不欢迎你都会来的，嘿嘿。”

他说：“座谈会你回避，打手机又关机，作家代表团要来参观你拒绝，门卫也在小心提防记者，到底害怕什么呢？你们心里是不是有鬼啊？”

黄宇说：“你不要一竹篙打一船人好不好，什么我们心里有鬼，原因都跟市里说过了，为了稳定大局，为了不给大家惹麻烦，互相回避是最好的。你还不领情，唉，我倒成了猪八戒照镜子，里外不是人了！”

他嘴一咧，忍不住笑了起来：“是人不是人，心里没鬼就好，我就怕和心里有鬼的打交道。”说着他抓住黄宇的手，用力握了握。借着路灯光，他瞟见黄宇头上有了稀疏的白发，眼角的褶子也深刻多了。他调离厂子的那年，黄宇已经是车间副主任，按照当时的发展态势，现在黄宇应当是厂级领导了，没想到仅仅是个工会主席，还是个副的。

黄宇瞟瞟他："二十年没见，你还是老样子呵。"

他感慨地摇头："是老了的样子了！"

黄宇说："你莫谦虚了，跟我比，你显得年轻了十岁！我才是老了的样子呢！"说着丧气地摸了一把枯燥的头发，又扬起手中的一份文件扇着风。

一股汗酸味扑到他鼻腔里，他关切地问："还好吧？"

黄宇摇摇头："好个屁，我现在是老鼠钻到了风箱里，两头受气。"

"此话怎讲？"

"唉，按说没我这个副主席什么事，可是工会主席托病在家，百事不管，一些抛头露面得罪人的事就只好我出面了。一把手呢，老怨我帮工人说话，站错了立场，没有和领导保持一致；下面的兄弟们呢，说我表面上和稀泥，实际上出卖了他们的利益，甚至骂我是工贼！"黄宇不断地抚摸自己的头发，神情烦恼。

他们沿着人行道边走边聊。黄宇介绍说，他调走后工厂效益一直不错，多种经营也搞得好，辅业发展迅速，没几年就成立了公司。氮肥厂是公司的主业，当然，也是最有效益的部分。只是工厂设备老化，需要更新了；人呢，长年累月的倒班闻氨味，没有机器耐用，身体状况普遍不佳，已经差不多更新完了。他们这一批进厂的操作工，除黄宇提了干还在职之外，基本上都提前下岗了，每个月拿着七百多元的下岗工资，比上不足比下有余，生活还算过得去。但是，如果一改制，按照目前的改制方案，主辅业要剥离，只用两三万块钱就买断下岗工人的工龄，以后的生活就没有保障了。

他点点头说："怪不得大家要闹事了。"

黄宇站住，往厂区瞟了瞟说："这还只是原因之一，你看，国家往这投了三个多亿，评估下来也还值两个多亿，现在却只开了九千万的价卖给私人大老板，如此贱卖国有资产，大家心里都不平衡，有的老党员心痛得哭呢。而且，你猜那个大老板是谁？就是莫光头！现在他可大发了，手下有十几家企业！”

这个莫光头也是和他们同时招工进厂的，仗着老子是省化工厅领导，差不多过几天就要与人打一架。有一次在食堂打饭，他不许莫光头插队，若不是被黄宇拦住，差一点被莫光头扇了个大耳光。莫光头是厂里最好的工种，电工，可也只干了半年，就被老子弄走了。没想到，一个一天到晚只会打架的小混混今天会有这种造化。他无言，缄默片刻说：“我要是没调走，也会参与闹事的。”

黄宇说：“其实不能说是闹事，我们一直是以合理合法的方式来表达我们合理合法的要求，我们一直压制着个别员工的过激行为，不给别人以口实，我们一直在争取在内部解决问题……”

他有些糊涂了：“你口口声声我们我们，是指哪个我们？”

黄宇笑笑：“噢，有时是指公司领导班子，有时是指工会和员工。”

他问：“两者的利益一致么？”

黄宇叹气：“唉，要是完全一致就不会像外界说的闹事了。领导是不存在买断工龄的，有的会上调做官，留下的会有十万以上的年薪。职代会否决了改制方案，领导很急，改制是大势所趋，怕对上做不了交待，又怕影响了了自己的利益，但他们又没办法让收购方改变立场，也成了热锅上的蚂蚁……不过，在对外封锁消息、控制事态、维持生产、保障稳定方面，大家都是一致的。员工也不想惹是生非，更不想失去饭碗，尽管这饭碗里东西不多。”

他问："这么说来，调武警来震慑工人的事，也只是谣传了？"

黄宇说，也不完全是谣传，起因是职工代表把公司董事长叫到大礼堂舞台上对话，台下坐了上千职工旁听，双方情绪对立，根本没法谈拢，个别代表威胁要组成百人上访团越级上访，董事长便叫手下悄悄报了警，称他被数百不法分子围攻拘禁。武警赶到厂里时对话已不了了之，董事长早到市里的国际大酒店喝五粮液去了。

两人边聊边走到了宿舍区，黄宇领他进了自己家。一幢八十年代初建的老楼，一套两室一厅的房子，里面堆着一些旧家具，衣物扔得乱七八糟。黄宇捡去沙发上的衣服，说："家里没收拾，不好意思，将就着坐坐吧。"

他问："肖小云呢？"

肖小云是黄宇妻子，也是他们一块进厂的同事。黄宇苦笑一下："她不愿意陪我在这山沟里熬，离岗之后就回省城去了，一边陪女儿读大学，一边开了个杂货店。那年我放弃了调走的机会，她一直耿耿于怀，不肯原谅我。也好，现在我一人吃饱全家不饿，落个洒脱。"

他噢了一声，侧脸观赏墙上挂着的全家福。经过一番努力他才认出为人妻的肖小云。她笑得很勉强的样子，眼角布满了皱纹，跟以前那个爱唱歌的仪表工相比简直是判若两人。岁月是如此的无情，他不禁悄然叹了一口气。

黄宇给他沏了一杯茶，说："还是你明智，没在厂里找对象，否则，你也跟我们一样……哎，在车间看了，你这个当作家的，有不少感触吧？"

"最强烈的感触就是物是人非——不是过去那个自己了！我

居然在那个机声震耳氨味刺鼻的岗位上呆了八年，想来有点不可思议。现在要我去上一天班，只怕都受不了……哎，也巧，我碰到谢见屏了，他还叫了我一声师傅！”他说。

黄宇眼睛一下瞪大了：“真的？”

他说：“是呵，他可从来没叫过我师傅的！不过，他的手为什么少了一根指头呢？”

黄宇便告诉他，谢见屏的手指头是自己弄掉的。那是他刚调走不久的一天，上班不安心的谢见屏又溜了号，到车间后面的草丛中抓蛇去了。哪知那条银环蛇不好对付，一口咬住了他的指头。危急关头谢见屏倒也果断，为了保命，急忙跑到钳工班，拿起一把电工刀，就去切中毒的手指。电工刀太钝了，谢见屏将手指摁在老虎钳上拼命地来回锯，总算在蛇毒扩散之前把指头割了下来。谢见屏的血把老虎钳都染红了，那根被他遗弃在地上的断指令人胆战心惊，好久没人敢去碰，后来还是黄宇麻起胆子闭着眼睛将它扫进了簸箕里。黄宇细声说着往事，瞟瞟他，喃喃道：“谢见屏少根指头不奇怪，叫你师傅倒是有点奇怪了。”

他不解：“这有什么奇怪的，他早该叫我师傅了。”

黄宇说：“原来不叫，现在却叫了才奇怪呢，因为他平时一听人说到你，就愤愤不平的啊！”

他说：“噢，就为那年我批评他离岗？他拿手指戳了我脸不说，还记我的仇啊？”

黄宇说：“那倒不是。他妻子不是跟他离婚了么？不是把儿子也留给他了么？他不是过得很艰难么？他一直认为，若不是你，老婆是不会和他结婚，也不会跟他离婚的。”

他莫明其妙：“这是什么话，他结婚离婚跟我何干？”

黄宇又瞟一眼他：“你真的不知道？跟他结婚的是向丽

娟啊！”

“什么？”他从沙发上站了起来，“他老婆是向、向丽娟？”

“是呀，你调走后，谢见屏就去追求她，那么傲气的向丽娟，没想到就嫁给他了……对了，我们那批人除了我之外，还有向丽娟在岗……”

他脑子里嗡嗡响，听不见黄宇的话了。

4

从黄宇家出来已是子夜时分，零星的路灯亮得孤独，隐约起伏的机器轰鸣声使得黑夜很沉重。他拖着自己的影子慢慢地走过宿舍区，在一幢陈旧的四层红砖楼前，他站住了。二十年前，它是女工宿舍楼，俗称“三八楼”，现在恐怕也还是吧。他盯住二楼的一个窗口，他记得清楚，那是207的窗口，也就是向丽娟宿舍的窗口，在那个黑洞洞的窗口里，他曾度过此生最尴尬的一个夜晚。

向丽娟是班里的分析工，比他晚进厂四年，也比他小四岁。她最初给他的印象是，个子高高的（有一米六七），身子瘦瘦的，辫子长长的，面色白白的，声音细细的，走路没有声音，不爱与人交往。外车间男工若找她说话，她理都不理。有次在食堂，有人放了一个茶叶蛋在她饭盒里，她连饭带菜全扔进了泔水缸。他和她虽在一个班组，因没有直接的工作关联，交道并不多。开始两年，基本上没有说过话。他和她第一次主动接触，是有天上夜班，他到低压泵房巡查时，她正好去取样。这天取样点泄露严重，逸出的氨气与人体表面的水分发生化学反应，产生强烈刺激，腋窝与胯下这些潮湿处如同针扎般刺疼，女人的隐秘处就更不用说了。他二话不说，戴上防毒面具，从向丽娟手中夺过取样瓶，冲到取样点，替她取了样出来。他没有想别的，这种时候帮一下女工友，是应当的。可当他把取样瓶递给向丽娟时，她头都不敢抬，羞红着脸，看着自己的脚尖。要不是他看到她嘴巴蠕动了一下，他根本不知道她说了一声谢谢。

那个时候，他正与市文工团一个漂亮的女演员谈恋爱，所以，对向丽娟几乎没有注意。之所以能和漂亮女演员恋爱，与那时工人的地位不低有关，也与他已经是个经常在报刊上发表作品的业余作者有关。那是个文学发烧的时代，人们对于能将文字见诸报刊的人怀有尊敬之心。不过，他的初恋最终还是以失败告终。就在这之后的一天，上大夜班的时候，向丽娟在楼梯口悄悄塞给他一张纸条，声音细细地说："陶师傅，我写了首诗，帮我看看好吗?"他很意外，也有点惊奇，当即接下了那首诗。他边上楼边认真的看，楼上完了诗也看完了。诗题是《你的诗》，很简单的十几行排比句，最后一句是说，你的诗像一片红熟了的枫叶，打着旋飘落在她心底。在交接班室，他当着全班同事的面，很认真地给她讲这首诗的不足，什么没有诗意，什么意象不新，诗应当如何有意境，等等等等。她低着头不作声，只是将牙齿深深地咬进嘴唇里。

那时他真是愚钝，一点没意识到这有什么不对。两天后，他收到一封寄信人地址标注为内详的信。打开一看，信笺上没有抬头也没有落款，只有三个歪斜的字：我恨你！他认出来，是向丽娟的笔迹。即便是这样，他也还是很懵懂，不知哪里得罪了她，晚餐后就匆匆忙忙地跑到她宿舍去了。

向丽娟正好在，而且是一个人。同屋的女工要结婚了，刚刚搬走。向丽娟坐在桌前，双手拿着橡皮筋在辫梢上缠来缠去，好像早知道他会来。

他小心地问："小向，我究竟哪里得罪你了？"

向丽娟咬着嘴唇不作声。

他坐也不是，立也不是，在她身后走来走去，又说："你真的恨我？我到底做错什么了？"

她还是不声响，她瘦长僵直的背影在昏黄的灯光里显得十分执拗。

他长叹一口气，转身欲走，这时她才哀怨地说："人家写首诗给你，你却当那多人的面……"

直到这时，他才恍然大悟，才知道她写那首诗的用心。他脸上一热，不好意思地低下头，轻声说了声对不起。

向丽娟瞟他一眼，说："对不起有什么用……"她眨眨眼，湿亮的泪光闪了出来。他鬼使神差地走近她，伸出手在她肩上轻轻地抚了一下，以表达他的歉疚。她的身子颤抖了一下，慢慢地贴到了他胸前，而他也顺势搂住了她……

失败的初恋伤他很深，他正处在情感的低谷，他还谈不上爱她，但他确实对她有好感，他需要慰藉。于是他们好了。好了是那时工厂里的流行语，谁和谁谈爱了，就是谁和谁好了。但是，从一开始，他们就好得艰难，好得压抑，因为向丽娟一时还不想公开。他们没有像别人一样一起亲亲热热地做饭，一起头挨着头看电影，甚至于没有手牵手的散过一次步。他们是偷偷的好，他们的好主要在三八楼向丽娟的宿舍进行。向丽娟独居一室，他们有这个便利，也只有这个便利。

但是，进出三八楼并不便利，它只有一个门，充当门卫的两个中年妇女坐在门后，看似悠闲懒散，实则目光犀利，谁也逃不过她们的眼睛。她们有权对进出的人进行盘问，一到晚上十点，那扇门就会准时关闭，禁止任何男士出入。他每次去，都感到自己的脸被门卫刀片似的目光刮得生疼，有一种做贼的感觉。这个时候，他表面上都要装出一很匆忙、很偶然、很不情愿但有急事不得不来的样子。

他们的好，虽然是向丽娟采取了主动，但她一直是有所保留的。他们坐在一起，不是看看书，就是前言不搭后语地聊天。没有甜言蜜语，一点都没有，不是他不会说，是没有说的气氛。他年纪不小了，二十七岁，而且是有过恋爱经验的，他渴望肌肤之亲。向丽娟有点古板，有点拘谨，他经过了大约个把月的不懈努力，才达到亲吻和抚爱的目的。但有天夜里，他的手伸进她的裙子，有进一步的企求时，她坚决地阻止了他。她两眼直直地盯着他问："她和你那样过吗？"

向丽娟问的这个她是指他的初恋女友，那个他主动放弃了的漂亮女演员。他放弃的主要原因就是因为她以前有过过失，和别的男人睡过觉，他知道后忍受不了。那时的观念不像现在这样开放，况且睡过她的男人还四处炫耀，某些细节都传到他耳朵里来了，你叫他的自尊心如何受得了？他和女演员当然那样过，他不想欺骗她，他点了点头。

向丽娟脸色煞白，突然抓起桌上的折叠式小剪刀，轻轻而急促地戳他的胳膊："流氓！坏蛋！你们为什么要这样，为什么？你走，你走，我不要看到你！"

他忍着疼，捂着胳膊走了，他知道她原谅不了他，就像他原谅不了那个女演员一样。过去是他计较女演员，现在是轮到向丽娟计较他了。他的臂膀上被她戳了七个细小的孔，只流了几滴血，很快就痊愈了。但她很长时间不搭理他，在车间碰到，她眼睛一横，仇人似的。他知道她心里很痛苦，个把月下来人都瘦了一圈。他知道她的矛盾心理，吃下去怕是骨头吐掉了怕是肉，她在挣扎，在折磨自己。这样下去不是办法，对谁都没好处。于是在那个终生难忘的夜晚，他主动来到 207 找她。他想和她说清楚，要么不计前嫌好下去，要么一刀两断，各走各的路，不要再互相折磨了。

但是，她不给他一个明确态度，只是一再追问：这事是谁主动的，有过几次。他不想说，没有意义。确实是女演员主动的，是她开发了他的性感受，对他进行了性启蒙，但那又怎样，能说明什么呢？他三缄其口。他晓得，这方面的事说得越详细，向丽娟会越痛苦。可向丽娟不依不饶，纠缠不休，揪他的耳朵，掐他的手臂，说："你又不和她结婚，为什么和她睡觉？你跟她都睡过了，我怎么办啊？"她的心结始终解不开。他晓得好不下去了，提出分手，她却不松口。他开始烦她。时间慢慢地向晚上十点逼近，他心里也越来越焦急，他该走了，三八楼快要关门了。

眼看着呆下去也没有结果，他就向她道别，拉开了门。她却猛地冲过来将门抵上了。她不让他走。他急得想跺脚，却又不敢跺，怕外面的人听见，低声叫："再不走我就出不去了！"

他用力拉门，她用背死死顶着。就在这时，听得外面砰一声响，楼口大门已经关上了。他气急败坏，颤声说："你到底要怎样？让保卫科把我抓走是不是？"此时向丽娟却忽然安静下来了。她闷不作声，给门打上反锁，默默地坐到床上，望着地面出神。他如热锅上的蚂蚁，如有人来敲门，发现他在女工宿舍里过夜，那就有大麻烦了，开除厂籍都有可能！他已经没法出去了，他没法跟看门的解释为何不按时离开，任何解释都只会越描越黑。他恐惧极了，尖起耳朵听着门外的动静。楼道里一有脚步声响起，他就心惊肉跳。他暗暗地发誓，只要今晚能平安度过，从今往后，就再也不进 207 的门了。

还好，他没有遇到最危险的情况，但是最尴尬的事出现了。他和向丽娟面面相觑，坐到深夜时，他的肚子疼了起来。他要解大便了。楼内只有女厕所，而且他不可能出门。怎么办？他满头大汗，五官难堪地扭曲在一堆。向丽娟忽然变得善解人意了，她迅速地拿出用水的搪瓷盆，放在桌旁的角落里，脸扭到一边，轻声说："用这个吧。"

待他解完之后，她又打开窗户，迅速地端起搪瓷盆往窗外一泼。一楼的窗户是常关不开的，再加上夜深人静，没有人注意到这些。从头至尾，向丽娟把这事处理得干净利落，关上窗后，她甚至还忍不住捂着嘴窃笑了两声。于是，他的尴尬就被她轻而易举地化解了，他紧张的情绪也慢慢地松弛了下来。

他一直在桌前坐着，哈欠连连。到了下半夜，向丽娟拉他上床休息，他也就没有推辞。他们搂抱着睡在一起。突然之间，两人都发起狂来，脱光了衣服，互相舔咬、抚摸、吮吸，搞得气喘吁吁汗水淋漓。但是，他没有越过最后的界线，他是想越过的，如果越过了，他就和她结婚，他当时就这么想。但她控制住了自己，也控制住了他。对怀孕的恐惧帮她守住了童贞，他的欲望始终被阻止在她的门外。第二天早晨，她嘱咐他任何人敲门都不要理睬，然后就出去了。而他，则躲到上午九点钟，悄悄打开门，窥探到楼道里没人之后，才闪了出去。走出三八楼的那一刻，他长长地长长地吐了一口气……

从此之后，他再也没有去过女工宿舍，更没有去过207。这样的经历，他再也不想重复。他和向丽娟就好到这个晚上为止。半年后，他就经人介绍，有了正式的女朋友，并且很快就结婚了，不久就以解决夫妻分居为由调走了。

向丽娟后来的经历是他难以想象的，黄宇告诉他，向丽娟后来和谢见屏结婚，不到三年就离了婚，现在还是单身。她现在特能喝酒，是公司公关部的部长。据说，与公司好几个领导的关系非同一般。

他望着那个黑黑的窗口，依稀地闻到了二十年前那个夜晚特有的气息。

5

回到招待所，他发现桌上有个文件夹。它装订得挺讲究，衬有透明的塑料护套，像一本厚厚的杂志。封面上的标题是：关于青衣江氮肥厂改制的情况汇报。落款是青衣江氮肥厂第六届职代会秘书处。他翻开封面，只见里面夹有一张纸条，上面写着："没别的意思，只是想让你了解了解。"

"是谁送来的？"他打电话问服务台，说是不知道。又叫醒楼层服务员，服务员很不高兴，睡眼惺忪地说："什么大不了的事，就不能明天再问吗？不认识那个人，只晓得是个男的。"

他洗了个澡，想睡觉，却睡不着，索性坐起来，补写了两页日记，再读那份情况汇报。花了一个多小时，他将它读完了。资料中附有一个职代会决议，其主题是先反腐，再改制。而让他印象最深的是后面那个题为"我们的要求"的部分，其中的每一个要求都附有政策条文，也就是说，职代会的要求都有据可依，都在国家政策规定的范围之内。此时已是凌晨三点，睡意总算来了，他扔下文件夹，倒头便睡。

是门铃把他吵醒的，一看手机上的时间，已是上午九点。谢见屏在门外叫："师傅，还没起床啊？"他很意外，没想到谢见屏会主动来找他。打开门，只见谢见屏笑嘻嘻地站在门边，露出两排被烟熏黄的牙齿，还冲他鞠了一躬："不好意思师傅，打扰你睡觉了。”

谢见屏态度的反差也太大了，昨晚的那种隔膜与敌意倏忽不见，代之以从未有过的热情，让他一时难以适应。他愣了一会才说：“噢，进来坐吧……真没想到你会来。”

“我应该来啊，师傅来了，徒弟难道不应来看望一下？”谢见屏说着在桌前坐下，看到那个文件夹，伸手翻了翻，又说，“师傅，你先洗漱，我给你买早点去？”

他应允了。

待他洗漱完毕，谢见屏也提着几个包子和一盒牛奶回来了。

他边吃早点，边问谢见屏：“这些年，过得还好吧？”

谢见屏摇头：“好个屁！过去车间里的同事现在混得好的只有两个人。”

他问：“哪两个？”

谢见屏瞟他一眼说：“一个是黄宇。”

他说：“他也算混得好？家里那个样子。”

谢见屏说：“那是表面现象。别看他一个工会副主席，有什么事公司领导都离不开他，他这个人四面灵光，八面讨好，天晓得暗地里得了多少好处！”

他摇摇头：“不会吧？他不像是这种人。”

“不像？我给你举个例子吧。那次厂里一些职工代表把董事长搞到礼堂里对话，几卡车武警来了。听到消息好多人准备挽起手在礼堂门口阻拦，眼看要起冲突，厂领导都吓得跑光了！黄宇当然不能跑，这种时候，总是要他来调摆的。其实黄宇这家伙早有了鬼主意，不但不让人阻拦，还组织子弟学校的学生手舞鲜花，排在门口喊，欢迎欢迎，热烈欢迎！把武警战士迎了进去。还怕他们口渴，派人送去西瓜和冰激凌。最绝的是，他还搞了一场军民鱼水情联欢会，让厂文艺队演洗衣歌，把那些武警战士请上台唱歌跳舞，搞得他们开心得不得了！后来离开时都有些恋恋不舍呢！他就会讨当官的喜欢，要不公司领导还会留他在岗位上？他年龄也不小了，要是换了别人，早下岗了！”

他惊异于黄宇的智慧，咬着半个包子怔住了。片刻之后，他又问：“那，另一个混得好的是谁呢？”话一出口，他就后悔了，因为他意识到是谁了。

谢见屏瞥一眼他：“还能是谁，那个跟我俩都有关的人。”

他想知道向丽娟的情况，但又不好直接问，于是继续装糊涂：“谁呀？”

“师傅不会把一个同过床的人忘记了吧？”

他的脸蓦地烧红了，厉声道：“你这是什么话？根本不是那回事！”

谢见屏倒不羞不恼，笑了笑说，他知道是怎么回事，因为向丽娟早坦白过了，或者说炫耀过了。谢见屏顺着他的心思说起了往事。谢说向丽娟第一次说起那个夜晚时，他根本不信，男女同床岂能不越轨？但入了洞房后就信了，因为向丽娟见了红。其实，谢当时追向丽娟，只是抱着试试看的态度的，没想到一试就成了，很可能，跟师傅抛弃了她有关系。向丽娟一直认为是他抛弃了她，所以，她虽然不是破罐子，她也当作破罐子摔了。

听到这儿他反驳道：“哪里啊！是她嫌我和前面的女友睡过觉了，是她犹犹豫豫的不想要我嘛！”

谢见屏挥一下手：“那只是你的想法，她可不是这么想的。你听我说嘛。”

谢说，结婚时，向丽娟还特意交待，要给师傅寄一个喜帖，请他来喝喜酒。谢没有照办。因为一不知道他的通讯地址，二来谢也不愿意，虽然他已经调走了，可谢感到调走了的师傅还像是他的情敌。向丽娟并不真想他来喝喜酒，只是表达她的意思：你不要我，我就给你徒弟了。谢说，婚后向丽娟就变得懒散了，家里搞得乱七八糟，除了自己身上哪里都不收拾，同事来家里都看不过眼，说她是金凤凰住在鸡窝里。谢没想到娶了个比自己还懒的老婆，免不了会说她。这时她就反驳说：“你又不比我勤快，有什么资格说我？做做家务可以，可你首先要带给我做家务的兴趣。”言下之意，嫁给谢这样的老公不值得她做家务。夫妻生活很少，过一次她也有很多的讲究，比如说事前要谢买一枝花插在床边，再用收录机放一支小夜曲，还不能开灯。有天晚上，她甚至要求谢念一首师傅写的诗，才允许谢进入。如果谢的动作稍微大一点，她就会说：“要是你师傅，决不会这样霸蛮。”而且，她一直都没让谢亲过她的嘴巴，她嫌他口臭。她搞得谢很烦躁，很灰心。最初两年，她最大的乐趣就是到图书室去，埋头于报刊之中，将能找到的他新发表的作品都抄写下来，回去反复地读。有次她从他的小说中看到自己的影子，兴奋得睡不着，独自喝光了一瓶葡萄酒，醉得一塌糊涂。后来有了孩子，她才慢慢地改变习惯，不再频繁地跟谢提及他了。不过有一回，她偶然地从电视里看到他得了一个奖，她没有作声，可是眼泪却从她脸上淌了下来。总之那些年，谢感到自己是代替师傅跟向丽娟结的婚，谢一直生活在师傅的影子里。

“所以，虽然我晓得师傅没有睡过她，可我还是觉得自己吃了一块别人嚼过的馍。”谢见屏说。

他讶异地张着嘴，一时说不出话。他没想到事情会是这样。其实，他早已将向丽娟忘得差不多了，若不是回到厂里来，难得再想起她。他的小说也从没牵涉过她，里面并没有她的影子，如果有，那只是她的幻觉。怪不得谢见屏要怪罪于他，谁碰上这样的妻子都会心存芥蒂的。不过，谢见屏说出这些后，似乎平静了，懒洋洋地坐在桌前，翻着那个文件夹。

他想了想说："你那种想法是不对的，谁也不是谁嚼过的馍，如果你喜欢她，就要理解她，珍惜她……后来你们怎又离了呢？"

"唉，一言难尽！"

谢见屏挠了挠头皮，说起了后来的事。后来他们的吵架就成了家常便饭了，只要一吵架，多半以向丽娟冲出家门收场。她不是躲到同事家，就是到招待所开房，谢见屏不赔礼道歉就不回去。次数一多，谢也烦了，任她出去多久、在哪过夜，都不闻不问。这样一来，向丽娟反而自由了，以后几天不回家也不跟谢说。直到有一天，谢发现她口袋里有张纸，上面写着一首肉麻的打油诗，才晓得事情有了本质的变化。谢追问打油诗谁写的，她说："你管不着，你又写不出来！"接下来，谢又发现她不断地收到香水啊唇膏啊等各种小礼物。不久，向丽娟向车间要求调到了另一个班组，两人倒班错开了，她不上班时做些什么，谢也难得知道了。有天谢上夜班，突然肚子疼，便请了假回家吃药。但是家门反锁，打不开，于是谢知道发生了天大的事情。谢肚子也不晓得疼了，抬起穿翻毛牛皮鞋的脚朝门猛踢，门哗啦一声开了，只见向丽娟披头散发坐在床上，一个黑影从窗口跃了出去。谢家在一层，所以那个偷情者轻而易举地逃掉了，谢只见到一个似曾相识的背影。事情即使发展到了这种地步，谢见屏还是没想到要离婚。但向丽娟不干了，她要离，口口声声说谢不尊重她，比谢还理直气壮。为阻止她离婚，谢提出要离可以，儿子得留给他。谁知向丽娟满口答应。为了离开老公，她一个做母亲的，居然儿子都可以不要！谢百般无奈，只好离了婚。离婚后，只要有可能，谢就阻挠向丽娟来看儿子，以此作为对她的惩罚。但是，她要是送钱送物来，则另当别论，谢不会拦着她。谢很务实，他不会那么傻。有了这额外收入后，爷儿俩就会高兴地下一次餐馆喝一次酒。也由于这个原因，儿子很小就学会了喝酒，酒量还不小。

他忍不住问："你一直没有搞清楚，那个勾引向丽娟的是谁？"

谢见屏想想说："其实，从我家逃走的那个人，我是晓得的，我认得那个影子，可我没当场抓住，他不会承认的……"

"是谁？"

"你我都认得的人，没必要说破，说破了脸上都不好看……其实，打向丽娟主意的人不止一个。肯定有当官的罩着她，跟我离婚之后，她就调到办公楼上白班去了，后来还成了中层干部。没有一个过得硬的后台，她不会这样一帆风顺。现在，向丽娟是公司里的红人，所有领导见了她都笑眯眯的。"

他听着听着，叹了一口气，关切地问："儿子怎么样？读中学了吧？"

谢见屏道："没读了，这小兔崽子跟我一样，看见字就头晕，读书不进。现在家没事做，成天跟一帮混混在一起玩。"

他说："那怎行啊！"

谢见屏说："不行又有啥办法？一不小心，兔崽子就跟一帮人出去打架了。有次被派出所抓了，罚了三千元，是我领出来的。后来又要我去领，我火了，钱我没有，儿子我也不要了，送给你派出所了！派出所没办法，只好将兔崽子放了。"

他想想又问："向丽娟不管儿子？"

谢见屏说："她是想管，可她管不上！兔崽子恨她，说她抛弃了他，平时都不理她。不过她要送钱来，兔崽子还是叫她妈的，谁也跟钱没仇是不是？兔崽子自己是没有什么出息了，我就等着他满十八岁后，让向丽娟给他找个工作。”

他噢了一声，不言语了。他忽然想，要是那个夜晚他和向丽娟有了一种实质性的关系，结了婚，他们三个人的人生，又是另一番景象吧？

谢见屏问道：“师傅，你这次来深入生活，是来做社会调查，还是为写小说搜集材料的？”

他摇摇头：“不不，只是参加作协组织的一个活动，顺便来厂里看看老朋友，叙叙旧的。”

谢见屏瞟瞟他说：“厂里好些人正闹事呢，你不想帮帮老朋友？”

他说：“我一介书生，帮得了什么？”

谢见屏又说：“我猜你一定想见见向丽娟吧？中午黄宇请你吃饭，过去班里的同事都会来陪，我想向丽娟也会来的。”

“是吗？”他看一眼谢见屏，谢见屏立即将眼睛挪开了。

6

中午，黄宇以工会的名义在招待所食堂的小包厢里请客。过去同班的工友都陆陆续续来了。他一边与他们叙着旧，感叹着各自脸上的皱纹，一边不时地瞟一眼包厢的门。他想象不出，向丽娟现在是什么样子，眼角也有了深深的鱼尾纹么？她如果蓦然出现，他会因她的模样吃一惊么？

但是等了好久，向丽娟也没出现。她只是给黄宇来了一个电话，说陪公司领导到市里去了，等她回来专门宴请荣归的作家云云，一再请黄宇替她向他道歉。他心里略略的有些失望，但没在脸上表现出来。她该不是有意回避他、冷落他吧？

来吃饭的工友们年龄与他相差无几，都还不到五十岁，却都早早地下了岗。有的摆了修自行车的摊子，有的在别人的店子里打工，实在找不到事做的，就每天邀人打打牌，或者到山上挑担山泉水回来用，消耗掉那些多余的精力。总之家境都不尽如人意，说起厂里的事又都忿忿不平，于是一顿饭吃得唉声叹气，气氛压抑得很。

饭后，黄宇送他到房间休息，问："你打算呆几天？"

他说："三四天吧。"

黄宇说："依我看，你想见的人也差不多见了，车间也去感受了，没什么事的话还是早点走吧。"

他诧异了："我给你添麻烦了？"

黄宇道："我倒没什么麻烦，只是……你刚才也听到了，大家心里都不痛快，你现在是出人头地了，可我们还得这样生活。两相对照，大家心里更不平衡……"

他嗫嚅着："对不起，我没想到这层……"

黄宇又说："这其实不算什么，人的命运千差万别，都由自己造成，怨不得别人。只是因为现在是特殊时期，我有点多虑吧。更主要的是，公司里有人忌讳你，你在这里，别人不得安宁。毕竟，你身份特殊。还是早点离开这个是非之地吧。"

他心里一堵，气哼哼地道："放心吧，我不是工人运动领袖，也不是街头革命家，我不会给你们找麻烦的！作为共和国公民，我基本的人身自由还是有的吧？想走的时候我自然会走，请黄主席自便吧！"

黄宇似乎还想做某种解释，嘴巴张了张却没说出话来，咧嘴绽出一丝苦笑，摸摸头，转身走了，轻轻地替他带上了房门。黄宇一走，他便感到自己反应有点过激了，黄宇完全是一片好心。

如此一来，他心里愈发烦闷。倒在床上想午睡一会，又睡不着，于是打开电视催眠，才不知不觉地迷糊过去。

一觉醒来，已是下午三点多。电视机还在喧哗，一群袒胸裸背的女人在T型台上走秀。他关了电视，出了招待所，想也没想，就沿着青衣江往上游方向走去。工厂在他的身后，绵绵无尽的机器轰鸣声摩擦着他的背，约有约无的化学气体的味道随风飘来。他的面前，是奔流的江水，是礁石上溅起的浪花，是蜿蜒的江岸，起伏的小路，还有扫着他的裤腿的狗尾巴花。在当工人的八年时光里，江边是他经常逗留的地方，不是散步，就是来游泳。经过一个碧绿的水潭时，他依稀看见赤条条的自己正在水里游来游去。

他边走边采折着一种蓝色的小花，将它编成一个小小花环。花环编成的时候，他也到了江边的墓地。他准确地走向一块青色墓碑。他伫立在碑前，屏住气息，深深地鞠了三个躬，然后，小心翼翼地将花环摆在墓前。

墓里长眠着一个他并无交往却有某种关联的年轻女工，因为这个女工是他一篇小说的人物原型。他那篇小说叫《爆炸》，这个女工就是死于那场爆炸。她是与他同时进厂的，姓刘，是隔壁车间开循环机的，长得很清秀。他之所以注意她，除了她的清秀外，还因她在那件黑色的细帆布工作服的翻领上，时常翻出鲜艳的衬衣衣领来，见了人呢，一副很羞涩的样子。但这样一个羞涩的生命，就因为厂领导的一个指令而葬送掉了：省委领导来厂里视察，为提高产量，厂领导命令有了缺陷的循环机带病加压，于是导致了一场大爆炸。那天他正走在下班的路上，巨大的轰响惊得他回头张望，只见半个屋顶腾飞在空中，一朵黑色的蘑菇云应声而起……他提起半桶消防沙跑回厂里参加了抢险。他亲眼看到一截木炭样的东西被人用白布包着抱上了急救车。那就是小刘的遗体，如花似玉的青春就这样烧焦了。这让他惊骇不已，却又忍不住跑到医院太平间去探望。在那里，他经历了一个奇异的瞬间：她的生命明明已经离去，他却真切的看到覆盖她头部的白布颤抖了一下，仿佛被她的气息吹动了；接着，他听到白布下发出一声极其轻微的叹息，唉……这个瞬间深深地印在了他的记忆里，时间的砂轮打磨得再久，也无法抹去它的痕迹。她是叹息人无法把握自己的命运吧？是的，人是命运的主人，还是命运是人的主人，还真是说不清。就像人看似在操纵机器，有时其实是机器操纵人一样。小刘不是主人，从来不是，是就不必听命于官员的命令了；那位下命令的厂领导是主人吗？也不是，如果是，他不会拿自家的机器乱来。主人从来就只是一个虚拟的身份。

他离开工厂已经二十年，他对厂里的状况已经很隔膜，不知它是否有所改变。他抚了一下硬实的墓碑，心情沉重，慢慢地掉转身子，沿着来路往回走。太阳已经西坠，灼热的阳光斜射在脸上，令他眼花缭乱。大云山屏风般展开，山顶的寺庙约隐约现，山下高耸的铁塔群默默无言地峙立在迷茫的烟雾中，巨大的银色球罐像史前动物下的蛋，在阳光下熠熠生辉。

回到招待所，他刚进318，就有一个打扮妖艳的女子跟了进来，笑嘻嘻地说：“师傅，你好啊！”

他诧异不已：“你认识我？”

妖艳女子趋前说：“是啊，我认识你，只是你不认识我。”

他警惕地后退一步说：“找我有什么事吗？”

妖艳女子扭了扭身体：“您需要我服务吗？我会做得很好的！”说着她拉住他的手，在床上坐了下来。

他像被蛇咬了一口，猛地甩开她的手，指着门说：“请出去，我不需要！”

“嘻嘻，人人都需要你怎不需要呢？还不好意思呢！来吧，别客气，很便宜的！”女子说着搂住他。

他生气了，用力一挣，竟没有挣脱。这时一胖一瘦两个警察走了进来，大声说：“不要动！”胖警察特地对他亮了亮警官证。

他赶紧说：“你们来得正好，她正纠缠不休！”

那女人却说：“警察同志别听他的，是他对我纠缠不休！”

瘦警察说：“谁纠缠谁都一样！有人举报208有嫖妓活动，你们跟我们走一趟吧！”

他急了，大声叫道：“你们搞错了！是她自己跑进来纠缠的，我并不认识她！”

胖警察笑笑道：“你认识她就是通奸而不是嫖妓了。有没有搞错到所里去说说清楚才知道，请配合我们的调查。走吧走吧！”说着，扬了扬手中的电警棍。

他无奈地跟着警察走了出去，上了一辆警车。

7

他被带到派出所一间窗户上焊有铁栅栏的房间。下车之后那个女人就不知被带到哪去了。他一个人坐在椅子上，面对着两个警官。起初他架着二郎腿，但瘦警官喝令他将腿放下，他只好放下了。他好像在做梦，有一种强烈的荒诞感，好像这不是真的。但是闷热的空气，肮脏的墙壁，警官的质问，又都十分的真切。他又觉得在经历一部小说，他写过这样的小说场景，一个无辜的男人被人诬告嫖娼，让警察狠狠的审讯了一回。要是不写那篇小说，他就不会有这种遭遇吧？他想，这也许就是一种报应。

他的手机和身份证都让警察拿去了。他问为什么，胖警察说，事情处理完了就还给他，放心，不会要他的，他的手机款式早过时了，没人稀罕。警察严肃地讯问他，姓甚名谁？家住哪里？什么职业？他告诫自己不要发火，不要惹恼了警察。他不卑不亢地回答着，态度认真。瘦警察眼睛像锥子，边作记录边拿锥子刺他。也许，瘦警察头一次审讯一个作家吧，又好奇，又很想耍派头。

“你在招待所318号房间里做了什么？”

“我什么也没做。”他说。

“那个女人怎么到你房间去了？”

“是她自己去的。”

“你要如实回答，我们是会对质的。”

“我说的都是真话。”他说。

“知道我们为啥带你来派出所吗？”

“因为涉嫌……不，是因为误报，我没有嫖娼的主观故意，也没有具体行为。”

“嘻嘻，你不要紧张，男人嘛，有生理需求是可以理解的，又不是什么稀奇事。是不是你寂寞难耐，又想深入生活，一不小心就深入到妓女身上去了？”

“不，我是守法公民，没有做任何违法乱纪的事！”他严正声明。

“那，你来厂里干什么的？光为旧地重游吗？想想看，除了女人还干了些什么？”

“我什么都没干，就是来看看的。”

“看来你是想不起来了吧？”瘦警察伸了个懒腰，“那就慢慢想，等你想起来了再说。”

胖警察给他倒杯水，然后对瘦警察点点头，两人带上门出去了。

这是做什么？软禁吗？他懵懵的，胸中憋着股气。他自觉像极了一个小说人物，独自品尝着深深的无奈。无奈是小人物普遍的精神状态，让他这平素惯于支配人物命运的所谓作家也无奈一回，是一件很公平的事。稍安勿躁吧。他安慰着自己，尽量稳定自己的情绪。窗外有晚霞在荡漾，通红一片，像血。墙上的钟指向五点半，已到了晚餐时间。他的肚子有点饿了，咕咕响。他喝了几大口水，感到十分的困倦，便伏在桌上打起盹来。

“起来起来！”是瘦警察粗糙的嗓门惊醒他的。他的身体被重重地摇了几下。转眼一瞧，窗户外的霞光已经暗淡下去了。他慢慢站起，揉了揉眼睛，一时不知身在何处。胖警察将手机和身份证还给了他，笑眯眯地说：“走吧，有人接你出去。”

“谁？”他摸不着头脑。

“出去你就知道了。”

“没事了？”他问。

“你还想有事啊？”瘦警察没好气地挖他一眼。

“你们想抓就抓，想放就放，就没个说法？”他忍不住硬气起来。

“怎没说法？有人举报你涉嫌召妓，带你来调查，结果证明没有既成事实。如果你还要别的说法，那么我告诉你吧，为人处世，少管闲事！这就是最好的说法！”瘦警察振振有词地道。

他愣怔一下，立即敏感到了带他来派出所的真实原因。他的脸立即绷了起来。胖警察和蔼地拍拍他的肩，笑道：“我们也是奉命行事，还请作家多多包涵啊！走吧走吧，这又不是什么好地方，我们自己都不想呆呢！”

他出了门，走到派出所院子里，看到一个身材高挑的女人站在一辆白色丰田轿车旁。她披着一头长发，穿着挺括贴身的米色职业套装，晚霞的余晖洒了她一身，显得很精神，也很美。他迟疑了一下，才将她认出来，她是向丽娟。完全脱了一个壳的向丽娟。

“你好！”向丽娟大方地伸出手与他握了握，拉开副驾驶座的门，手一摊，“请上车！”

他也不客气，屁股一扭坐了上去。

向丽娟熟练地驾着车上了道，侧脸向他一笑：“晚上我给你把酒压惊。只怪我事多，没早打你的招呼，要不也不会闹出这种误会。”

这不是什么误会。但他没反驳她，只用眼角余光悄悄地观察她。她肯定卷入了这件事，只是不知她在其中扮演了什么角色。此时作家的想象力完全不够用了。她的皮肤保养得很好，也许是打了粉的缘故，眼角几乎看不到皱纹。无论是外貌还是精神状态，她都不是过去那个向丽娟可比的了。她身上的香水味弥漫出来，让他有窒息之感。

她将他拉到了一个僻静的小酒店，进了一个包厢。她熟练地与老板打招呼，熟练地点着菜，看来是常来的地方。待她点完菜，他才跟她说出第一句话：“看来，你活得挺滋润啊！”

她笑笑：“还可以吧，比谢见屏强就是。”

他感慨地：“你变化真大。”

她又莞尔一笑：“你不也是脱胎换骨了么？人总是要长大的嘛！我还要感谢你呢，你，谢见屏，还有别的人，都是促使我成长的因素。”

他看着她说：“过去，我是有对不起你的地方。”

她凝视着他，一副洞若观火的神态：“没有，你没有对不起我，你不是以为你影响了我的生活吧？要是这样你就大错特错了！现在的我是我自己的选择，我过的是我喜欢的生活，我塑造了我自己。想起过去我对你的态度，才真是可笑呢！我发现，你骨子里有些东西还没变。”

他淡然一笑：“也许吧，我可发现你骨子里都变了！”

她也笑：“与时俱进嘛！”

菜上来了，向丽娟指挥服务员开了一瓶法国干红，斟上酒，举杯相敬，口口声声为他洗尘兼压惊。她的语言、动作、表情甚至于一个细小的眼风，都很协调很到位，既得体又老练，很轻易地就能熨平一个人情绪上的皱褶。不经意间，他就轻松愉快起来了。酒过三巡，他笑呵呵地问：“向部长，今天这出戏，谁是导演啊？”

向丽娟跟他碰一下杯：“谁导演不都一样？有时候，生活就是导演，我们就是导演，是我们自己导演了自己的人生。”

他说：“你们领导真是伯乐啊！公关部长这个角色对你是再合适没有了，说出话来滴水不漏！不过，今天我要是不按照你们的规定动作演戏，你们怎么办？”

向丽娟沉吟片刻，看着他说：“那就难说了，说不定会再带你去那个地方，然后叫你单位来领人……你们文人总是很风流的，很容易犯老毛病是不是？”

他的脸顿时沉了下来，放下了筷子。

她眉一扬，脸上荡漾出一圈笑意来：“你看你，见风就是雨，还当真了呢！有我在这，怎会呢？再说作家嘛，都是绝顶聪明的人，都是识时务的俊杰，怎会闹成这样呢？你心里不过意，想替过去的朋友做点事，我完全理解。再怎么，我也是操作工出身嘛！关心弱势群体，是应当的，说明你有艺术家的良心，嗯，怎么说的？一颗金子般的心嘛！但问题是，你的关心介入是没有用的，除了添乱，除了给自己惹麻烦，解决不了任何问题！所以，做事一不能越界，二不要勉为其难。”

他有些糊涂，他并没有介入。他默默地听她说，看她生动的表情。

她偏着头问他：“你说，我说的是不是有道理？”

他想想，老实地说：“说得对，我的关心确实解决不了任何问题。”

她眉开眼笑：“就是嘛！还得实事求是嘛！你要是实在心有不甘，回去写小说吧，只要不用真名，随便怎么写都行，无所谓的。你看，你在家当个作家多好呵，天马行空，想怎写就怎写，又有社会地位，又好赚钱。听说，电视剧稿酬都到了两三万块钱一集了吧？我要是你，专写那种悲欢离合的电视剧，既让观众又哭又笑，又大把大把捞钞票，多惬意！”

他举杯道：“好，谢谢向部长指点，回去就写电视剧，骗钱骗眼泪！”

两人便又仰头将一杯酒喝光，拉拉杂杂地说了些闲话。他本不善酒，头慢慢地有些大了。他斜眼看向丽娟，被葡萄酒滋润之后的她脸色愈发的红艳，闪亮的眼神习惯性的带了钩。他想起了妖艳这个词。

一顿饭吃了一个半小时。向丽娟送他回招待所时夜色已笼罩了四周，厂区灯火通明，机器声如无形的波涛汹涌起伏。他喝得有些微醺了，但神志还算清醒。进房间后向丽娟特意到卫生间给他放好了洗澡水，然后就要告辞。走到门边她忽然揭起他的一只衣袖，仔细察看他的胳膊，说：“还有疤痕吗？”

他知道，她在提醒他，她还记得过去，记得她曾用剪刀表达过的爱恨交加。他别开脸说：“没有，原本就没留下疤痕。”

她调整一下身子，抵近他的脸说：“想来真可笑，那时我嫌你……”

他笑笑：“嫌我是别人嚼过的馍。”

她忽然显出一些羞涩来，抚一下头发，低头说：“那时候观念不一样。其实，别人嚼过又怎样？自己嚼有自己的味道嘛！只要是块好馍，即使别人嚼过，又有什么关系呢？关键是自己喜欢嘛。你不晓得，后来我好后悔，好后悔那个晚上那么固执，不肯给你……不过，我在梦中给过你了，真的。”

他不敢看她，她的身体散发出一种暧昧的气息。

她抬起头，盯着他：“要是我现在给你，你会不会要呢？”

他愣了一下，立刻想起了关于她的某些传闻。

她很敏感，眼光从他脸上一扫而过，扬眉道：“不过我晓得，现在是你嫌我是别人嚼过的馍了！”

他刚想否认，想说点什么，她用一个指头按住了他的嘴唇。然后，她张开双臂拥住他，用力抱了抱，回头走出门外。他送出门，默默地盯着她离去的背影，鼻子酸酸的有些伤感。

但是，当他回到房间里，那伤感就烟消云散了。他看到他的旅行箱被人打开了，衣物散乱。他马上进行了清点。还好，他的数码相机、随身听等物品都在，不见了的只有那本不知谁送来的《关于青衣江氮肥厂改制的情况汇报》。还有，他的日记本也被撕去了几页。

8

一夜都没有睡踏实。他迷迷糊糊的，感觉在过去的岗位上夜班，机器在四周鼓噪。他想睡，又不敢睡着，沉沉的机声中似乎潜伏着某种危险。他拿起一根细长的铜听棒，戳在泵体上，倾听着单向阀敲击的声音。他在轰鸣声中巡回检查，看有无跑冒滴漏的地方……事故像野兽藏在暗处，虎视眈眈。他得提防它。记得，他曾经查获一个重大事故隐患，得到过一次奖励，奖金是一块钱。那是在20世纪80年代初，一块钱可吃四份红烧肉。突然，一个黑影从暗中窜了出来，他知道，它就是事故，他瞪大了眼睛。可是它怎么是个人形呢？它张牙舞爪地向他扑了过来，他不知所措，惊慌之中只拿两只手掌遮住自己的脸……

天蒙蒙亮时他再也不想睡了，爬起床来，到宿舍区走了一圈。然后，他跑到山包上的一幢男工宿舍楼里。他来到自己住过的房间，站在门前发着愣。枣红色的门油漆斑驳，无声的关闭着，有一种拒绝的意味。难以想象，他在此住过八年，他最美好的青春时光，曾关在这扇不起眼的门里。他举手欲敲门，想想又作了罢。时辰还早，还是不要影响别人睡觉吧。无论如何，你的岁月已经流走了，你不属于这儿了。

他回到招待所，黄宇正在318前焦急地踱步，一瞟见他就说：“你跑到哪去了？赶紧收拾东西走吧！账我给你结了，火车票也给你买好了！”

他已打算离开了，但被黄宇这样催促，心里颇不是滋味。他默默地开了房门，默默地收拾自己的东西。

黄宇替他提着旅行箱，上了停在院子里的一辆桑塔纳。黄宇亲自开车送他。关上车门后，黄宇说：“你昨晚的事，我知道了。”

他瞟瞟黄宇说：“你早知道了吧？”

黄宇嘴边咧出一缕苦笑：“我晓得你会误会的，我怎会做这种事？”

“那哪种人会做这种事？”

“告诉你吧，有人在你这看到一份材料，就打了小报告，公司里有人担心你会介入，所以就……”

“这人是谁？”

“还能有谁？你那个好徒弟！”

他吃了一惊：“谢见屏？为什么？”

“也许为了邀功，以便改制时得到照顾，也许只为报复你，也许什么也不为。”

他哑口无言。黄宇开着车出了招待所。忽然，他看到前面马路边跑过来一些人，都是同班的工友。黄宇急忙说：“快，低下头！”他不明就里，望了望黄宇。黄宇赶紧摇上了车窗，说：“大家都听说你的事了，都是来看你的。别再见他们了，卷进去对谁都不好！”他默然，盯着车窗外，看着那些熟悉的面孔一晃而过，心里似乎有根筋被扯动了，隐隐作痛……

黄宇一直将他送进火车站候车室。告别时，黄宇抱歉地说：“很对不起，特殊时期，没招待好你不说，还让你遭遇了窝心的事……不过，你是作家，应当想得开的，就算你深入了一回生活吧。”

他说：“哪是我深入生活，是生活深入了我。”

黄宇拍拍他的肩：“管谁深入谁，有收获就行。哎，还记得当年我们老唱的那首歌么？‘再过二十年，我们再相会，伟大的祖国，该有多么美’。”

他说：“当然记得。”

黄宇说：“记得就好。你看，我们真的一别就是二十年，别再过二十年才来看我们呵，那样的话我只怕不在了呢！”

他眼睛发烫，不说话，轻轻点了点头。他有些忧伤，他一点都没想到黄宇的话会一语成谶。

9

半年后，很偶然的，他在一张报纸上看到一篇报道，说改制后的青衣江氮肥厂人心稳定，生产经营两旺，能耗降低，效益增高，呈现出一派生机勃勃的景象。报道还配了工厂新主人莫光头视察车间的照片。他本当感到欣慰的，奇怪的是没有，相反，他莫名的心神不定。放下报纸的时候，他听到遥远的地方传来几声闷响，令他心头一震。那闷响节奏均匀，带着嗡嗡的回音，很熟悉。他立即问身边的妻子："听到什么声音没有？"妻子却摇头否认。一连几天，那闷响都挥之不去，老在他脑子里回荡。他惶惑不安，便给黄宇打了电话。但是，黄宇的手机里传出的是黄宇妻子肖小云哽咽的声音："别找黄宇了……他、他已经不在了！"他大吃一惊，迭声询问，但悲痛让肖小云说不出话来。他只好通过114打了厂办公室，问到了向丽娟的手机号码。向丽娟告诉了他黄宇出事的经过。

原来，工厂并非报纸所说的那么人心稳定，原因是为减少成本，一笔化工岗位补贴停发了。改制改得收入比以前还少了一百多块，工人们就有意见了，上班操作时就不那么精心，工艺指标的掌握就不那么精准了。终于有一天，导致尿素融液水分过高，从造粒塔上的喷头里喷射出来后，就不能在下坠过程中凝结成颗粒，而是在塔壁和塔底的漏斗上结成了疤，凝成了壳，像厚厚的冰，不得不停产处理。莫光头对此大为恼怒，硬说是有人蓄意破坏，还向公安部门报了案。其实这种事过去常有，没什么奇怪的，用大铁锤将漏斗上的尿素块打掉，就可以重新开车生产了。这个处理过程还有个专用名词，叫作打疤。他很熟悉，因为他曾无数次参加过打疤。黄宇像过去在车间当班长和主任时一样，带着临时组成的突击队冲上了打疤的阵地。这本是件平常的事，但平常事里有不平常的东西，那就是这一次结的疤特别厚，还有就是，黄宇不该叫谢见屏也参加。

谢见屏少一根手指，又身单力薄，黄宇就没叫他挥舞八磅铁锤，而让他当了望员，专门观察塔壁上的尿素结晶块，提防它受到震动后掉下来砸伤人。照理说应当先处理掉塔壁上的结块再打疤才安全，但造粒塔高七十多米，根本无法企及，只能冒险行事。但仰头望着塔壁，时间长了会肩酸脖子疼，也很累人的。谢见屏认了一会真后，就心不在焉，抽自己的烟去了。等谢见屏再次仰头，只见高高的塔壁上一个大结块已张开了裂口，颤颤欲坠。谢见屏惊慌大叫，黄宇立即叫人撤退。塔底只有一个小门进出，且门槛高过漏斗，撤退时并不方便。黄宇自然是让别人先撤的。等到黄宇最后一个撤退时，门槛下的踏脚已被惊恐的人们踩偏了，头上的尿素块也要掉下来了，黄宇已来不及放正那个踏脚了。于是，黄宇向坎上的谢见屏伸出手，希望能拉他一把。谢见屏拉了，但谢见屏的手少了一个指头，又粘了些尿素融液，很滑，根本抓不住。黄宇不但没能借上力，反而因此失重倒下了。这时，一块巨大的尿素块从天而降，直接砸在黄宇身上。黄宇虽然戴了安全帽，但完全无济于事……

黄宇是在昏迷了六天之后才去世的。在第四天的晚上，黄宇还醒来过，并用微弱的声音和肖小云开玩笑，说若是开他的追悼会，不要放哀乐，要放就放《国际歌》。没想到，这成了黄宇的遗言。医生做了最大的努力，最终还是无力回天。

他相信，他冥冥中听到的那几声闷响，就是黄宇打疤时发出的，是黄宇留给这个世界的最后的声音。

他想参加黄宇的追悼会，但路途遥远，时间来不及了。他给向丽娟打电话时，向丽娟就在大礼堂里，追悼会就要开始了。向丽娟说，全厂的职工和家属都来了，大礼堂里挤满了人，到处是一片伤心的哭泣声。他央求向丽娟别关手机，他想听一听。向丽娟应允了。他将耳朵紧贴着手机。但是，他并没有听到哭泣，他先听到的是造粒塔下那一声惊心动魄的巨响，接着，又听到了久违的《国际歌》。随着那沉雄的旋律一波一波地从遥远的天际涌来，灼热的泪水慢慢地湮没了他的视线……

2006 年 8 月

原载《中国作家》2007 年第 6 期

我的死与他人无关

1

正月初八，这个日子不错，我打算这天死掉算了。我把这个打算告诉了小菊。小菊说，为什么要在这一天？别的日子不行吗？我摇摇头，不行。我感觉就是这个日子好，感觉这东西是不讲道理的。小菊屈起她的小指头数了数，说，那还有十一天呢。我说，十一天就十一天，六十七年都过来了，还怕十一天么。小菊眯起她的小眼睛，冲我笑了笑，就转背整理货架去了。

小菊是我从劳务市场雇来的，那天我一看她那傻里瓜几的眯眯眼，乡里乡气的打扮，还有嘴里像含了块萝卜的乡下口音，立即就相中了她。我就要一个不晓得我底细的人，这样的人在莲城是几乎没有了。可是，没做几天我就晓得了，小菊的傻里头有许多小聪明，换句话说，她该傻的时候傻，该聪明的时候聪明。譬如，她晓得用电话跟经销商讨价还价，让人送货上门；还譬如，她时常跑到相邻的店子里，记下同类商品的价格，再回来悄悄告诉我，以便开展价格竞争。还有，她晓得从收银台后面的镜子里观察顾客的动静，一发现别人有偷窃的企图，立即严厉地咳嗽一声。总之，我对她很满意，我这个营业面积仅二十五平方米的所谓小超市，没有她还真的不行。

决定做出之后，我就轻松了。好多事都不必想了，真好。我让小菊去做饭，自己守着店子，哼着歌，“哪里的天空不下雨”。我很喜欢唱歌的，过去是 KTV 的常客，而且我唱的时候怀里是要抱一个人的，否则不来情绪。我还可以将一首歌的每一句都唱走调，这是真本事。不信你试试看，一不小心就唱对了。你做不到的。

唱着唱着对面家电修理店的老王来了，买了几盒方便面。我说，老王，我这儿的价钱还公道吧。老王说，还好。这家伙是个吝啬鬼，不肯说出公道这两个字。我说，你要觉得公道就多买点，以后就怕买不着了。老王东张西望：“为什么？你要关张了？”我说：“因为我快要死了。”老王这才盯着我，问：“你得绝症了？”我说：“凭什么咒人啊，你才得绝症呢！”老王说：“不得绝症你死什么死啊？”我说：“要说得绝症，也对，不过是我的心得了绝症，我不想活了，也活得差不多了。”老王笑了笑，说：“你什么都享受过了，是活得差不多了，那你打算什么时候死？”我明确地告诉他：“正月初八。”老王点点头：“嗯，是个好日子。”他又摸摸脸上的皱纹，四下瞟瞟，说：“要是你死了，这店子怎么办呢？”这家伙，对我的店子有想法呢。我说：“我死了，店子就留给小菊了。”老王瘪瘪嘴巴：“那这个小菊就有福了！”

小菊正好从里屋出来，说：“我哪有什么福啊？”老王瞟着她说：“赵老板说他死了就把店子留给你呢！”小菊脸红了红说：“我又不是他什么人，哪有资格要他的店子呵。”老王涎着脸笑道：“怎么就不是他什么人？我一直以为你是他什么人呢！”小菊绷了脸：“瞎说，你以为我是他什么人呵？”老王说：“不是一家人，不进一家门嘛，你以为大家不晓得你是赵老板什么人啊！”小菊气哼哼地跺了一下脚，她的样子让我觉得好笑。

小菊真的恼了，她一把抓住老王的手，拖到里屋门口，叫他往里面瞧。里屋有两张床，靠墙的是我的，还有一张吊在半空——其实就是在屋里做了一个小阁楼，小菊就睡在上面。老王很马虎地瞟了一眼，说："这能说明你不是他什么人吗？"小菊说："怎不能说明？晚上睡觉我都把楼梯抽上去了的！"老王说："抽上去了也可以再放下来嘛，赵老板，你说是不是？"老王冲着我，一脸笑得稀烂。我不在意地嘿嘿一笑。我都要死的人了，还有什么好在意的呢？再说这种事，我从来没在意过。小菊气不过，头一扭就进里屋去了。

吃饭的时候，小菊还吹着嘴。我说："小菊，还生气呵，我是讲起耍的，老王也是讲起耍的。"小菊说："我晓得是讲起耍的，可这不是好耍的事。"这乡妹子，我要死了她都不当回事，讲她几句好耍的话，她倒认起真来了。我真会把店子留给你么？不会的，留给你就是害了你了。到时讨债的人只怕会扯烂你的衣服。

晚上九点半，打烊关门之后，我在里屋看电视，小菊在后面厕所里洗澡。你想象不到，我赵某人会堕落到这步田地，连个热水器都没有，洗澡要在炉子上烧水，再提到那个只容一个人蹲的厕所，一瓢一瓢往身上浇。我把电视声音调到很小，这样我就能听到水浇到小菊身上的声音。通过那声音，我可以看到小菊的动作。她弯曲着短而粗的胳膊，挺着厚实的胸脯，水沿着她的身体窸窸窣窣往下流。水声没有了，小菊在擦她结结实实像一根大藕似的身体，不一会，她就穿着新买的便宜棉睡衣出来了。她浑身冒着热气，像一只刚出笼的馒头，新鲜而暄软，让人想咬一口。小菊说："老板你不洗吗？我给你提水去。"我摇摇头。小菊嘟哝着："你比我们乡下人还不讲卫生。"我一笑，说："是不是嫌弃我了？"小菊说："你是老板，我敢嫌弃你么？"我抽动一下鼻子说："你呀，来了个把月了，还洗不掉一身的土腥气！"小菊不高兴了，沿着小楼梯爬到小阁楼上去了，说：“我晓得老板嫌我了。”我说：“傻瓜，我喜欢土腥气呢，它比古龙香水还好闻呢！”小菊说：“你不要拿我开心呵。”我懒得跟这乡妹子解释，她不懂，她不晓得她身上的味道保护了她。

小菊要睡觉了，费力地将楼梯抽了上去。其实，这楼梯是聋子的耳朵配相的，防得了君子防不了小人。我只要站到凳子上，一伸手，就可将它拉下来。我尖起耳朵，听见小菊缩进了被窝，不一会还打起了鼾。

我生气了，我大声说：“小菊你真是没心没肺啊，老板要死了你还睡得这么香，话都不肯跟我多讲几句！”我以为她睡着了，可是她一翻身，把一张脸挪到阁楼门口，冲我一笑：“我妈也这样说我呢，说我没心没肺，活着不累！”我问：“你真的不怕我死吗？我死了你还要另找工作啊！”小菊不回答，却反问道：“老板，听说你过去很有钱，我很不自在，也很不高兴。”我板起脸说：“过去有钱又怎样？”小菊说：“幸亏你现在没钱了，要不我会怕你的！”我有点奇怪：“有钱就让你害怕？为什么？”小菊想了想说：“不知道，反正有钱人的样子都让人害怕。我们村里就有一个，修的三屋楼房，喂着大狼狗，我是连门都不去串的。”我告诫道：“小菊，我跟你说啊，以后不许你打听我过去的事，也不许你听别人说我，否则的话，哼！”小菊问：“否则的话如何呵？”我说：“当心我炒你的鱿鱼！”小菊咯咯咯地笑了：“你不是正月初八要死么？还炒什么鱿鱼呵，不炒我也得走了！”我腾地站了起来，气愤地指着她：“我都要死的人了，你居然还笑！你幸灾乐祸是不是？”小菊仍然笑，说：“我当然笑呵，我晓得老板是讲起耍的，当不得真的。”我说：“我这样子，像讲起耍的么？”小菊说：“像。”

我在屋里团团转，想找一个说服她的理由。我找到了一把刀子，我把左手食指按在桌沿上，我说："我若是讲起要的，我就把它切掉！"小菊说："你不敢切的，你怕疼。"我说："谁怕疼了？"小菊真没心没肺，说："那你切啊！"我鼓起眼睛说："我不是讲起要的，我用不着切啊！"小菊哼了一声："鬼话！"然后就不说话了，一脸的不相信。我没有办法，只好熄灯上了床。我心有不甘，从被窝里伸出头来，大声道："是不是讲起要的，小菊你等着瞧吧，这一回，我赵业一定取信于民！"

2

有些主意是过不得夜的，太阳一出来就变了。所以第二天一早，我特意出门朝天上看了看。太阳包在一团抹布似的云彩里，若隐若现，但我心里的主意非常明确。我还是打算去死，正月初八。我把这个日子记牢了。

既然决心已定，就有一些事情要处理，至少要打几个电话吧。我交待了小菊几句，就到街上去了。店子里有电话，但我不想让小菊听见。我先去摊子上买了一张 IC 卡，卖卡的姨妈说："赵老板，你买什么卡呵，你没手机吗？"我笑笑说："姨妈，我要死了。"她并不是我姨妈，姨妈是莲城人对中年妇女的统称。姨妈不明白，我的死与买电话卡有什么关系，眼睛像两粒卫生球一样瞪着我。我没兴趣解释，转身走掉了。我手机已经欠费了，打长途用手机也划不来，再说怕有的人不接我的电话——过去是别人怕我不接电话，现在却调了个，凭这一点，我也该死掉算了。

我向着十字街头走，去找电话亭。天气虽然不错，腊月间的风却仍然很冷。寒意水一样在身体里流淌，四肢冰冷发僵。我习惯穿得少。我从不喜欢臃肿的羽绒服，那是一种抹杀人身份的服饰，所有的人穿上它都成了一个样子。我只穿一件开领毛衣，系一条红色领带，外套纯白色西服。这是我的招牌打扮，莲城人远远地看见，不需要看清眉目，就晓得是哪个来了。我对穿着向来讲究，我有我的档次。西服虽然有点脏了，还不至于影响我的气质吧。所谓虎死不倒威，何况我还没死呢。

风把我的鼻涕吹出来了，我掏出手帕把它揩掉，然后将手帕叠整齐，优雅地塞进口袋里。不知有人看见否，我觉得自己的举止挺绅士的。我喜欢这种老套的派头，我不否认，现在我确实很怀旧。我到了街口，在一株一抱粗的法国梧桐旁，找到了电话，站到了那块黄色的有机玻璃雨罩下。行人很多，有很多的眼睛看我。我拿出了电话卡，但没有往电话里插，我犹豫了一秒钟，迅速地将它收了起来。我走开几步，与电话亭保持一定距离。这地方太打眼了，我不想让莲城人民有更多的联想。

我装出与电话无关的神情，四下环顾。往右前方不远，就是电信大楼。十四年前，我就是从那幢大楼里出来，成了莲城第一个拥有大哥大的人。购机款加上吉祥号码拍卖费，花了两万多元。900008，这就是当年我的大哥大号码，当时我就是站在这个街口，举着那块黑色的大砖头，给我所有的亲戚朋友打电话。记者拍下了我，我手持大哥大气宇轩昂的光辉形象出现在《莲城晚报》上。也就是从那个时候起，我就成为了莲城的新闻人物。没有人会想到，十四年后，每个月交百把块手机费都会成为我一件烦心的事。

我不能在这傻站了，好多的眼珠子粘到了我的西服上，我如果将它们摘下来，可能会装满一口袋。莲城人对我还是这样好奇。我挺了挺身子，矜持地闲逛着。走到一丛夹竹桃前，趁人不注意，我一拐，进了街心花园。在一个角落的一棵樟树下，我终于找到了一个僻静的电话亭。我插卡，掏出小小的电话记录本，不经意地，就翻到了一个号码。这号码是去年我拐弯抹角地通过各种关系查到的，还一直没有用过。它是我的原配家里的号码，我多久没有跟她说过话了？十九年，还是二十年？不太确切。但事到如今，我想跟她说几句了。

我开始拨号，电话键冰得我的手指发疼。我一一戳了那六个数字。话筒里传来清晰的呼叫音。我的喉咙发紧，很久没人接，我听到电话铃在那幢乡下的木屋里持续不断地响着，显得十分的遥远。但突然，呼叫音中断了，咔嗒一声，话筒被人抓起，有人问：“哪个？”我听清了，是她，我的前妻，不，我的前前妻，我的第一个妻子，也就是人们常说的原配。她的声音有点沙哑，跟我一样，她也老了，嗓子被岁月打磨过了。过去她的声音不是这样。我有点紧张，出气不赢，答话不及时，她在那边又问了：“你是哪个嘛！”语气有点不耐烦，我还不答话她就要挂筒了，于是我说：“是我。”

她半天没吱声，后来才说：“是你噢。”我说：“是我。”她顿了顿说：“今天太阳没从西边出来嘛。”又说，“你有什么事吗？”我说：“也没什么大事，就是想告诉你们一声，我可能正月初八要死了。”她说：“是嘛？”我说：“是的，我已经决定了。”她说：“我听说，你已经死过几回了。”从她的语气里，我看到她撇了撇嘴，她不相信我。我说：“这一次是真的，请你转告儿子一声好吗？”她说：“好，可我不一定找得到他，他到东莞打工去了，今年可能不回来过年。”我说：“请你费心了，就这样吧。”我主动地挂了话筒。

我心里莫名的郁闷，站着发了一会懵。连原配都不相信我，第二个妻子就更不用说了。我只能暂时放弃给单媛媛打电话的企图，我不想给自己找难受。我相信，有关我的消息用不了几天就会传到她那里去的。

不能一蹶不振，该打的电话还得打。我继续翻阅毛了边的记录本，一个名字跳进了我的眼睛：孟欣。《莲城晚报》的记者，一个身材高挑胸脯鼓鼓的女人，曾经多次报道过我，也是令我动心却又没有被我搞掂的少数几个女人之一。我毫不犹豫地拨了她的手机。

孟欣说："你好，哪位？"她的声音清脆悦耳，跟我原配相比真是有天壤之别，一听就让我有生理反应。我说："孟记者，还记得我赵业么？"孟欣哈哈一笑："谁都可以不记得，却不可以不记得你呵，赵老板，别来无恙乎？"我说："就是有恙呢，要不我怎会找你。我是来给你提供一条新闻的。"孟欣说："好啊，那太谢谢了，是不是你又要生产新闻了？"我嘿嘿笑了，说："还是和你孟记者心有灵犀呵。"孟欣催促道："那你快说，你又想怎样让莲城人民眼睛一亮。"我说："这一回恐怕亮不起来，我打算，正月初八去死。"

说完我就尖起耳朵听孟欣的反应，凭着她记者的敏感，应当有强烈的反应的。但是她似乎很平静，一点也不吃惊，她嘻嘻一笑说："这可不是什么了不得的新闻，对莲城人来说，鼎鼎大名的赵老板去死不算新闻，活才是新闻呢！"我不懂她的话："你什么意思呵？一个曾经有两千万家产的老板，如今穷得只有去死了，这还不算新闻？"孟欣说："当然也是新闻，也会有警示作用，但是如果你艰苦奋斗东山再起，不是更好的新闻，不是更有意义么？"

这些拿笔杆子的人就习惯这样口吐莲花，好像东山再起就是在纸上划几笔的事情。显然，她也不太相信我，我不想多说，咽口痰道："反正我是只有去死了，当不当新闻随你的便吧。"孟欣说："呵呀赵老板你没生气吧？相信我的敬业精神好吗，只要有新闻我一定赶往现场，正月初八之前，如果有空我一定来采访你。"我说："那你要记住日子呵，正月初八，大年三十过后的第八天，过了这天我就不奉陪了。”孟欣说：“好的好的，一言为定！”

我吁了一口气，挂了话筒。我持话筒的手已经冻麻木了。我心里有一点点欣慰，肯定会有很多人晓得我即将死去，我又将成为莲城人民的一个热门话题。我漫步街头，我吸引了众多目光。窜来窜去的的士一遇到我就小心翼翼地躲开，风吹乱我的头发的同时，又抱歉地替我抻抻衣襟。我找回了几年前的好感觉。

3

我回到店子里，拿了一个傻瓜相机出来。作为一个曾经的广告业者，我天生爱好摄影，但更爱好摄影的派头。我曾经有过一部尼康相机，连同镜头一起花了两万多块，还是从香港买来的。那时我在深圳发展，而每年莲城召开政协会议，我都会背着相机赶回来。你看过《闪闪的红星》那部电影吗？我喜欢里头胡汉三那句有名的台词：“我胡汉三又回来了！”我这个政协委员是从不住会议安排的宾馆的，我都是自己订房另住在一边，我要搞事的，方便。我一住下，头一件事就是给莲城的朋友打电话，用胡汉三的口气宣布：“我赵业又回来了！”我气壮如牛。可是我是尖屁股，开会坐不住，也不喜欢发言，讲那些转过来转过去的车轱辘话，于是我就端起我的相机，这里那里地拍，抢记者的风头。我甚至窜到主席台上去，站一个弓箭步，将镜头对准各位领导，煞有介事地调焦距按快门，每拍一个镜头就伸出五根手指做一个 OK 的手势。嘀嘀，那个时候我就会背一身的眼睛，领导们呢，也会给我一个会心的微笑，真好玩。当然，事后我会将洗印好的相片一一奉上，我的肩膀会被书记市长还有主席们亲切的拍打一番。

但是今天，我不是为我的肩膀舒服，而是想用傻瓜机留下某种纪念，并把这纪念带到另一个世界去。我横越新世纪大道，钻过毛家小巷，来到跑马街。这是一条铺着青石板的老街，因为这条街上有许多骑楼和老商铺，所以作为历史被保留下来了。历史是可以卖钱的，现在来这儿旅游参观的人越来越多了。这也是我开始发迹的地方。隔老远，我就看到了那面马头墙上的五个字：创业美术社。经过二十年的风吹雨打，它有些模糊了，不过，我还清楚地记得写下它的情景。那是一个早晨，单媛媛扶着楼梯，我提着油漆爬了上去。但我立即就下来了。街上人还很少，没人围观我就没情绪。我又等了好一会，等街上行人多起来了，才开始显露我的才华。我写得一手好美术字，端端正正，笔笔到位。其实那天，我主要不是炫耀我的手艺，而是想让大家见识见识单媛媛，那是她和我头一次做一件共同的事情。这样的亮相当然是意味深长的。我挥舞排笔的时候，那些围观的人一只眼睛瞟我，别一只眼睛在看她，用古人的话说，就是餐她的秀色。我乐意让大家分享我的快乐，别人的羡慕是我的营养品。也有个别不快乐的人，因为以后他不可能再打单媛媛的主意了，我的捷足一先登，他就没有机会了。有人在下面大声称赞："赵老板写得真好！"我晓得，他的意思其实是说，单媛媛长得真好，赵老板真有本事，只有赵老板才勾得到这样漂亮的妹子。我听得出来。我甚至听得见他在咽口水。我要的就是这个，你要晓得，这不光是满足男人的虚荣心，对我的生意也是大有好处的。谁不愿意和美女交往呢？不是我吹牛，上个世纪我就有了美女经济的超前思想。

我举起相机，照下了墙上的五个字，墙头摇晃着的枯草，还有一角灰蓝色的天空。接着，我又照下了墙右侧的门面。它现在是一家销纯净水的小店。店主是秃了脑壳的吴老板，他跑出门问："赵老板，你拍我的门面做什么？"我说："你不晓得它过去是我的门面吗?”赵老板说:“那过去你还是腰缠万贯的大老板呢，如今它是我的，你不能照，不能把我的财气拍走了。”我摆出政协委员的派头说:“你不能抹杀历史嘛!我就是在这起家的嘛!拍一下就露了财气了?没这讲法嘛!晓得有名的孟记者怎么说的吗?我是在这儿掘到第一桶金的，我帮你拍个照，我的财气都会跑到你这里来，我保证你会掘到两桶金还不止!”吴老板摸了摸脑壳上不多的几根头发，神色缓和下来，说:“那就借赵老板吉言啦，看来，赵老板挺念旧的嘛。”

我点头道:“是呵是呵。”眼睛瞟着不远处的地面。我依稀看到青石板上有一层油渍。其实我在墙上写这几个字前，我的美术社已做了两年了，并没有什么起色。有天突然发现，门前那个炸油粑粑的小摊换了主人，一个瘦精精的老头变成了水嫩嫩的妹子，妹子的脸粉红如莲花，看上去掐得出水。她就是单媛媛，她让我的眼睛发直，她比我小二十一岁，但阻止不了我想她。我每天都买她的油粑粑吃，吃得拉稀了都在所不惜。有天我大胆地拿起了她的手，说:“这嫩藕一样的手不应炸油粑粑，应当帮我刻字。”单媛媛爽快地说:“好啊!”于是，她的小摊就消失了，只在青石板上留下了一摊油迹。那时我想的是如何得到她的身体，没想到她的脑瓜有那么好使，她的双手有那么的能干，她的聪明是小菊完全不能比的。开始她只是当当我的下手，没多久，就成了我的公关部长，她的美貌是最好的名片，她给我拉来了源源不断的业务。不久我就发财了，她也成了老板娘，我们双双离开莲城去往深圳，发更大的财，直到最后她一脚将我从床上踹了下来，再一脚把我从深圳踹回莲城。

创业美术社的名字还是单媛媛给取的，我原本想用我的名字，她说不好，赵业听上去像造孽。造孽在莲城人嘴里有两个意思，一是害人，可恶，一是被人害，可怜。我们创业成功了，可是到最后，我还是造了孽了。

想起往事，我有点发呆。吴老板眼睛毒，说：“赵老板在忆苦思甜是吧?”我说：“是啊，人活到这一步，什么都经过了，也没意思了，就像一片嚼久了的口香糖，没有味道了。我告诉你一个秘密吧，你不要告诉别人。”我招了招手。吴老板凑到我耳边，眼睛放光：“好，我给你保密。”我说：“我打算正月初八死掉算了。”吴老板有些失望：“这不是你第一次说死了。”我说：“这一次骗你不是人。”吴老板说：“那你还拍这些纪念照做什么?”我说：“我好带到那边去，有个念想啊!”吴老板脸色突然变了，抓住我的手：“那你不能拍我的门面，把你的胶卷取出来!”我推他，他扭住我不松。我将相机藏到身后，他竭力来抢。他的光脑壳上冒着汗臭。他块头大，凭力气我是打不过他的，好歹我也是进过局子的人，有经验，我膝盖往他裆里一顶，他哎呀一声就蹲了下来。我咕哝道：“我都要死的人了，还跟我斗。”他捂着他的小弟弟，皱着眉看了我一眼，没再吱声，可能他看到了我脸上的死气，怕了我了。我拍拍我的西服，咳嗽一声，转身离开。

走到自己店子前，小菊正在门口举手打望。造型不错，我也给她照了一张。小菊吹起她的小嘴巴说：“老板，你怎么一出去就老也不回来呀，留下我一个人。”我笑道：“怎么的，难道你还想我了么?”小菊说：“我才懒得想你呢，我是怕钱少了我说不清，你不怕我拿你的钱么?”我说：“我要怕你长三只手，就不会雇你来了。再说你要拿钱，还不方便？有个上茅厕的时间就够了，哪用等我上街?”小菊咧嘴笑了起来，“我才不拿你的钱呢，你的钱咬人的。”小菊来了兴趣，拿过我手中的相机，要给我也来一张。于是我叉着腰站在台阶上，让小菊退出一定距离，把我的全身和店子的招牌都照了下来。也许，这是我最后的相片了，我感到我的表情很严肃，我的身子很僵硬。

照完相，我把小菊叫到里屋，告诉她我的用意：当我死后，把所有的相片烧在我的坟墓跟前，这样我就会在那边记得这一辈子的事。我自己当然做不成这件事了，我把这个任务交给她。我会给她留一笔钱作为酬金，别看我手头拮据，但这笔钱我是会筹到的。我说："不过，你不要让任何人晓得，别人晓得了就不灵了，你会接受是吗？"小菊笑嘻嘻的，问："到了那边你真的还会记得这边的事？还记得我小菊？"我说："你烧了相片我就记得的，相片上的影子会变成烟，跟着我的魂魄飘到那边去的。"小菊就点了头，没心没肺地说："要得，到时我帮你烧纸，也帮你烧相片，不让别个晓得。可是，可是你要走了，谁来帮你办后事呢？"我说："这个你不用管，你也管不了，养儿是干什么的？就是送终的嘛，我有三个儿子呢！到时你打几个电话就行了。"小菊吁口气："好吧，你是老板，我听你的。"

4

我到照相馆把相片洗了出来，小菊的相片多印了几张，给她作纪念，我只留一张就够了。我端详相片上的自己，脸色发暗，颧骨高耸，两眼无神，头发也有点乱，一副丧魂失魄的样子。我的西服太鲜亮了，对比之下，我就像裹在衣服里头的一具尸体。死亡的气息从相片上一阵阵地散发出来。我从柜子里拿出一个纸盒，将小菊和我新照的相片放了进去。纸盒里收集了几百张相片，每一张都和我的过去相关联，绝大多数是女人的照片，而且，其中相当一部分是裸照。我有个嗜好，给和我上床的女人拍裸照，以供来日回味。当然，是征得她们同意了的，软磨硬缠地说几句好话，给一叠人民币，没有什么摆不平的事。过去我有自己的暗房，冲洗相片是非常方便的事。

可以说，我的一生差不多都在这个纸盒子里了。之所以说差不多，是因为我的原配不在里面。我和单媛媛结婚的时候，她将家里所有她的相片都搜走了，而那些我和她的合影，都被她铰作了两半，她拿走了她的那一半。我手头没有她的相片，她手头也没有我的相片，我们都只依稀的存在于对方的记忆里。

天黑了，没什么顾客上门，冷清得很。街面上隐约传来刀郎唱的《二零零二年的第一场雪》，小菊受了传染，跟着低声哼着。我坐在里屋，发着呆。电暖炉没开，两腿冷得发麻，黑暗包围了我，躺在棺材里就是这个样子吧？外面电话铃响了，小菊喂了两声，就说对不起，老板不在。她是在执行我的旨意。我跟她交待过了的，只要是男声，只要不是送货的，一律说老板不在。因为我的那两个债主就是两个男人——其实也是两个过去欠我债的人。现在身份调了个了，以前是他们躲我，如今是我躲他们，有什么办法呢，这世道就这样。

我让小菊关了门，把她叫到身边，指着纸盒告诉她，这就是要她焚烧的相片。都在这，都要烧掉，干干净净的，半张都不能留。小菊开了灯，瞪着纸盒，因为好奇，两只小眼睛闪闪发亮。我又告诫她，在我死之前，不许偷看这些相片，我死之后，也不许看，只许烧。小菊问："为什么？"我说："里头有些相片你看不得，对你不好。"小菊不理解，说："你照都照得，我有什么看不得的呀？"这蠢妹子，她的理由还很结实。我说："你还小，还不懂，看了会中毒的。"小菊晃了晃脑壳："我都吃十九岁的饭了，我还小吗？我小你就不要雇我呵，我晓得，雇未成人打工是犯法的。"嗬嗬，从这张乡里嘴巴里还拱出一句未成年人来了，新鲜。我有些烦她，说："反正在我眼睛里你还没长抻皮，我是过来人，不让你看是为你好！乡下人十九岁只当得城里人十五六岁，还没开窍！"小菊鼻子一哼："你不要看不起乡里人，城里人的事，我都懂！别说我十九岁了，去年我表妹才十六，就生了一个小伢呢！有什么不懂的！"

我没话说了，看来我确实小看她了。但我还是不能让她看，我造的孽够多的了，不想临死还踹人一脚。我端起纸盒，准备先放进柜子锁起来。可小菊眼疾手快，伸手就抓了几张相片在手里。我去夺，她一下把手反到背后。我生气了："反了你，竟敢跟老板对着来！"小菊来了孩子气，说："你不让我看，我就不给你烧！我不仅不给你烧，我还要告诉别个！反正那时你也说不了话了，管不了我了！"这一下她点中了我的死穴，我绷起脸，懊恼不已，却也无可奈何，只好说："好好，就让你看看你手中那几张。"

小菊便从手中抽出一张来。那是一个半个中国都认识的过气女歌星，穿着无袖长裙，刘海卷卷的，挺漂亮，当年莲城电视台搞十周年台庆晚会，我把她从深圳带了过来。相片上，她搂着我的腰，将脸贴在我脸上，笑得一塌糊涂。只有我晓得她为什么笑得那么开心，照相之前，她抱着我央求道："赵哥，再加点嘛，再加点嘛，你看我唱得好辛苦呵。"我便一口答应给她多加了两万元出场费。可惜她受一个大案子的牵连，现在影都没了，过得只怕比我好不了多少。小菊惊奇极了："老板，没想到你也是个追星族呵！"我瘪了瘪嘴："嘁，是我追星吗？是星追我呢，你晓得当年有好多歌星追着我叫赵哥吗？再说，我自己就是个星呢，只要我一回莲城，哪次不是书记市长请我吃饭，屁股后头大官小官跟一长络呢！"小菊扬扬相片："老板，她们当歌星的，脸上搽的什么香？香死个人吧？"我说："屁，一点不香，倒是一股子骚味！”我说的是实话，不光歌星，我接触到的好多女人，都喜欢往身上洒那种国际香型的香水，有档次，不过我心情不好的时候，就觉得那是一股狐臊味。闻上去远没有小菊身上的土腥气舒服。

小菊将歌星放进纸盒，从手中又抽出一张。她只瞟了一眼，就哇的一声松了手，好像被烫了一下似的。相片从她手中跌落到地上。这是一张裸照，一个年轻女子一丝不挂地躺在床上，双手枕在脑后，眯缝着一双细长的眼睛。小菊啐了一口：“真不要脸，照这样的相片！”我幸灾乐祸地道：“我叫你不要看嘛，不听老人言，吃亏在眼前。”小菊犟嘴：“我就要看，又不是丑我，怕什么！”说着她将相片拾了起来，又瞟了几眼，不过手举得很远，她的脸也红红的。我说：“小菊你可不要学她，也不要学我，她不是好人，我也不是好人。”小菊说：“看就是学么？我晓得她不是好人，你也不是好人，好人不会照这样的相片。可是她是谁呢？”

我愣了愣，一时我还真答不出来，这类相片太多了。我拿过相片，翻过来一看，背面写着她的名字，吴妮娜，还有一个数字，60 万。我叹息一声说，她是我过去的一个手下，只跟着我做了几个月，就带着我的 60 万块钱跑掉了。小菊睁大了眼睛：“那你没找她？”我说：“人家不愿做了，还找她干嘛？再说我也对她没兴趣了，那钱也是我情愿让她骗的，晓得她要骗我，我既没戳穿她，也没制止她，我过去就有这么大方。听说她如今在浦东开了公司，发达起来了。”小菊咂着嘴：“啧啧，她们捞钱可真容易啊！”我逗她：“你要是有这样的机会，你一样可以捞呵。”小菊摇头：“我可不愿脱衣服，我妈说过，女伢儿的身体让别人看过了，就不值钱了。那天村里的毛坨硬要我脱，把我的罩子扯断了，我都没让他看，我把他抓出一脸的血。第二天别人问他怎么了，他不敢明说，就说碰到鬼了，把我肚子都笑疼了！嘻嘻，我当别人面问他，是个女鬼吧，他把眼睛鼓起牛卵子大，再也不跟我说话了！”

我被小菊说乐了，这妹子真是少根筋。我说：“那是，这样的人是不要给他看，他又没钱，给他看了就真不值钱了，这种人占了便宜还会四处说的。”小菊说：“这跟钱没关系。”我说：“怎没关系呢？”我指着纸盒子说，“这里面的人每一个都跟钱有关。小菊，我要是给你钱，你脱不脱呢？”我本不想这么说，也不应该这么说，不知怎么嘴巴一张话就溜出来了。我真是本性难改。我小心地觑着小菊，她也许会受惊吓，也许会冲我发脾气。但是她都没有，她只是感到奇怪地瞟瞟我，说：“老板，你又不是雇我来脱衣服的，再说，现在你也没几个钱了。”我说：“假如我现在有钱呢？”小菊白我一眼：“有钱你会开这样的小店？有钱你会雇我？有钱你还会正月初八就要去死？你早找漂亮妹子去了！”我被她的抢白噎住了，一想，还真是这么回事。

小菊从我手中拿过相片放进纸盒，亮出另一张相片：“这个女伢又是谁？”这一张倒不是裸照，不过也差不多是了，只穿着胸罩与三角内裤。相片背面没名字，我认不出来。我只能确定，这是一个跟我上过床的女子。我当然不能这样回答小菊。我只好摇头，说忘记了。小菊责备似的盯着我：“你让人家脱了衣服，就把人家给忘记了？”我说：“我又没强迫过人家，都是人家自愿的，再说我从不亏待她们。我指着纸盒说，这么多人，我记得过来么？”

“好了，不听你扯白了，管她是哪个，反正都是些不怕丑的人。”小菊说着将手中的相片全部放进纸盒。又说，“下回再听你讲故事吧。”小菊爬上了小阁楼。我把纸盒放进柜子里。我有些意犹未尽，想和小菊说说话，可是小阁楼上已经响起了均匀的鼾声。

5

像我这样的人，死了是要给大家一个交待的。我的意思是说，至少要留下一封遗书。我不能不明不白地走，我不想让别人胡乱猜测，也不想折磨人民警察的脑细胞。我找来一张打印纸，伏在柜台上，开始给这个世界留言。我说，我是一个成功的人，一个失败的人，一个活够了的人，一个等死的人。我已经宣布，正月初八是我离开人世的日子，所以，我的死与他人无关。

刚写了这么几句，小菊就来烦我了。她扯我的袖子："老板，这位婆婆硬说我们卖的汰渍洗衣粉比家润多贵五毛钱！"我推她一把："这样的小事还来烦我，你处理不就得了！"小菊说："我跟她说不清啊，我说你嫌贵就到家润多买去，她又不肯，还说不降价她就到处宣传，她要真的到处乱讲，以后谁还上我们的门啊！"我烦躁到了极点了："你这蠢妹子，就少收她五毛钱嘛，有多大的事啊！"我走到收银台，抓起那包洗衣粉装进塑料袋，往老婆婆手里一塞："今天我大酬宾，送给您了！"老婆婆眉开眼笑："是嘛，那太好了，还有别的么?"我说："我把这个店都给您，您拿走吧。"老婆婆咧嘴道："我一个七老八十的老婆子，哪里拿得动呢，赵老板开玩笑，开玩笑。"一转背，乐颠颠地走了。

可是，小菊不乐意了，抱着胳膊，吹起了她的小嘴巴。"老板，有你这么做生意的么?"我没好气地："我赵业就是这样做过来的。"小菊说："难怪你上千万的财产都玩没了，哼，要不了多久，饭都会没吃的。"我说："哎呀你这妹子看不出呵，学会教训老板了，有出息嘛！这店子亏多亏少与你有什么关系？还怕少了你的那几个工钱么？真是，皇帝不急太监急！"小菊一屁股坐下来，把手放到电暖炉上烘着："这可是你说的呵，以后我就懒得操这些心了，看见别人偷东西我都不管。”我拿起那张打印纸，冲她扬了扬说：“我不是不要你管，是要你不要打扰我，没见我在写遗书吗？五毛钱的事，有这个重要？真是的，把我的思路都打断了！”

我懊恼地抓起笔，重新开始往下写。小菊凑过她的小脑袋看了看，说：“真的写遗书呵？”我瞪她一眼，“不是蒸（真）的还是煮的啊？”小菊吹吹嘴：“好吧，那我就不打扰你了。”顿了顿，她又说，“老板，遗书难写吧？我读书时最怕写作文了。”我说：“当然难写了，不然它怎么是遗书呢？再说，你和我日夜相伴，关系密切，要没遗书，我死了怕你脱不了嫌疑呢，所以不写不行。”“是吗？”小菊吐了吐舌头，赶紧不吱声了。

我想在遗书里回顾一下我的业绩。我继续写道，我是莲城第一个用大哥大、第一个买摄像机、第一个有私家车的人，我在深圳有七处房产，现在都留给了我的后妻。为了与前妻区别开来，我一般都用后妻来称呼单媛媛。妻子多了，就是这么麻烦。与单媛媛离婚时，我只带了十万块钱回莲城，差不多是净身出户。原以为我有这点钱就可以东山再起，重新笑傲江湖的，但现在才晓得我对自己估计过高。我下意识地写着，又将这几行字划掉了，觉得多余。这是莲城人民都晓得的事，不必饶舌了。不如暴点猛料，写下我搞过的女人数目。那是多大一个数字呢？大概有一千多人吧，是有一千多，具体多少，我没法说清。若干年前我统计过一次，那时就有七百五十六个了。我有个黑壳塑料本，专门用来记录着我搞过的女人。有的记得很详细，有的则名字都没有，我给取了个代号而已。我从箱子里翻出了那个黑本子，但我发现，已经中断几年没记，我不可能有个准确的数字了。模糊的数字没有真实性，别人不会相信的。我感到遗憾，我细读着那些笔迹陈旧的文字，回味着那些时刻，身体好像又有点蠢蠢欲动的意思了。

我长叹一声，写不下去了。小菊在对面说："老板，抬抬头呵。"于是我看见她冲我举着傻瓜相机。我说："你干嘛？"小菊咧咧嘴："我要把你写遗书的样子拍下来，挺好玩的。"相机里已经没有胶卷了，我懒得说破，摆出写字的样子，任这个傻瓜去拍。如果说，我还活得有一点点意思的话，那是因为身边有这么一个傻里瓜几的乡妹子，无聊时可以斗斗嘴，玩点小游戏。

手指都冻麻木了，我扔下笔，双手捂在电暖炉上。门口光线一暗，进来一个穿皮夹克，剃小平头的人。如今理这种发型很时髦。他两眼盯着我，闪着贼光，一看就知不是来买东西的。我不认识他，也就不理他，自顾自地读那份没完成的遗书。小平头带着一股寒风走到我面前，粗着喉咙说："你就是赵业吧？"我瞥一眼他，新鲜，莲城还有不认得我的，明知故问！我说："有何贵干？"眼睛低下去看着遗书。小平头说："小老板当得蛮自在嘛，欠人家的钱也不还！"我头都懒得抬，问："我欠你的钱了吗？"小平头说："你不欠我的，可是你欠张老板的。"我说："我欠张老板钱又关你什么事呢？"小平头说："不关我事我来找你？昨晚张老板在牌桌上欠了我八千块，我们说好把你欠他的一万块钱转给我。你看，这是你的欠条。"他把一张皱皱巴巴的纸放到我面前。我看了一眼，确实是我的笔迹，是开这个小超市时找张老板借下的债。但是，还只借了个把月，怎就催我还了呢，没道理。况且，这小超市赚不了几个钱，只能糊口而已。

小平头斜着眼睛看我："没假吧？没假就给钱。"我说："这笔钱跟张老板说好了过年之后再还的，再说我一没钱，二没空。"我扬起那张纸给他看，"我有重要的工作要做，我在写遗书。"小平头有些不知所云，茫然地望着我，怔了片刻，抓过我手中的纸看了一遍，问道："你真的要死了？"我点点头："对，就在正月初八。"小平头恼起火来，脑门上鼓起几条青筋："这么说来，你想赖账啰？你不怕老子的拳头？"我平静地说："你问问别的莲城人，看我赵业怕过什么人么？老子死都不怕了，还怕你的拳头？"小平头眼睛鼓成了卫生球："妈的，看你怕不怕。"他一攥拳头，猛地砸在我嘴角上。我听到一声闷响，身子一歪，不由自主地倒下了。我的那份遗书从空中飘了下来，落到我胸口。我赶紧将它抓住。

小菊尖叫一声："老板！"癫了似的向小平头扑过去。我赶紧从地上爬了起来，伸手去拉她。"这蠢妹子，你打得过他么？"小菊的小拳头雨点似的落到小平头身上，可是根本没有力量，倒像是在给他捶背解乏。小平头有些惊讶，没有还手，只用一只手挡着她。小菊突然抓住他的手，狠狠地咬了一口。小平头疼得跳了起来，咒道："妈的你是条狗哇！"一个大耳光就向小菊掴去。我眼疾手快，用力一扯，小菊闪到了一边。我将她挡在身后，叫道："好男不和女斗，一礼还一拜，我们扯平了！"

小平头揉着受伤的手，红着眼叫着："扯什么平，拿钱来！"我说："我赵业向来讲诚信，讲什么时候还就什么时候还！"小平头说："你不是要死了么？"我说："父账子还嘛，你急什么，我死了还有儿子，儿子死了还有孙子，子子孙孙是没有穷尽的嘛！"小平头啐了一口："呸，你就是想赖账！"我正色道："你找别人打听打听，看我赵某赖过账没有。跑得了和尚跑不了庙，即使我死了，我还有这个店子在嘛，店里的货就差不多万把多块钱，店子也可以得笔转让费嘛！"小平头转着眼珠子，说："可是我也不能白来一趟吧，不能连个跑腿费都没有吧？"我只好说："你拿一样货吧，店里的东西随你拿，只要你看得上眼。"小平头扫一眼四周，一伸手，准确地从我身后的柜子里拿走了一瓶酒鬼酒。

小菊看着小平头出门的背影，恨恨地跺了跺脚。我安慰她道："没关系，不就是一瓶酒鬼酒嘛，再说那是一瓶假酒，是别人收的礼，发现后不要了的。"小菊回头一看我，哎呀一声说："老板你出血了呢。"我舔舔破裂的嘴角，尝到了一丝甜腥味。小菊拿出餐巾纸帮我轻轻地揩去血迹，说："老板，我送你上医院吧。"我说："不用，自己弄点药就是。""那快找药出来，我帮你搽。"小菊凑在我面前，查看我的伤口，我看见了她脖子上绒绒的汗毛，她身上的温暖气息包围了我。

我突然起了意，说："最好的药在你嘴里呢。"小菊不解，眨着小眼睛："是吗？"我郑重其事地说："是的，你不晓得吗，黄花女子嘴里的唾液是最好的消毒药，男人身上的伤口只要舔一舔就好了。"小菊脑壳里真的少根筋，她欢欣地说："我晓得呀，我们乡下人要是身上碰出伤口来了，就是嘴舔舔，痰抹抹的，来，我帮你舔舔。"说着，她就伸出了粉红色的舌头，往我嘴角凑过来。我不由自主地颤抖了一下，伸手抵住她。我说："算了，小菊，我跟你讲起耍的呢！"小菊却认起真来："不是讲起耍的，口水真的可以诊病的呢，你是不是嫌我脏？"我连忙说："不不，你不脏，脏的是我。"小菊说："只要你不嫌我脏就行。"说着，不由分说地抓住我的肩膀，用她温湿的小舌头在我嘴角舔了一下，两下，三下，然后问："好了吗？"我心里好像扯动了一根筋，疼了一下，忙说："好了好了。"

我把小菊推开，继续写那份没完成的遗书。

6

麻雀也有个三十夜，大年三十的早上，我让小菊回家过年去了。我从货架上拿了一袋墨鱼，两包银耳，还有一个旺仔大礼包给她。她说她不好意思要，她已经拿了工钱了。我说，这是老板给员工的过年礼，你真不好意思要，我也不勉强。小菊脸红了半天，忸忸怩怩地，还是接过了礼物，高高兴兴地走了。

小菊一走，店子静得像口棺材。我没有开门，倒在床上，望着小菊的小阁楼发呆。我已经连续三年没和家人一起吃年饭了，习惯了。前妻后妻，大儿小崽，电话都不会来一个的。他们只当没有我。我没有家，我只有我自己，穷光蛋一个。我并不觉得有多么的凄凉，只是感到无聊，人真是没意思。

事到如今，我是有点恨女人了。我的事业，我的钱财，还有我的家庭，全砸在她们身上了。特别是那个精里精怪的姓令狐的小女子，若不是她，我何至于落到今天这个地步。其实，老板嘛，身边不停地变换女人，是稀松平常的事，朋友们到一起，自然也会比比谁的女人更漂亮。女人是老板身份的象征。单媛媛对此心知肚明，以往对我是睁一只眼闭一只眼。可是有一天，令狐这个小妖精硬要到单媛媛的床上跟我睡一觉，否则她就要跳槽。我拿出一张八万的支票她都不干。也不知我中了什么邪，居然就依了她。没有办法，我太喜欢她了，和她在一起的感觉太特别了。如此一来，我的好运也就到头了，正当我和令狐在床上颠鸾倒凤时，去香港游玩的单媛媛突然杀了个回马枪，我们被抓了个正着，当时就被拍了照。单媛媛凶得像只母老虎，扔下相机冲我咆哮，说我千不该万不该，不该突破她的底线，与别的女人在她的床上睡觉。我下跪，求饶，可无济于事，单媛媛把儿子也叫来了，让他们观摩父亲的丑相。女人的心一狠，那真是让人心惊肉跳呵，她甚至还以告发我偷税漏税相威胁。公司的财务一直由单媛媛掌管，她晓得我的底细。无奈之下，我只好乖乖地离了婚，交出了家产。单媛媛看来是早有此心，她逢人便说，再不离婚，这点家产会被我败光。那个妖媚的令狐当时就没见影子了，后来我怀疑，她可能早被单媛媛收买了，她们合谋设局诱使我上了这一当。

现在想这些也没用了，我迷迷糊糊睡了一觉。爬起床一看，窗户有点发暗，已经是下午四点多。街面上安静得很，人们都回家吃年饭去了。我懒得做饭，从货架上拿了一听牛奶一筒早餐饼，胡乱填了一下肚子。我得想法打发掉这个年三十。我拉开收银台下的一只抽屉，扒拉着里面的几张名片。我找到了我想要的，给一个美容按摩店的女老板打了一个电话。我要一个小姐，我想和她聊聊天，如果有兴趣的话再做点别的什么。我问："年三十还有小姐叫么?"女老板说："有的有的，年三十是年三十的价嘛。"我说："我要是只聊聊天，不做别的什么呢?"女老板说："反正价是这个价，做不做由你。"

既然是一个价，不做白不做。我挂了电话，然后到里间的柜子里，找出一板蓝色药片来。我的身体早透支了，做得太多了，事到临头往往要靠艾力可来帮忙。是的，我这人还是有点讲究的，我不叫它伟哥，我叫它艾力可，显得洋气。我取了一颗药，倒了半杯水，正要吞服，听得外面门吱呀一声开了，接着响进来一串沉闷的脚步。我回头一看，小菊闪进门来，上气不接下气地冲我傻笑。她手里还提着一只编织袋，袋子里有只活物动个不止。

我惊讶之极："小菊，你怎么回来了？你没回家吃团圆饭?"小菊夺过我手中的水杯，咕嘟咕嘟地一气喝完，揩一把她的大嘴巴说："我吃了，我家中午吃的团圆饭，吃完饭我就搭车回来了！幸亏村里有车进城，不然赶不回呢！"我说："你回来干嘛?"小菊说，我不想来，我妈叫我来的，我妈说，不能让赵老板一个人过年，太造孽了。”我心里像被一根指头轻轻戳了一下，愣了愣说：“你妈跟你一样少根筋，我一个人吃饱全家不饿，有什么好造孽的？”小菊瞟瞟我，在我嘴角上抹了一把，捻捻指头上沾的饼干末：“你看，你中午吃的饼干吧？还说不造孽！我不回来，你饭都没吃的！”她一低头，又发现了我手中的药片，瞪圆了眼睛：“老板，你病了？”我说：“你才有病呢，我好得很。”小菊说：“没病你还吃药？”我将艾力可收起来，说：“我没吃药，我只是看看它，它也不是得病吃的药。”小菊追根究底：“那是做什么吃的药？”我只好说：“是房事吃的药。”小菊居然不懂，傻不拉几地问：“什么是房事？”我只好糊弄她：“房事房事，当然是房里的事呵！”小菊一个劲摇头：“你们当老板的，真是弄不懂，做点房里的事还要吃药！”我忍不住噗哧笑了。小菊说：“你笑什么呵，我天天做房里的事，都不用吃药，才见过你！”她越说我越想笑，眼泪都笑出来了。小菊嘴一噘，说：“不理你了，我要做年饭了。”说着她就提着编织袋到小厨房里去了。过了一会，我过去一看，她正在杀一只鸡，是她从家里带来的，一只真正的土鸡。

小菊回来了，还要给我做年饭，我当然不好再去找小姐了。小菊用开水烫了那只鸡，我过去想帮她扯鸡毛，她将我推开，说：“一边去吧，这不是老板干的事。”我便在一旁斜着眼睛看。热腾腾的雾气弥漫着一股好闻的气味，像是鸡肉的气息，又好似是小菊身上散发出来的。小菊蹲在地上，弯曲的腿很粗壮，将牛仔裤撑得紧绷绷的，屁股又大又圆，非常结实，我看了一眼，忍不住就吞了一口痰。小菊不像与我有过一腿的任何一个女人，她身上的汗味比任何香水都好闻。我一点也不怀疑，她要是拍张裸照，一定显得比别人健美。我盯着她脖子里的肉褶子，她回头瞟我一眼说：“老板，莫看我好不好？”我说：“我又没看你，你以为你好看得很。”小菊说：“还没看？我脖子里直痒痒。”我只好不看她的脖子，只盯她的手了。我没事做，便找话说：“小菊呵，你要是有个男朋友，就不会来陪我过年了。”小菊想想说：“也许吧，我不晓得。”我说：“不但不会跟我过年，也许你男朋友不许你帮我打工呢。”小菊说：“那不会吧。”我说：“一定会的，我们孤男寡女，他放不得心的。我是男人，我晓得男人的心，何况我的名声不好。”小菊认真地想了想，摇头说：“我觉得老板人还好嘛，他有什么放不得心的呵。”我说：“他怕我们会睡到一起去的。”小菊又摇头：“怎么会呢，你是老板，我是打工的，我们都是讲规矩的是不是？再说，我的男朋友还不晓得在哪里呢。”我问：“你真的没谈过男朋友啊？”小菊说：“别人介绍过一个，可我不想跟他好了。”“你不喜欢他？”我问。小菊说：“他喜欢吃红烧肉的，可我不会烧红烧肉啊。”我说：“蠢妹子，不会烧你可以学嘛！”小菊说：“可是，我不想为了找男朋友学烧红烧肉啊！”她瞪着两眼，整个一根筋的样子。又说：“你怎要我学啊？我学了不就有了男朋友，不就帮你打不成工了么？”我一时竟被她弄得张口结舌，说不出话来。

我不想耽误小菊做事，到外面转悠了一圈。天黑回到店子里时，小菊已将年饭做好了。一钵炖鸡，两个小菜，开了一盒豆豉鲮鱼，再取了一瓶红葡萄酒，虽然简单，也像那么回事了。我打开电视，春节晚会就要开始了。小菊斟了酒，和我碰着杯，互相说了一气祝福的话。我祝她以后找个好男人，生个胖儿子，她则祝我咸鱼翻身，再当一回赚大钱的老板。我们边看电视边吃喝，鸡骨头吐了一地。我指着屏幕上的一个女歌星说：“她被我过去的一个朋友包养过。”小菊不信，头摇得像拨浪鼓，说：“这可是中央电视台的人呢，别人也敢包吗？”我跟她说不清，只好变换话题。

吃完年饭，小菊操起扫帚碰碰我说：“老板让开点，坐到床上去，我要做房事了！”我愣了一下才明白她的意思，差点将一口茶喷出来。我不能让她误解下去了，忍住笑，严肃地说：“小菊，家务不能叫房事，房事有它特定的意思，不是随便说得的。小菊瞪大眼，那房事是什么意思？”我说：“就是做爱的意思，就是男人和女人睡觉的意思，懂不懂？”“你坏！你坏死了！”小菊蓦地红了脸，冲着我大叫，“你早不说清楚，你故意逗我耍！”我说：“是我不好，我坏，我向你赔罪，你打我一巴掌好不好？我把一张老脸伸到她面前。”小菊举起了巴掌，就要向我打来，想想又收了回去，说：“我才不上你的当呢。”她忽然间变得聪明了。

看完春节联欢晚会，已是大年初一的凌晨了。小菊爬上了小阁楼，不一会就响起了轻微的鼾声。她翻身的时候，压在被子上的毛衣滑落到了地上。我悄悄将它捡起，盖在自己脸上。它像一只温热的手掌捂着我，我深深地呼吸着，小菊身上特有的香甜气息慢慢地充满了我衰老的躯体。黑夜如此温柔，温柔得一点不像是此生最后一个大年夜。

7

初一初二人们都拜年去了，我的小超市生意清淡。我无所谓，倒是小菊嘀嘀咕咕，将那一点点可怜的营业额数了又数。初三下午我们早早地关了门，我带小菊去吃肯德基，让她也开开洋荤。走在大街上，小菊喜欢得两眼放光，扎着两条辫子的脑袋左右转个不停，只是，她有意落在我身后两三米远。我说：“小菊，你掉那么远，莫把自己搞丢了噢！”小菊斜着眼说：“老板，一个乡妹子跟着你，你不怕我丢你面子啊？”这妹子心眼还蛮多的。我说：“有你这个小跟班跟着，我才像个老板，才有面子呢！”我说的是实话，确实，是小菊让我有了老板的感觉。我之所以带她上街，也是想在莲城人民面前露露脸，让大家都晓得，我赵业并不造孽。可是小菊不这样认为，她噘起小嘴巴说：“我又不漂亮，又不值钱，你有什么面子呢？我晓得你是最爱面子的，面子就是你的命。”我说：“你晓得什么，你又不是我肚子里的蛔虫。”小菊说：“我就是晓得，老王告诉我的，说你生怕别人说你没钱，到银行里取出账上最后一笔钱，把它全兑成一块钱的小票，厚厚的一摞夹在胳肢窝里，故意让它露出一只角，到街上走了几个来回，人家还以为你发了大财呢！”

我板起了脸，这蠢妹子，专捏人的疼处！那还是一年多前，我在步行街开了个品牌服装店，把从深圳带回的十万块钱亏了个精光。没人再愿意与我合作，也没人愿意借我钱，大家都躲着我走。有什么办法，我们这种人的价值，就是钱来决定的。一气之下，我就做了小菊说的那件事。那种老版的一元钞票跟一百元面值的钞票都是粉红色的，模样相近，我夹在腋下显摆了一阵，人家还真以为我得了一笔大款子。但后来还是被人得知真情，成了他们酒桌上的笑谈。唉，钱呵钱呵，俗话说，一分钱难倒英雄汉，身上没得五毛钱，你连个厕所都上不了呢。

肯德基里人多得像下的饺子，我挤进去找了个靠窗的位置，给了小菊五十元钱，吩咐她每人买一个汉堡、一杯牛奶、两只鸡翅。可不一会小菊空着手转来了，嘴里直叫：“老板，我们不吃了不吃了，一只汉堡就要十二块，吃得六碗米粉了呢！”她声音很大，引得许多人朝我们看。我急忙横她一眼，压着嗓子叫道：“你是个米粉命啊？又不要你出钱！快去买，不去我炒你的鱿鱼！”小菊这才吹着她的小嘴巴转过身去了。她把东西买来，我们闷着头吃了一会，她又嘀咕不已，硬说还不如米粉好吃。乡下人的胃口就这样，有什么办法。

我用面巾纸揩嘴巴时，瞟见一个女人的影子。我正襟危坐，装着没看见。那女人朝我过来了，并且在我对面坐下。我立即起身，与她热情握手：“哎呀孟大记者，没想到在这碰到你，幸会幸会！”孟欣眯着眼，瞟瞟我，又瞟瞟我身边的小菊，笑道：“赵老板，也不介绍介绍你的同伴？”我便说：“这是我的员工，乡下来的小菊，今天特地带她来开洋荤，让她也享受享受改革开放的成果。”我有点得意我的口才，很奇怪，在某些场合，我的口才总是出奇的好。“是吗？”孟欣吸着牛奶，再瞟瞟小菊，说，“赵老板很关心自己的员工嘛！”我说：“这你还不清楚吗？我向来善待自己的员工的。”孟欣笑了，“我自然清楚啰，你特别善待女员工，尤其善待漂亮的女员工，献爱心是赵老板终生所好啊！”我叹息道：“好汉不提当年勇，那都是过去的事喽，如今想善待别人都没实力了。”孟欣说：“赵老板，别唉声叹气了，也别说什么正月初八就什么什么了，我看你活得挺滋润的嘛！”我说：“君子一言，驷马难追，我说了正月初八，那就是正月初八，这是不可更改的，正因为来日无多，我才要把这几天过好，把事情安排好。到时，你一定要来写我的报道噢！”孟欣又笑了笑说：“我晓得，有一件事可以改变你的决定。”我问：“什么事？”孟欣笑而不答，过一会才说：“你晓得正月初八市政协又要开会了么？”我摇头：“我怎么晓得，我又不是本届政协委员了，我一成穷光蛋，就没人要我当了。”孟欣说：“听说要补选几个委员呢，你找找廖主席，也许可能再次当选，还不是他一句话。你们关系不是很好，他不是一直对你很欣赏的么？”我缄默，心里动了一下，但我不好说什么。孟欣说：“不过，你的决定若真不可更改，那就没什么说的了。”我矜持不下去了，我说：“如果政府还需要我参政议政，我当然可以推迟日子的。”孟欣笑了起来：“我说了嘛，这世上，只有变不了的人，没有变不了的事，我希望你从跌倒的地方再爬起来，我会给你写一篇特别深度报道！好了，我要走了，继续善待你的员工吧！”她意味深长地瞟了瞟小菊，屁股一扭一扭地转身走了。

望着孟欣离开的背影，我忍不住咽了一口痰。真是知我者孟欣也，她晓得我好这一口。她在逗我，用莲城话说，是在调我的口味。对于一个我喜欢的女人，我并不介意。我活不了几天了，但我还是对她有非分之想。曾经，我差一点就拿下她了，只差一点点，而且，她自己也承认，就只差那一点点了。那是在我最走红的时候，我回莲城参加政协会议，带了五十万现金回来。那本是准备捐赠给福利院的，我临时与朋友打赌，要用它来征服孟欣。我将孟欣叫到我房间，开门见山地说，我想要她作女朋友，要她开个价。如果她不愿意做长期的，做一夜也行。我把密码箱打开，先拿了十万放在桌上，问她：“够不够？”她涨红着脸，不吱声。我又拿了十万码上去，再次问：“够了吗？”她还是不言语，脸色更红，呼吸也更粗重了，看得出思想斗争十分激烈。我晓得金钱的力量，没有人能经得住这种冲击，我胜利在望了。我又拿了十万往桌上放，瞟着她，也不说话。她的脸开始发白，可还是不松口。我干脆拿过密码箱往她面前一推——我对这个动作后悔莫及，我做得太猛了，反而吓着了她，如果我柔和一点，她也许就答应了——她似乎被密码箱碰疼了，浑身一抖，噢地一声叫，跳起来跑出了宾馆。后来她坦诚地说，她是被吓着了，才用最后的一点气力跑出去的，再不跑掉，她就是我的人了。

吃完肯德基回到店里，我发现小菊一直吹着嘴没说话，脸色也不好，便问：“小菊，谁欠你钱了？”小菊瘪一下嘴说：“只有我欠人钱，哪有人欠我钱的。”我说：“那你还嘴巴吹起挂得住油瓶。”小菊说：“那个姓孟的记者眼睛贼一样往我身上溜，讨厌！”我笑道：“她对你有看法呢。”小菊说：“我晓得，她嫌我是乡下妹子，她看不起我这个土包子。”我摇头说：“我讲你蠢嘛，你还真蠢，人家不是嫌你土，人家是以为你是我什么人呢。”小菊眨眨眼说：“就怪你，要带我吃什么肯德基，弄得记者都想歪了。”我说：“不吃肯德基，别人也这么想，你冤什么呀，我才冤呢，白担了这么个名声。”小菊说：“当初你就该请个男伢来。”我说：“有什么办法，我就喜欢女伢呀！”我跟小菊说起了与孟欣的交往，特别仔细地说了孟欣被五十万块钱吓跑的事。小菊两只眼睁得溜圆，嘴巴啧啧有声，可不知她什么意思。我说：“小菊，若是你碰到这种事，你会不会跑掉？”小菊摇摇头：“我不晓得。”我便问：“要是我把店子留给你，你愿不愿做我的女朋友呢？你晓得，我活不了几天了的，只要你同意，这店子里的东西都是你的了。”小菊说：“我怎么可以要你的东西呢？再说，你欠两万多块钱的账，这店子总共才不到一万块钱的货，账都还不清呢，店子已经不是你的了。”我说：“你硬是蠢死牛，父债子还，不关你的事，我把店子赠给你，就是你的了，跟我的欠账没有关系。”小菊还是扯不清，说：“怎没关系，你就是开这店子欠下的账呵！”我有点烦躁，说：“你别管那多，你只说，在我生命最后的时光里，愿不愿给我一点温暖，做我的女朋友？”小菊坚决地摇头。我板起脸说：“你也嫌弃我？”小菊又摇头说：“不是，我要是做了你女朋友，我不就不好意思要工钱了么？”我笑了：“你这乡妹子，那几个小钱，算个什么，我店子都愿意给你啊！”小菊想想，还是摇头：“反正，别人的东西不能随便要，老板的更要不得。”看来，小菊是我碰到的第二个摆不平的女人了。我叹息道：“你们女人心真狠，我活不了几天了，也不肯给我一点温暖。”小菊说：“怎不给呢，我给你生炉子，开电热毯。”我说：“我要的是你给我暖被窝呢。”小菊说：“一定要我暖被窝也可以，只要不脱我衣服就行。”我问：“那又为何？”小菊说：“你是老板，我是打工的，没这规矩呵，我妈说过，我的头一次是一定要留给老公的，要不老公会一辈子看你不起。”望着小菊明亮的眼睛，我一下子没话说了。

8

我突然想起，应当给廖主席拜个年，要不人家会忘记有你这么个人了。我搜刮了收银机里所有十元面值以上的钞票，又从存折上取出一个整数，咬咬牙，买了两条钻石芙蓉王烟，用塑料袋装了，再写了张贺年卡塞在里面。我把塑料袋放在市政协的门卫手里，又往廖主席家打了个电话。是保姆接的，正合我意，我让她把礼物拿回去，向廖主席通报一声就行，他晓得我的意思的。我落到这个地步，哪里还有脸见廖主席。想当初，就是廖主席推荐我当了政协委员，并对我寄予了厚望，见了面也都是亲亲热热勾肩搭背的。他到深圳，也都由我接待，吃、住、行、玩、找小姐，一条龙服务。对我的离婚他痛心疾首，一针见血地指出：“你们这些民营企业家啊，就是这一点不好，把握不住自己！收放要有度嘛，你们是会自己打败自己的！”

我不怪廖主席是乌鸦嘴，我确实是败给了自己。我晓得，我是没资格当政协委员了，孟欣的话其实是扯淡，是别有用心，是有意嘲笑。我已经不是商界精英，也不是成功人士了。当然，也许要我当个跌倒了再爬起来的典型也说不定。我不抱希望。再说，我是决定过几天就要死的人了，假如能当上，也许我会开完会再走，可那也没有更多的意思吧。我是爬不起来了的。

反正礼也送过了，我也懒得想它了。我安静下来，坐在店子里，守着电暖炉，百无聊赖。天空苍白着，寒冷的风在门口刮过来刮过去。我没有开空调，我的小店已经用不起空调了。街上行人三三两两，来来往往，很少有人进我的店子里来。他们似乎嫌我这里晦气。我并不在意，我还有什么好在意的呢？我只是时不时地瞟一眼那部红色的电话，也许，它会冷不丁地响起来，带来某种消息，让我暂时打消死的念头。我就这么死等着，等着等着等着，等了一整天，也不见它有什么动静。我只好继续等，我除了等已经没有别的选择。天空还是那样苍白着，风还是在门口刮过来刮过去，两腿之间虽然有个电暖炉，它烤得腿肚子发烫，但身上仍然很冷。莲城这地方就样，一到冬天，就有一种特别的冷钻到骨头缝里去。

又等了一整天，电话还是没有动静，我怀疑它坏掉了，便跑到对面老王的修理店，往自己店里打了一个电话。电话响了，是小菊接的，小菊说："哪位？"我说："我是一个鬼，我从阴间给你打电话呢！"小菊咯咯笑，说："老板你是一个活鬼，你莫想吓我，我看见你在王老板那打电话。"说着，她隔着一条街冲我挥了挥手。我搁下话筒，给老王五毛钱话费。老王眨眨眼睛问："赵老板，今天初几了？"我晓得他什么意思。他在提醒我。我懒得理他，说："我记不得了，自己查日历吧。"我回到店里，继续守着电话。小菊感到奇怪，"老板，你的屁股向来坐不住的，这两天怎么这样老实了？反正也没什么顾客，你出去走走嘛，我看着你，都感到累呢！"你看，小菊看都看累了，我哪能不累。我是不该死等了，可是，可是万一有电话找我怎办？我若是不在，那不误了大事？我喃喃自语。小菊说："怪了，平常电话响，你不是躲都躲不赢么？你有什么大事啊？我来这么久了都没见你有什么事，再说了，你把手机开着，不就好找你了。有电话来，我转告你就是嘛。”

小菊说得有道理，我不想守株待兔了。呆坐在店子里，要多傻有多傻。我交了二十元手机费，开通了手机，然后就到街上闲逛去了。我逆风而行，我的头发在风里嗞嗞作响。我的白西装太打眼了，许多男人女人的眼睛盯着我，我还听到许多窃窃的私语，好像在说，这个人要当政协委员了。不过，我一凝神，那些眼睛就都移开了，那些议论也销声匿迹了。我挺了挺胸膛，把过去的派头甩了出来，走向步行街。这是莲城最繁华的商业街，从前回莲城，我总要在这里的品牌店溜几个来回的，当然，胳膊上少不了要挎个女人。实际上，我来步行街，都是来为不同的女人买高档商品，女人一发嗲，我就扛不住，浑身就发软。为女人花钱我历来大方。可以这么说，只要少为任何一个女人花钱，都可以填补我现在的亏空。当然，她们也给了我不少的虚荣和快乐，这我不能否认。现在，我身边没有女人，连小菊那样的乡妹子都没有，我站在川流不息的人群中，感到前所未有的孤独。周围这么多人，都与我没关系，他们都晓得我快要离开这个世界了，可他们仍不理睬我。密密麻麻的人群中，晃过一个婀娜的身影，我的眼睛被烫了一下。是单媛媛，没错，是我的后妻单媛媛，她还穿着我从香港买来的貂皮大衣。穿了大衣她也显得那么好看，她的身材是一流的。看来她回莲城过年来了，儿子也回来了吧。可是，她一如既往，不跟我联系，她只当没我这个人。好像一盆冰水劈头泼来，我浑身凉透。其实我已不当回事了的，怎会有凉飕飕的感觉呢？我不明白。

单媛媛已经没了踪影，但我不敢往里走了，我怕再碰见她。我转身出了街口，漫无目的地乱走一气。为保持自己的形象，走几步我就要用手理一理被风搞乱的头发。转过一个街角，一抬头，几个巨大的红色气球悬在头顶，大标语瀑布一样挂在面前，许多西服革履的人佩戴着代表证进进出出。我这才知道，我来到了莲城大会堂门口，政协会议已经开幕了。我的手机一直没响，显然没我什么事了。我早料到了，我不怪廖主席，我是糊不上墙的稀泥巴。我很惭愧，怕遇见熟悉的人，悄悄地站到一丛冬青树后。我羡慕那些代表，曾几何时，我也那样意气风发，指点江山激扬文字，还端着相机台上台下到处跑，书记市长还笑嘻嘻的喊着我的名字与我握手。真是彼一时此一时啊！此时我像被人遗弃的孩子，无依无靠，伫立在寒冷的风里，打摆子一样发抖。

我真的在抖，不是夸张，特别是我的手，颤抖得控制不住，好像得了帕金森综合症。我完全顾不得风度，踉踉跄跄地跑回了店里。我头隐隐作痛，一阵晕眩，来不及脱掉衣服，我就倒在了床上。小菊惊慌不已："老板你怎了？"我哆嗦着，牙齿敲着梆，拉过被子盖在身上，一个劲说："我冷，我冷，我冷死了。"小菊伸出手摸一下我的额头，像被蛇咬似的一跳，叫道："老板你病了呢！"她爬上阁楼，将她的被子扯下来加在我身上，又帮我将被子掖紧，然后匆匆忙忙地关了店门，到厨房里砰砰砰地切什么东西去了。我冷如冰棍，我的脑子开始模糊了。寒冷的夜色搂紧了我，让我动弹不得。我掉进了冰窟窿，喘不过气来。隐隐约约的，我听到小菊在叫："老板，快把它喝了，喝了病就好了的。"我被一只手扶得坐了起来，我用力睁开眼，看见一大碗姜汤举在面前。我将嘴巴凑拢，大口大口地喝了。喝了一半，我没力气了。小菊鼓励道："再喝，都喝完才好得快，听话！"我说："喝完有奖励没有？"小菊说："有，喝完了明天我给你打荷包蛋吃！"这乡妹子，她以为我是乡下的小伢儿呢。我哼哼唧唧地说："不行，奖别的我才喝！”小菊哄着我：“好好，不打荷包蛋，奖别的，你快喝了！”于是我顺从地喝光了那碗姜汤。不一会，我的肚子里像烧起了一炉火，身体慢慢地发起热来。小菊坐在床边，时不时地摸我的脑壳，问：“还冷么？”我闭着眼说：“冷，还冷，冷死我了。”我有意地抖动身体，将床弄得喀喀响。小菊焦急地：“那，那怎么办啊？”我让牙齿也敲出声音，说：“你，你帮我暖暖被窝啊！”小菊犹豫了一下，就脱了衣服上了我的床。但是，她没跟我睡一头，她在我脚边躺下了，掖紧了被子，并且将我的两只脚搂在怀里。

刹那间，我的脚感觉好极了，那种好感觉似乎就可以叫作幸福。我不敢乱动，怕这种可以叫作幸福的好感觉消失。我也将小菊的脚搂在怀里，她既然搂了我的，我也可以搂她的。我嗅到了她脚上的泥土和汗酸的气息，很好闻。我还想有别的作为，但是我没有力气了，我迷迷糊糊地沉入黑暗之中。

9

我醒来时窗户已经发亮了，我的脚仍被小菊搂在怀里。我出了一身大汗，浑身臭烘烘的。我慢慢地坐起来，腰身虽还有点酸软，但神智清爽，看来我的感冒被一碗姜汤治好了。小菊睡得像个孩子，脸红扑扑的，红嘟嘟的嘴微微翘着。我动了动脚，触着了她软乎乎的奶子。我舍不得把脚抽出来，但老这样被她抱着也不是办法，我没法做别的事。我小心翼翼的，极其缓慢地，把两只脚逐一抽出来。还好，小菊没被我弄醒，她睡得太沉了。我下了床，摸到她那一头，轻轻地坐在床沿上，仔细端详。小菊长得不好看，但毕竟年轻，皮肤很嫩，面颊上有一层细细的茸毛，看上去，她的脸就像一颗刚成熟的桃子。我俯下身子，我像一只狗，或者是一头狼一样的嗅着她胖乎乎的脸蛋。一股新鲜的炒米似的香味顿时吸入我的肺腑，我晕晕乎乎的有些陶醉了。我忽然想起了一个名人讲的话，这位82岁的名人刚刚和一个28岁的女硕士结婚，名人说，女硕士是上帝送给他的最后一件礼物。这个乡里乡气的小菊，不也是上帝送给我的最后一件礼物吗？

我轻手轻脚的，先去服了一片艾力可。我不打无准备之仗。然后我回到床边，伸出舌头，轻轻地在小菊脸上舔了舔。她没有知觉，只顾打着她的鼾，胸脯一起一伏。我揭开被子，慢慢地躺了进去，接着，轻轻地搂住她。她的身子又软又热，散发着一股温香，冲得我头脑发晕。她居然还没醒来，翻了一个身，蜷缩在我的怀里。我不敢造次，搂着她很久没有动弹。但我忍耐不住了，我一个要死的人了，还有什么好顾忌的呢？我的时间不多，机会更少，我不想浪费这大好时光。我松开她，慢慢地解开她的衣扣。她没有戴胸罩，两只白里透红的乳房呼拉一下跳了出来。我吓了一跳，眼睛都发直了。似乎，我还从没见过这样健康活泼的乳房。我咽口痰，慢慢地把手放到了她的乳房上。我轻轻地握着它。小菊突然醒了，睁大眼睛盯着我，好像不认识似的，说："你是谁？"我的手僵住了，我用力一笑："我是你老板呵！"小菊眼睛急速眨动，"老板你病好了？"我点点头，"好了。"小菊低下头，看一眼我的手，迷惑地问："老板你这是做什么？"我说："我想要你，你给我吧。"我轻轻地捏了她一下。小菊哎哟叫了一声，挣扎着坐起。我立刻将她按了下去，我生气了，我说："你究竟有什么了不起的？"小菊吹着嘴说："我没什么了不起，可是我是来打工的，不是和你睡觉的！"我说："你脑子没进水吧？你打一个月工才三百块钱，睡一觉我就把店子给你，你不晓得算账？还有更划得来的事？"小菊又吹起了嘴巴，"我又不是做鸡的。”我更气了，“睡一觉就得一个店子，鸡碰得到这种好事？你就那么金贵？”小菊拨开我的手说：“反正我不想要你的店子。”我说：“可是我想要你。”小菊说：“可是我不想给你呵，我要留给别人的，别人会做我老公，你这么老了，又做不了我老公，我哪能给你呢？”

她这几句话，像是几根软棒子打我头上。我有点懵了，找不出话来反驳她，说实在的，我还没遇到过如此死心眼的女子。我不敢对她胸前看，她还敞着怀，挺着两只结实的奶子，它们像两只眼睛嘲笑似的瞪着我。我口气软下来，近乎哀求地说：“可是，可是我是个要死的人了呵，你就不能让我一回？”小菊摇摇头，“老板不会死的，真想死的人自己不会到处说，不声不响农药一喝就死了，村里二嫂就是这样死的。”我有点恼羞成怒了，“你意思是说我骗人的啰？你一个乡下打工妹，敢说老板骗人！今天你要是不给我，我真的去死，我就死给你看，到时别怪我吓了你！你不信喽，我索子都买好了，你不给我我就在你面前上吊！”说着，我跳下床，从柜子里拿出一根尼龙绳，举起给她看。小菊却吹起嘴说：“我晓得，这不是你才买的，这是晒衣的索子。”我气急败坏，“晒衣的索子就不能上吊吗？等会我吊给你看！”小菊说：“那你现在就吊啊，吊给我看看！”我说：“不吊的是狗！可是我要吊了就要不成你了，现在我不能吊。”小菊鼻子一哼说：“你就是上吊我也不能给你，我的身体，你说给就给呵？”我说：“你不仁，就不要怪我不义了，你不给我也要！”小菊警惕地将胸脯掩了起来，“莫非你还想霸蛮？”

她说中了，她已惹得我性起，药力也开始发挥作用了。我向她扑过去，将她压倒在床上。我在她怀里乱抓了几把，然后脱她的衬裤。她拼命挣扎，翻过来滚过去，我一时竟搞不定她。没办法，我只好使出当兵学擒拿格斗时的一招，抓住她一只手往背后一扭，她立即动弹不得了。我终于脱下了她的裤子，但刚想有进一步的作为，她一口咬在我的肩膀上！一股锐疼电流般刺进我的身体。我两手一软，松开了她。她猛地一翻身，居然把我压到了她的身下！说真的，她年轻力壮，真打起来，我恐怕还不是她的对手。她愤怒地大喊："老板坏！我不理你了，我不给你打工了，你想死就去死吧，跟我没关系！"她跳下床，手忙脚乱地收拾自己的东西。我呆住了，木然地望着她。直到她提着袋子跑出去，我才如梦初醒，冲着她的背影喊："小菊，你一走我真的只有死了！"她没有理睬我，我奔到门口一看，她已经没了踪影。

我跑到街上，盲目地追了一会，气喘吁吁地停下来。街道四通八达，我不晓得她去了哪里。直到这时，我才明白发生了什么事：我被一个其貌不扬的乡下妹子炒了鱿鱼。我的脸麻辣火烧，感到从未有过的难堪。无数的蚂蚁在我脸上爬。我拖着两条沉重的腿往回走，天空苍白空洞，几片树叶像冥纸打着旋随风飘荡。路人熙熙攘攘，还好，没人朝我看。我已经不值得别人看了。迷茫的晨光中浮过来一张熟悉的脸，老王嘴一咧，黄牙闪烁。"赵老板，今天初九了，你还没死呀？"我愣住，就初九了么？我真不知到了初九了。老王鄙视地撇了撇嘴，转身走了。他看不起我，他也不相信我会死。我想我必须让人相信一回了，我必须死。我即使戴上眼镜满地找个遍，也找不到活的理由了。

我特意到殡葬用品店买了几叠冥钱，我不想到了那一边还受穷。冥钱上印着冥国银行的字样，面值大得吓人，壹亿圆一张。我回到家，关上门，将那些冥钱撒在地上。我搭条凳子，将那根晒衣的尼龙绳系在吊扇上，再在下面挽个圈，打个活结。然后，我把早已写好的遗书摆在桌上显眼的地方，再用手机给孟欣发了条短信：当你收到这条短信时，我已经死了，你有兴趣就来写个报道吧。这一切我都做得从容不迫，我晓得自己不会反悔了。最后，我踩到凳子上，将脖子套进绳圈里，轻轻地说了一声：“对不起小菊，我走了。”

就在这时，响起了开门的声音。肯定是小菊，只有她有门钥匙。我赶紧踢倒了凳子，再不踢倒凳子就来不及了，小菊会以为我是以演戏，是逗她耍的。我霎时悬空了，一只无形的手掐住了我的脖子，猛地将我往上一提。小菊扑过来一把抱住了我的脚，大叫：“老板你莫吓我啊，我不走了好么，我给你好么，你别死啊！”我眼睛发烫，这个蠢妹子，你不想让我死，赶紧搭凳子把我取下来呵，你哭啊叫的有什么用？我想提醒她，可我说不出话，也透不过气来。小菊抱着我不松，将我往人世拉，而另一股不可抗拒的力量又将我往天上提。我眼前一黑，最后的知觉是，我被拉成了一根丝。

2006年6月

原载《芙蓉》2006年第5期

我要到你梦里去

我们这儿有一种说法：人死了以后可以自由出入别人的梦，说想说的话，做想做的事。

我对此坚信不疑。

因为我得到了证明，死去的童卫红不管我愿意不愿意，时常来到我的梦中。

十七年前，我和童卫红是高中同班同学。她死之前，我们在南门口护城河的堤坡上拔草。那年夏天堤坡上的草不知为何长得格外茂盛，市里的领导感到有碍观瞻，不除之不后快了，于是号召学生学雷锋。雷锋有没有拔过草我不知道，但老师还是领着我们雄赳赳气昂昂地去了。我和童卫红挨得很近，互相听得见拔草时发出的喘息声。那天她穿一条白底蓝花的的确良连衣裙，脸蛋红扑扑的，非常耐看。坦率地说那时我正暗恋着她，只是因为胆子小，才没有做出诸如递纸条之类的举动。那时不比现在，男女生之间有严格的界限，对女生表示好感是要被人耻笑的。我所能做的，也就是偷偷地多看她几眼罢了。回想起来，那天的事情我还是有预感的，觑见童卫红双手抓住一根手指粗的牛尾巴草奋力往后拔时，我的心就悬了起来。心里想，童卫红你千万莫下猛力，要是牛尾巴草突然断掉，你会滚到河里去的！我应该把这句话说给童卫红听的，我要说了，后来她就不会到我梦中来了。可是我没有说，我太顾忌别人的看法了。于是就像我所预感的一样，那根牛尾巴草崩的一声断了，童卫红身子立即失去了平衡，她刚刚来得及发出一声尖叫，就顺着陡坡滚下去了。

我惊得目瞪口呆，站在炎热的阳光下，我浑身冰凉。童卫红滚成一个肉球，直坠水面，扑通一声，黑色的河面炸开一朵巨大的水花，绽开出一种惊心动魄的美。眨眼之间，童卫红就被河水吞没了。惊恐之后，我蓦地愤怒起来，这种吞没太没道理，童卫红刚才还在我身边呢，她又没惹你这一河臭水。这时有人在背后推了我一把——我想可能是雷锋——我踉跄一下，就再也收不住脚，顺着陡坡踮了几个碎步，举起双手朝天一纵，跳进了护城河。

河水在我头上一合拢，就像晚自习时有人恶作剧拉灭了灯，四周一片漆黑。河水又脏又臭，直往我鼻孔和耳朵里钻，压得耳膜嗡嗡响。我不敢睁开眼睛，两只手胡乱一抓，居然抓到了童卫红的裙子。我双脚拼命地打着水，抓着她往河边拖，可是她一反身，把我死死地抱住了。两个人纠缠在一起，很快就沉到了河底。我快憋不住气了，胸膛和脑袋都裂开般地疼，幸好我还清醒，死命地掰开她的手，脚在河底猛地一蹬，托着她的身子往河边游。我想，只要她伸手抓住河边的一棵草，她就得救了。我冒出水面的时候，已经没有多少力气了。我竭尽全力将她往岸边推了一下。她的头碰到了岸边的石头，但马上，她又沉了下去。

接下来的事情，我就不是很清楚了。只晓得堤上堤下人来人往一片混乱，救护车在头顶呜哇呜哇叫得天都要炸了。我抓住岸边一块石头，泡在水中很久很久，直到恢复了气力，才从河里爬起来。这时人已散得差不多了。我不敢去医院看童卫红，听人说，童卫红身上蒙着白被单，她的母亲揭开被单只看了一眼，就晕倒在地上。而她的父亲要校长还他女儿，打得校长抱头鼠窜。

傍晚的时候班主任把我叫到了校长办公室，问我童卫红落水的原因。我便老老实实地说到了那棵致命的牛尾巴草。校长看样子受了伤，脑门上涂了一些红药水，显得很惨，也显得不耐烦，说："一棵草怎么能让人死呢？不可能，一定是另有原因。"倒是班主任态度一如既往地和善："也许由于她是女的吧。"她循循善诱地说："吴朝阳同学，你好好想想，为什么你也跳下去了呢？"我说："好像有人推了我一把。"她问："谁推了你一把？"我说："好像是雷锋。"她就笑了，说你谎都不会撒："雷锋都死了多少年了，怎么还会推你一把呢？该不是你推了别人一把，比如说推了童卫红一把吧？"我立刻意识到了这个话题的危险性，忙说："没，我真没推童卫红，是别人推了我。"班主任说："那这事怎么解释呢？班上的同学都没跳，只有你跳下去了，而你的思想品德，在班上充其量也只是中等水平呀！是不是你先推了童卫红一把，马上就后悔了，也后怕了，才跳下去救她的？"我把脑袋摇得像拨浪鼓，"不是，我为什么要去推童卫红？"班主任说："这就只有你自己心里清楚了，你不是喜欢童卫红么，是不是她不理睬你，你就想小小地报复她一下？当然，你没想到她会掉到河里，造成这么严重的后果。"我的脸顿时发起烧来，大声争辩说："不是这样不是这样！"班主任说："我也没有说，你一定是这样，你着什么急？我们只是想弄清事实真相，对童卫红同学的家长有个交待；可是不是这样，你为什么脸红成这个样子呢？"这样我就一句话也说不出来了，校长和班主任的眼睛是那样的雪亮，我无法否认自己脸红。

我因此而惶惶不安，从同学们看我的眼神，我发现自己有重大嫌疑。我甚至怀疑起自己来了：是不是我真推了童卫红一把？

幸好，这天夜里童卫红来到了我的梦中。童卫红全身湿漉漉的，头发上挂着亮晶晶的水珠。她伸出冰凉的小手让我握了握，说："谢谢你救我。"我说："我很惭愧，我没能把你救起来，我的能力有限，可是我觉得我没有推你。"童卫红说："我知道，是我自己不小心滚下河的，不能怪你。"我央求道："你能跟校长他们说一说吗?"童卫红说："我会一个一个说的，我死了，就可以到他们梦中去了，我不会让他们冤枉你的。"

这以后，校长和班主任再也没找过我，同学们的目光也如往常一样无异了，只是不太理睬我。这我能理解，因为我和一起死亡事件联系在一起。我晓得，童卫红已去过他们梦中了。

十七年一晃就过去了，过去的人和事，最想忘记的记得最清晰，比如童卫红和她的死。这当然是她不时地造访于我的缘故。往往是夜深人静之时，我一不经意，她就来了。或者站在我床边与我闲聊，或者什么也不说，仅仅对我微微一笑，或者漂浮变幻一阵，都没有定准，全凭她的兴致而定。有一次她领着我飞过城市上空，然后赤着脚在护城河上走，如履平地一般，一点水都不沾。

也许是由于童卫红的原因，我对一些科学尚不能解释的事物越来越感兴趣，比如气功，比如心灵感应，比如鬼魂。我相信童卫红之所以来到我的梦中，是她自己决定的，她虽然死了，还有她的主观意志。

我觉得自己差不多成了一个有神论者。所以那年我师傅当了工段长，找我谈话，想介绍我加入工人阶级自己的政党，我不想蒙骗组织，就坦陈自己不是一个唯物论者。师傅恨铁不成钢地瞪我一眼，说："你不想提干啦?"背着手痛心疾首地走了。

人没救成差点惹上犯罪嫌疑，这种事摊到谁头上心里都不会舒服。所以多年以来我一直对此耿耿于怀，对母校市一中没有好感。还有，是谁向班主任告的密，说我喜欢童卫红呢？我自己是不会说出去的，我是个沉默寡言的人，有什么事一般只跟自己说。一天夜里童卫红来到我床边，我便告诉她这个谜，请她帮我猜。童卫红直摇头，说："你喜欢我，连我都不知道，还会有谁知道呢？"我只好认为，班主任是我肚里的蛔虫，她看得见我隐秘的心思。

我对母校还有一条意见，就是它的教学水平并不像外界所传扬的那么出色。每年确实有那么一两百人被它送进大学的门槛，也偶有两三个进清华北大，可是我不是个愚笨之人，它却没有把我培养成一个大学生。我想母校可能一直把我当成一个另类，它不仅怀疑我的救人动机，还不让我的名字出现在高考的红榜上。落榜的我只好顶父亲的职到氮肥厂当了一名钳工。后来厂子一停产，我又只好下了岗。我就像是一根倒霉的藤结出的一枚苦果，而这根藤的根子，是扎在母校的。

所以，我对母校抱着惹不起还躲得起的态度。好在市一中在城西，氮肥厂在城东，相距十来公里，十分有利于我的躲。十几年来我从未遇见过一中的老师，也基本上没碰到过同学，即使偶尔在街上擦肩而过，也装作不认识。我有个经验，只要我不主动打招呼，别人是不会主动招呼我的，这使我感到欣慰。似乎别人和我达成了某种共识，即都不愿想起与童卫红事件有瓜葛的吴朝阳。而吴朝阳更是希望将母校开除出自己的记忆。我那台十四寸的黑白电视机已经用了十多年，至今运作良好，非常肯配合，深得我的宠爱，但只要它一出现市一中的新闻，我就会生它的气，会一触即发地跳将起来切换频道，将与母校有关的声音和画面一举消灭。

但是人算不如天算，母校要过六十岁生日了，发现花名册里还有个吴朝阳，吴朝阳就躲不过去了。母校的使者是个大腹便便的男士，穿挺括的短袖衬衫，照得见人影的皮鞋，至是什么名牌，对不起，我不具备这方面的专业知识。在我所居住的小巷口，他一下的士，就碰得我的视线都卷了刃。我扭头欲走，却被他短粗的手拦住，怀疑的目光从十七年前射来，在我脸上来回巡视了好几遍。

他说："你不是吴朝阳吧？"

我说："你说不是就不是。"

他说："难道你是吴朝阳？"

我说："难道你说是才是？"

"哎呀，总算找到你了！"他夸张地抻长两臂抱住我的肩膀拍了拍，说，"朝阳呀朝阳，难道你认不出我了吗？我是你的同学魏超呀！"

我说："你就是那个魏胖子？"

魏超说："正是在下！我不坐在你座位后面么，那年我用粉笔在你背上写了王八两个字，你还跟我打了一架咧！想起来了？"

我摇摇头，表示想不起来，说："你如今在哪里发财？"

"发什么财喽，不过是开了家酒楼，小打小闹，赚几个小钱而已。"魏超扬了扬手，不小心让我看见了指头上硕大的金戒指。他继续搂着我，异常和蔼地问，"怎么样，日子还过得可以吧？"

我清清嗓说："还可以还可以，改革开放了嘛！"

魏超顿了顿，郑重其事地说："是这样的，我们的母校市一中不是要举行建校六十周年大庆吗，委托我当我们班的联络人，通知每一个同学，嘿嘿，好不容易才找到你呢！"

说着，他递给我一份红壳金字的请柬。我毕恭毕敬地拜读了母校发出的邀请，并对其中的一句话认真领会了小半天。那句话是：请勿送礼品，有礼金者请与接待组联系，以便张榜公布。

我虽没考上大学，但用母校教给的知识来理解母校的请柬还是绰绰有余。我问："是不是每个同学都要参加？"

魏超说："当然，同学们多年不见，机会难得，大家聚一聚，畅叙畅叙友情嘛！"

我又问："是不是都要送礼金？"

魏超说："当然，对母校表达表达心意嘛，大家都送，不送的话面子上也过不去。至于礼金多少，量力而行，你的情况，其实大家都有所耳闻，我看你拿一百元意思意思就行了。"

我顿时感到身上有些冷，我不知他们到底耳闻了些什么，我觉得全身布满了母校的目光。一百元确实是小意思，只不过它是我每月生活费的一半多，是我儿子或者妻子与我的50个早餐——儿子一般是吃一碗两块钱的米粉，我和妻子是共享一块四毛钱的馒头和六毛钱的稀饭——所以我不能不掂量掂量，这份心意值不值得表达。

见我沉吟不语，魏超爽快地说："这样吧，9月4日你一定来学校，礼金我先给你垫上，以后再说，你人去了就行，怎么样？"

我只好说："你大老远跑来找我，不去怕对你不住，钱我到时会带来还你。"

"呃，老同学，不必在意这个。"他亲热地推着我的背，"走，到你家看看去。"

我就很紧张，我很不情愿母校的代表到我家去，到了我家魏超的眼睛无疑就是两只摄像头，实况转播就在所难免。我赶忙说："对不起，老婆不在，我呢又有急事，要和陈经理结笔账，今天就不便恭请老同学光临寒舍了！"

魏超并不勉强，大度地道：“那就改日拜访了，朝阳，有时间我们再聚，同学之间，还是要多走动呵！”

我点头称是，我觉得我非常憨厚。魏超潇洒地一挥手，招了一辆的士，一溜烟走了。我感到我和母校在玩捉迷藏，成功地玩了十几年，可是今天终于被捉住了。我在巷子口上伫立了很久，我四下观望，确信周围没有同学之类的人之后，才骑上三轮车往废品收购站而去。

对母校我还是相当诚实的，我没有说假话，我的三轮车上有捆拾来的纸箱壳，交了这捆纸箱壳，废品站的陈经理当然要和我结账。

我之所以不让魏胖子去我家，是怕挨母校的批评。若是搞评比，我家肯定是脏乱差的标兵，而母校对卫生的要求一向是很严格的。

除此之外，我也不想让魏超碰上我老婆于红霞。我的老婆拿不出手，也就是说，有点对不住观众。主要是太瘦了，她的瘦只有鹭鸶鸟才可比拟，穿什么衣服都像是晾在衣架上。瘦当然也有瘦的好处，不必为减肥处心积虑。再就是她脸色的白，那是一种惨淡、失血的白，与她的名字形成了鲜明的对照。这与她的病有关，是一种病态，我不想别人因此产生营养不良的误解，因为我家的温饱问题还是基本解决了的。

揣着卖纸箱壳和送货得来的共计十块五毛钱，我回到小巷深处的家中，用一根粗铁链将三轮车锁在门口的梧桐树上。三间老瓦房，是父亲留给我的家产。三合土地面隐约地泛着一些绿苔，板壁发黑，堂屋的亮瓦上落了些树叶，所以屋里光线有些暗，白天也要亮灯。我把钱放在门口的小桌上，以便老婆一眼就可以看见。我喜欢她眼睛一亮的样子，她两眼一亮，整个人就像突然活过来了。

我坐在门边，开始对老婆的等待。天色已近黄昏，窜过巷子的风有了一丝丝的凉意。老婆到街上擦皮鞋，应当快回来了。擦皮鞋是老婆经过多次择业之后才确定下来的一个比较切合实际的行当。它的劳动强度不大，上下班时间富于弹性，特别是不需要多少本钱，两条板凳，一只脚踏，几把鞋刷几管鞋油几块擦鞋布，就可以完成整个工艺流程，完全符合低投入高产出的原则。最大的好处是，跟我踩三轮车一样，有关部门并不把它当作一个正经职业，否则就会说你已实现再就业，要取消你的生活费了。擦一双鞋一般收一元钱，高帮鞋则收两块，一天下来，多则十几块，少则七八九块，这主要由天气好坏和农村来的擦鞋妹多少而定。总的说来收入还是挺可观的，几乎与我踩三轮车给人送货不相上下。因为踩三轮的与擦皮鞋的一样越来越多了，竞争也越来越厉害，给人送货要在商场门口排队，有时排上一天也轮不到一回，还要时刻躲避城管大队的清缴行动，所以送货的机会是少而又少。由此我对老婆以及老婆的行业都十分尊重，我一高兴就赞美她是城市的美容师，是她抹去了城市的灰尘，鲜亮了先生女士们的脚。

在这之前，我和老婆联手出击，尝试过多种工作，比如贩水果，比如开粉馆，比如卖小菜，由于不懂营销策略，尤其不懂资本运作，都不太成功，收益还不够维持一家的日常开支。年初我们开了一个炸油粑粑的小摊，生意刚刚有点起色，却遭到了卫生防疫站的查处。他们说，我那二十斤用来炸油粑粑的食用油是从泔脚里提炼出来的，各种病菌和化学指标严重超标。他们收了我的营业执照，罚款 600 元不说，还要通知电视台来曝我的光，吓得我连忙每人塞了一包芙蓉王烟，才算了结此事。油是隔壁的阿毛卖给我的，我完全蒙在鼓里，以油粑粑当早餐的大多是工薪阶层，我不可能昧着良心坑害同阶层的兄弟姐妹。阿毛黑了我的生意不说，还败坏了我的名声，严重地损害了我的形象。那几天在巷子里进出我都不敢抬头，怕街坊邻居戳我的脸。我对阿毛简直恨之入骨，本想揍他一顿，见他的胳膊上刺了一条龙，一副没有知识的样子，就朝他脚下狠狠吐了一口痰，放过了他。至今碰见阿毛，我都不跟他说话，让他心里难受。

好了，闲话少说，我老婆来了。她那瘦高的影子在巷子里游移，她的脚步缓慢而优雅，一点声音都没有。我连忙迎出门去，接过她手中所有的擦鞋设备。她立刻就长高了几公分，人也显得更瘦了。不知是由于太阳晒的还是因为今天收入颇丰，她的脸色竟然透露出一些少见的红晕，这令我欣喜不已。进了门，我马上筛了一杯凉茶，亲自递到她的手中，以示慰问。

我之所以对老婆如此殷勤，是因为有求于她。我家是实行民主集中制的典范，无论大事小事先由我和老婆充分地进行民主协商，最后我来集中，作出决定，也就是我说了算。可是面对母校的邀请，我左右为难，接受吧心里不情愿，拒绝吧好像又不合情理，只好交由老婆来定夺了。

我请于红霞坐下，说："老婆，我有件事要跟你汇报一下。"

于红霞很敏感："你不是犯了作风错误吧？"

她的声音很轻，而且带点沙哑，但很有穿透力。

我连忙摆手，"没有没有，你想到哪里去了！"

她说："那你一本正经干什么，搞得跟国家干部一样。"

我于是把母校发出的请柬给她，并把事情的来龙去脉细说了一遍。老婆展开请柬，很仔细地阅读，好像那请柬是发给她的一样。读着读着她的眉毛就往眉心聚拢了，沉默片刻才说："幸亏我不是你们一中毕业的。"

这句话使我感到惭愧，我不该毕业于一中，更不该把应由我独自承担的责任推到她面前。我就说："那就只当没收到这个请柬算了。"

老婆说："明明收到了，怎么能当没收到呢？人家还是专人送来的，还帮你垫钱，你又答应了人家。"

我问："那你的意思是？"

老婆说："人活一张脸，我看你只能去了，你不怕人说，我还怕人说呢。"

我说："一百块可不是个小数目，你恐怕要擦十天皮鞋才赚得到这个数。吃饭要钱，你吃药也要钱，明天小康开学又要交学费了……"

老婆说："一百块不是个小数，也不是个大数，如今吃酒至少都是一百元。挤一挤也就出来了，这几年的日子，我们不就是靠挤过出来的么？"

我说："还怎么挤？都半个多月没吃肉了。"

老婆说："肉又不是什么好东西，吃多了对身体不好，蔬菜才是绿色食品呢。你就别想那么多了，活人还怕尿憋死？钱我来准备，到时你大大方方去，要高高兴兴的，莫让人家看低你。"

我说："这还用你说？谁敢看低我？工人阶级还是领导阶级呢！只是，无缘无故多花去一百块钱，心里不舒服。"

老婆说："也不能说无缘无故，学校教你认了那么多字，收你一点礼金并不为过。你这个人呀，就是不会想，就跟做生意一样，有时候不亏就是赚，我们平常少开销一点，不就等于多收入一些吗？你算算，我一不减肥，二不美容，三不买十块钱以上的化妆品，四不买不降价的衣服，你呢不喝酒、不抽烟、不打牌、不跳舞，还有，我们不用手机也不用电话，冰箱坏了就不再用它，要省多少钱？省的就是赚的嘛！”

于红霞这一番思想工作真是做得入脑入心，令我刮目相看，以前我一直没有发现她还有这方面的才能。我的心情顿时就好了起来。我饶有兴趣地计算了一下，加上她遗漏的一些项目，我们家与别人家相比，大约每月要节省将近两千元！这是个相当令人兴奋的数字，若是累计起来，更是不得了，我算着算着就有了富翁的感觉。

心情一好，晚饭就吃得很香，晚觉也睡得很好，脑壳一挨着枕头，就滑进了梦乡。我稀里糊涂地走到了南门外的护城河边，看见童卫红坐在柳树下，就说：“卫红，你也参加校庆吗?”童卫红不理睬我，很生气的样子。我说：“卫红你怎么啦，我哪里得罪你了?”童卫红噘着嘴，把一根草撕得很碎，说：“你这人不像个男子汉，一百块钱这样的小事，也要让你老婆操心，你不晓得她的心理负担有多重吗?”我无言以对，童卫红的话跟真理一样正确。童卫红继续批评我说，“今后遇上这种事你悄悄处理就行了，不要让于红霞烦心，不就是钱吗，我这里有的是，要多少有多少。”说着就递给我一大捆钞票。我仔细一看，全是一万元一张的，可是上面都印着冥国银行的字样。我说：“你的钱是不少，可是不能在我们那里流通啊。”童卫红一怔，泪水就从脸上流下来了：“对不起，我忘记我已经死了，我这是死人钱，活人是不能用的。”我连忙安慰她，感谢她的关心，用手去揩她脸上的泪。童卫红的泪冰凉冰凉，我的手刚一触到，就被冰醒了。睁眼一看，老婆躺在我身边，打着很斯文的鼾。

毕竟是参加母校的庆典，老婆把我弄得很整洁，T恤衫西式短裤加皮凉鞋，让我觉得不是我自己。穿惯了拖鞋的脚回到久违的皮鞋里，一时难以适应，才走了十来步就被鞋挤疼了。只好放弃步行的打算，花一块钱上了公共汽车。车从家电大厦门口过，我一眼就瞟见只有两辆三轮车在那里排队，如果我此时将车踩来，能排第三位，也就是说，今天至少能送上一趟货。这么好的机会浪费掉，真是可惜了。

老远就看见母校门口彩旗招展，一派节日景象。学校大门早已面目一新，过去的铁栅门已被巍峨壮观的牌楼所代替。百余人的仪仗队分列大门两侧，花束飞舞，鼓乐震天，这场面是太热烈了，弄得我有点不好意思往里进。我在门外徘徊了好一阵。我看到了许多既熟悉又陌生的面孔，我没有跟那些面孔打招呼，我不能担保它们还能认出我来。我始终有一种局外人的感觉。这种喜庆，这种风光，确实跟我关系不大。我不声不响地夹在人群中涌进门内。年轻的校友们挥舞鲜花冲着我喊："欢迎欢迎，热烈欢迎！"我的脸不禁一热，觉得自己是个混进来的冒牌货。

一进门就看见右侧的宣传栏里贴着一溜红榜，上书：校友捐资助教光荣榜。这才晓得改了一个叫法，不叫礼金了。这一改就显得有文化了，而且名正言顺。名单是以捐款多少为序，这也天经地义。捐得最多的是八万元，名字很熟，却不知是何方人士。第二名是市里的一个副书记，捐三万六。不知道他们哪来那么多的钱，一部分人真的是先富起来了。在密密麻麻的名字中我看到了魏超，他捐了一千块。

浏览到最后，吴朝阳三个字从纸上跳了起来，吓得我心头一颤。我十分意外，没料到魏胖子说到做到，真的替我垫付了100元钱。像合并同类项似的，捐100元的人全被抄写在榜末，人数还不少，这让我心里踏实了许多。但是我还是有一点小意见，钱数相同则应以姓氏笔画为序，不应当将我列为最后一名，像是一种是有意的贬低。写榜者也许想起了，吴朝阳就是当年那个与童卫红事件有染的人。

吴朝阳三个字弄得我很不自在，回头一看，观榜的人围了好几层，指指点点的兴奋不已。这么多人居然没有一个我认识的，换句话说，没有一个人认识我。这很好，这样我就不是吴朝阳了。

光荣榜没有使我领略到光荣，我就离开了它，跟着一群人随波逐流地往礼堂方向走。这时魏超突然钻出来，一把握住我的手："朝阳你来了？"

我就怔住了，一时说不出话来。我有一种被当场擒获的感觉。

魏超手里捏着一叠资料，一副重任在肩的神态。"朝阳呵，看过光荣榜，有什么感想？"

我想想说："如今的人，钱真多。"

魏超压低嗓门："你以为，捐的都是自己的钱么？有的是拉的赞助，有的是当官的从财政局拨过来的，都记在个人名下了。像我的1000元钱，才是真正从自己腰包里掏出来的血汗钱呢！"

我不由得吁了一口气，原来如此。心里顿时轻松了许多。我从裤口袋里掏出老婆为我筹集的100元钱，递给魏超说："谢谢你替我垫了钱。"

魏超推开我的手："这么急干什么？"

我说："反正要还的。"

魏超说："算了算了，这点钱对我不算什么，对你可能起点作用，就算我打牌输给你了。"

我的脸就不可控制地板结起来了，“你是想让我感恩，还是要我留下一个心理负担？”

魏超一愣，只好接过钱，笑着说：“朝阳呵，不是我说你，你也太敏感、太认真了。”

我说：“我就是这么个人。”

“好，有个性，我能够体谅你的心情，也能理解你的难处。”魏胖子拍拍我的肩，从资料中抽出一份给我，“这是58班全体同学的通讯录，才印出来的，花了我几天几夜的工夫呢！”我懵了片刻才想起58班与自己的关系。十七年前，我是这个班的一员。我迅速地默读了一遍同学通讯录，里头有许多显赫的职务职称以及学历学位，给我一种望尘莫及的感觉。却没有童卫红的名字。我张口欲说少录了一人，猛然想起，童卫红在无法通讯的地方，这才缄了口。不过童卫红有没有来母校参加庆典，很难说，也许她的灵魂正在校园里飞来飞去。

魏超交待我赶快去大礼堂，因为庆祝大会已经开始，还嘱咐我下午1时到运动场东端的大樟树下集合，全班同学合影留念。临走又说，据他所知，今天来宾太多，食堂桌椅太少，准备开流水席，去迟了只怕到时碗都抢不到手呢！

我赶到大礼堂时不但座位上坐满了人，过道上也站满了人。我避开几个似曾相识的面孔，站到一个角落里。一个市领导正在发表热情洋溢的讲话，我踮起脚，从两个脑袋之间往主席台望过去。坐在市领导身旁的那个女校长，就是我过去的班主任，她老了，但老得有风度，老得有师道尊严，脸上呢，仍是十七年前那种一成不变的微笑。她似乎发现了我，她的目光笔直地射来，像一根手指直接戳到我脸上。我赶紧放下脚跟，躲到一个脑勺后。礼堂里没有空调，只有几杆吊扇悬在高高的天花板上，无济于事地旋转着，校友们几乎人手一把扇子或书本，不停地扇着风。这让我窃喜，他们显然不如我这体力劳动者耐热。

但我的窃喜转瞬即逝。我听到前面有人议论吴朝阳。男声说："没看到吴朝阳吧？"女声莫明其妙："哪个吴朝阳？"男声说："就是当年与童卫红一起失足落水的吴朝阳呵，童卫红淹死了，他侥幸捡回来一条命。"女声说："哦，记起来了，听王英杰说，在街上见过他踩三轮车呢。"男声说："是呀，他的情况听说很不好，夫妻双双下岗了，这次参加校庆的100元礼金，听说还是魏胖子替他垫付的呢。"

我听不下去了，因为我很气愤。我踮起脚想见见那两个多嘴的家伙，但他们只将后脑对着我，不给我面子。我的脸上有蚂蚁爬。他们可以议论我，但没有让我听到的权利。一气之下，我就退出了会场，在校园里游荡。游荡了一阵子，想起魏超的话，看看十一点过了，就径直去了食堂。

流水席已经开始了，这让我欣喜。我敏捷地钻入尚不太密集的人群，顺利地拿到了一只饭碗。同桌的食客全不认识，这使得我放开了手脚。我对那钵醇香扑鼻的红烧肉情有独钟，筷子频频光顾。母校因此而变得十分亲切，我好久没有吃过这么香、这么甜、这么肥腻可口的红烧肉了。可惜儿子不在，否则他会吃多少肉长多少肉，他那正在生长的身体是多么需要油水的滋养呵。

肉足饭饱之后，我打着饱嗝在校园里徜徉。若不参加校庆，省下100元钱，可以吃至少十顿红烧肉。但这是不可能的，俗话说好钢要用在刀刃上，红烧肉显然不是我家的刀刃，所以我仍有理由为这顿红烧肉感到满足。我决定不再埋怨母校的邀请。母校可以忘记，但这顿红烧肉在一个相当长的历史时期里我是不会忘记的了。我会经常想念它。

我早早地来到运动场边的古樟树下。树下空无一人，于是我坐在荫凉处开始打盹。隐隐约约的童卫红就来找我了。童卫红说："吴朝阳你的吃相实在不雅呢！"我说："卫红你莫见笑，人要解馋，顾得了脸皮就顾不了肚皮。"我问她："你也是来参加校庆的么？"童卫红神色黯然："校庆哪有我的份？我的名字早就一笔勾销了。"我安慰她说："不要紧，同学们还是记得你的，刚才我还听人提到你的名字呢。"童卫红说："他们只记得我的死。"我说："死得让人忘不掉，那也不错嘛，人反正有一死的，何况死了还能到别人梦里去周游。"童卫红说："可好死也不如赖活。"我抓住她冰凉的手握了握说："我如今就是赖活呢，有时我真是不想赖活下去了。"童卫红忽然慌张地把手抽走："好了，不跟你闲扯了，同学们来了。"

我睁眼一看，昔日的同窗三三两两地过来了。都很面熟，但都叫不出或叫不全名字。最先过来的人跟我点头致意，然后他们互相握手寒暄。显然他们也叫不出我的名字，十七年的间隔对记忆毕竟是一个重大的考验。这样很好，我不必处处小心应付。他们无意中就像我所希望的那样把我冷落了。夹在愈来愈多的同学中，我好像谁都认识，又好像谁都不认识。没人跟我叙旧寒暄，我是一个多余的存在。我只好这里听听，那里站站，以显示我既不另类，也非冒牌，我是和他们一起的。我不怕多余，但怕显得多余，正如我不怕冷落，却不想让别人看出我被冷落一样。

由于大忙人魏超的出现，气氛陡然热烈起来。他脖子上挂着一台照相机，忙不迭地跟人热情握手，还忙里偷闲地冲我点了点头。接着重要人物登场，前任班主任现任校长姗姗而来，频频挥手，神采奕奕得像个国家领导人。老同学们就一拥而上，众星捧月般围簇在周围，人人像年轻了二十岁，摩肩接踵，争相发言，赞美红烛精神，歌颂师生情谊，弄得女校长泪光闪闪难以自持。我站在人圈外，孤立而愈发显眼，便被过去的班主任所察觉，瘦长的指头指定了我："你是……？"我感到自己在萎缩下去，谦卑而羞惭地说："我是吴朝阳。""哦，是吴朝阳，吴朝阳，好名字呵。"她竟然没有认出我来，令我如蒙大赦。

问候叙旧以及汇报进行到差不多的时候，便开始照相。在魏超指挥下，所有人分列三排，前排席地而坐，中排屈膝而蹲，后排侧身而立。校长则端坐中央，风采不减当年。魏超端起相机照了一张一张又一张，然后说："谁来替我一下，让我的影也跟大家合在一起？"我鬼使神差地出了队列。我说我来。我觉得该为大家做点事，才对得起人了。我小心翼翼地接过相机。魏超说："傻瓜机子，揿快门就是。"我说我知道。他的交待纯属多余，难道踩三轮车的就连傻瓜机都不会用？没吃过肉还见过猪走路呢。我开始为大伙照相。照完了全班的集体照，又为这几个或者那几个与校长合影。后来校长因公务繁忙走了，又为那几个或者这几个照。也有单独照的，以樟树或者校舍为背景。魏超不知跑到哪里去了，倒把我忙了个不亦乐乎。大家照相的积极性都相当高，争先恐后，你拉我扯的，令我兴奋得很。被人需要和被人央求真是件快乐的事。我热情高涨，喀嚓喀嚓，很快就将36张相片照完了。立即有人自告奋勇拿过相机要换胶卷。那个人转动退片手柄，一惊："坏了！"我说："怎么啦？"他说："你没有将胶片挂上，前面的相都白照了！"

所有的人脸上的笑都倏然凝结，惊愕地看着我，仿佛受了我的蒙骗。由于我糟蹋了那么多的幸福表情，他们眼睛里渐渐地透出谴责的目光。胶卷不是我上的，但我有口难辩。有人在我耳边埋怨道："机子是傻瓜，人不是傻瓜嘛！"我如同当年坠入河水中，从头至脚地凉了下来。

我转过身，默默地离开了这群昔日的同学。我十分后悔我的母校之行。我沿着嘈杂喧闹尘土飞扬的街道往家里走，摇摇晃晃，头重脚轻。我真是要有多可笑，就有多可笑。

校庆搞得我很不愉快，为了忘记这种不愉快，一回家我就踩着三轮车上了街。可是在街上转悠了一下午，却没有送上一次货，小菜钱都没赚到几个。我一倒霉，总是双份的，没办法，只好垂头丧气回家。

心里烦躁，总得找个人说说，总得划个口子，将肚子里的窝囊气放出来，否则会憋出病。这个人通常是我老婆。但是一闻到从家里飘出来的中药味，我就晓得，老婆的老毛病又发作了。我就是有天大的委屈，也只能独自承受了。

老婆是一年前犯的病。开始时，是我俩快活之后，她就腰疼。我们以为是用力过猛，做得太久的缘故，就没怎么在意。后来我们减少了次数，而且我尽量地把动作放轻，速战速决，她的腰却疼得越来越厉害。也不仅仅是同房之后疼，有时在大街上擦皮鞋，擦着擦着腰就直不起来了。她的身体开始散发出难闻的气味，她的脸晦涩无光，慢慢地由蜡黄变成惨白，没有一丝血色。那日她一只手撑着腰，含着一丝苦笑说："老公，我的子宫只怕要检修检修了。"

她独自去医院看的病。我本要陪她去，她不允。她说她看妇科，我一个男人跟着去，好意思？所以，我不知道医生是怎么摆弄她的身体的。医生建议她住院，她没住。因为我们吃药都没地方报销的，还敢住院？住不起的。她在医院打了几针，开了一些药回来。我问她是什么病，她说："反正是女人的病，你问那么多干什么，难道说我还没病装病?”我就不好多问了。这次看病花了两百多元，她为此唉声叹气。我安慰她说：“身体是革命的本钱，只要身体好，还怕没钱赚?钱财乃身外之物，只有身体才是我们自己的，钱由我来想办法，该吃的药你还得吃，你只管安心养病吧!”她抓着我的手说：“病其实没什么，哪个女人没几样妇科病?只是我不能让你用了，怕你受委屈呢。唉，我要是长个备用的就好了。”我很生气，我说：“于红霞你把我看成什么了?不能用就不用，不用又不会死人，都什么时候了，我还会计较这个吗?我又不是畜生!”

老婆卧床休息了半个月，吃完那些药后，病情有了好转，就继续上街工作。以后病疼再次发作，就去看中医，不吃西药了。她说西药治标不治本。当然中药还有一大优势就是便宜，一大包也只要两三块钱，可以吃一天，而西药那么小一粒，贵的要一块多，便宜的也要几毛，而且医生又舍得开药，一吃就是一大把。吃中药她人都开朗些，有时听见我回来了，她还边熬药边哼几句流行歌，唱你总是心太软、心太软，把所有问题都自己扛什么的。

但是中药也一直没有治好她的本。她总是稍有好转就停药。我反对她这种只顾眼前不顾长远的做法。她不理睬，等到下次疼痛发作实在撑不下去了，才肯去抓药，而且顶多抓三服。有次我自作主张给她多抓了几服药，她大发脾气，说：“吴朝阳你的肉能卖钱么?能卖钱就把你杀了换钱买药去!换不了钱，你就少给我药吃!”我只好依着她，也只能依着她，惹她生气只会加重她的病情。她那病恹恹的样子让我重话都不忍说一句。

苦涩的中药味已经够令人压抑的了，我不能再拿校庆之类的鸡毛蒜皮去烦于红霞的心。我装着嗅觉不灵的样子，尽量舒展眉目走进自己的家。

进屋一看，饭菜香喷喷地摆在小桌上。老婆于红霞和儿子小康都在桌边等着我。药罐子坐在藕煤炉上吐着热气，我瞟它一眼，嘴里说："等我干什么？吃吧吃吧！"儿子得了号令，立即捧起饭碗，像个腐败分子一样呼噜呼噜大吃大喝起来。儿子有点怕我，炒鸡蛋是桌上唯一的荤菜，儿子瞟着鸡蛋，目光锐利，筷子却不敢去得太勤，畏畏缩缩的。我干脆端起盘子，拨了一半在儿子碗里，剩下的一半摆在老婆面前，说："你们吃吧，今朝我肚子里有的是油水！"

于红霞便问："校庆热不热闹？"

"热闹，热闹得很呢！"不知何故，校庆带给我的不快忽然之间烟消云散了。我称道了它喜庆的场面，又感叹了一阵子同学脸上的皱纹和老师头上的白发，接着就兴致勃勃地赞美起母校的红烧肉来。经过我的细致描绘，一盆色香味俱全的红烧肉热气腾腾地摆在老婆和儿子的面前。儿子目不转睛，口水都流下来了；于红霞则咂吧着嘴，还不时伸出舌头舔着嘴角，好像他们真的与我分享了那盆毛主席都喜欢的红烧肉。

儿子无限神往地说："爸爸，你们学校真好，还请你们吃红烧肉，我们学校要有你们学校一半好就好了！"

我说："爸爸的母校过节嘛，能不好吗！"

儿子说："我们老师也要过节了呢！"

我问："什么节？"

于红霞说："教师节嘛，年年都要过的。"

儿子说："我们老师说了，今年教师节，不许送钢笔，不许送笔记本了，老师说他家又不是开文具店的。"

我问："那送什么？"

儿子说："老师说他家放不下，什么礼品都不许送。"

我松了一口气："那他不废话吗，不用送就不用说嘛！"

老婆伸伸腰，皱皱眉说："你呀，脑筋不会转弯，老师说不准送礼品，意思是要送红包。""真是岂有此理！"我一气，就把筷子拍在桌子上，"他就这样为人师表吗？不送！"

老婆说："人家也没强求你，不送可以呀，只是怕他以后就很少让小康发言，也不会用心地辅导小康，小康做了好事也得不到表扬了。儿子要是因此成绩滑坡，你说是不是因小失大？"

"可是……"我把可是后面的钱字含在嘴里没说出来。这个字太为难我们了，我恨不得把它嚼烂咽下肚，再把它拉在厕所里。

老婆叹口气说："还有几天时间，我慢慢想办法吧。"

我立即说："不，这办法我来想。"再让老婆解决，我就太不男人了。我起身转了两圈，虚张声势地东张西望，然后踅进半明半暗的里屋，将那张老式书桌挪开一点，书桌后的墙上便显露出一个小洞。这是我藏私房钱的地方。不是我不相信老婆的理财能力，也不是我蓄谋存钱养小情人，我只是以备急时之需，以便在关键时刻给老婆制造一个惊喜，显示我男子汉的能力和应有的责任心。遗憾的是我的私房钱从来没有超过一百块，所以处理突发事件的能力极为有限。

我从那个墙洞里抽出半块砖头，又从洞中掏出一个烟盒，再从烟盒中拈出那张仅有的50元大钞，将它抻抻平，吹吹上面的灰，然后走出里屋慎重地交给老婆："给，二十元作红包，三十元你拿去抓药。"

老婆说："三十元红包，二十元抓药。"

老婆的神情那么坚毅，不容置辩，我只好点头答应。

我家的中药味断断续续地弥漫了整整的一个秋天，每当家门外有梧桐叶飘然坠落，我都认为它们是被老婆熬出的中药味熏下来的。

进入冬天之后，老婆再也不肯吃药了，因为病情总是老样子，既不见好转，也不见恶化，而且一吃就呕，呕得天昏地暗。老婆说她不愿再受这种罪，也不能再把钱往水里扔了。

似乎因为天气冷了，人们的消费热情也大大降低，购买大件商品的寥寥无几，我送货的生意就十分的清淡。我和同行们几乎天天袖着手、缩着头，聚在商场门外，边闲聊边盯着进出的顾客，无所事事，心里发虚。这日我正考虑着换行当的可能性，踩着三轮车从翠香酒楼门前过，忽然被人一把抓住袖子。回头一看，是魏胖子魏超。

我说："魏老板你在这里干什么？"

魏超说："我是翠香楼的老板，我不在这里在哪里？你这个吴朝阳，校庆一完就泥牛入海无消息了，要你多联系，你怎么不联系呵？"

我说："怎么跟你联系呀？"

魏超说："不是给了你一份同学通讯录吗？"

我就不吱声了。那通讯录我从母校一出来就揉成团扔进了垃圾箱。我没有与任何同学联系的打算，我已经差不多把他们全忘了。

走，来得早不如来得巧，今天正好有几个老同学要聚一聚。

魏超把我从车座上拉下来。

我说："是谁请客？"

魏超说："你别管，反正有人签单，吃公家的，不吃白不吃。"

我还在犹豫，魏超已帮我锁好了三轮车，接着将我往翠香楼里推。一上台阶，门口一个身穿红旗袍的漂亮小姐冲我鞠了一躬，笑容可掬地说欢迎光临，慌得我差点也朝她鞠一躬。

魏超把我领进一个包间，让我等着，就忙他的去了。我就等。开始有点不自在，手足无措，慢慢地就好了。我啜着茶，嗑着一碟瓜子，四下观看。包间装修得很讲究，雕花的古色古香的窗户，墙上还挂着箫、二胡之类乐器。从窗户的磨砂玻璃的反光里，我窥见自己的装束与环境很不协调，浑身就有点不舒服。但这不能怪我，不是我自己要来的。我踩三轮车的时候，我帮人家背电冰箱上楼的时候，从来没感到自己不协调。所以我理直气壮地嗑瓜子，地面光洁如镜，瓜子壳不好乱扔，我就把它们放在夹克的口袋里。当然我只放了一把，因为我发现桌上有空碟子，我准确地猜出它的功能就是盛瓜子壳之类东西的。

我等的时间慢慢地有些长了，就有些心烦，心想还是一走了之吧，这不是我呆的地方。起身欲走，门忽然开了，魏超引了一帮老同学进来。都是一些校庆时见过的熟面孔，只是我仍然叫不出或叫不全他们的名字。他们倒认出了我，吴朝阳吴朝阳地叫。我有些感动，又有些惭愧，说："这么多年了，你们还晓得我呵?"

一个宽脸同学边打手机边笑着说："岂止是晓得，这一回你的知名度急剧攀升呢！哪一次聚会，都少不了讲一番吴朝阳照相的故事，都成经典了呢！还创作了一条歇后语，叫什么来着?"

另一个人说："叫作吴朝阳照相——浪费表情。"

原来是这样！我立刻感到一脸的蚂蚁在爬。魏超马上解围说："谁都有犯低级错误的时候，不是说摄影是一门遗憾的艺术吗?朝阳要是不制造这么个小小的遗憾，大家不就少了一个笑谈，少了一份快乐么?"

众人都说是呵是呵，好像真感谢我浪费他们的表情似的。我反正不作声，木着脸，由着他们去说。他们却不说我了，说起谁谁最近可能要提拔，市里某领导为他说话了，又说起某个歌厅的小姐很有档次。后来又说起最近流传的民谣，说其中一个段子可以概括某些时代特征。民谣说的是：七十年代知青下乡——偷鸡摸狗；八十年代干部下海——吃喝嫖赌；九十年代工人下岗——啥都没有。这样，他们说着说着又绕到我身上来了。我是啥都没有，但我不求人，我不低声下气，决不。

说着说着就开始上菜了，菜上着上着又来了一个西装革履的人。魏超忙迎上去握住他的手用力摇摆，说："当领导的日理万机总是最后一个来，这是规律呵！"转身又把我介绍过去："这位是头一次参加同学聚会的吴朝阳，这是市长秘书，罗秘书罗领导，你们认识吧？"

我摇了摇头。其实这位罗秘书我是认得的，电视上经常看到他紧随在市长身后，不是露出半边脸就是半个身子。只是不晓得，他也是我的同学。

罗秘书很有领导派头，正襟危坐地说："朝阳呵，老早就听魏胖子介绍你，照相的典故也耳熟能详了。其实，他不说，我也记得你，当年因为童卫红作落水鬼的事，你不差点被冤枉么。那个时候，民主与法制很不健全，使你遭受了不公正待遇，情有可原啦！要换在今天，我一定树你一个见义勇为的典型！"

我应该说点什么，但我不想表现得唯唯诺诺，不知说什么好。我没这方面的临场经验。于是除了点头就干脆什么都不说。好在人已到齐，小姐已为大家斟满了酒，他们就开始互相敬起酒来了。我不会喝酒，他们也不勉强，让我喝椰汁。我发现他们喝一杯酒要说很多的话，几乎比我一天的话还要多。而且他们一个比一个豪爽，五粮液从他们嘴角流了下来，把领带打湿了也不在乎。满桌子的菜，很多我都叫不出名，印象最深的是一盘红色的生鱼片，叫什么三文鱼，还有像两面针牙膏一样挤出来的芥末，辣得人死。每样菜我都尝了一下，觉得都不如校庆时的红烧肉味道甘美，吃起来一点都不过瘾。

我很快就吃饱了，就想早点离席。我还有工作要做。魏超看出了我的心思，端一杯酒站起来说："各位领导，请允许我说几句话。朝阳同学的处境，大家都晓得的，我跟罗秘书也就是跟市政府也汇报过了的。原先我打算牵个头，发动同学给他捐点款献点爱心，但有同学建议，输血不如造血，提高他自己的造血功能。这个意见很好，各位都是有能量的人，大家想想办法，看能不能给朝阳一个自己造血的机会，说白了，就是给他找一个有稳定收入的事做。"

罗秘书拿夹烟的手点着魏超说："魏老板呀魏老板，你这不是打着灯笼找火吗？你这里不是现成的么？让朝阳到你的酒楼打工就是嘛！"

魏超一愣，旋即笑了，巴掌在脑门上一拍："你看你看，我是忙糊涂了！朝阳，看来只有我来帮你造血了，要愿意，就来酒楼厨房里当下手吧！"

我感到非常意外。我说行。这当然是一件好事，不过魏超事先没有征求我的意见，多少有点强加于人的味道。我也许该向魏超敬酒作谢，但身子一时拔不起来。后来身子虽然拔起来了，却忘了端酒杯，说的也是与感谢毫不相干的话。我说："我吃好了，我还有事，不能陪各位领导了，我要告辞了。"

魏超送我到门外，嘱咐我去医院验血，把化验单给他，他好替我办健康证，办了证我就可去他那里上班了。他还塞给我一张他的名片。我点头不止，我的鼻子莫名其妙的有点堵塞。我踩着三轮车顶着寒风往家里走，我并不打算感恩，但忍不住想，魏胖子为什么要对我这么好呢？

第二天一早我就去了医院。挂号费四块，抽血化验三十，一共是三十四块。下午就拿到了化验结果。结果是我的血不合格，里头有乙肝病毒，转氨酶也偏高。医生说先给我开一个月的药，我不好反对。我拿着处方去划价，吓得我头都晕了：678元！我赶紧从医院里逃了出来。

在巷子口上的公用电话亭，我给魏超打了电话。我说："魏超对不起，我不能来你那里了，我造不成血，我的血里有毒。"

魏超半天没有吱声，后来才说："朝阳你不要灰心，先把病治好，天无绝人之路，干不成饮食业，你还可以干别的。"

我只好去干别的了。这别的其实还是踩三轮车，不可能有别的。我暗暗地有些怪魏超多事，他要不是让我自己造血，我何至于额外损失三十四块钱呢？

前面我已经说过，我不想跟任何同学有联系，但童卫红是个例外。我和她唯一的联系方式是做梦，偏偏她好长一段时间没到我梦里来了。我有点想念她，特别是无事可做的时候，我一发呆，就晓得自己开始想她了。没有她我的梦虚无缥缈支离破碎，像一些抛撒在风中的纸屑。我羡慕甚至于妒忌童卫红的自由自在，这一回她又到哪个的梦中旅游去了呢？

我与童卫红是心有灵犀的，她感应了我的思念，匆匆来到了我的梦中。她步态轻盈，裙袂飘逸。我说："卫红好久没见你了，冬天你还穿连衣裙，你不怕冷吗？"童卫红牵起裙摆在我面前旋个圈，笑道："我们这儿是没有四季之分的，因为时间在这里不流动。"我说："难怪你怎么也不见老，还是十七年前的老样子，你是青春永驻呵，怪不得你总是让人动心呢！"童卫红羞涩一笑：

“你莫非又动心了？”我说：“是呀，动得厉害呢！”我抓起她一只手来抚摸，她的手居然温热而柔软。我惊讶无比。童卫红说：“晓得么，我的心也动起来了呢。”她将另一只手放到我的胸脯上，轻轻地摩挲。我的身体不知不觉地冲动起来了，我难为情地捂住自己的眼睛。童卫红善解人意地将一块手帕盖在我的脸上。

可是，在我热切地渴望着童卫红的抚爱时，她不见了，窗棂上透出了淡白的曙光。搁在我身上的是老婆的手。于红霞的眼睛在幽暗中闪动，说：“朝阳，你想那个了吧？”我赶紧摇头否认：“没有的事。”老婆拨弄我一下，都硬成这个样子了。我解释说：“尿胀的，条件反射。”老婆叹息一声：“你不要不好意思，正是年富力强的时候，几个月都不来一次，哪有不想的？又不是木头。都怪我身体不好，让你跟着受罪，你要是憋得实在受不了，到外面去找一个吧，我不会怪你的。”我很生气，她这样说不止一次了。我闷声闷气地说：“你把我看成什么人了？再说，我这样子的人有人要么？”老婆说：“怎么没人要？稍稍打扮一下，你还是一表人才呢！我听人说过，有些坐台的小姐便宜得很，100块钱就可以做一回，我给你钱……”我厉声道：“你硬是越说越没名堂了，有钱找鸡，我还不如去做鸭赚钱呢！”我掀开被窝，迅速地穿好衣服离开了老婆。

我是愈来愈受不了于红霞了。我是说她的体贴。我一个牛高马大的男人，要你无微不至干什么？她越体贴，我心里越难受。我甚至感觉她是有意让我欠她的情。

她的体贴从我俩刚认识时就开始了。那时她是车间的分析工，工作岗位离我们钳工班不远。我们是一个轮班的，因为倒班，有时在岗位上用餐。分析工每小时作一次分析，其余时间相对自由。那天中午她端着饭盒边吃边遛达到钳工班来了，说："吴师傅，请你帮个忙。"我说："行呵，你的忙我最愿意帮了。"她把我叫到一边，说："吴师傅，贪污和浪费是一种极大的浪费是不是？"我说："是呵是呵，伟大领袖毛主席就是这么说的。"她说："你要不帮这个忙，我怕要犯浪费的罪了呢，我的菜买多了，实在吃不下去了，你帮我消灭一些好吗？"我爽快地说："好呵好呵，这种忙我最善于帮了。"就把饭盒朝她一伸。她那时的脸总是白里透红，那天就更是红得鲜艳了。她筷子一撬，从饭堆里拨出一个金黄的荷包蛋，迅速地夹进我的饭盒里，搞得我心里暖洋洋的。这种感觉大概就是那种叫幸福的东西吧。我一幸福，就说不出话来了，就像我尴尬时一样。我傻不拉叽地吃着那个荷包蛋。我不是个蠢人，我晓得根本不是什么买多了。接下来这种美好的忙我还帮了许多次，接受了许多从她饭盒里偷渡过来的咸鸭蛋、红烧鱼块、糖醋猪肘之类。后来就两人一人买一份菜，明目张胆在放在一起吃，就不存在帮忙不帮忙了。

我是明滴水之恩当涌泉相报这个理的，于是时刻想着真正地帮一回她的忙。我们这个小氮肥厂设备老化，跑冒滴漏严重得很，车间到处闻得到刺鼻的氨味。氨味的刺激能令人胃口大开，所以那时候于红霞经常送我一些饭票。我对氨味习以为常，可它给于红霞造成了麻烦。她每小时要去取一次样，有个取样点氨气泄露特别厉害，需要戴防毒面具去取，不然弄得不好呛你一个肺气肿。氨气遇到水分子会发生化学反应，腋窝和裤裆下这些潮湿的隐秘处就针刺一般难受。我决计不让于红霞这样难受，于是在取样的时刻戴上面具守候在分析室门外，于红霞一出现，就夺过烧杯冲入氨味浓烈处，奋不顾身地替她取样。我希望她心里也有暖洋洋的感觉。但是我第二次帮她取样时，她不肯把烧杯给我了。她说："吴师傅，我不能让你帮忙了，你再帮忙别人要说闲话了。”我说：“取个样还有什么闲话？”她说：“你再这样，人家会说我们谈恋爱了。”我脱口道：“谈恋爱就谈恋爱，我巴不得呢！”于红霞的脸就真的像一朵红霞了，埋着头，乖乖地将烧杯交给我，而我就像冲锋陷阵的战士一样，带着浑身的幸福冲向氨气弥漫的地方。

我和于红霞就是这样好起来的。关系明确之后，她的体贴就名正言顺，也变本加厉了。一到轮休日，她就到我住的集体宿舍来，扫地抹桌忙个不停，看到脏衣服就拿去洗了，不管是我的还是别人的。她简直是爱屋及乌。我不明白她为何对我这么好。我问她：“你怎么会看上我这个工人子弟呢？”

她想了想说：“你人高马大的，跟了你，不怕人欺侮呀！”

可她还是被人欺侮了，而我空有一副好身板，对欺侮她的人莫奈其何。我一点也保护不了她。因为欺侮她的是她的父亲，我后来的岳父。她父亲是市经委的一个科长，经常和我们厂长一起喝酒。科长不能容忍自己的女儿与一个没有地位也没有前途的小工人恋爱。他那时正准备把于红霞调到市里一个机关办公室去工作，说如果她不断绝与我的关系，就让她当一辈子倒班的分析工。这番话是厂长传达给我的。厂长不断地拍着我的肩膀，让我帮他一个忙，不然他没法向于科长交待。厂长还提起了童卫红的事，也不知他是怎么知道的。也许我的档案里有记载吧。厂长说，你要真对于红霞好就跟她断，你是不会给女人带来好处的。

真对她好就不能跟她好，这是什么道理？事情怎么会弄成这样？我不明白。我很矛盾。我暗暗伤心。我不知怎么办好。于红霞回家做父亲的思想政治工作，宣传嫁给工人阶级如何光荣，如何可靠，结果挨了父亲一巴掌，带着两只哭肿的眼睛回来了。于红霞不恨父亲，却怪那个阴阳怪气的后妈，她怀疑是后妈在后面捣了鬼。当天傍晚于红霞去了我家，那时我父亲还在。父亲跟我一样少言寡语，听了我们的事不表示任何态度，只知给我们做好菜吃。晚饭后于红霞还不肯走，她说既然当父亲的这样绝情，一不做二不休，干脆把生米做成熟饭。我们就上了床。我们都是平生第一次，生疏得很，手忙脚乱了好一阵，也不晓得这饭煮熟了没有。后来我见于红霞遮遮掩掩地把毛巾揉成一团往床底下塞，拿过来一看，上面一片鲜红的血迹，如同刚刚绽开的玫瑰花。我脑子里那时还有许多封建思想的残余，认为这个很宝贵，所以感激得不得了，就觉得欠她的更多了。我紧紧地搂着于红霞，不声不响，热泪长流。

第二天我们就打了结婚证，买了些糖果散发给工友们。晚上一家三口吃了顿饭，人生大事就算完成了。新婚之夜我们非常幸福，我们尝到了从未尝到过的快乐。

婚后第一个春节，我们提着一网兜礼品去给于科长拜年。冤家宜解不宜结，毕竟，他是我们的父亲和岳父。不管怎样，养育之恩是不能忘的。可是刚进门，于科长就指着于红霞吹胡子瞪眼："你是谁？我不认识你，给我出去！"

于红霞说："爸爸，你不认我，可我不能不认你。"

于科长竟然动手推搡起来，"我不是你爸，你把你那个臭小子当爸吧！我没有你这样的女儿，给我滚！再不滚我叫警察了！"

于科长态度如此强硬，反应如此激烈，我们只好放下礼物，退出门外。还没等我们转身，那袋礼物被扔了出来，砸了于红霞的脑门一下才落到地上。于红霞哎呀一声蹲下身子，手捂着脸，血和泪几乎同时从她脸上流了下来。我赶紧掏出手帕让她按住伤口，然后愤怒地跳起，擂着那扇已经关闭的防盗门，发誓般地吼叫："姓于的，你听着，我们一定要好好地过，我一定要让于红霞幸福快乐，气死你这狗日的！”

事情已经过去十来年了，我还能清晰地听见自己的誓言在那个楼道里发出的嗡嗡回响。那回响令我无比歉疚，心情沉重。如今工厂垮了，于红霞和我双双下岗，她擦皮鞋，我踩三轮，我不晓得何时能还清老婆的情债，更不知道哪里能找到一份她的幸福。

也许，该问问童卫红。

“幸福不是毛毛雨，不会自己从天上掉下来。”

这是我刚刚从学校毕业走向社会那会流行歌里的一句歌词。好像是一个叫苏小明的歌星唱出来的。幸福不是毛毛雨，可好事就是毛毛雨，不知不觉就掉到我头上。就像我们常说的，运气一来，门板都挡不住。

这天我们刚吃完中饭，送走上学的儿子，魏超就领着罗秘书到我家来了，很正规地，跟我和于红霞一一握手。我很惊讶：“你们怎么找到的？没有走错路吧？”

魏超说：“罗秘书是政府的人，还会走错路？”又亲切地拍我的肩，“朝阳，好事来了呢！”

我不知其所以然：“什么好事会轮到我头上？”

魏超笑道：“让罗秘书告诉你吧。”

罗秘书却吊我的胃口，夹着公文包，微笑不语。他到我里屋转转，又往厨房里看看，最后站到门外台阶上，自言自语：“嗯，不错，还可以。”

我真是一头雾水。我这样的清贫之家，还有什么不错，还有什么可以的？一股浓郁的香水味从罗秘书身上飘来，熏得我忍不住皱了皱眉。

于红霞临时到隔壁小摊上买了两包瓜子，沏了两杯茶，搁在小桌上，请两位客人用。他们嘴里说好好，不客气不客气，身子却不动，直挺挺地站在那里，眼角余光直往我老婆身上脸上去。于红霞年轻时还是有几分姿色的，现在却是对不起观众了，这我前面已经说过。我晓得，两位老同学不过是满足他们的好奇心而已。

沉吟片刻，罗秘书才说：“朝阳呵，你的困难我一直挂在心上的，毕竟，同学一场嘛，你的事就是我的事。事情是这样的，这不快到年关了吗，市里领导准备搞一次送温暖活动，主要是看望一下生活困难的下岗职工，给他们送点年货，拜个早年。东西不多，也就是十斤肉，二十斤米，两百元钱的红包，意思意思，也是党和政府的一片心嘛。市长下午三点到你这里来，所以我先来踩踩点，做点必要的安排，你有什么意见吗？”

这么好的事，我还会有什么意见？我和于红霞鸡啄米一般连连点头：“没意见没意见，欢迎欢迎！”

罗秘书又说：“送温暖是政府的一项重要工作，是安民工程，也是一个严肃的政治任务，各方面都很重视，电视台也要来采访，所以到时还请你配合一下，说几句话。”

我兴奋而紧张：“你是说，让我上电视？”

魏超笑道：“让你过把瘾呢！”

我有点手足无措，我说：“说什么？”

罗秘书挥挥手：“你用不着那么紧张嘛，对着镜头要自然一点。你就说，感谢市长的关心，有政府的支持，一定会克服暂时的困难，创造美好的明天。话不要多，言简意赅，几句就行。”

我赶紧把罗秘书交待的话默念了一遍。

罗秘书又瞟瞟我身上，说：“衣服不能穿得太差，当然也不要穿得太好，整洁一点就行。”

于红霞在一旁迭声说：“有、有，有整洁衣服。”

罗秘书点头表示满意，“好，就这样，下午就看你的了。我们还有事，就不坐了，你们作准备吧。”他领头往巷子外走，魏超紧随其后。

于红霞很不安，说：“你们嘴巴都没有打湿呢。”

魏超回头说：“嫂子下次吧。”

我一直把他们送到大街上。回家一看，于红霞正翻箱倒柜，为我找上电视穿的衣服。我就坐在一旁抓紧时间背诵那几句台词。上电视那么多人看，当然是一种表演，我怕到时忘了该说的话，出了洋相不得了。于红霞抓起一件半新的夹克抖动抖动，让我穿上，然后退两步仔细端详。她的目光闪了闪，忽然就黯淡下来，说：“朝阳，你上了电视，是不是全市都看得见？”

我说：“那当然。”

于红霞说：“那我爸也看得见？”

我心里咯噔一下，马上明白了她的意思。以我这种身份上电视并不光彩，在她爸面前，我们丢不起这个脸。虽然早就断绝了来往，但我经常感到，岳父那双憎恨的眼睛还盯着我们的一举一动。唉，人呐，有时就活在一张脸上，我们不能只顾肚皮不顾脸皮。当然，政府送来的温暖很诱人，放弃了十分可惜，心有不甘，也辜负了政府的一片爱民之心，可是我能让我岳父看见我把他女儿带进了这种困境吗？

我进行了一番激烈的思想斗争，自尊心慢慢地就占了上风，于是毅然决然地脱下了夹克。于红霞从我脱衣的动作得知了我的决定，如释重负地吐了一口气。我们默默地收拾起各自的行当，出了门。

离开家门前，我写了一张字条，用图钉摁在门上。我在字条上说：对不起政府，孩子外婆突然生病，我们下乡去了。自己读了一遍，觉得不对头，一是不该对政府撒谎，二是这个谎也撒得太不像了，孩子出生就没有见过外婆。我赶紧又把字条撕了。

我请于红霞坐在三轮车上，像往常一样，把她送到立交桥下，才去家电大厦。下午天气不错，日头隐隐，小风轻吹，灰尘四外飞舞，估计她擦皮鞋的生意也会不错。我在家电大厦门外排了一下午的队，也没轮到送一次货。我没在乎，因为我的心思不在这方面。我心神不定，老想着市长有没有去我家，去了看到我家门上那把生了锈的锁会怎么想。我觉得很对不起政府，也对不起我的两位老同学。

夜里看电视，我见到隔壁阿毛在屏幕上跟市长握手，从市长手里接过红包、大米和肉，还冲着我笑得一脸稀烂。老实说我心里很不平衡，那些温暖本来是政府送给我的呀！由此我对岳父恨得牙疼，若不是因为他，我何至于把这么好的一件事情拱手让给别人，遭受这么大的损失！

因为心里不平衡，夜里就睡不着觉，煎饼一样翻来覆去，朦朦胧胧中见到了童卫红。童卫红说："吴朝阳，事情过去了，就不要斤斤计较了，你并没有做错。钱没了，可以去挣，脸面丢了，可是挣也挣不回来的。我是不能活了，我要活的话，也要活得有尊严，要不不如不活。她说得很严肃，也很有尊严的样子。"我心里就平静下来了。我说："谢谢你卫红，我可以睡个好觉了。"我一边说一边沉入了梦乡。

我终于碰到了过不去的坎。

我相信每个人一生中都有一道过不去的坎，只是没料到自己的这一道坎来得这么快。

我不是说我的病。我才不在乎什么病不病的，又不怎么疼。我懒得吃药，说我都懒得跟于红霞说。她又不是医生。反正她的病也没有跟我说清楚过，我们是待遇对等。我可能还没有到病入膏肓的程度，但我晓得我好不了，既然好不了，还想它干什么，随它去吧。

我也不是说三轮车被没收的事。这事只能怪我自己。这天在去家电大厦途中，我贪小便宜顺便搭了一个客，说好收他两块钱的车费。可这两块钱还没有赚到手，就被七八个穿制服的同志拦住了。如今穿制服的特别多，我也不知道他们是城管大队的还是工商所的。他们粗暴地拉下我的顾客，跟我说话时眼睛瞪得溜圆，而且他们都有一根又瘦又尖的长指头。他们指着我，说我违反了有关规定，影响了市容市貌，而且还是无照经营。他们抓起我那辆朝夕相处的三轮车，就往他们那台双排座小货车上扔。

我就这么一件心爱之物，当然舍不得，就抓住它，央求说："同志我是初犯，请你们原谅行不行？"

他们说不行，没罚款就已经是宽大处理了。

我还是不愿意松手，说："我是靠它讨吃的呢！"

他们说："你怎么还不明白呀，就是不允许用它讨吃，破三轮车蚂蚁一样满街爬，我们怎么创建文明卫生城市？你再不松手，就要以妨碍公务论处了！"

我松手松得慢了一些，他们其中一个就推了我一把。我毫无防备，一屁股跌坐在地。可能我的样子比较狼狈一点，他们都忍不住笑了。我也没有想到，我这么大个子的人，居然这么不经一推。我爬起来，拍拍屁股，还好，哪里也没有伤到，只是沾了些灰，屋里有一把洗衣的好手，没什么关系。双排座立即开动了，我的三轮车在上面摇晃得咯吱作响，好像跟我说什么告别的话。我眼角有点湿，毕竟相处了这么多年，还是有感情的。我却没什么好说的，我这是咎由自取。

搭我车的客人一直在旁边看着，这时一个劲地向我道歉，说："对不起，连累你把车都没收了。"说着就掏出两块钱来。我说："没把你送到我怎好收你的车费呢？"我执意不要，他却将钱塞到我口袋里，又说声对不起，赶紧转身走了。虽然只是两块钱，我也得到了一点点安慰，心情就开始好转。这没什么，我和巷子口上修单车的老陆关系不错，他那里经常有一些来历不明的单车出售，有时也有三轮车，价格非常便宜。我先赊销一辆，赚了钱再还他，也不是没有可能。这么一想，情绪就跟国家的经济形势一样好起来了。

世事真是难料。我做梦也没有想到，就是那位顾客给我的两块钱，把我带到了这道过不去的坎跟前。因为要考虑如何向于红霞作交待，我在街上游荡了半天。后来我想，不如用这两块钱买点小菜回去，作一点小小铺垫，可能有利于她接受三轮车被没收这个事实。于是从不买菜的我就绕到菜场去了。

就在去菜场途中，发生了一件我自己都将信将疑的事。我恍恍惚惚地听到童卫红在耳边说话。她说："朝阳，你要么别到菜场去，要么你就快点去。"我说："这是什么意思？"童卫红说："就这个意思，你这么聪明的人还听不出来？你自己作决定吧。"我影影绰绰地看见她白色的影子一晃，就不见了。

于是我自己作了决定，拔腿就向菜场跑。很快，我远远地看见，肉食摊那儿围着一堆人。我冲过去，扒开两个肩膀，只见一个光头屠户左手抓着一块肉，右手抓着一个小孩的衣领，骂骂咧咧："小小年纪不学好，敢偷老子的肉！跪下，给老子赔罪！叫你爹老子来领人！”屠户手往下一按，小孩就双膝一屈跪在地上了。我偏过头仔细一打量，那小孩是我儿子小康！

嗡地一声，我的脑袋就像充气的气球一样胀大了。全身犹如泼了一盆凉水，冰冷如铁。小康跪在流淌着污渍的地上，埋着头，面颊通红，身子筛糠一般颤抖不已。周围的人都在指指点点。我奋力挤过去，嘶喊道：“小康，你给我站起来！”

小康抬头一见我，眼泪刷地下来了，哭叫着：“爸爸，我没有偷，我是从地上捡的！”

光头屠户叫道：“好呀，你还犟嘴，菜市场上的东西有捡的么？你爹来了，让你爹赔。喂，你这个爹是怎么当的，怎么让孩子多长了一只手？看到没有，菜场的规矩，偷一罚十！”

屠户指着旁边一块白底红字的牌子。我横他一眼，没有作声。实际上我的喉咙像被谁掐住，已经发不出声音来了。我气得浑身乱抖，抓住小康一只胳膊往上一提，就将他拎到了人圈外。屠户过来抓我的手，被我一把甩开了。我拖着小康快速逃离现场，屠户的叫骂和围观者的议论就如一群野蜂子，在我身后紧追不舍。

我抓着小康一路小跑，回到家里才松开他。一进门我就给了他一巴掌。我实在是气急败坏了。小康倒在地上，呜呜地哭，“爸爸，我真的没偷，真的是捡的！”我咬着牙，噙住两眼热泪，又把巴掌举了起来：“你、你这个不争气的东西！”

这次我的巴掌没能扇下来，它滞留在空中。因为于红霞闪了过来，瞪着我一声嘶吼：“你除了打孩子，还有其他本事吗？”

于红霞从来没跟我吵过嘴，没说过一句重话，可现在，她这句话就像一枚针刺进了我心里。我不敢接触老婆的目光，也不敢看孩子脸上横流的泪水。我慢慢地蹲到地上。我一个人高马大的男人，怎么活成这步田地？我双手捂住自己的面孔。我有些恐惧指缝外面的世界，于是闭上了眼睛。

过了一阵，光头屠户提着一挂鲜肉上门来了。他毕恭毕敬地说："对不起吴师傅，是我错怪了孩子，我不晓得你们夫妻俩都下岗了，日子这么苦。这点肉，是我送给你们的。"他把肉挂在门后的铁钉上。

我说："请你出去。"

他说："我道歉还不行吗？"

我说："不行。"

我取下那一挂嗟来之食，用力扔到门外。光头屠户只好捡起那肉快快地走了。我恨死了光头屠户，他欺侮我儿子也就罢了，居然还送来这挂肉，这不是抽我耳光么！一口气堵在胸口，怎么也吐不出来。我想这道坎只怕真的过不去了。我于是进到里屋，关上门，倒了杯温开水，找出那包买了很久没用的老鼠药。

我展开了那个小小纸包。我只要把它吞下去，就可以像童卫红一样自由出入别人的梦了。我把纸包举了起来，往嘴里倒的当口，却犹豫不定了。我往地上一躺，我是啥事没有了，可我那硬挺挺的样子吓着老婆孩子了怎么办？我不能不考虑这个问题。我是个男人，我可不想死了还让人指背。我一犹豫，眼前就一片朦胧，童卫红隐隐约约的浮现出来。童卫红说："朝阳，我没想到你这么胆小。"我说："我胆小什么呀，老鼠药我都拿到手里了，只要一口吞下去我就到你那里来了。"童卫红说："你这就是胆小嘛！你既然死都不怕，还怕活么？"我一时竟无言以对。老实说，我是愣住了，我根本没料到死去多年的童卫红会说出如此精辟的道理，跟领袖语录似的。我的脑子就像一盏将熄的油灯，被人拨了一下，突然亮了起来。我就像迷途的红军看到了北斗星一样，激动地要去握童卫红的手，却只握到了冰冷的空气——她已悄然消失了。

这时门被于红霞拍得砰砰响："朝阳，朝阳！小康不见了！小康不见了！"

我赶紧藏起老鼠药，打开门往巷子里跑。但跑了几十步我就不跑了。我识破了于红霞的阴谋诡计：她不过是诓我出门，转移我的注意力而已。同床共枕十几年，她那点小心眼还瞒得了我？这婆娘，也不怕急死我累死我。

我板着脸打道回府。回家一看，果然，儿子在堂屋里跪着呢。我本想骂他几句，出一口恶气，不知怎的嘴一张，口气就软了下来。我说："儿子你起来吧，莫把裤子跪破了，我没钱给你买。"小康就乖乖地起来，帮妈妈做饭去了。

天黑了，一家人围着桌子默默地吃我们的粗茶淡饭。为了佐餐，我把那台与我们相依为命的黑白电视机打开。漂亮的播音员忽然告诉我们，市里的一个副书记，就是那个校庆时捐了三万六千块钱的我的校友，因为受贿被逮捕了，我市的反腐败斗争因此取得了阶段性的胜利。这消息立时令我们家的气氛轻松起来了。于红霞不失时机地长吁一口气，感慨万千地说："还是我们平头百姓好呵，生活再差，也比坐牢强！"在这一点上，我与老婆取得了共识。我说："那当然，流自己的汗，吃自己的饭，心里踏实！"

有比较才会有鉴别，全家人的情绪都因此而好转。电视台可能不知道，这样的消息其实是一堂生动的政治思想课，挺能教育人的，以后应该多播。夜里，我破例地让儿子上了我们的大床。我一手搂着妻子，一手搂着儿子，睡得特别的香。原本以为过不去的坎，就这么轻而易举地过去了，我还有什么不满足的呢？

现在我不踩三轮车了。我也是市民一分子，有责任支持市里的创建文明城市工作。踩着三轮车转来转去，确实有碍市容，也影响交通秩序。我只花了25元钱就买了一辆旧单车。我在龙头上挂了块小木牌，上面用红漆写着：上门修理热水器、洗衣机、煤气灶等等。这正是我这钳工的本行。下岗彷徨了这么多年，我总算找到了自己的位置。生意总是有，身体也还过得去，这就不错了。我每天骑着单车穿行于大街小巷，如果这天老婆预报了餐桌上有红烧肉出现——只可惜，这种事的概率还是很小很小——我就会吹上一路的口哨。我只会吹老歌，当然是吹那首“甜蜜的工作甜蜜的工作无限好啰喂”。

更令人愉快的是，我发现用不着去死，我也能自由出入别人的梦，说自己想说的话，做自己想做的事。那天我一打盹，就以神的面貌到了于科长也就是我岳父的梦中。我非常严肃地说：“于科长你知罪吗？”于科长摇头道：“不知我何罪之有，还请神明指点。”我说：“你抛弃了亲生骨肉，如不及早良心发现，以后会下十八层地狱！”于科长吓得战战兢兢，忙说他一定改过。果然于科长第二天就把电话打到了隔壁阿毛家，向女儿发出了回家的邀请。为了这个电话，于红霞幸福得哭了整整半天。更没料到的是，半天之后到了岳父家，我也没出息地哭了。我一把抓住老岳父的手，眼里的泪珠就像小虫子似的往外钻，怎么忍也忍不住。我羞愧难当地埋下头，哽哽咽咽地说：“对不起，对不起爸……”而昔日的于科长忽然变得宽宏大量了，领导风度不减地轻轻拍着我的手背说：“不怪你，不怪你呵！”

于红霞终于与父亲重归于好，去掉了我一大心病。我承认这事与老岳父已身患绝症不无关系，但很显然，我如果不到于科长梦中去，他是不会屈尊来电话的。所以我如今比较热衷访问别人的梦境。我还准备往罗秘书梦中走一趟。我将邀童卫红同行，让她当我的女秘书。在罗秘书的梦里我将是一名腰缠万贯的台商，我会提出向市一中捐款建它一个朝阳科技馆。如果罗秘书代表市政府提名我当政协委员，我就说在商言商，政治的事就让别人去协商吧，我就干点实业算了。我的那股洒脱劲相信任何人都会刮目相看。

总之，我很乐意到别人梦里去，如果你是我的熟人，说不定某个你没有在意的时刻，一不小心，我就在你梦里了呢！

2001年6月

原载《青年文学》2001年第9期

下乡手记

称　呼

一九九六年的夏天，市文联的桑塔纳轿车把我和我简单的行李送到了岩板坡乡。一下车，就有人抓住我的手叫了一声陶书记。我怔了一下，弄清人家确实是叫我，才匆忙应了一声。对这样的称呼我显然还不太适应，声音不仅拘谨而且发虚，听上去是个冒牌似的。其实，我是以作家的身份，响应上面的号召，到乡下来体验生活的，挂不挂职倒无所谓，但组织部门很讲究这个，按照我在本单位的级别，相应地安排了乡党委副书记的职务，并且还发了红头文件。如此一来，我不想陶书记也得陶书记了。

这天正好开乡干部会，于是，我作为岩板坡乡的第五位副书记，被乡党委书记余亦富介绍给了全体干部。听说我是个作家，好多眼睛里都有新奇的目光。欢迎的掌声过后，我诚恳而谦恭地讲了几句话。我说，我是来向农村的广大干部群众学习的，我希望与他们打成一片，体验他们的喜怒哀乐，获取作家所匮乏的艺术养料，从而创作出无愧于时代的作品来。所以，我要拜在座的各位为师，并希望与他们相处融洽。

讲完话，我就发现那些新奇的目光里有了一种不以为然的神情。我有些不自在，难道自己说错什么了？

散会时，矮矮墩墩的副乡长陈一安握握我的手：“陶书记，恭喜你呀！”

我不解：“恭喜什么？”

陈一安笑道：“恭喜你进步有望呀！凡组织部派下来挂职的，一回去都会升职。”

我忙摇头：“我不为那种挂职锻炼，我只是为搞创作来深入生活的。”

“城里生活那么精彩，还用得着到乡下来深入？”陈一安硬是不信。

我只好解释说，我是在农村长大的，对乡下感兴趣，而且主要写农村题材的小说，但毕竟离开农村多年了，对现在的农村生活了解有限，所以才特地到乡下来挂职。

陈一安说：“‘紧跟组织部，年年有进步’。深入生活是深入生活，你晋级也是一定的。不信我们打赌。挂完职，你要是升了职，请我到市里的金座宾馆吃一顿，要是没升，我请你。”

我便笑道：“这顿饭你只怕请得成。”

“咱们一言为定，到时可不许反悔哟，陶书记！”

“行！”我爽快地答应了。

这时我发现，我对“陶书记”的不适应感正在悄然消失。我想起一句俗语，到什么山里唱什么歌。

午 宴

中午，余书记在乡政府食堂设宴，说是为我接风。我心里有些受用，又有些不安。当知道此举同时为款待前任书记，并不是专为我设，心里才安静了一些。食堂十分简陋，桌子油腻腻的，凳子都连在一起。穿过食堂进了一道小门，不由吃了一惊：原来里面是一个包厢，空调、卡拉OK、红木桌椅一应俱全，其豪华度一点也不亚于城里的宾馆。

就座之后，我就遇到了尴尬事。乡政府杨会计撕开一条烟，每人一盒地分发。下乡之前妻子给我打过预防针，说：“如今县乡两级的宴客礼节，都是落座就要发一盒烟的，千万不要书呆子气，因为自己不吸就推辞，显得你清高，弄得大家都不自在。能不能与大家打成一片，最重要的是入乡随俗，入乡随俗啊。”妻子的叮嘱言犹在耳，当那盒烟递过来时，我还是本能地将它推开了。并连连摆手，说我不抽的我不抽的。但杨会计不由分说，强有力地重新把它塞入我手中。我很不适应这种情况，就涨红了脸，手在空中尴尬地悬了片刻，才不知所措地将那盒烟搁在碗边。那是一盒“芙蓉后”，烟盒相当精致，在市面上卖十多元一盒。我悄悄瞟瞟别人，抽烟的，很随意地撕开烟盒享用起来，不抽的，则若无其事地将烟塞进了口袋。只有我一人还让那盒烟躺在桌上。我如坐针毡，把烟收起来吧，不好意思；不收起来吧，又不是那么回事，而且那烟摆在那里很刺眼。为难之时，陈一安帮我解了围，他在递给我餐巾纸的同时，很自然地拿起烟塞进了我的口袋。

我吁了一口气，但摆在面前的酒杯令我紧张。杨会计又是不由分说地给我斟了一满杯酒。白酒我是不沾一滴的，但初来乍到，不表示表示恐怕不行。余书记端起杯子：“来，今天一为老书记洗尘，二为陶书记接风，干！”众人都豪爽地一饮而尽，只有我勉为其难地抿了一口。立即被杨会计发觉，大叫：“不行不行，这是你在岩板坡的第一杯酒，不干不行！”无奈，我只好干了。顿时一条火龙窜入了肚中。头立时就有些晕了。人家敬了我，我当然也应回敬一杯的，何况是头一回见面。于是我也站起来敬酒，说了一些借花献佛请多关照之类的话。我不要求一饮而尽，请大家随意。可是大家不随意，非要干了不可。他们说："哪有敬半杯酒的？要么一杯，要么你别敬！"他们还说，"能喝三两喝半斤，这样的干部要提升；能喝一斤喝八两，这样的干部要培养。陶书记，看来你还得培养培养！"又说，"醉与不醉是水平问题，喝与不喝是立场问题！"事关立场，只好将一杯酒吞下去。我满面通红，浑身燥热，开始腾云驾雾。桌上的人轮流向我敬酒，我一个都辞不掉。不知他们哪来那么多话说，而且那些话都让你无言以对，只有把酒喝下去。渐渐地我就听不清他们的话了。我头大如斗，意识模糊，也不知自己失态没有。

后来，朦朦胧胧地感觉是陈一安扶我离开桌子，回到房里，并把我放到床铺上。他一边帮我脱鞋一边大声说："陶书记，没关系的，睡一觉就好。酒量都是醉大的。你不是要体验生活么？这也是体验生活嘛！"

听完他这句话，我就什么也不知道了。

卡拉 OK

我居然睡了一下午。

一觉醒来，太阳已落到山后。洗把脸，走到院子里，便被陈一安叫住："陶书记，帮我陪陪客去。"

我急忙推辞："中午那顿喝得，现在脑壳还疼！沾不得酒了。"

陈一安说："不沾就不沾，客你还得帮我陪。陪客也是工作，而且是很重要的工作。你去了，是给我面子，也是对我工作的支持。县国土局来了一个股长，乡国土站归我分管，可不敢得罪。放心，我会保护你。上桌后任凭别人千呼万劝，你不端杯子就是。酒桌上有个规矩，要么一口不沾，要么来者不拒。"说着，轻轻推着我的背往前走，又说，“像你这样不喝酒的书记，还真少见呢！”

只好从命，随陈一安去了集市上的回春餐馆。进门一看，李副书记、张副乡长、杨会计以及乡国土站黄站长都在，众星捧月似的，围簇着县里来的朱股长。朱股长是个半老徐娘，身体肥硕，面庞宽阔，听人介绍我时，厚眼皮抬了抬，点了点下巴，其派头不亚于一个县长。刚坐下，黄站长便开始发烟。这回我没有推辞，接过烟，稍稍犹豫了一下，急促地塞进口袋里。瞟一眼陈一安，见他脸上有赞许的微笑。

斟酒时，陈一安果然采取了保护我的措施，说了一番我中午如何如何，把我面前的酒杯撤了。朱股长似有不快，说：“市里的干部就这个水平呀？”我没理她，要了一瓶椰奶。这一来气氛有些不对，陈一安赶紧笑道：“我讲个小故事给大家助兴。有个老倌子，赶着马车到乡里送粮，送完粮把马拴在路边，自己上茅房去了。屙完屎尿出来一看，那马正在田里吃禾苗呢！老倌子气得，操起鞭子就抽，边抽边骂，‘狗日的畜生，走到哪吃到哪，你以为你是国家干部呀？！’今日在座的都是国家干部，只管放开肚皮吃！”众人都笑起来，互相热烈地敬酒，酒杯吸的嗤嗤响，然后把筷子一齐伸向水鱼钵子里。朱股长兢兢业业地对付一只水鱼壳，嘴角沾了些汤水，抽空感叹道：“如今的国家干部，就剩下这么点优越性了呢！”

大家的嘴巴十分忙碌，除了吃就是不停地说，只有我闲着，显得有点与众不同。我知道这不太好，应该与大家打成一片，但不知说什么好。桌上人除了那位朱股长，待我都十分客气，可是这客气正好说明我没有融入其中。我心里隐隐不安，欲扭转这种局面，却又想不出什么法子。幸好朱股长品出那瓶酒不太地道，有冒牌之嫌，敬酒的程序大大缩减，大家转而把主要精力用来对付饭菜，没多久，桌上就只留下残汤剩菜了。

朱股长放下筷子，打了个嗝。陈一安说：“听说朱股长的卡拉非常 OK，是不是让我们基层干部也欣赏欣赏呀？”朱股长笑得嘴巴一扯，脸蓦然一宽：“我那是业余水平，谈不上欣赏的。你们乡下也有卡拉 OK 么？”陈一安说：“这就是朱股长您官僚了，如今改革开放的春风已经吹遍了祖国的每一个角落，城里有的，乡下也基本上有。走，上楼去，叫老板把卡拉 OK 机打开！”

大家便簇拥朱股长上楼。楼上真的是一个卡拉 OK 厅。朱股长也不客气，开口就点了一首《小背篓》，拿过麦克风就唱。听第一句，我心里就一麻。她不仅是个不男不女的糙嗓子，而且几乎每一句都要跑调。她自己还挺投入，挺得意，摇头晃脑地。大家的听觉神经都忍受着她的折磨，可等她一曲唱完，都热烈鼓掌，似乎刚才唱歌的是宋祖英。我心里十分别扭，出于礼貌，也不得不拍了几下。陈一安请我也卡拉一曲，说要见识一下市级水平，我以嗓子疼为由宛然谢绝了。我本也是喜欢唱一唱卡拉 OK 的，但此时此刻我了无兴趣。卡拉 OK 这东西，无论用来糟蹋音乐还是糟蹋听众，都是再好不过的了。接下来李副书记、张副乡长轮流上场一展歌喉，我在一旁默默地坐着。大约过了半小时，见他们还没有结束的意思，而我实在不堪忍受，就毅然告辞了。

走出餐馆，暮色已经降临，远处的山成了一幅幅剪纸作品。朱股长的卡拉 OK 声从楼上飘下来，回荡在空寂的山谷间，显得十分怪异。

这顿饭，真正的收获是陈一安说的那个小故事，回到屋里我就把它记在小本子上。它有点意思。

寂　寞

冲完澡，走出寄居的小平房，我站在乡政府院子里。夜色静谧，星星无声地眨着眼睛，樟树的影子覆盖在我身上，阴凉的地气一阵阵地掠过我的身体。真是心旷神怡呵。乡下到底是乡下，空气如此新鲜，如此凉爽，此地距城市不过三十公里之遥，居然有这么大的差别。我在树影里踱着步，惬意地作着深呼吸。对面是乡干部宿舍楼，四层，却只有两三个窗户亮着灯。整个院落静悄悄的，只有数只虫子在草丛里不甘寂寞地鸣叫。一个黑色人影，慢慢地浮过来。定睛一瞧，又是陈一安。

陈一安见了我，有些诧异："陶书记，你没回家呀？"

我说："今天才来，回什么家呀！"

陈一安说："回家睡呀。隔壁市机械厂早晚都有班车去市里，很方便的。你何必在这里享受寂寞呢？连余老板、苗乡长他们，都天天回城里过夜，第二天一早来上班。"

难怪乡政府院子这么安静。我问："他们的家都安在城里么？"

"对呀，余老板在城郊修了一栋三层楼房，苗乡长、李书记他们呢也都在城里买了商品房。晚上在这里你是看不到他们的影子的。"

我说："啧啧，他们经济实力很强呀！你怎么没去城里筑个巢？"

陈一安说："我哪有那个本事？一套商品房十几万，把老婆孩子卖掉也凑不齐这笔钱。"

我想想说："不过，住在城里，上下班到底还是不方便。"

"有什么不方便的，乡里有台桑塔纳，还是豪华型的，一把手随要随到。再说，谁也没想在这里干一辈子。”

我立即敏感察觉到什么，问：“余书记人还好吧？”

陈一安反问：“你的印象呢？”

我说：“他挺像个领导的。”

陈一安笑了：“你的感觉很敏锐。应该说，挺像个处级领导。他享受处级待遇呢。市里不是有个文件么，工农业产值超亿元的乡镇，一把手就可以享受副处级待遇。”

“难怪。”我说，“那岩板坡经济状况不错呀！”

“看起来是不错，只是工资都不能按时发……你多呆一段时间就了解情况了的。我说多了不好。”陈一安顿一顿，拨转话头，“哎，陶书记，我找几个人打跑符子牌去吧。”

我摇摇头说不会。陈一安就说：“酒也不会喝，牌也不会打，陶书记你不好开展工作呢。”我说是呀，我也感到有点为难呢。陈一安笑道：“没关系，在干中学，学中干嘛，你是作家，还怕学不会？学会了，对你写小说也有好处。”说完，就告辞找人打牌去了。

院落里愈发寂静了。微风从山谷里吹来，头顶的树叶沙沙作响，虫子们反而停止了鸣叫。举目远眺，黑蒙蒙的夜色里，一条公路隐隐约约地伸向远处的城市。我无所适从，便回房里，拿起一本书来看。可是看不进，寂寞不请自来，就像无所不在的空气一样，把我笼罩住了。

下　村

终于要下村了。不下村，是不能叫作下乡体验生活的。余亦富曾征求我的意见，要不要固定一个联系的村，跟其他乡干部一样。我说不用，随时随地跟某个乡干部下去最好，这样比较机动灵活。我想尽量多跑些地方，多掌握些情况。况且我还有一些创作活动，不可能天天在乡下，固定了难免受到制约。

出乡政府大院，往右五十米，是一个三岔路口，也是集市的中心。路口的“好望角食品店”是乡企业办雷主任的妻子开的。早餐后，乡干部们都喜欢聚在食品店门口聊天，交流各自听来的新闻。聊到九点多快十点了，就各自叫一辆三轮或者吉普或者摩托，拖一路黄尘往各自包干的村而去。租车费有的付现钱，有的则是在车主的小本子上签个名，年终时找乡政府结账。付钱还是签字，由所任职务的重要性而定。据说每年乡干部下乡的租车费相当可观，可观到乡政府实在难以承受，只好作了规定，一律不予报销。但乡干部们照租不误，只是那车票另想办法报账。一般说来他们都有办法，因为都分管着某个部门。即使乡里报不了，拿到村里去，村里也是要认这个账的。

这日聊天聊得差不多了，几个乡干部同时热情地邀我下村去。我答应了周书记，因为周是位亲切随和的女同志。周书记是纪检书记，有人叫她大姐，有人叫她书记，根据个人喜好而定。她挥挥手招来一辆三轮车。上车后我要付车费，她把我的手打开了：“要你付，那还像话！你别管。”我以为她会签字，但车主没有拿出本子来，待我们一坐稳，一踩油门，三轮车突突突径直往玉皇村而去。

像所有乡下的机动车一样，三轮车全身抖得咣当作响，剧烈的颠簸不时让屁股弹离座位。但这一点也没影响我的兴致。暖风携带着泥土和新鲜牛粪的气息扑面而来，明亮的阳光在绿色的禾叶上闪耀。我大口地呼吸着曾经十分熟悉的气息，心中兴奋不已。

到玉皇村不过三公里地，三轮车跑了不到十分钟就到了。村长（村长是习惯性称呼，正规的叫法是村主任）孟菊清站在村委会门口，三轮刚停，他就抢先付了车钱，笑道：“周书记你们来得好巧，刚摘了一桶桃子在屋里，还没来得及尝味呢！”周书记说：“还是陶书记有口福，一来就尝鲜。以后呀，回回来我都邀陶书记！”说着就把我介绍给几位村干部。孟菊清连连点头：“听说了，陶书记是个写书的，以后把我们也写进去吧！屋里坐，乡下没什么招待的，让陶书记见笑了！”

进屋坐下后，孟菊清就每人扔一盒烟，白沙牌的，比乡上发的烟刚好低一个档次。我心里虽然还是有些犹豫，但收烟的动作已十分自然。扔完烟，孟菊清就忙着削桃子。我说自己来吧，去拿他手中的刀，他却不肯，有力地将我的手推开了。边削边说，支书跟着苗乡长到江苏张家港参观学习去了，村里是他在主持工作。他是个面目黧黑的中年人，双手十分粗糙，削好的桃子明显不干净，我接过来，心里直嘀咕，表面上却毫不犹豫地大口地吃。周书记询问村里近段的工作，孟菊清头头是道地作着汇报，我在一旁仔细地倾听。当听说他们为壮大村级经济，新栽了四亩黄栀子时，我很感兴趣地提出要去看看。

孟菊清带我到了村委会屋后的山坡上。黄栀子是一种中药材，我小时候在乡下时，常常上山采野生黄栀子，晒干了再卖给供销社，赚点零用钱。新栽的树苗刚刚回青，只有小拇指粗，翠绿的小叶子在微风中轻轻飘扬，十分生动。孟菊清说，如果培养得好，三年后便可开花挂果，五年后便可产生效益。我蹲下身子，把鼻尖凑到树叶上，深深地一吸，一缕辛冽的气息直透肺腑。温热的地气在身下蒸腾，无论是拂动的树叶还是爬到腿上来的蚂蚁，都让人感到与大自然的密切联系。而这种联系又让人更加深切地感到生命的真实。我站在山坡上发着呆，若不是孟菊清叫我，不知会呆到什么时候。

回到屋里，发觉午饭已经作好。方桌上摆着回锅肉、炖鸡、红烧猪蹄三钵大菜，还有一碗皮蛋和一碟花生米。团支书抱来一箱啤酒，我赶紧声明我是不喝酒的。孟菊清根本不听，说："陶书记你要是不喝就是看不起我们基层干部。再说啤酒根本不能算酒，只是饮料嘛，杯子也不用了，每人吹一瓶。"说着一咧嘴，咬掉一只瓶盖，把那瓶酒竖在我面前。其余的人都自觉地抓了一瓶酒在手里，周书记也不例外。大家互助碰了碰瓶子，便朝天喝了起来。这时我才发现那个吹字用得很妙，那举瓶朝天的样子恰似吹喇叭。孟菊清时不时替我夹菜，躲也躲不掉。除了周书记，他们的酒量都很大，"吹"酒的样子很豪爽，一瓶啤酒吹不了几回就没了。而且在吹完一瓶酒前，那左手是抓着瓶颈一刻不松的。我只有半瓶啤酒的量，再怎么劝，也不多喝了。他们就说："喝这点酒，不知陶书记你的文章怎么写出来的，李白还斗酒诗百篇呢！"我说："能者多劳，你们能吹就多吹嘛。"他们毫不客气，很快都把自己吹得脸红脖子粗，一个个都像红虾公。周书记也只吹了半瓶，他们不说她，倒把我联系上了，说："陶书记你不是个男的呢，跟周书记一样呢。"

吃完饭，桌子一抹，铺上几张报纸，就开始打跑符子。孟菊清拖我上桌，我忙说不会。孟菊清不信，说："牌都不会打当什么作家，是老婆管得太狠了，荷包里没货吧？"我解释说真不会打，打扑克我还会一点，你们打，我在旁边学吧。他们就把周书记请上桌，津津有味地玩了起来。周书记手气好，几把下来就赢了两张"兵"，她还玩教兼顾，边出牌边向我介绍玩跑符子的规则。无奈我提不起兴趣，看了一会就打起了瞌睡，于是坐到一旁，从包里掏出一本外国小说来看。

太阳落到对面山坳上的时候，收了牌局，孟菊清到公路上拦了一台吉普车，送我们回乡政府。上车时我问：“周书记，每回下村都这样吗？”话一出口，便觉问得很不慎重，很不妥当。正后悔着，周书记不在意地说：“那也不一定，今天没什么具体事，主要是来问问情况。”

她顿了顿，又说：“干农村工作，没什么巧，就是要红的黑的都看得，荤的素的都来得，横的竖的都干得。要不，基层干部不会服你，村民也不会听你的话。”

我深深地点头，信以为然。

任　务

好久没见到余书记，听说他一直在县里跑。这日他从桑塔纳里出来，向我招了一下手：“陶书记，听说你跑了好几个村了，辛苦了呀。有收获吧？”

我连连点头：“有收获有收获！”

余书记想想说：“我们乡的宣传报道工作一直很薄弱，每年市报都上不了几篇，省报更是一个空白。你有这方面的长处，是不是请你把这方面的工作抓起来？”

其实新闻报道并不是我这个搞文学创作的长处，但我还是很爽快地答应了：“行啊！”

余书记随即从他小巧的大哥大包里掏出几份材料给我。一份是他写的《岩板坡农业产业化构想》，一份是茅家岗村花木生产情况，还有一份是乡党委如何抓教育的汇报。

当天，我就让陈一安陪我去了一趟茅家岗，“吹”了半瓶啤酒，了解了一下花木生产情况。回到乡里，连夜写了一篇报道。

第二天，我回到市里，将报道给了报社里的朋友，余书记的文章则给了妻子。妻子是市委政策研究室办的一份叫《政策研究》的刊物的编辑，有这个便利。

数天后，关于茅家岗花木生产的报道发表在市报第二版的《经济生活》栏里；半月后，余书记的大作也在《政策研究》上刊载了。据我所知，许多县乡干部都热切希望在《政策研究》上发文章，展示才华，因为这是一本给领导看的刊物，若能给领导留下某种印象，说不定对仕途有良好的影响。所以，许多人又是送礼又是托人，千方百计想将自己的文字挤进这本刊物里去。我想把这消息告诉余书记，他一定会大为高兴的。可是出乎我的意料，余书记只是平静地点了点头，眼角眉间没有泄露一丝半点喜悦的痕迹，说："好，很好，不过力度还不够，还要加大力度。"

我有些佩服起余书记来了。他虽然比我还小五岁，但显然在政治上比我要成熟得多，是块当官的料。他的话提醒我，还不是沾沾自喜的时候。还有省报的空白在等着我去填补。

任务尚未完成，我辈仍须努力呵。

苏支书

苏家铺村处于一片丘陵地带，起起伏伏的坡岗上是一片片蓊郁的油茶林。幢幢农家小楼坐落在油茶林的掩映之中。村委会是村子的中心，对面是新落成的村小学，左面是大米加工厂，右面是村民开的一溜铺面，卖肉的、卖米粉的、卖百货的等等。进出铺子的人不多，我一下车，就都朝我望，很好奇。有人低声说："又来干部了。"我朝四周看一圈，小学墙壁上的一条标语引起了我的兴趣："自己的孩子自己爱，自己的学校自己盖。"我立即把它抄在我的小本子上。

我到苏家铺，是冲着村支书苏大雷来的。

很多人向我说，苏支书是个好支书，上任以来，村办经济红红火火，自己又廉洁奉公，深得村民信任。应该树他一个典型。我想，如果眼见为实，就给他写篇人物通讯。

我在村委会没找到苏支书，但副支书和妇女主任在。我一说明来意，他们就很热情地介绍起苏支书的事迹来。我边问边记，很快就记了半个本子。素材非常丰富，有些细节也十分生动。说得差不多了，他们又带我去看了在苏支书领导下建成的大米加工厂和村小学。至此，我已确信，苏支书是个实打实的好支书。

采访结束，苏支书出现了。隔老远，就向我伸出两只手来："哎呀，陶书记你可是个稀客呀！来也不打个招呼，我在乡里听说，赶紧回来了。"抓住我的手直摇。他的手粗糙有力，我被钳得生疼，暗暗地忍着。我被他的热情与爽朗感染了，也摇晃着他的手，好一阵寒暄。

重进村委会，苏支书问给过陶书记烟没有，副支书和我都连声说给了。苏支书这才坐下来和我扯谈。他很谦虚，说到他的政绩，酱色的脸憨憨的一笑，说："人嘛，总要做点事的。"

扯着扯着就到了太阳当顶之时，便把我往饭桌上邀。桌上菜不多，分量却是非常之足的，都是大鱼大肉。少不了又要喝酒。较之过去，我对酒的态度有所变化，爽快地要了一瓶啤酒。又是举起瓶子朝天"吹"。由于聊得投机，大家都很痛快，我居然不知不觉吹了四分之三瓶。看来我的酒量有了长进。

放下碗筷，苏支书说："陶书记，今天没事了，摸几把吧？"

我知道他是指打牌，就说："麻将跑符子我都不会，你们玩吧。"

苏支书说："真不会呀？那我们换换脑筋，陶书记到隔壁睡个午觉吧。"说着把我引到隔壁房里，又开了电扇，让我上床歇息。夏季人很容易疲倦，一躺上床，睡意如水漫来，我很快就沉入了梦乡。

醒来已是下午四点多。我到隔壁一看，苏支书面前赢了一堆钱。我心里吃了一惊，嘴里却说：“嚯，苏支书手气好呀！”

苏支书喜笑颜开，匆匆地瞟我一眼，就盯着手中的牌去了，边出牌边说：“今天怕是沾了陶书记的光呢，好久没摸过这么好的牌了。”出了几张牌，忽然想起了什么，说，“哦，陶书记要回乡里去了吧？李村长，你去帮陶书记拦台车。陶书记，我就不送你了，多包涵哟！”

我知道牌桌上的人是九条牛也难得拉动的，就挥挥手告辞了。在跨出门槛的一刹那，心里很不是滋味，苏支书留给我的好印象几乎是荡然无存。

我搭上了一台既无车灯又无车窗的旧吉普车，在油茶林中颠簸而行。下午气温降低了，又有山风扑面而来，心情不由得就轻松了一些。才走了不到一公里，一辆摩托车嗖地从后面追上来，车头一横，将吉普车拦住了。司机正要破口大骂，却见苏支书从摩托上跳下来，便噤了声。苏支书冲我大喊：“陶书记，我有句话说。”

我很惊讶：“什么事？”

他跑到我面前，说：“我才晓得，你是为了替我写文章来的。请你手下留情，千万不要写！”

“为什么？”

“我晓得自己有几斤几两。工作是做了一些，可我有个毛病，就是爱打牌，有时一打就是一个通宵。”

我说：“打牌不要紧，谁没一点嗜好，只是赌钱不太好。”

他憨然一笑：“打牌要不兴钱，那还有什么味道？我这毛病是改不了啦。你要是写了文章表扬我，我就没好日子过了。写了我，给党抹黑呢，拜托陶书记，另找个典型吧！”

我答应了他。

案　子

周书记和主管党群的李书记要处理一个案子，请我也参加。我很高兴有这种收集素材的机会。我问周是谁的案子，她说：“就是玉皇村的孟菊清呀！”

我一愣：“他犯了什么法？”

“他呀，太不像话了，大白天，和三个村干部在村委会打牌赌博，输赢几百块！”

我有些不解：“打牌的多得很，这也不算个大不了的事吧，是不是用了公款？”

周书记说：“倒是没用公款。打打牌其实也没什么，我有时候也打，乡干部中打牌不兴钱的只有余老板。余老板是很注意自己的形象的。问题是村民举报了，不光是打牌，打了牌，天黑了，他们还让赢了钱的请客，打的到市里的夜来香舞厅跳舞，还请坐台小姐伴舞！半夜三更了又打的回来。而且，还不止一次。真是太不像话了，这样的歪风邪气不杀一杀是不行的了！”

我惊讶之极。我这个城里人，还从未找过伴舞小姐呢。真难想象，山里的泥腿子跑到城里的舞厅，和涂脂抹粉的小姐搂搂抱抱，是怎样的滑稽景象。特别是孟菊清，两条盘着走路的短腿，它能跳出舞步来么？

随周书记到了党委会议室。李书记与几个被审者都已经到了。孟菊清看来很有些对立情绪，绷着脸不认人。李书记异常严肃，咳嗽一声，厉声道：“晓得今天为什么把你们请来吗？”

孟菊清闷声说："晓得。"

"晓得就好，说明还有一点自知之明，坐着一泡屎了还晓得臭。晓得就一个个给我从实招来，处理的轻重取决于你们坦白的程度和检讨是否深刻。孟菊清，你是为首的，你先讲！"李书记把笔记本往桌上一拍。

孟菊清瞥李书记一眼，慢慢地讲述事情经过。李书记和周书记不时地向他提问。我一直默默地倾听着，只是当听说请陪舞小姐时，忍不住问："那陪舞小姐也愿意？"

孟菊清眨眨眼，明白了我的意思，说："小姐认的是钱，她有什么不愿意的？"我问请小姐花了多少钱，他说请了两位，每位伍拾，很便宜的。说完经过他又作了检讨，说犯了错误，损害了党的形象，影响了干群关系，辜负了乡党委的希望，对不起谁谁谁谁，等等等等。接下来另外三位村干部逐个交待和检讨，所讲述的事实与所使用的语言，也都与孟菊清的如出一辙，大同小异。

事实是很清楚的了，没有必要再审。李书记合上笔记本，开始声色俱厉的训斥和教育。他首先指出了这件事的严重性和危害性，接着特别指出，孟菊清是在支书外出参观，自己主持全村的工作期间犯错误的，这就更不应该，这就没有经受住考验，损害的不止是村干部的形象，还有他自己的政治前途。李书记越说越激动，越说嗓门越高，把孟菊清的两眼都说红了。

李书记教育完，周书记接着教育。到底是女同志，她虽然也很严厉，但声音还是柔和了许多。不过她所使用的语言，也跟李书记的如出一辙，大同小异。她说完之后，对我颔颔下巴："陶书记，你也说几句吧。"

我当然也要说几句，不过我不想重复他们的话了，便说：

“刚才两位书记说的话，你们要牢牢记在心上。人不怕犯错误，怕的是不认识错误，不改正错误。别的我不说了，你们都是农民，我也曾当过农民，我们摸摸自己的良心想想，城里那种带色情的娱乐场所，是我们去的地方么？还打的，还请小姐，村民晓得了，能没意见么？能不举报你么？”

我的话说得孟菊清直朝我看。

李书记最后作总结，他肯定了四位村干部的良好态度，交待他们第二天把书面检讨交来，越深刻越好。至于如何处理，乡党委还要研究，回去等候通知吧。

散会时暮色降临，食堂已经开过饭了。孟菊清说：“三位书记要是不怕我们拉拢腐蚀，就跟我们去吃顿饭吧。也算给我们一个改正错误的机会。”

李书记想想，笑道：“怕？笑话！共产党员是特殊材料制成的人，一顿饭就能腐蚀得了的么？该批评的还得批评，该处理的还得处理，该吃的还得吃！周书记、陶书记，走，去赴他们的鸿门宴！”

批评者与被批评者顿时变得十分融洽起来。一行人径直往回春餐馆去。

往餐桌前一坐，孟菊清就忙于发烟，然后请三位书记点菜。我胡乱点了一个豆腐。我一直在想，这顿饭是公费呢还是他们四位掏腰包。菜上齐之后，每人面前竖一瓶啤酒，咬掉盖子后，就都朝天吹了起来。

孟菊清很快就脸红脖子粗了，不停地向三位书记敬酒，似乎一切都不曾发生。喝着喝着，他就酒后吐了真言：“其实，我们这算个什么错误喽！如今谁不赌几把？赌也好，跳舞也罢，都是用的自己的票子，又不是村里的钱！支书去张家港，说是去参观取经，其实呢，还不是去公费旅游，上海南京北京，一圈回来要多少票子？当然，李书记周书记说的都是正确的，正确得跟那些年的毛主席语录一样，我服了；我独不服陶书记的话，是呀，我是农民，农民又怎么的？农民就不能上城里的舞厅，就不能搂城里的小姐呀？天下哪有这种道理。你看不起农民，才说这种话呢！”

我哑口无言，脸一阵阵发烧。我不能否认孟菊清的话在某种程度上的正确性。直到饭后见孟菊清签了单，我才敢直面他那张醉醺醺的关公脸。

半月后，孟菊清被免掉了村主任职务。

抗　洪

外出参加一个笔会，回来才知道河里涨大水了。

岩板坡不靠近大河，但抗洪是全县的事，所以也分了一百零三米的责任堤。就在县城东郊三公里的大河南岸。北岸就是市郊，离我住的地方也不过八公里的样子。我们这个地方，夏天就是汛期的代名词，一涨水，抗洪就成了压倒一切的头等大事。我的挂职其实只是挂个名，不在岩板坡拿工资，来去自由，对抗洪佯装不知，在家休息几天，也不会有人说。但是这良心上过不去。于是这天下午，我骑了一辆破自行车，边行边问，去找岩板坡乡的防洪堤。

在防洪堤下一幢农舍里，我找到了岩板坡的人。他们正在吃晚饭，人人一身汗臭。见了我，显得异常亲热，先递给我一份盒饭，又扔给我一瓶啤酒。余书记说：“陶书记，你就不要来受这个累了，你那是拿笔的手。反正也不少你一个人。”我说：“那怎么行，我有一分力，就该尽一分心。再说，这也是我体验生活的好机会。”余书记想想说：“也好，今明两天就辛苦你一下，你和陈乡长带二十个人留在堤上。陈乡长负主责。子堤已经筑好了，剩下的就是守堤巡堤，一有情况马上和指挥部联系。我们不能搞疲劳战术，其他人都撤回去休息。”

余书记他们一走，陈一安就拍着我的肩说：“别人躲都躲不及呢，你还往枪口上撞！”我笑道：“我就是想跟你是一条战壕里的战友呢，你还不欢迎 。”陈一安说：“这个战友可不好当。白天太阳晒死你，夜里蚊子咬死你，发现管涌吓死你！”我夸海口：“不怕！我是洞庭湖的麻雀，什么样的风浪没见过！”

深感责任重大，我和陈一安都不敢在农户家久留，端着饭边吃边上了堤。六七米宽的堤面上，筑起了一道一米高的子堤。洪水刚好涨到了子堤堤脚。堤外洪水浩浩泱泱，流得并不急，但很有气势，蕴含着不可阻挡的力量。晚风带着水腥味扑面而来，我似乎从中嗅到了一缕灾难的气息。有几个人在子堤上巡查，还有十来个人在大堤内坡上一字排开，检查有无渗漏的迹象。其中一个是孟菊清，见了我，嘴角一咧，一个笑容尚未完成，就把脸转过去了。他对自己被免职的事一直耿耿于怀。

陈一安将堤上的人重新作了分工。我和他各带一班，各负责上半夜和下半夜的巡查。天色渐渐地暗下来，蚊子开始绕着我们的脸和腿飞，寻找着陆点。幸好河风渐大，把它们赶跑了。每隔半小时，我就打着电筒查看一次子堤。我在堤外水中插了一根棍子作标志，以观察洪水的涨落。见水在下降，我心里安稳了许多。

陈一安陪着我查了几个来回，扯了一会谈，就打起了呵欠。于是他将一个编织袋铺在一堆卵石上，躺下来休息。我查了一趟回来，见他打起了呼噜，就说：“这家伙，睡得像只猪一样！”谁知他听见了，叫了一声："谁在骂人?"我刚要与他搭腔，他翻个身，鼾声又起起伏伏地响了起来。

我有些疲惫了，就在陈一安身旁坐下，凝视着夜色下的大河。星空下，河水幽幽地流，波浪不时拍得大堤哗哗作响。对岸右侧是灯火闪烁的城市，那些遥远的高楼大厦隐隐约约的像是一些积木玩具。左侧有一座黑糊糊的小山，山上是市委党校，因为垮了一个小垸，几百灾民安置在那里。

我的思绪正在游荡，过来两个人，他们拿手电筒直射陈一安的脸，又用脚踢他的身体，厉声呵斥："喂喂！守堤还困什么觉，堤要穿了眼，把你的命填进去！"

陈一安一骨碌爬起来，解释道："我们分工了的，轮流值班，要不人受不了，要填眼了也没有战斗力。你们是……?"

"我们是县指督查队的，你们这里谁负责?"

"我，我是副乡长，"陈一安语气十分小心，"哦，还有这一位，陶书记。"

两人都看了看我，态度明显和蔼些了。其中一人记下了我们的名字，说："防汛无小事，你们可要小心哟。万一出了责任事故，随时都有摘乌纱帽的可能。"我和陈一安连声称是，陪着他们沿堤走去，直到把他们送出岩板坡的责任地段。

他们一走，陈一安就骂骂咧咧："神气个屁！责任就责任嘛，说什么乌纱帽，好像谁还在乎这顶破乌纱帽！一个月就那点工资，还不能按时领，真不如去摆个摊摊。陶书记，莫管那么多，你去睡，我来值班。"

我用手电照照手表，已经是十二点过了。但我不敢去睡，要是督查队员转来看到，印象不好。我强打精神，陪着陈一安巡查了几个来回，听他讲了几个色情味很浓的小故事，到凌晨两点的时候，实在支持不住了，便倒在那堆卵石上不顾一切地大睡起来。

天刚亮的时候，堤上的高音喇叭把我惊醒了："请岩板坡的陶书记赶快到指挥所来领任务！请岩板坡的陶书记，赶快来领任务！"

我很诧异，对陈一安说："不是跟他们说了，是你负主责么？"

陈一安笑道："谁让你是书记呀，有书记在，他们当然只认书记。党指挥枪嘛！"

我只好颠颠地跑到两里地外的临时指挥所。原来是要抽十个人去卸卵石。我回到堤上，点了十个人，赶往泊船的地方。陈一安争着当领队，被我拒绝了。我刚休息了半夜，理应我去。

到卸船的地方一看，各乡抽调的劳力都到了，有百把人的样子。我连忙作了一个简短的动员，说我们是代表岩板坡来的，要尽心尽力，千万不能偷懒耍奸，让别人把我们看瘪了。孟菊清站出来说："陶书记，只要你这城里坯子莫压瘪了就行。"我说："你搞错了，我可是农民坯子，修铁路造水库，什么没干过？那个时候一担挑两百多斤呢！"

可是上船扛了几袋卵石之后，我不由就想起了好汉不提当年勇这句话。到底是多年没搞体力劳动了，身子一负重就发软发虚，没走几步就气喘吁吁的。又加上天气闷热，不一会汗水就湿透了全身。装卵石的编织袋非常粗糙，硌得肩膀生疼。手伸进衣服里摸摸，已经磨脱皮了。后来，我扛着一袋卵石下跳板时，双腿一颤，身子猛地一晃，若不是擦肩而过的孟菊清扶住我，恐怕掉到河里去了。

孟菊清一直将我送到岸上，说："陶书记，霸不得蛮的，扛不起了就去装袋吧。”

我朝堤上看看，见督查队的人正往这边观察，便说：“不好，我是领队的，应当率先垂范。”

孟菊清说：“你看你这疲沓样子，还率先垂得范么？再垂就要垂到水里去了。身体是革命的本钱，先把本钱保住再说。”不由分说，将我推上船，递过一摞编织袋，让我扯袋口，他操起铁锹往里头装卵石。这样我就轻松多了，口里喘着的粗气，也渐渐平息下来。

大约上午十点多，两船卵石总算卸完了。人人都累得筋疲力尽，又都未来得及吃早餐，个个饥肠辘辘，饿得眼眶发青，瘫倒在大堤上不想动弹。这时，一个穿深筒水靴，手里拿着草帽的领导过来了。孟菊清告诉我这是县委胡副书记。

胡副书记看看两条卸空了的船，满意地点头：“嗯，不错，进度挺快的嘛！”

督查队的人马上凑过去说：“都是抽的战斗力最强的队伍。特别是岩板坡的同志，表现很不错。”

胡副书记很欣慰：“噢，是吗？哪位是岩板坡带队的？”

我赶紧站起来：“是我。”

胡副书记拍拍我的肩：“嗯，不错不错，值得表扬。督查队的同志要向指挥部好好反映。实际上，我们县的抗洪抢险工作比其他县都做得好，至少也不会差，要说差，差就差在宣传舆论工作没有搞上去。你们回去后，要好好总结，可以写个稿子往市报和县、市电视台寄嘛。”

我点头道：“我们一定照胡书记的指示办。”

胡副书记回头欲走，又转身道：“哎，你们那里不是有个挂职的作家么？”

我一怔，答道：“是呀。”

胡副书记说：“要好好利用他嘛，不要浪费人才资源嘛。”

我不知说什么好。幸而胡副书记并不要求我说什么，兀自转身走了。

回到责任堤上时，苗乡长带着换班的人来了。说洪水回落很快，大部分人都撤回去休息，只须留少量的人守堤。他让我回家多歇息几天，不要急着下乡。我没有推辞。骑上自行车往家里缓缓而行时，我感觉疲惫之极，似乎此生此世从来没有这么累过。

主席台上

乡里在影剧院召开表彰优秀党员和抗洪先进个人暨救灾补损动员大会。我进会场一看，才知乡下开会也已跟城里接轨。主席台的长桌上，规规矩矩地摆着写有出席会议的乡党委领导名字的牌子。而且那牌子居然也是有机玻璃作的。仔细一端详，位置排列也很讲究，与所任职务在党委里的位置相对应，很有章法。记得有一次市文联开个颁奖大会，就为了主席台排座次的事煞费了苦心，结果还是出了纰漏，将一位政协副主席的位子排后了一名，弄得这位副主席大为不快，叫人改正了错误才肯上台。过去了很长时间副主席还耿耿于怀，说：“你们文联就这么个政策水平呀！以后文联开大会就吸取了教训，专门请市委办的人来排座次。”

我和党委的其他人一样，先在台下坐着。待党委办的同志邀请过了，并且余书记已经带了头，才相跟着走上主席台。我坐在余书记左边，中间隔着李书记。往台下一望，一千多党员干部几乎将会场塞满了。许多人向我指指点点，我想他们可能在好奇，哪来的这么一张新鲜面孔。我虽然已跑了很多地方，但不认识我的人还是大多数。此生此世还是第一次经历这种场合，当我向台下俯瞰过去的时候，一种高人一头的感觉油然而生。心想，难怪别人这么在乎主席台的位置呢。

众人的目光在我脸上浏览，我只好装模作样地翻阅文件。一个女子过来倒开水时，我学着广东礼节，撮起两个指头在桌面上轻轻叩了叩，以示谢意。女子对我笑了笑。她很年轻，长得也清秀小巧，就不由得多看了几眼。我问李书记她是谁，李书记说是乡广播站的梅丽。“陶书记很有审美的眼光呵，小梅还没找对象呢！”李书记凑到我耳边说，又对我有意味地眨眨眼。

我笑笑，没有吱声。

大会开始，我正襟危坐，严肃地望着台下，也许由于过于严肃，自觉面部肌肉有点发僵。第三项议程是由我宣读乡党委关于表彰优秀党员的决定。我知道，余书记把这个任务交给我是以示对我的尊重。宣读之前，我特地用茶水疏通一下嗓门，让稍稍有些发紧的声带松弛下来。麦克风把我的声音放大并且美化了。它抑扬顿挫，浑厚而洪亮，很像是那么回事，我对此简直有点吃惊。我忍不住很有些自我欣赏了，其结果便是声音愈来愈好，几乎可以称作美声读法。遗憾的是文件太短，瘾还没过足，就读完了。难怪许多人热衷于文牍，它确实是可以带来某种快感的。

“到底是市级水平，陶书记念的是字正腔圆，我还以为把赵忠祥请来了呢！”李书记凑到我耳边低声道。

我笑笑，小声道：“我又不能提拔你，拍我的马屁干什么？”

台下的人见我们交头接耳，只怕以为我们在谈工作吧？

散会了，从主席台下来，随着人流步出影剧院时，我感到自己正从某种罕见的状态中退出。人真是一种怪物，为什么一坐上主席台，就感到自己不是自己了呢？

出恭难

出恭难，难在要抵御蚊子的进攻。

厕所在食堂后面，是60年代的产物。土墙上“斗私批修”的标语清晰可见。白天蚊虫可能要休息，并不多见，尚能对付。天一擦黑，可了不得，人一进门，它们就群起而攻之，嗡嗡地围着你团团转。手随便往屁股上一抹，就抹下几粒粘粘的湿湿的蚊虫尸体来。有一次，一只蚊子居然在我那不好说出口的部位叮出一个包，真是可恨之极。所以每次出恭，都猛憋一口气，速战速决，尽快撤离。后来我只好向别人学了，解小手时见周围没人，就把尿撒在门外阴沟里。

厕所不可能翻修，因为使用它的只有住在平房里的几个没带家属的乡干部，它不是大多数人的利益所在。

我之所以尽量不在乡政府住宿，出恭难是一个重要原因。当然，洗澡也是一难，乡政府没有澡堂。

对　联

乡干部会。苗乡长摆乡财政的困难，讲不能按时发工资的苦衷，要大家谅解，并强调欲渡过目前的财政危机，只有开源节流。流已节得差不多了，比如招待费就比去年少用了多少多少万，主要是要开源。而这个源是要靠大家一起开的，光靠余书记和他苗乡长四条腿跑是不够的。乡党委已经研究了，谁先跑来了资金，先给谁发工资，并且按百分之三给予奖励。

我和陈一安坐在一角，苗乡长说话时他一直埋头在本子上写写画画。我碰碰他的肘子：“是不是准备发言呀？”他笑笑，把本子给我看。上面有一副刚写的对联：

借新账还老账借账还账账还账

拆东墙补西墙拆墙补墙墙补墙

横批是：忙穷穷忙。

我不解，低声问："岩板坡不是产值过两亿的先进乡么？"

"虚的，"陈一安说，"光那个修了几年还投不了产的水泥厂，一年的贷款利息就得付几十万。乡干部超编一倍还不止，七八十个乡干部县财政只拨二十来个人的工资。日子怎么过？只好东拉西扯，泥巴萝卜揩一截吃一截。"

散会时，苗乡长拦住我："陶书记，你是市里的知名人士，应该有不少关系，能不能帮忙贷点或者借点钱来呀？"

我很为难，实话实说："我这人没什么交际，银行和财政局的人一个都不认得。"

"噢，"苗乡长看我一眼，脸上有一种不满的失望。

尴　尬

四男一女，相邀去荷花村检查计划生育情况。租了一台没牌照的旧吉普车。后座只能坐三人，但必须挤进去四人。都尊重市里来的陶书记，要陶书记坐副驾驶座，陶书记以示平等，以示与群众打成一片，硬要谦让，结果，便遇上了尴尬。

最后上车的是妇女主任郁莲香。郁偏偏从我坐的这一侧上车，门一拉，先钻进上半身，说："陶书记，我只好坐你身上了。"我还未来得及作出反应，她就一屁股坐在我大腿上了！我没有一点思想准备，顿时尴尬之极，脸蓦地烧得滚烫。她倒若无其事，滚圆的臀部沉沉地压在我腿上，还随着车子的颠簸颤抖不已，弄得我动都不敢动一下。这一来，坐在前座的陈一安有话说了："哎呀，陶书记艳福不浅呢！早知如此，我不该坐前头来的。是不是早策划好了的呀陶书记？"

我窘迫地笑笑，不知说什么好，上身尽量地离郁远一些。

"陶书记是个正经人，哪像你们呀，尽往歪处想，"郁莲香回过头来道，"陶书记，我不太重吧，压得不疼吧？"

我忙说："不重不重。"

陈一安笑道："重不要紧，陶书记还希望压重一点呢。只是郁主任你小心一点，莫把陶书记的大腿弄湿了哟！"

"莫痞好不好？！"郁莲香嗔道。

"痞有什么不好？如今呀，讲真话领导不高兴，讲假话群众不高兴，讲痞话大家都高兴！"陈一安摇头晃脑地。

为摆脱尴尬，我赶紧插话："此话精彩，精彩！"

"陶书记，味道怎么样？"陈一安对我直眨眼。

"味道好极了！"我恰到好处地运用了一句广告词。

我是不是也有点痞了？

陶书记不再尴尬，再尴尬就矫情了。

没有白条

早上六点半，天刚亮不久，匆匆挤上机械厂接职工的班车，赶往岩板坡。我一般不再在乡下睡，买了月票，天天早出晚归。班车走到离乡政府一里地的地方，再也走不动了：前面的路被农民交粮的手扶拖拉机、小四轮完完全全堵塞了。

我下了车，顺着公路边沿走过去。空气里弥漫着机动车排出的废气，粮站里面车吼人叫，乱作一团。一张张被伏天的烈日晒黑的脸焦急地晃动着。忽然想到，县里已经宣布，今年一定要杜绝收粮不给钱而打白条的现象。是不是真没白条了呢？见一个老伯拉着一辆空板车过来，便迎上去，问：“老伯，粮站是不是付的现钱呀？”老伯瞟瞟我，含义不明地摇摇头，很惶惑的样子。我又问：“不是打的白条吧？”老伯不睬我，加快步伐从我身边走过去了。

这时一个红脸大汉闪过来，叫道：“陶书记！”

我不认识他，问：“您是……？”

“我是鲁中年，丝茅冲的，你到过我们村，那天中午你们喝酒，还是从我屋里买的鸡呢！我还晓得你是个作家。我想请你向上级反映反映情况。”说着他从上衣口袋里掏出两张单据来递给我。

我说：“是不是打白条了？”

他愤愤地说：“你看啰，这跟打白条有什么区别？”

我仔细一看，一张是购粮付款单，另一张是代扣统筹款的收据。

“这统筹款扣得没道理嘛！晚稻刚插下去，要施肥打药，正是要用钱的时候，乡政府这样做，简直是拦路打劫嘛！”鲁中年额头青筋突起，大声大气，招来了好几个交粮的农民。他们也随声附和，忿忿不平。

农民们是有道理的，但我不能随便表态，以免激发他们的愤怒情绪。

“陶书记，请你帮我们反映到县里去，县里要是不管，那就往省里反映，省里也不管，那就只有找国务院告状了！”

鲁中年情绪越来越激动，聚集的人也越来越多，这不是好迹象，我赶紧把单据还给鲁中年，大声说：“请大家放心，我一定向上级反映！”说完，立即从人群中抽身出来。

到了乡政府，去吃早餐，碰上余书记，便把情况跟他说了。

余书记埋头吃米粉，嘴里吸得嗤嗤响，边吃边说：“怎么不能扣？不扣，统筹款收得上来？农民就是农民，觉悟没有那么高，要他自觉自愿地交，就像剜他的肉！你别管那么多，那个鲁中年，每年收提留他都要绞筋，是个典型的刁民！”

刁民这个称呼让我暗暗吃惊。在我的印象中，刁民是旧社会的地主老财专门用来称呼那些敢干反抗他们的穷苦百姓的，是个已经被时代淘汰了的词。

“如今干群关系比较紧张，有些害群之马唯恐天下不乱，稳定工作很难做。陶书记，希望你发挥自己的特长，多做正面工作，助我一臂之力啊！”余书记用筷子嗑嗑碗边，以一种与他的年龄不太相称的语气说道。

我当然明了余的含蓄表达，我说了声我尽力而为吧，就离开了他。

我心里很闷。

跑到好望角食品店，准备跟人下村。陈一安也在店里坐着，我便把早晨遇见的事向他说了。下乡以来，我和陈一安的交往最多，也最谈得来。

陈一安听我说完，笑道：“陶书记是不是打算为民请命呵？”

我反问：“你看呢？”

陈一安说：“我看没有必要浪费笔墨，因为不会有结果。”

“为什么？”

“因为这事不典型。它太普遍了，全县有几个乡镇不要粮站代扣统筹款的？几乎没有。虽然我也同情农民，但我也赞同扣款，不扣款，我的工资奖金就拿不到，我也是人，我也要靠这几个钱过日子。”

“所以你们就无所顾忌地欺负老百姓！”我说。

“嘿，随你怎么说，我要欺负，还没这个资格呢。”陈一安瞧瞧我，说，“陶书记到底是个文人，到哪里都忘不了忧国忧民。这样看来，你还是秉笔上书好。”

我说：“这又为什么？”

陈一安说：“好对你作家的良心有个交待呀！”

“去你的。”我在他肩上擂了一拳。他的话戳到了我的疼处。

我找人打听了一下，周围的几个乡镇果然也在收粮时代扣统筹款。我没有向上反映。因为确实不会有结果。太普遍了。一滴雨落进河里顶多溅起一个水泡，甚至水泡也不会有。况且我还得顾及余书记以及广大乡干部的态度。我的职还得在这里挂下去。入乡还得随俗。

早稻入库速度很快，仅十天时间全部完成。岩板坡抢了个头彩，全县第一名，受到了县委的表彰。那日杨会计叫我领钱。我问什么钱，他说早稻收购完成得好，老板指示每人发五百元奖金。我说我不领。我说早就说好了的，我的工资奖金都在原单位拿，不增加乡政府一分钱的负担。我扭头就走了。

过了两天又被杨会计拦住。杨会计说，陶书记你不领走这笔钱我不好做账呢，只有你没领了。钱又不咬手，陶书记你就领了它吧。我说：“讲了不领的，你还要我领什么？我也爱钱，可是不在乡里拿一分钱这是已经说好了的呀。你要我怎么好意思拿？”我又扭头走了。

下午杨会计再次拦住我。“陶书记你不领我没办法交差。余老板交待又交待，不能少你一分。我已经替你签字了，钱你就收下吧。”杨会计不由分说把五百元钱塞进我的口袋。我不知哪来的气，一把掏出来，固执地塞回杨会计手中。我说：“乡里不是马上要建立助教奖励基金么，就当我的捐款好了。”我再次扭头就走。走之前端详了一下杨会计的脸，他愣愣地看着我，神情十分古怪。

某天夜里，我从电视上看到一条新闻：经有关部门检查，我所挂职的这个县，在整个收粮期间没有向农民打一张白条。

确实没有白条，没有。

最漂亮的小洋楼

全乡十六个行政村，我已跑了十二个。

每个村都有数幢两到三层的小洋楼。小洋楼是新建的红砖楼的昵称。可见不少农民的生活有了相当的改善。不过，你瞅准村里最漂亮的小洋楼，问是谁家的，回答十有八九是村支书的。

有统计为证：我跑过的十二个村中，有八个村最漂亮的小洋楼是村支书或前任支书建的。另有两个村，支书和村长的楼房漂亮程度难分伯仲，所以没计在内。剩下的两个村是苏家铺和荷花村，苏家铺最好的小洋楼属于一个养鳖专业户（苏支书是最好的支书，似乎也由此得到一条证明，虽然他好赌），而在荷花村，则属于一家台属——那也是全乡最漂亮最气派最威武的别墅式洋楼，院子里半人高的狼狗就喂了两条。

一部分人确实先富起来了。

教师节

岩板坡的教师节比城里更像教师节。

两座村小学校舍的落成典礼与乡助教奖励基金会的成立大会，都将在教师节这天举行。乡干部和各单位将在大会现场向助教奖励基金捐款。内部规定的捐款额为：党委书记与乡长800元，副书记500元，其他干部200元至300元。一些干部嘀嘀咕咕，私下说这是老板的政绩工程。余老板（我也认同了这个如今很流行的称呼）在一个非正式的场合及时许了愿，乡干部的捐款以后将以某种方式返还，主要是起个表率作用，造成全民办教育的良好气氛。干部们的心这才平静了些。

教师节的宣传报道工作交给我来抓。余老板说这些年岩板坡对教育投入的力度很大，但因宣传工作没到位，钱好像是扔到了水里，在县里泡泡都没鼓一个。他希望我能鼓出几个泡泡来。我当然要尽心尽力，不然就被人看瘪了。我与县电视台约好，请他们的记者来采访，并负责交市电视台播出。我还打算写篇扎实的通讯，找找市报的朋友，争取上头版，把岩板坡抓教育的事好好宣扬一下。

这日我去找乡联校罗校长了解情况，路过好望角，被周书记叫住，说邀我一起去玉皇村。我说我有事，要去采访罗校长呢。周书记鼻子里一哼："这个罗某人，不是个好东西！"我心里吃了一惊。周书记平时温文尔雅，为人严谨，从不在人前乱议论的。事出肯定有因，我忙坐到她身边，问："是不是有反映？"周书记说："岂止是有反映，干部群众意见大得很，我那里检举信都有好多封。"我问："调查没有？"周书记说："许多事情是明摆的，不需要调查。再说，调查不调查，还得听老板的。"

话题有些敏感，我和周书记都沉默下来。

过了一阵，周书记说："问题都是经济方面的，这年头，除了经济问题就没什么问题了……当然，这几年抓教育确实抓出了成绩，乡中学建起了新教室，盖起了实验楼，电脑都购置了几十台，可是教学水平并没有提高。再说，他乡联校的宿舍比校舍豪华得多！四室两厅一套，一百四十多平米，光装修就花了四五万！钱哪来的？"

我心里又吃了一惊，因为我的行政级别是科级，又有副高职称，我的住房也才五十三平米。

“我可以说，这几年乡联校是掉在钱眼里了！一年到头只知道找乡政府要钱，找学生要钱，找农民要钱！不给就是不重视教育。他们几个人，福利费发起来几百几千，从不知足。把学校也带坏了，收早稻，就要每个学生交五十斤稻谷；收了油茶籽，又要学生交五十斤油茶籽，而且规定要学生自己扛到学校去，不许家长送，也不许用车运。”

我不解：“这又为什么？”

“为什么？为了收现金！学生扛不起的，可以交现金。路又远，学生谁扛得起？亏他们想得出来，还为人师表呢！”周书记忿忿地说。

我问：“这些事，乡里都知道么？”

“有耳朵的都知道。”

“群众意见肯定大得很。”我说。

“大又能怎样？党委会上也议过好多次，但都不了了之。提意见可以民主，但最后还得由老板来集中，他说了算。”周书记舔舔嘴唇，似觉话有些不妥，交待说，“这些话你只在心里，千万莫到处说。你是外来人，还不晓得深浅。弄不好影响班子的团结。我的意思，对罗校长这种人你心里要有个底。”

我点点头，说：“我会注意的。不过，听你这么一说，我都不想去采访他了。”

周书记忙说：“去还是应当去的，工作是工作，你是报道乡党委如何抓教育，只要不把功劳记到他身上就行了。再说，乡联校的问题还不算最严重的。全乡十六个村，至少有十一个村财务混乱，多年都没有清理过，有些支书凭白条子收款支款，一年开销十几万，用村里的钱就跟用自己的一样！问题大得很呢！可是我们只处理像孟菊清那样鸡毛蒜皮的案子，还说是为了安定团结。唉！”

辞别周书记，我向乡联校方向走了一阵，又扭回头。我实在没有兴趣再去见那位罗校长了。干脆请报社的朋友来采访写篇文章吧，这样上头版更有把握些。我这位朋友在报社当着一个部主任，还有点小权力。我拨通了他的电话。他在电话里大呼小叫：“哎呀是作家呀！生活深入得怎样？有没有辅导年青女作者？还没发现？不要浪费了机会哟。什么？采访，抓教育？他妈的，教师节一来，大家都跑去抓教育了。这几天抓教育的稿子铺天盖地！不来不来，你那里又没女作者，我来干什么。什么，救你的驾？没那么严重吧？好好，我也来深入一天，先说好，没酒喝我可掉头就跑呵！”

第二天一早，我带了乡里的桑塔纳到报社把这位朋友接了来。余老板亲自作了详细介绍，又亲自陪他参观了两所新建的村小学，考察了乡中学的设施，忙了一整天。中午晚上两桌酒喝得昏天黑地，余老板都差不多要醉了。报社的朋友感动不已，连说余老板够朋友，回去后一定写篇够朋友的文章，争取发在一个够朋友的位置上。我一个人喝啤酒，但朋友也说我够朋友了，因为这是他第一次见我喝了一瓶啤酒。“作家，你还是要挂职才能进步呀！”朋友这样说，有点市委领导的派头了。

朋友走时，余老板一挥手，办公室的小李变戏法似的提出两桶茶籽油，又拿出两条“芙蓉后”烟。朋友一一笑纳。这都是我没有想到的，可见我这人办事还是不周全，不灵活，也不稳妥。

教师节这天，我在市报上看到了朋友的文章。无论是篇幅还是刊载的位置，果然都很够朋友，更够朋友的是，还署了我的名，让我成了作者之一。我把报纸拿给余老板看。我想他应该很满意很高兴的，便朝他脸上看。可是他脸上看不出一丝半点的高兴与满意来。他嗯了一声，点点头就走开了。我马上就理解了他，这才是一个成熟的、老练的老板的态度。我不理解的是我自己，我什么时候变得要看老板的脸色了呢？

教师节眨眨眼就过去了。这日杨会计又拿来一份表让我签字。说是给乡干部的捐款补贴。捐款就是捐款，既然捐了，还要什么补贴？我真没想到会有这种事，也没想到老板真会兑现他的诺言。乡政府总说没钱没钱，工资拖欠几个月，这些钱又是从哪里来的呢？我不想管闲事，可是我也不好领这五百元钱。因为这笔钱原本是乡政府发的福利，是我不该拿的。变成捐款后又领回来，这不就像黑手党洗钱一样了么？杨会计递钱的时候，我下意识地推了一下。杨会计就说："陶书记，你让我为难呢。这五百元钱，你再捐也好，拿去找小姐也好，我们当兵的管不着，可你得把字签了。到乡里就按乡里的规矩办，陶书记你就莫格外一条筋了！"

我心里一怔，感到脸腾地红了起来。赶紧签了字，迅速地将那五张百元钞票塞进口袋里。我下乡已经好几个月，我一直尽量做到与大家打成一片，难道说直到如今，我还是格外一条筋？可是……我能不格外一条筋么？

栽油菜

县里号召大搞冬季农业开发。口号是：干部一边倒，劳力一棍赶，突击一件事——栽油菜。公路沿线的农田要栽成片，不允许有空白。电视里，市长和县委书记都扛着锄头下了田，边种油菜边作出了指示，要把油菜作为一季产业、一个新的经济增长点、一个重要经济来源来抓。

但是农民不积极。外出做生意和打工的比下田栽油菜的多得多。岩板坡公路两侧栽下的油菜寥寥无几，很不好看。县里很快要来检查，余老板于是急得一脸铁青，于是召开乡、村两级干部会，明确责任，布置任务，于是通知全体乡干部于某日上午去公路旁帮某户农民栽油菜，以实际行动感动农民，带动农民。

然而农民不那么容易感动。好话说了半箩筐，才说动一个农民让出一丘田来栽油菜。乡干部们下田时，他在一旁远远地看着，感谢的话都没一句。村干部尽着地主之谊，先是每人发了盒烟，然后是矿泉水，后来还抬来半筐刚摘下树的橘子。乡干部们边抽烟边喝水边吃橘子边劳动边讲痞话，倒也其乐融融。

我上一次使用锄头还是当知青时候的事，那时我是村里的壮劳力。所以锄头在我手里勾起了许多的回忆。慢慢地我就进入了角色，像一个真正的农人一样得心应手地挥舞着锄头，引得一旁的梅丽小姐惊诧不已。陶书记你像那么回事呢，你不像个城里人呢。我说我上半辈子是个乡下人呢，从土里刨食呢。同时我诧异梅丽小姐，她怎么以拿绣花针的姿态来抓锄头呢，那弱不禁风的样子，每次举锄都勉为其难。不过由于运动，她那张本来就很清秀的脸红扑扑的，很好看，真正的秀色可餐。我认真地起沟，将泥坯捣碎，平铺在田垄里，时不时地，餐一下小梅的秀色。小梅问起，我写过些什么作品，我矜持地、谦虚地作了一点介绍，她就作出无限向往的样子。她说，在学校时，她也喜欢写写。我说，你要有兴趣搞搞业余创作，我倒可以辅导辅导，把习作拿到文联办的刊物上去发表。小梅说好，一定请陶书记多提意见。我有点兴奋，还以为真的遇到业余作者了呢。两天后她将几篇稿子拿给我看时，我很失望，那不过是她读中学时写的几篇作文，干巴巴的没一点意思。

将近中午，我们拍拍手上了田塍。回头望去，栽下的油菜东倒西歪，扔下的橘子皮星罗棋布，醒目得很。四周的老百姓对我们指指点点，不知议论了些什么。为慰劳辛苦了的乡干部，乡政府食堂里摆了四桌酒菜。喝白酒还是喝啤酒，各取所需，用杯子还是朝天吹，各从所好。

抽了四条烟，喝了四十来瓶矿泉水，吃了半筐橘子、四桌酒席，栽了半亩油菜——这就是包括我在内的四十来个乡干部在这个上午做的事。

手　机

刚下乡的时候，乡里只有余老板和苗乡长配置了手机。随着我挂职时间的推移，手机就渐渐地多了起来。李书记有了，张书记有了，连杨会计也有了，开会的时候常见他们拿出来把玩，爱不释手的样子。仔细一算，总共有八台。除了老板和乡长是乡政府报销外，其他人的手机费用都是自己想办法解决的。而所谓自己想办法，无非是找自己分管的站所去销账。所以，乡里的七站八所经济效益的好坏往往能从分管领导有无手机上反映出来。杨会计是个例外，他的手机费是经老板特批，在合作基金会报销的。

有天我与李书记去松树坳村，见他举着手机在村委会门前踱来踱去，嘴里念念有词，待他忙完，就借他的机子给老婆打个电话。我在键盘上摁了半天，没有任何反应。李书记这才笑着告诉我，这儿是无线通讯的盲区，手机根本打不通。

这才晓得，他不是玩手机，而是在玩派头。

农民负担

农民的负担主要由三部分组成：一、税：农业税、特产税、屠宰税等。二、乡统筹：教育附加费、民兵训练费、优抚费、计划生育费、行政包干费等。三、村提留：公积金、公益金、管理费（报刊费、招待费、村干部工资等）、有偿服务费（农机管理、畜牧防治、水费）等等。

国务院规定，农民负担的乡统筹、村提留两项费用不能超过当年纯收入的5%。实际上很难做到。当然纸面上比较容易，譬如将年收入额提高就是。许多乡镇都是这样做的，包括岩板坡。年收入是个不好统计无法确凿的数字，说多就多，说少就少。经济在发展嘛，社会在前进嘛，年收入的逐年提高，在情理之中嘛。

事实上，除了上述三项外，还有一些临时的上缴。比如冬修费，是县里派下来的，人均45元，到了乡里就加码，变成50元。不愿出钱的可折合成十个工日，到大堤上去劳动十天。劳动力如此的廉价，谁愿意？当然还是交钱啦。

订报刊也是一大负担。每年都有数字可观的订阅任务从上面压下来。各个部门都有，都说自己的报刊最重要，是正宗的谁谁谁的喉舌，完不成指标就要如何如何。来头都大得很。岩板坡全乡去年用于订阅报刊的经费是68235元，人均3元多。乡政府办公室后面有间阴暗的库房，大捆大捆的报刊堆在那里无人问津。收废品的人倒很牵挂，隔段时间就上门服务一次。

收提留（一）

约定俗成，乡村干部把催缴各类上交款统称为收提留。

都说，农村工作两大难：计划生育和收提留。而在岩板坡，收提留已上升为头等难事。收提留与包村干部的责任制相联系，自然也与年终评先和奖金相联系，所以乡干部无不上心。从早稻入库之后，乡政府就挂出了上缴进度表，某某村提留已收多少，还欠多少，在全乡列多少名，等等，一目了然。进度表前，有人欢喜有人愁。不过喜的人少，愁的人多。

李书记邀我去丝茅冲收提留。昨日李书记从丝茅冲一个“钉子户”（乡村干部对那些拖欠上交款而又态度强硬的农户的称呼）家提了一塑料桶抵上交的油回来，打开盖一看，才发现是一桶尿。遭了捉弄，丢了面子，李书记的脸色就很难看。除了我，他还邀了周书记和派出所的黄所长以及民警小耿，有点人多势众兴师问罪的意思。小耿屁股上还挂了一副手铐，亮铿铿地逼人的眼睛。李书记忿忿地说，今天要是他不认罪，不把欠款交了，就要小耿将他铐到派出所的黑屋里去，让他尝尝无产阶级专政的滋味！

听到这话，周书记向我看了一眼。她有点担心，说：“还是要避免激化矛盾。”我立即应声附和。李书记有些不快，瞥我一眼说：“陶书记你是城里人，又是个文人，你不晓得那些刁民的德性。三句好话不如一马棒棒！”

我不好说什么了。下乡以来，我一直坚持不干预的原则，少说多看，只帮忙，不添乱，对别人的事尽量不置喙。从某种意义上来说，我只是个客人。我说多了不好。

幸好一到丝茅冲，秦支书提着一桶油迎上前来，迭声说：“李书记我代表秦老三和全村农户向你道歉了！昨天是拿错桶了，决不是有意欺骗政府，你看，这尿和茶油不是一个颜色么？秦老三是眼睛不好，他那样走路都怕踩死蚂蚁的人，借他一个胆子，也不敢骗你李书记呀。你看，一早他就把油送来了，欠下的余款也交清了。他还是从合作基金会借的钱，三分的息呢！”

“想糊弄我吧？”李书记板着脸说，“秦支书，你莫两面装好人！秦老三没胆子，秦老三的儿也没胆子么？老乡长女儿的奶子都敢摸的人！”

“那是老皇历了，确实不是有意的，那桶尿原本是要提到菜园里浇菜的，不想提错了，都没在意，才出了这么大的纰漏。我以我的党籍作保证！李书记你要觉得他必须当面谢罪的话，我叫他来跟你鞠几个躬，陪几杯酒。”秦支书笑容可掬。

李书记想想，脸色慢慢好了，挥挥手说：“算了算了。既然你给了我面子，我也要给你面子嘛。也怪我们工作不过细。其实呢，我们都是为了收提留这个共同的革命目标，才走到一起来了——包括今天来的周书记和陶书记，还有黄所长和小耿。只要任务能按时完成，一切都好说。”

周书记与我对视一眼。大家都轻松起来，有说有笑的。我想，尿油之错太离奇，只怕是村民心有积怨有意为之。不过眼下的结果，是大家都乐于接受的。

在村委会烤了一会火，聊了一会天，村长安排好中午的酒席之后，就叫上所有村干部去农户家收提留了。李书记说：“今天我们力量很强，正好攻坚。秦支书，你点几个钉子户，非把它们拔掉不可！”

秦支书沉吟片刻：“那，先去二癞子家看看吧。”

一行人便浩浩荡荡去二癞子家。村会计边走边介绍说，二癞子还欠上交款386元，他常年在城里打工，手头并不拮据，但他就是不交，见了村干部理都不理。这两天他母亲病了，他回了家，要在平时，人毛都见不到。

二癞子正在阶基上做事，我注意到他非但不癞，而且是个标致的后生。见到一下来这么多干部，他有些手足无措。李书记厉声道：“二癞子，晓得到你屋里来干什么吗？”

二癞子擦着手说：“哪里不晓得，除了收提留，你们这些大干部走错路也不会到我屋里来呀！”

李书记点点头，拍拍黄所长的肩：“你的牌码大呀，你看，把公安机关都惊动了！”

二癞子舔舔嘴唇，不作声。

秦支书说：“二癞子，这是我们第十三次找你了，你打算拖到哪天去？”

二癞子脸稍稍一红，说：“我只打算拖到今天。你们也要过年，提留不交，你们的年也过不好。不就是三百多块钱么，小意思。”说着，他从身上掏出四百元钱来。会计立即给他找钱，开收据。

李书记在一旁点着头：“嗯，这还差不多。还是怕来硬的咧。早这么爽快，多好！哎，二癞子，也不给大家倒点水喝？”

二癞子说：“我屋里水不干净，国家干部喝不得呢。”

李书记讨了个没趣，挥挥手说：“那就不喝不干不净的水了！走，找下一个钉子户去。”

一群人便离开二癞子家，沿着田埂蜿蜒而行。旗开得胜，李书记情绪不错，提出去拔钉子中的钉子，找鲁中年。据说鲁中年在村民当中很有些影响力，很多人都看着他的。

鲁家无人，大家便在阶基上找了板凳坐下来，让村干部去寻他。不一会，便从菜园里将鲁中年叫来了。见了我，他还微微一笑，点头致意，好像我是他的同盟似的。他不慌不忙地给大家倒水，态度平和，像是见过了大世面的人。余老板曾说过他是典型的刁民，可我暂时还没见到他怎么个刁法。

“啧啧，书记都来了这么多，这么抬举我，真是三生有幸呀！”鲁中年笑道。

“闲话少说，”李书记板起脸，“今是要你拿出实际行动来。”

鲁中年瞟一眼黄所长和小耿，不紧不慢地说：“李书记，我昨天听了广播，市里发了一个文件，说是不允许抽派公安人员下乡收提留呢。你们不仅抽了警察，还带了警具，是对付阶级敌人的搞法嘛。市里的文件还算不算数呀？”

李书记怔了怔，转头问周书记：“是不是有这么个文件？”

周书记说：“听说是有，不过文件还没到乡里来。”

李书记就一挥手（我发现他特别喜欢挥手），说：“还没来就不算，见了文才执行。”

鲁中年慢悠悠地说：“其实，你就是带枪来我也不怕。税我早交了，只要不欠税，就戴不上抗税的帽子，你能把我怎么的？”

李书记闷声说：“提留你就有理由不交了？”

“我没说不交，只是暂时不交。我的理由多得很，比如秦支书的弟弟就没交完，我凭什么要比支书的弟弟积极？”鲁中年振振有词。

秦支书绷着脸：“我弟弟的下午就交。”

“那就等他交了，你们再来找我吧。”

秦支书没话可说，瞪了鲁中年一眼，就从口袋里掏钱：“他只差两百多块了，我给他贴上，看你还有什么话说！”会计就当着鲁中年的面把钱收了。

鲁中年道：“我还是有话说的。我没有当支书的哥哥帮着贴钱，到哪里找钱去？再说，村里把几眼石灰窑卖了，钱还没分到村民手里，村里还欠着村民的钱呢！”

秦支书气愤起来了：“你不要胡搅蛮缠，牛胯下的扯到马胯下来了！石灰窑的钱账算清了，自然要分的。今天来了这么多人，你是躲不过去的！种田纳粮，千古同理，有钱没钱都得交，没现钱，赶你的猪、撮你的谷、提你的油，要不你到村基金会去借钱！”

鲁中年倒吸一口气：“基金会的钱，三分的息，谁还得起?”

秦支书说：“那就赶你的猪。”

“我家的猪正长膘呢，”鲁中年一跺脚，咬咬牙说，“好，我借基金会的钱！”

秦支书怕他反悔，赶紧让会计带他回村委会办理借款手续，我们在鲁家等着。

过了一会，会计垂头丧气地回来，说鲁中年跑了。原来，一到村委会，鲁中年就变了卦，搭上一辆三轮车去城里了。说是去亲戚家借钱，还说要是村里拿他家东西，他要到市里去告状，说乡村两级干部用专政手段对付广大农民群众。

李书记和秦支书气得破口大骂。借钱显然只是借口，鲁中年又一次溜掉了。我总算看到了这个所谓刁民“刁”的一面。骂了一阵，看看时间已过正午，只好收拾起气愤的情绪回村委会去。

在村委会，酒席和牌桌在等待着我们。

收提留（二）

民政助理吴小为邀我去茅家岗月牙组收提留。茅家岗是苗乡长和吴小为包的村，苗乡长去县党校学习了，他只好邀我同去，有帮他助威的意思。我当然会去，但我想他十有八九会失望。

茅家岗是全乡经济状况较好的一个村，但该村的月牙组却很穷，九七年元旦已经过去，全年的提留才收上来一半。有几家是连续几年的欠账户。村长与我们同去月牙组。入户前，吴小为婉言道：“陶书记，今天看你的了。讲话只怕要狠一点，态度只怕要恶一点，不拿出点魄力来，欠账户是不肯交出钱来的。”

他这样说，当然是认为我缺乏魄力了。我沉默着，过一会才说：“魄力是要有，但也要看对象。还要讲究一点工作方法。”

“那当然。”

我又说：“讲话要有艺术性，晓之以理动之以情。我们还是要体恤老百姓的疾苦。外地收提留逼死人的事发生多起了，我们要引以为戒。”

“晓得。”吴小为的声音里明显有些不快。我可不管这些，谁叫你职务比我小呢，有这么个机会，当然要教导你一番，不然你不晓得天高地厚，不晓得你们那些对待老百姓的态度和方式已经让城里来的陶书记反感了。

不知是否由于我的缘故，这天的工作成果甚微，只收到一百多块钱。有一户孤儿寡母，家徒四壁，老实巴交的户主愿意将家里仅剩的一担谷抵上交，村干部挑谷时她在一旁默默流泪。我看不下去，就说算了，政府又不少这一担谷，以后再说吧。村长眉头蹙了蹙，招招手，便将那担谷放下了。

收提留真是一大难事。乡村干部难，老百姓也难，穷老百姓就难上加难了。

回乡政府时吴小为默不作声，遇上路人却大声招呼，热情有加，以此表示对我的不满。我知道他再也不会邀我下村了。

离　乡

过完春节，正月初八是上班的日子。我到岩板坡一看，乡政府冷冷清清的难见人影。找到苗乡长，苗乡长说，乡下不像城里那样正规，说是初八上班，其实都还在忙于走亲访友打牌喝酒，要过了元宵节才会正式上起班来。你是个自由人，再迟一点也没关系，要不你带你的相好到外地旅游一段再来，我们负责给你打掩护！我便笑道，早知有如此便利，该培养一个相好的。

我于是回城里写小说去了。小说一写写到三月初，准备回岩板坡继续挂职的时候，事情突然起了变化：市里要开文艺界代表大会，抽我回单位搞会务。搞了半个月会务，事情再起变化：组织部长找我谈了三分钟话，要我当市文联副主席候选人。等额选举，当选是毫无疑问的。我的挂职不再继续下去了。

我去岩板坡辞行。余老板摆了很丰盛的酒席欢送我。余老板说，我们岩板坡是块风水宝地呢，到这里挂职的人没有不升官的。陈一安更是一副先见之明的样子："怎么样，陶书记，还记得我当初讲的话么？"只有我自己心里清楚，我的升职与挂职毫无关系。我说："记得记得，一诺千金，约个时间，我在市里金座宾馆宴请各位！"

桑塔纳载着我和我简单的行李，缓缓地离开了岩板坡。望着车窗外远去的乡间景物，我揣想着在乡下的这一段生活。我了解了不少情况，我增加了酒量，我学会了扑克的好几种玩法并参与了几次以消遣为目的的赌博，我还学会了在适当的场合讲点无伤大雅的痞话。在城里我是个深居简出、生活圈子狭小的人，挂职使我融入了现实。应当说，深入生活的目的基本达到。下乡使我对周围的事物以及我自己都认识得更清楚了。而且，扪心自问，我并没有失去作家那条独有的"筋"。

再见了岩板坡，再见了乡下的日子！

2001年3月

原载《十月》2002年第4期

图书在版编目(CIP)数据

天火/少鸿著. —上海:上海书店出版社,
2016.7
ISBN 978-7-5458-1227-5

Ⅰ.①天… Ⅱ.①少… Ⅲ.①中篇小说-小说集-中国-当代 ②短篇小说-小说集-中国-当代 Ⅳ.①I247.7

中国版本图书馆 CIP 数据核字(2015)第 313683 号

天火
少鸿/著
责任编辑/杨柏伟 刁雅琳
技术编辑/丁 多
装帧设计/汪 昊
上海世纪出版股份有限公司上海书店出版社出版
上海世纪出版股份有限公司发行中心发行
上海福建中路 193 号 邮政编码/200001
www.ewen.co www.shsd.com.cn
全国各地书店经销
上海叶大印务发展有限公司
开本 889×1194 1/32 印张 13.25 字数 280,000
2016 年 7 月第 1 版 2016 年 7 月第 1 次印刷
书号:ISBN 978-7-5458-1227-5/I·348
定价:35.00 元